Mercedes Lackey est née en 1950 à Chicago, États-Unis. Elle a toujours écrit, par ennui au début et parce qu'elle n'avait jamais assez de lecture, puis parce qu'elle ne pouvait plus s'en passer. **C.J. Cherryh** et **Marion Zimmer Bradley** l'ont parrainée à ses débuts. Mercedes Lackey est mondialement renommée pour son cycle de ***Valdemar*** qui compte à ce jour une vingtaine de romans.

Du même auteur chez Milady :

Valdemar :

Les Hérauts de Valdemar :
1. *Les Flèches de la Reine* (2008)
2. *L'Envol de la Flèche* (2008)
3. *La Chute de la Flèche* (2008)

La Guerre des Mages,
écrit en collaboration avec Larry Dixon :
1. *Le Griffon Noir* (2009)
2. *Le Griffon Blanc* (2009)
3. *Le Griffon d'Argent* (2009)

Les Serments et l'honneur :
1. *Soeurs de sang* (2009)
2. *Les Parjures* (2009)

La Légende de Kerowyn :
Par le fer (2009)

www.milady.fr

Mercedes Lackey

Sœurs de sang

Les Serments et l'honneur – 1

Traduit de l'anglais (États-Unis) par Dominique Haas

Milady

Milady est un label des éditions Bragelonne

Titre original : *The Oathbound*

Illustration de couverture :
Amandine Labarre

Carte :
Cédric Liano, d'après la carte originale

ISBN : 978-2-8112-0140-1

Bragelonne – Milady
35, rue de la Bienfaisance – 75008 Paris

E-mail : info@milady.fr
Site Internet : http://www.milady.fr

Pour Lisa Waters, qui voulait lire ceci,
et pour mes parents, qui en avaient envie aussi !

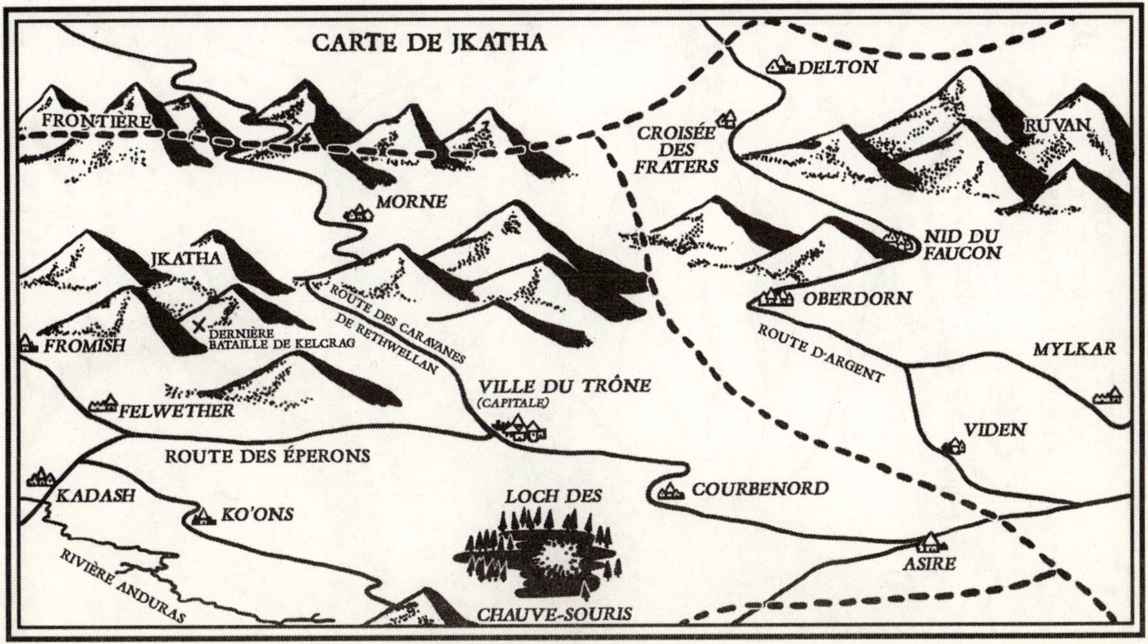
CARTE DE JKATHA
DELTON
FRONTIÈRE
CROISÉE DES FRATERS
RUVAN
MORNE
NID DU FAUCON
JKATHA
OBERDORN
DERNIÈRE BATAILLE DE KELCRAG
FROMISH
ROUTE DES CARAVANES DE RETHWELLAN
ROUTE D'ARGENT
MYLKAR
VILLE DU TRÔNE
(CAPITALE)
FELWETHER
VIDEN
ROUTE DES ÉPERONS
KADASH
COURBENORD
LOCH DES
KO'ONS
ASIRE
RIVIÈRE ANDURAS
CHAUVE-SOURIS

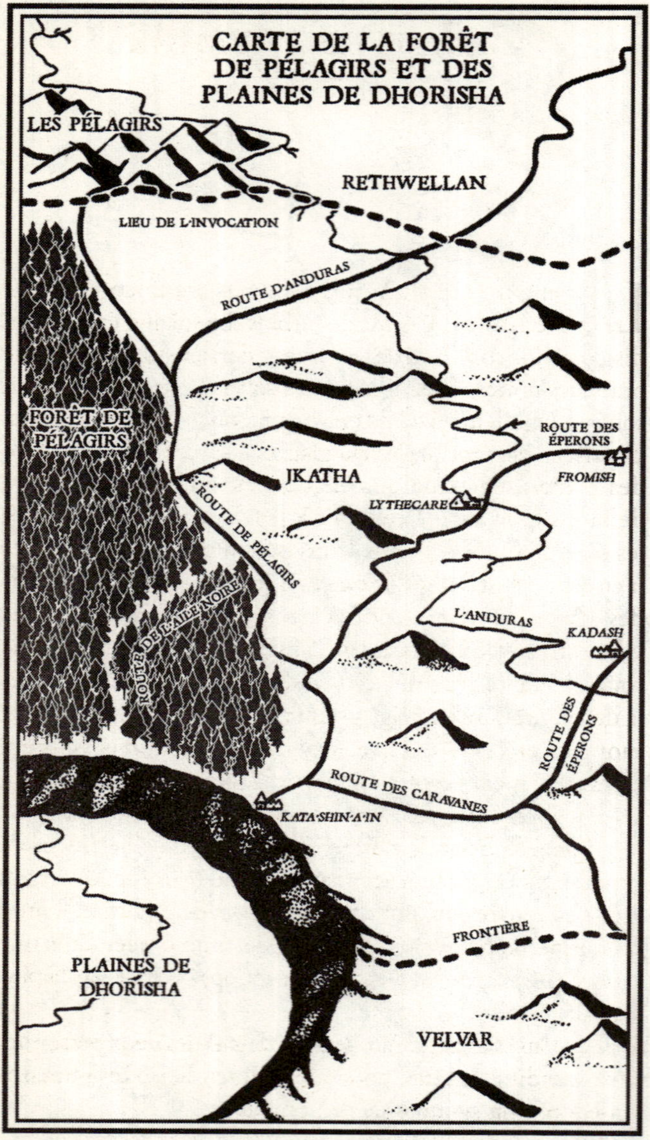
CARTE DE LA FORÊT
DE PÉLAGIRS ET DES
PLAINES DE DHORISHA
LES PÉLAGIRS
RETHWELLAN
LIEU DE L'INVOCATION
ROUTE D'ANDURAS
FORÊT DE
PÉLAGIRS
ROUTE DES
ÉPERONS
FROMISH
JKATHA
LYTHECARE
ROUTE DE PÉLAGIRS
ROUTE DE L'AILE NOIRE
L'ANDURAS
KADASH
ROUTE DES
ÉPERONS
ROUTE DES CARAVANES
KATA'SHIN'A'IN
FRONTIÈRE
PLAINES DE
DHORISHA
VELVAR

Chapitre premier

Le ciel d'un gris uniforme semblait tendu comme une couverture sur la cime des arbres. Le soleil n'était qu'un disque livide sur l'horizon, à l'ouest, derrière un entrelacs de branches noires, dépouillées par l'hiver. Le sol disparaissait sous un bon demi-pied de neige qui étouffait tous les bruits. Un oiseau planant sur le vent glacial, à la verticale de la route des Caravanes, remarqua vaguement qu'à part la balafre de la piste, la forêt s'étendait à perte de vue, dans toutes les directions. S'il avait volé un peu plus haut – les nuages n'étaient pas si bas qu'ils en avaient l'air –, il aurait pu voir des toits d'où montaient des panaches de fumée, car une ville était collée à la lisière de la forêt, à l'extrémité sud de la route. Celle-ci avait dû voir passer bien des cavaliers depuis la dernière chute de neige pour être ainsi damée, mais en ce moment précis il ne s'y trouvait plus que deux personnes. Elles s'étaient arrêtées au milieu de la forêt, dans une clairière que les voyageurs utilisaient souvent pour bivouaquer. L'une des deux établissait le campement à l'abri d'une ébauche de grotte formée par une accumulation de pierres et de troncs d'arbres, œuvre conjointe de l'homme et de la nature. L'autre n'était pas loin ; elle mettait leurs bêtes au piquet dans une trouée entre les arbres, sorte de pseudopode étiré par la plus grande clairière.

L'oiseau tourna un moment au-dessus des deux personnes et descendit peu à peu pour les observer. Les êtres humains étaient parfois synonymes de nourriture…

Mais il n'y avait rien de comestible en vue, ou du moins rien qu'il considérât comme tel. Et pour tout arranger, il s'était aventuré trop bas car la personne qui s'occupait des bêtes leva soudain les yeux dans sa direction et tendit la main vers un objet accroché à l'arçon de sa selle.

L'oiseau avait servi de cible à suffisamment de flèches pour reconnaître un arc quand il en voyait un. Avec un croassement consterné, il changea de cap en battant frénétiquement des ailes, s'éloigna selon une trajectoire sinueuse, imprévisible, et disparut. Il cherchait à manger, pas à *être mangé*!

En soupirant Tarma le regarda s'enfuir à tire-d'aile, débanda son arc et le remit dans ses fontes. Elle courba un peu les épaules sous son épaisse cape de laine pour empêcher son épée de glisser sur son dos et se remit à la tâche : elle grattait la neige avec ses mains gantées pour dégager l'herbe enfouie dessous. En dehors d'un couple de corbeaux qui s'appelaient au loin, les seuls bruits audibles dans le silence étaient le soupir du vent dans les branches et la respiration de leurs montures : sa jument et la mule de Kethry. Le séjour éternel des réprouvés shin'a'in passait pour être d'un froid mortel. Elle commençait à comprendre pourquoi.

Elle essaya d'ignorer le vent glacial qui semblait trouver un malin plaisir à s'insinuer par les endroits usés de ses vêtements couleur de terre. Ces forêts septentrionales n'étaient pas faites pour ceux des Plaines. Elle ne serait jamais chez elle sous ces latitudes. Sa tenue passe-partout, parfaitement adaptée aux hivers plus doux du Sud, était bien trop légère pour les rigueurs extrêmes de ces contrées.

Quelque chose lui brûlait les yeux, et ce n'était pas le vent. Chez elle… Ô Sombre Guerrière ! que n'aurait-elle donné pour être chez elle, loin de ces forêts étrangères au climat hostile, de ces hors-clan grossiers, butés. Chez elle…

Sa petite jument la regarda en hochant la tête et tira sur sa longe. Son souffle embuait l'air devant ses naseaux ourlés de givre. Elle n'aimait pas plus ces étendues sauvages et glacées que sa maîtresse. Jamais les pâtures d'hiver shin'a'in n'étaient aussi inhospitalières. Même au cœur de l'hiver, les rares flocons qui s'y égaraient fondaient en touchant le sol. Toute cette neige blanche, froide, heurtait profondément son sens des convenances.

—*Kathal, Dester'edra*, murmura la femme de sa voix rauque, et Kessira pointa ses oreilles velues vers elle. Tout doux, petite sœur aux sabots de vent. J'en ai presque fini avec toi.

La bête exprima son approbation d'un renâclement, et un sourire affectueux éclaira le visage austère de Tarma.

—*Li'ha'eer!* Il faut être un démon des glaces pour vivre dans un endroit pareil.

Quand elle estima avoir découvert assez d'herbe pour permettre à sa jument d'apaiser au moins en partie sa faim, elle déposa le fruit de sa cueillette au centre et ajouta sur le tout une ration mesurée avec parcimonie d'un mélange de grains et de sel. Elle n'avait réussi à grappiller que peu de chose en vérité, et ce n'était guère le régime préconisé à un organisme soumis à un effort soutenu : quelques graminées desséchées, les pointes tendres de branches prélevées sur des arbustes qui lui paraissaient nourrissants, du cresson sauvage et des racines de fléole des prés arrachées au torrent. Ça suffirait tout juste à empêcher la jument de mourir d'inanition. Il en aurait fallu davantage pour lui permettre de reconstituer les calories que lui avait coûté le transport de sa cavalière au rythme qu'elles lui avaient imposé jusque-là, son équipière et elle-même.

Elle débarrassa la petite Kessira de son entrave et l'attacha au centre de la zone qu'elle avait dénudée. Elle devait être affamée, à en juger par l'avidité avec laquelle elle se jeta sur le fourrage, si maigre soit-il. En d'autres temps, Kessira aurait tordu le nez avec dédain devant si médiocre pâture.

—*Haï...*, soupira Tarma en rentrant une mèche de cheveux aile de corbeau sous son capuchon. Nous vivons une drôle d'époque, toutes les deux, moi qui n'ai plus de clan, juste une curieuse amie étrangère, et toi si loin des plaines et de tes semblables…

Elle passa son bras droit sur le garrot de la jument et pressa un instant sa joue contre sa masse chaude.

Il n'y avait pas si longtemps, Tarma était pareille à toutes les autres jeunes nomades shin'a'in. Elle apprenait à manier l'épée et à chanter tandis que Kessira gambadait en liberté – sauf aux moments où sa présence était requise pour l'entraînement de sa maîtresse. Elles vivaient heureuses et insouciantes au sein du clan Tale'sedrin, libres Enfants du Faucon, libres d'être elles-mêmes.

Tarma caressa, de la joue, l'encolure de Kessira et huma son poil. Son odeur familière de cheval propre faisait tellement partie de ce qu'elle considérait comme *chez elle*… Qu'elles étaient heureuses alors ! Tarma était la mascotte du clan, avec sa voix cristalline, sa mémoire prodigieuse des chants et des contes. Elles s'entendaient si bien, Kessira et elle, que Tarma avait coutume de l'appeler sa « sœur à quatre pattes ». Leur vie était proche de la perfection, dans les moindres détails. L'étalon roi du troupeau avait commencé à tourner autour de Kessira, ce printemps-là, et Tarma avait eu Dharin ; rien ne semblait devoir gâcher ce qui paraissait être un avenir radieux et tout tracé.

Puis une bande de pillards s'étaient abattus sur le clan, et leurs épées avaient balayé en un instant cette vie insouciante.

Les yeux de Tarma la brûlèrent de nouveau. Rien, pas même la plus radicale des vengeances, n'effacerait la douleur. Elle les avait perdus, jusqu'au dernier.

En moins de temps qu'il n'en faut à une chandelle pour brûler d'un pouce, tout ce que Tarma avait jamais connu, tout ce qui avait jamais compté pour elle avait disparu de la surface du monde.

— Tant de sang versé, et pour quoi ? Quelques livres d'argent ? Quelle honte, ô Déesse, de voir Ton peuple compter pour si peu !

Tale'sedrin avait été massacré de la façon la plus lâche, la plus perfide qui soit. Le clan avait été pris au dépourvu, en train de faire la fête, totalement désarmé. Désarmé comme les Shin'a'in l'étaient rarement. Ils se fiaient à la vigilance de leurs sentinelles.

Mais la plus attentive des sentinelles ne peut rien contre la magie qui surgit sournoisement des ténèbres et rampe vers elle pour étouffer le cri dans sa gorge sans lui laisser le temps de souffler.

Dans les veines des brigands ne coulait pas une goutte de sang honorable. Ils savaient que si le clan avait été alerté, leur attaque aurait été repoussée alors qu'ils avaient l'avantage du nombre, aussi le mage à leur solde avait-il dissimulé leur approche et étouffé les gardes. Le combat était par trop inégal. Jeunes ou vieux, hommes et femmes, ils étaient tous morts, tous les membres de son clan...

— Ô Déesse, tiens-les en Ta sainte garde..., murmura Tarma comme elle le faisait au moins une fois par jour.

Les enfants de Tale'sedrin avaient péri. La plupart dans des souffrances atroces. Sauf Tarma. Elle aurait dû mourir. Et, inexplicablement, elle était restée en vie.

Si on pouvait appeler *vie* le fait de continuer à respirer alors que tout ce qui faisait le prix de l'existence avait cessé d'être. Oui, elle avait survécu, mais seule, seule, atrocement seule, la voix brisée – cette voix qui faisait naguère la fierté des siens –, le corps ravagé, et surtout le cœur et l'âme en miettes. Avec pour tout soutien la volonté farouche de se venger des forbans qui l'avaient privée de son clan.

Pour faire quelque chose, elle tira une brosse d'une poche intérieure de sa cape et entreprit d'étriller la jument qui mangeait. Les coups de brosse sur la robe alezane, familière, avaient un effet aussi apaisant pour la bête que pour sa cavalière. Tarma s'était retrouvée sans clan, autrement dit sans but dans la vie. Le clan était tout pour les Shin'a'in. La seule chose qui la retenait de chercher l'oubli dans la mort était le besoin ardent de venger son peuple.

Mais la vengeance, l'ultime vengeance était refusée aux Shin'a'in. Au commun des Shin'a'in, du moins. Sans cette précaution, trop de gens auraient péri de la main de leurs propres congénères, pour peu de chose. Si la Déesse avait édicté cette loi, c'est qu'elle connaissait Son peuple et savait qu'il s'emportait facilement. Seuls les Kal'enedral de la Guerrière – ceux que les hors-clan appelaient « Promis à l'Épée », bien que ce nom signifiât à la fois « Enfants de Son Épée » et « Ses Frères d'Épée » – pouvaient s'arroger le droit de prendre le sentier de la guerre et de tuer par vengeance. Ainsi le voulait le serment qui les liait à la Déesse de la Nouvelle Lune et du Vent du Sud : ils se devaient *d'abord* à Elle, *ensuite* au clan dans son ensemble, et *enfin seulement* à leur clan spécifique. Les luttes à mort entre Shin'a'in ne servaient pas les Clans ; réserver le privilège de revendiquer le prix du sang à ceux qui avaient consacré leur vie au bien des Shin'a'in dans leur intégralité restreignait au maximum les conflits interclaniques.

— Qu'aurais-tu fait à ma place, hein ? demanda-t-elle à la jument. Son serment n'est pas facile à respecter.

Il avait aussi un prix. Un prix qui pouvait paraître exorbitant à certains. Une fois qu'il avait prêté serment, le Kal'enedral n'était plus qu'une arme dans Sa main, et assez semblable à l'acier asexué, glacé, qu'il brandissait. Durs, un peu distants, rigoureusement asexués, tels étaient ceux qui avaient prêté Serment à l'Épée. Avec pour résultat accessoire que leurs intérêts demeuraient la plupart du temps les Siens à Elle, car cette attitude ne les prédisposait guère à prendre parti dans des différends au sein du clan. Il y avait donc peu de chance qu'un individu désireux de se venger d'autrui envisageât de prêter ce serment.

Mais le massacre de Tale'sedrin ne relevait pas de la discorde privée ou de la rivalité entre clans. L'affaire allait bien au-delà de la vengeance personnelle. Le fait que les brigands restent impunis risquait d'être interprété par les autres têtes brûlées comme le signe que les Clans étaient vulnérables, incitant les amateurs à réitérer ce genre de massacre. Tel avait peut-être été Son raisonnement. Tout ce que savait Tarma, c'est que, faute de trouver une meilleure raison de vivre, elle avait fait le serment à Celle-aux-Yeux-Étoilés de consacrer sa vie à venger son clan. Un projet insensé, issu d'un esprit que le chagrin menaçait d'égarer.

D'aucuns pensaient qu'elle était déjà folle, et que la Déesse refuserait le serment d'une démente. Mais à la stupeur de presque tout Liha'irden, le clan qui l'avait secourue, soignée et protégée, Elle l'avait accepté. Comme l'avaient d'ailleurs prévu les chamans – et eux seuls.

Elle n'avait pas imaginé, même dans ses rêves les plus délirants, ce qui résulterait de ce serment et de cette quête de justice.

Kessira finit le petit tas de fourrage et s'attaqua avidement à la pauvre herbe desséchée. Sous son épaisse toison d'hiver, ses os saillaient d'une façon qui déplaisait fort à Tarma. Elle cessa de l'étriller et lui flatta l'encolure. La jument interrompit sa dégustation le temps de lui pousser affectueusement le bras avec le bout de son nez.

— Tout ira bientôt mieux pour nous, ô patiente amie, lui promit Tarma.

Elle laissa la jument à son « festin » pour s'occuper de la mule de Kethry. Cette robuste bestiole était beaucoup moins exigeante que Kessira sur le plan gastronomique, et Tarma l'avait attachée au milieu d'arbustes à l'écorce tendre. Elle avait dépouillé tous les rameaux à sa portée des pousses de l'année passée et elle tirait maintenant sur sa longe, en tendant la langue, dans l'espoir d'atteindre une branche particulièrement appétissante qui se trouvait juste hors de son atteinte.

— Espèce de goinfre, dit-elle avec un petit rire.

Elle la déplaça, lui donna un peu plus de mou, et lui laissa une partie des graines et des plantes qu'elle avait glanées.

Elle était rusée comme toutes les créatures de son espèce ; plus futée même que n'importe quel cheval, à part ceux qu'élevaient les Shin'a'in. Elle pouvait sans crainte la laisser se déplacer. Si elle s'emmêlait les pattes, elle saurait se libérer toute seule. Elle ne se bourrerait pas non plus à s'en faire péter la sous-ventrière – comme s'il y avait assez à manger pour ça à cet endroit… C'était une bonne bête solide, douce et au caractère égal, tout à fait ce qui convenait à la cavalière inexpérimentée qu'était Kethry. Elle avait eu de la chance de la trouver.

En tirant sur les branches, la mule lui fit tomber un paquet de neige dessus. Elle la chassa d'un revers de main alors que ses pensées revenaient au passé. Non, elle n'aurait jamais imaginé les changements que ce serment et son vœu de vengeance allaient dresser sur le chemin de sa vie.

— Tu penses trop, Jel'enedra. C'est mauvais pour ton moral.

Elle reconnut aussitôt la voix de ténor légèrement caverneuse de son principal maître d'armes. C'était la première fois qu'il reparaissait depuis qu'elle avait passé l'ultime assassin de son peuple au fil de l'épée. Elle en était arrivée à se demander si ses professeurs reviendraient jamais.

Ils ne lui passaient rien, lui faisaient chèrement payer la moindre erreur, et celui-ci plus que tous les autres réunis. Aussi se garda-t-elle bien de montrer qu'il l'avait surprise, car elle ne s'attendait vraiment pas à le voir apparaître.

— Oui ? répondit-elle en se tournant lentement vers lui.

Elle trouvait injuste qu'il utilise ses pouvoirs d'un autre monde pour la prendre au dépourvu, mais il aurait rétorqué que la vie était injuste – comme si elle ne le savait pas. Quoi qu'il en fût, plutôt crever que d'avouer qu'elle ne s'était pas avisée de sa présence avant qu'il lui parle.

Enfin, il l'avait appelée « petite sœur », ce qui l'incitait à croire qu'il était content d'elle, pour une raison ou une autre.

— D'habitude, vous me reprochez plutôt de ne pas réfléchir suffisamment.

Dans un creux entre les fourrés se dressait un homme voilé, vêtu d'une tenue de combat noire. Ses yeux d'un bleu glacial, ses cheveux blonds, ses vêtements ajustés auraient révélé à la plupart des gens qu'il était, comme Tarma, un Shin'a'in. La plupart des Shin'a'in raffolant des atours aux couleurs de carnaval, les plus avertis auraient par ailleurs compris, en voyant l'austérité de sa mise, qu'il avait lui aussi prêté Serment à l'Épée. Ceux qui avaient voué leur vie à l'Épée se paraient généralement de noir, ou à la rigueur de marron foncé. Mais il aurait fallu un regard très attentif pour discerner qu'il ne laissait aucune empreinte sur la neige, à croire qu'il ne pesait pas plus lourd qu'un fantôme.

Ce qui n'avait rien d'étonnant. Après tout, il était mort des lustres et des lustres avant la naissance de Tarma.

— Réfléchir est une chose ; retourner des idées noires en est une autre, rétorqua l'ombre. Tes ruminations ne te mèneront à rien, qu'à t'attrister. Tu ferais mieux de chercher un moyen de vous remplir un peu le ventre à toutes les deux, ta *jel'suthro'edrin* et toi-même. Vous ne reverrez jamais les Plaines si vous ne mangez rien.

Il avait utilisé un terme shin'a'in habituellement réservé aux chevaux, et qui signifiait « enfant à jamais plus jeune ». Tarma aurait mis sa tête à couper qu'il ne l'avait pas choisi au hasard mais dans une intention bien précise : lui rappeler que le bien-être de Kessira et Rodi, la mule de Kethry, importait au moins autant que le sien, puisqu'elles étaient incapables de se débrouiller seules dans cet environnement hostile.

— Avec tout le respect que je vous dois, ô Maître, je suis… un peu perdue. J'avais jadis un but, mais à présent, fit-elle en secouant la tête, je ne suis plus sûre de rien. Comme vous me l'avez dit une fois…

— *Li'sa'eer!* Je t'y prends à retourner mes arguments contre moi ! la gourmanda-t-il gentiment. N'as-tu donc rien au monde ?

— Ma She'enedra. Mais elle n'est pas de mon clan. Elle m'est étrangère, bien que la Déesse ait béni notre serment de Son propre feu. C'est à peine si je la connais. Je voudrais… je voudrais tant…

— Quoi donc, lame de lumière ?

— Je n'aspire qu'à… rentrer chez moi…

L'émotion lui nouait la gorge et elle avait du mal à parler.

— Et alors ? Rien ne t'en empêche.

— Oh si, hélas ! répliqua-t-elle et elle aurait bien voulu que ses yeux cessent un peu de la brûler. L'argent. Nous n'en avons presque plus. Et la route est longue jusqu'aux Plaines.

— La belle affaire ! Tu dois être capable, à présent, de mettre ton arme au service d'autrui.

— Eh bien, à moins qu'il y ait une demande pour les gens sachant tirer l'épée, ce dont je n'ai pas eu l'impression jusqu'à présent, notre seule chance de refaire des provisions repose sur ma She'enedra et l'espoir qu'elle arrivera à monnayer ses pouvoirs magiques. Je me targue d'avoir eu les meilleurs maîtres, poursuivit-elle en inclinant la tête selon la petite mimique par laquelle les Shin'a'in marquaient le respect dû à leurs aînés, des maîtres à moi envoyés par Celle-aux-Yeux-Étoilés en personne ; je prétends avoir atteint un niveau de compétence raisonnable, mais ça me fera une belle jambe si je ne trouve pas de clients.

— *Haï'she'li!* C'est ta langue que tu devrais monnayer, Jel'enedra ! s'esclaffa-t-il. Enfin… Je suis venu te dire trois choses qui ne pouvaient attendre le lever de la lune : d'abord, il va y avoir une tempête cette nuit, et vous devriez vous mettre à l'abri, vos montures et vous-mêmes. Ensuite, à cause de la tempête, nous ne t'enseignerons rien ce soir, mais attends-toi à nous revoir à partir de maintenant toutes les nuits où tu ne seras pas entre quatre murs.

Il se détourna comme s'il s'apprêtait à partir lorsqu'elle le héla :

—Et la troisième chose ?

—La troisième ? répéta-t-il en tournant la tête pour la regarder par-dessus son épaule. Eh bien, c'est que tout le monde a un passé. Alors, au lieu de remâcher le tien, pense plutôt à celui de quelqu'un d'autre.

Il se fondit dans le vent et disparut avant qu'elle ait eu le temps de répliquer.

Elle médita un instant cette remarque sibylline en fronçant le nez, puis elle alla retrouver sa partenaire et She'enedra.

Kethry dépouillait deux lapins, penchée sur un petit feu qui ne faisait presque pas de fumée. Elle avait l'air si grave et concentré que Tarma retint un sourire. Elle s'appliquait comme si elle devait être notée sur le résultat ! Elles offraient un contraste saisissant, la hors-clan qui était sa sœur de sang et elle. Kethry avait un visage doux, tout en courbes, une opulente chevelure d'ambre, aux souples ondulations, et des yeux verts surprenants. Elle aurait été beaucoup plus à sa place comme magicienne de cour, dans le luxe d'un palais, que dans ce bivouac primitif. Tarma l'aurait très bien vue dans le rôle d'épouse ou de concubine d'un seigneur qui aurait été aux petits soins pour elle. Elle ne ressemblait à aucune des magiciennes que Tarma avait eu l'occasion de voir. Quant à elle-même, avec son profil d'oiseau de proie, ses yeux d'un bleu polaire, peu engageants, et son corps presque asexué, ce n'était pas vraiment le genre de personne qu'on pouvait s'attendre à voir une magicienne ou une femme comme Kethry choisir pour équipière et encore moins pour amie. En tant que mercenaire, à la rigueur, auquel cas ç'aurait été Tarma qui aurait dépouillé les lapins. C'était elle qui paraissait faite pour les tâches rebutantes…

Chose étrange, c'est Kethry qui s'était lancée tête baissée dans cette équipée, et Tarma qui souffrait le plus de leurs conditions de voyage, à commencer par le climat auquel elle n'était pas accoutumée.

En fin de compte, si elle n'avait pas prévu qu'en devenant kal'enedral elle se retrouverait tout à coup affublée d'une bande d'instructeurs morts depuis une éternité, elle avait été encore plus surprise par les conséquences de cette association. D'autant qu'elle n'avait pas vraiment envisagé de survivre au premier assaut contre ceux qui avaient anéanti son clan.

— Ce n'est pas parce qu'une aide est inespérée qu'il faut la repousser, lui avait dit son mentor la nuit précédant son intrusion dans la ville des bandits.

Et une aide pour le moins inattendue s'était présentée en la personne de cette improbable sorcière. Kethry avait elle aussi une raison de traquer les assassins et de leur faire payer leurs crimes, si bien qu'elles s'étaient alliées dans cette intention. Ensemble, elles avaient obtenu un résultat auquel elles ne seraient jamais parvenues isolément : elles avaient massacré les brigands jusqu'au dernier.

Seulement c'est ainsi que Tarma avait perdu tout but dans la vie. Seul la motivait désormais le désir de regagner les Plaines, d'y retourner avant que Tale'sedrin, son clan, passe pour éteint. Elle ne pouvait, elle ne voulait ni réfléchir ni faire de projets au-delà.

Kethry empaquetait les viscères dans les peaux. Elle les enfouirait dans la neige où elles gèleraient, après quoi elle s'en débarrasserait en les lançant loin du bivouac, à un endroit où elles ne risqueraient pas d'attirer les prédateurs.

Elle avait dû sentir le regard pensif de Tarma posé sur elle, car elle leva les yeux et lui fit signe avec son couteau à dépecer.

— Bonne chasse, nota Tarma en s'approchant du feu et en regrettant qu'elles n'aient osé le faire plus grand.

— Oui et non. J'ai dû employer la magie pour attirer ces pauvres bêtes, répondit Kethry en secouant la tête d'un air navré. Je n'ai pas très bonne conscience, mais que veux-tu ? Nous avons mangé notre dernière bouchée de pain hier, et je ne pouvais m'en remettre au hasard.

— Tu n'avais pas le choix. Dis-toi plutôt que nous pouvons nous contenter des ressources naturelles, mais pas Kessira et Rodi. Nous n'avons presque plus d'avoine et nous sommes encore loin des Plaines. Keth, nous avons besoin d'argent, et c'est toi qui, de nous deux, as le plus de chance d'en gagner par ici. La région est trop paisible pour que quelqu'un comme moi trouve du travail, à moins de signer un contrat d'un an minimum, ce que nous ne pouvons nous permettre. Je dois regagner les Plaines au plus vite si je veux relever la bannière de Tale'sedrin.

Ce fut comme si un nuage ombrageait le visage de Kethry. Son regard s'embruma et des lignes amères entourèrent sa bouche.

— Je sais bien. Seulement je sais aussi que la seule ville digne de ce nom dans la région est Mornedealth.

Or il était clair qu'elle aurait préféré mourir plutôt que d'y mettre les pieds, pour une raison inconnue de Tarma. Mais le moment semblait mal choisi pour tirer l'affaire au clair.

— Il y a une méchante tempête en préparation, reprit-elle pour changer de sujet. Je vais laisser paître nos amies à quatre pattes jusqu'au coucher du soleil, puis je les ferai entrer avec nous, dans l'abri. Je doute que le feu résiste aux éléments déchaînés, et je pense que nous avons intérêt à nous tenir chaud en nous blottissant les unes contre les autres.

— Je voudrais bien savoir d'où tu tiens tes tuyaux, répliqua Kethry, son froncement de sourcils se muant en un sourire. Pour ce qui est de prévoir le temps, tu es plus sorcière que moi.

— Disons que c'est une intuition shin'a'in, éluda Tarma avec un haussement d'épaules.

Elle aurait bien voulu savoir si elle avait le droit de parler à une She'enedra étrangère – et magicienne, par-dessus le marché – de ses maîtres voilés. Peut-être en prendraient-ils ombrage, et elle ne voulait même pas imaginer les représailles qu'ils pourraient exercer contre elle. Si elle était sûre d'une chose, c'est qu'elle ne tenait pas à courir le risque.

— Tu crois que tu auras le temps de faire cuire notre pitance avant que le ciel nous tombe sur la tête ?

— Douée comme je suis, ça ne devrait pas prendre longtemps, fit Kethry avec un petit rire. Enfin, à condition que j'arrive à retrouver les paroles magiques…

Elle découpa les lapins en morceaux, les embrocha sur des baguettes et les plaça sur le petit feu, puis elle enleva ses gants de cuir, fléchit les doigts, tendit ses mains nues au-dessus des flammes et commença à réciter une sorte d'incantation à voix basse. Elle avait les paupières à demi closes et une petite ride s'était formée entre ses sourcils. Tarma regarda, fascinée, une coque dorée, translucide, environner le feu.

— Très joli, commenta Tarma quand Kethry écarta les mains. Et ça sert à quoi ?

— Eh bien, d'abord, ça coupe le vent ; ensuite, en concentrant la chaleur, le bouclier permettra à la viande de cuire plus vite.

— Mouais. J'espère que ça ne te coûtera pas trop cher.

Tarma faisait équipe avec Kethry depuis assez longtemps à présent pour savoir que la magie avait un prix. Un prix que la jeteuse de sorts payait souvent en nature, par une diminution de ses forces vitales.

Kethry répondit par un sourire à son regard accusateur.

— Bien moins cher que tu n'as l'air de le penser. Un nombre incalculable de gens ont campé ici, et beaucoup d'entre eux ont marqué cet endroit d'une façon ou d'une autre. Si tu étais magicienne, tu sentirais la prodigieuse énergie résiduelle qui plane sur cette clairière. Il faut être sorcier pour pouvoir exploiter cette énergie. Or les mages ne prennent pas souvent la route des Caravanes. Quand ils sont vraiment obligés de se déplacer, ils empruntent plutôt la route des Messagers.

— Et alors ?

— Alors, il y a ici plus d'énergie qu'il en faut pour faire cuire notre dîner et nous procurer un meilleur rempart contre le froid que notre pauvre bout de toile.

Tarma hocha la tête, provisoirement satisfaite. Allons, sa sœur de sang ne se serait pas échinée rien que pour leur permettre de manger un peu plus vite.

— Enfin, en cherchant de quoi améliorer l'ordinaire de nos amies à quatre pattes, j'ai trouvé un petit quelque chose pour nous aussi.

Elle fouilla dans les poches de sa cape et en retira les racines de fléole des prés, l'aubier de mauve, les quelques noix et autres fruits secs qu'elle avait glanés.

— Ce n'est pas formidable, mais ça complétera notre dîner, et il devrait nous en rester un peu pour le petit déjeuner.

— Bénie sois-tu ! Ces lapereaux étaient un peu jeunes : tout petits, et pas bien gras. Tu veux que je le fasse cuire ?

— Ça se mange plutôt cru, généralement.

— Tant mieux. Et si tu m'aidais à renforcer l'abri, puisque tu nous annonces du mauvais temps ?

— D'accord, si tu me dis quoi faire. Je te rappelle que j'ignore complètement à quoi ressemblent les tempêtes de neige dans ton coin.

Kethry avait déjà étendu leur toile de tente sur le dessus et l'entrée dudit abri de pierres et de rondins, bourré les interstices, à l'intérieur, avec des broussailles et de la mousse, fait de même à l'extérieur avec de la neige, et recouvert le sol avec des branches de pin en guise de protection contre le froid. Tarma l'aida à attacher plus solidement la toile puis elles empilèrent sur les bouts restant libres toutes les pierres qu'elles purent trouver et tassèrent de la neige dessus.

Pendant qu'elles s'affairaient, la tempête annoncée commença à se manifester. Le vent prit de la force et l'horizon au nord s'assombrit sensiblement. Tarma lança un coup d'œil soucieux aux nuages qui s'accumulaient.

— J'espère que ta tambouille est prête, parce qu'on dirait que ça se gâte. Je te suggère de nous replier sur des positions préparées à l'avance.

— Ça devrait être cuit.

— De toute façon, ce ne serait pas la première fois que nous mangerions de la viande crue. Bon, je vais chercher les filles.

Tarma ramena d'abord la mule, puis sa jument. Elle les fit entrer dans la tanière à reculons et les persuada gentiment de se coucher par terre, de part et d'autre du refuge, la tête vers le rabat de toile, pour le cas où quelque chose les effraierait. Quand les deux femmes seraient assises entre elles – tout contre elles, compte tenu du peu de place disponible –, elles ne risqueraient guère d'avoir froid. Elle éleva une énième prière d'action de grâces à la Déesse pour la formidable docilité de la mule qu'elle lui avait permis de trouver à Kethry. Avec une bête rétive, ou n'importe quel cheval de race autre que shin'a'in, ç'aurait été tout simplement impossible.

Kethry la suivit en portant le lapin rôti sur un bout de cuir. Tarma referma soigneusement le rabat de toile derrière elle. L'odeur délectable lui mettait l'eau à la bouche. Elle se rappela alors qu'elles n'avaient rien mangé depuis le matin.

— Prends ça et trouve-toi un coin confortable, lui suggéra la magicienne.

Tarma se blottit contre le flanc de Kessira et Kethry s'agenouilla dans l'espace restant. Elle leva les mains à la hauteur de son menton, les paumes tournées vers l'extérieur, les yeux fermés, le visage rigoureusement inexpressif. Tarma comprit qu'elle faisait appel à un pouvoir magique beaucoup plus complexe que celui qui avait présidé à la cuisson de leur dîner.

Elle entonna une étrange mélopée et commença à se balancer légèrement en cadence. Un mince pinceau de lumière jaune se mit à danser devant elle. On aurait dit un rayon de soleil noyé par la pluie. En fait, c'est probablement pour ça que Tarma l'aurait pris si le soleil avait été presque couché, et non au-dessus de sa tête. Obéissant à la voix de Kethry, le rai de lumière gagna en force et en clarté. Puis elle prononça un mot d'un ton plus âpre et il se divisa en six. Les six rayons restèrent un moment figés au même endroit que le premier, peut-être un peu plus longtemps. Kethry se remit à fredonner, sur un rythme un peu différent, et les six rayons bondirent vers les parois de leur abri où ils se stabilisèrent à égale distance les uns des autres.

La soudaineté de la chose fit sursauter Tarma qui manqua de crever le plafond de l'abri. D'autant que l'un des rayons lui était passé au travers du corps. Mais n'ayant rien éprouvé de particulier au moment du contact, et en tout cas aucune douleur, elle reprit son calme. Les bêtes, quant à elles, restèrent indifférentes à toute l'affaire, quelle qu'elle fût.

Puis de petites volutes de lumière émanèrent en tournoyant de chacun des rayons et se dirigèrent les unes vers les autres pour s'entrelacer et former une sorte de filigrane. Cette dentelle doublait la toile tendue au-dessus de leur tête lorsque Tarma remarqua que le vent, qui hurlait et menaçait d'arracher la toile, s'était fait lointain et qu'il faisait sensiblement plus chaud dans l'abri.

Kethry s'accroupit alors, et s'appuya contre Rodi.

— Ça t'a coûté bien moins d'effort que je n'ai l'air de le penser, hein ? ironisa Tarma.

— Encore une réflexion comme ça et je te jette dehors.

— Il faudrait d'abord que tu passes sur le corps de Kessira. Allez, mange un morceau, va.

Tarma lui passa sa moitié de lapin. Il était encore chaud, étonnamment juteux et elles dévorèrent comme des louves. Lorsqu'elles eurent fini leur part, elles s'attaquèrent à la carcasse. Elles nettoyèrent les os jusqu'à ce qu'ils brillent comme de l'ivoire, les cassèrent pour en extraire la moelle jusqu'à la dernière goutte et dégustèrent, en guise de dessert, les racines que Tarma avait grappillées, à ceci près qu'une bonne moitié de sa part alla discrètement à Kessira.

Le temps qu'elles achèvent leur repas, la nuit était tombée et la tempête faisait rage au-dehors. Tarma écarta précautionneusement le rabat de la tente et coula un regard par la fente. Le feu était éteint. Tarma remarqua alors que la résille lumineuse brillait d'un éclat un peu plus vif. Pas assez peut-être pour lire, mais suffisamment pour lui permettre de discerner ce qui se passait aux alentours.

— Qu'est-ce que c'est ? demanda-t-elle avec un geste vague englobant la dentelle lumineuse. D'où ça vient ?

— C'est une variante du bouclier que j'ai érigé tout à l'heure autour du feu, une manifestation d'énergie magique qui se traduit sous une forme physique. Une partie de cette énergie vient de moi, une autre était déjà là et je n'ai eu qu'à lui donner une autre forme. Je lui ai dit en substance qu'elle me faisait l'impression d'être un mur, elle m'a crue et maintenant il y a un « mur » entre l'orage et nous.

— C'est ça, ouais. Tu as dit à cette chose lumineuse que tu croyais que c'était un mur, et elle t'a crue…

Kethry réussit à émettre un petit rire las en voyant l'expression de son équipière.

— D'où l'importance de la volonté dans toutes les pratiques magiques. C'est notre principal atout. Il faut une grande force pour ployer l'énergie à sa volonté.

— C'est comme ça que font les sorciers ?

— Tous les sorciers, ou seulement ceux des Vents Blancs ?

— Parce qu'ils n'agissent pas tous de la même façon ?

— D'où crois-tu que viennent les magiciens, d'abord ? Tu crois qu'on les abandonne dans les roseaux afin que leurs maîtres viennent les y chercher ? ironisa Kethry.

— Noon, mais en fait de « magiciens », les Clans n'ont que des chamans aux pouvoirs très limités. Ce sont avant tout des Guérisseurs, des conseillers, les gardiens des connaissances des hors-clan. Quand nous avons besoin de magie, c'est à Elle que nous faisons appel.

— Et Elle vous répond ? fit Kethry en ouvrant de grands yeux fascinés.

— Oui, à moins qu'Elle ait une sacrée bonne raison de ne pas le faire. Elle est très proche de nous, plus proche que la plupart des divinités ne le sont de leur peuple, pour autant que j'aie pu en juger. Mais c'est peut-être parce que nous ne Lui demandons pas grand-chose, ou en tout cas pas souvent. On raconte l'histoire de ce chasseur qui avait eu beaucoup de chance et qui avait commencé à compter dessus. Puis la chance l'avait abandonné, ses facultés s'étaient rouillées et il n'arrivait plus à tuer un seul animal. De guerre lasse, il était allé voir le chaman et lui avait demandé s'il pensait qu'Elle écouterait une prière ardente. Le chaman l'avait regardé de haut en bas, de bas en haut et avait fini par lâcher : « Tu n'es pas encore mort. »

— Ce qui voulait dire, j'imagine, qu'il n'avait pas fait tout ce qui était en son propre pouvoir.

— Exactement. Elle est l'ultime recours, et tu as intérêt à faire rudement attention à ce que tu Lui demandes. Parce qu'Elle te le donnera, mais à Sa façon, surtout si tu n'as pas été honnête avec Elle ou avec toi-même. C'est pour ça que nous ne faisons presque jamais appel à Elle.

L'intérêt de Kethry attisait la passion de Tarma, et comme cet intérêt ne se démentait pas, elle s'échauffait de plus en plus. C'était la première fois qu'elle trouvait l'occasion d'exposer ses croyances à Kethry. Jusque-là, soit Kethry était occupée à autre chose, soit elles ne jouissaient pas d'une intimité suffisante, soit, tout simplement, elles n'en avaient pas eu le temps…

— Elle a plusieurs aspects, mais ceux sous lesquels Elle est la plus accessible sont la Jeune Fille et la Mère. Elles sont plus douces, plus enclines à la mansuétude. Les plus sévères sont la Guerrière et la Vieille Commère. La Jeune Fille et la Mère n'ont pas d'Adeptes, contrairement à la Guerrière et à la Commère. Ceux qui prêtent serment à la Commère… Non, je ne te dis rien. Je te laisse deviner leur spécialité.

— Euh…, fit Kethry en se mordillant l'ongle d'un air songeur. Ce sont les chamans ?

— Exactement. Les chamans, les Guérisseurs, et les deux Anciens de chaque clan, qui peuvent être ou ne pas être eux aussi Guérisseurs ou chamans. Le serment à la Vieille Commère les lie, comme les Kal'enedral, à l'ensemble des clans, à ceci près qu'ils les servent par l'esprit, grâce à leurs dons, et non avec leur bras. Mais tu parlais des magiciens ?

Elle était aussi curieuse de savoir quels préceptes suivait Kethry que celle-ci semblait intéressée par l'enseignement qu'elle avait elle-même reçu.

— Il y a plusieurs écoles. J'ai suivi la règle des Vents Blancs. Mais je ferais peut-être mieux de commencer par le début : la magie a trois sources ; la première est une énergie propre au sorcier lui-même. Il faut avoir le don pour l'utiliser, et même alors je ne connais personne qui en ait la maîtrise absolue. J'ai entendu dire que, très loin au nord, ils pratiquaient une magie purement spirituelle au lieu d'appliquer leur esprit à rechercher d'autres sources d'énergie.

— À Valdemar, c'est ça ?

— En effet ! acquiesça Kethry, l'air agréablement surprise. La seconde source de magie est un pouvoir généré par les créatures vivantes, un peu comme le feu donne de la lumière par le seul fait qu'il *est* feu. Il faut avoir le don pour sentir ce pouvoir, mais on n'en a pas besoin pour l'utiliser à partir du moment où l'on sait qu'on en dispose. Une importante quantité de cette énergie se dégage à la mort, sous forme d'une véritable explosion. C'est pourquoi un sorcier qui n'a pas le don peut se tourner vers la magie noire. Il sait qu'il n'aura qu'à tuer quelqu'un pour que ce pouvoir se manifeste. La troisième source réside dans des créatures qui vivent en des endroits situés hors de ce monde mais parallèles à lui, un peu comme les pages d'un livre sont en contact les unes avec les autres, tout du long.

» Nous les appelons les Plans Parallèles. Il y en a un par élément, plus deux : l'un peuplé par ce que nous appelons les « démons » et l'autre par des êtres très puissants qui ne sont pas tout à fait des dieux mais semblent bien disposés envers les êtres humains. S'il y en a davantage, ils n'ont pas encore été découverts à ma connaissance. On peut traiter avec les créatures des quatre Plans Élémentaires et se concilier leurs bonnes grâces en leur rendant de petites faveurs, ou en leur promettant des choses qui leur font envie dans notre Plan.

— C'est ce que j'ai vu apparaître à tes côtés quand tu t'es battue contre ce sorcier, à la Croisée des Fraters ? Des créatures issues de je ne sais où ?

— Tu as très bien compris. C'est d'ailleurs à cause de ce combat que mon pouvoir est si restreint en ce moment. J'ai épuisé tout le crédit dont je disposais auprès d'eux en échange de cette aide. Encore heureux que je ne l'aie pas dépassé, ou à l'heure qu'il est nous serions probablement en train de chercher des roses des neiges pour les Varirs des Éthers ! Il y a une autre façon de traiter avec eux. Elle consiste à les contraindre à obéir en leur imposant des entraves magiques, ou par la force de sa volonté. Les êtres du Plan Abyssal se laissent parfois acheter avec l'énergie libérée par la douleur et la mort dont ils se nourrissent, ou contraindre si on a suffisamment de volonté pour ça, encore que le seul moyen de les « lier » magiquement consiste à les maintenir dans ce Plan. Pour leur imposer quoi que ce soit, il faut jouir d'une volonté plus forte que la leur. Quant aux créatures du Sixième Plan, que nous appelons Plan de l'Empyrée, on ne peut rien en exiger ; elles ne répondent aux appels que si ça leur plaît. N'importe quel magicien peut entrer en contact avec les habitants des autres Plans ; il suffit pour ça de connaître les paroles magiques qui ouvrent les frontières entre eux et nous. Les différentes écoles de magie se distinguent, en fin de compte, par leur éthique, par leur façon d'envisager les diverses sortes de pouvoir et par leur façon de les utiliser.

— Et quel est l'enseignement dispensé par la tienne ? demanda Tarma en s'appuyant, les bras étendus, sur le dos et l'encolure de Kessira.

Elle grattouilla les oreilles de la jument qui hocha rêveusement la tête en signe de satisfaction. Elle n'avait pas tiré autant de paroles de Kethry au cours des six derniers mois.

— Nous sommes opposés à toutes les formes de pression et n'y avons jamais recours. Nous n'avons aucun commerce avec les entités du Plan Abyssal, sauf pour les y renvoyer ou les détruire lorsque l'occasion nous en est donnée. Nous ne drainons pas délibérément notre énergie de la mort ou de la souffrance. Nous croyons que nos dons nous ont été donnés dans l'intention explicite que nous les utilisions pour le bien du plus grand nombre. C'est pourquoi nous vivons en nomades, pourquoi nous ne restons pas durablement au service d'un unique patron.

— Et pourquoi vous êtes d'une pauvreté sordide et pourquoi on vous compte sur les doigts d'une seule main, ajouta cordialement Tarma.

— Hélas oui, convint Kethry avec un sourire. Le détachement des biens de ce monde, tel est notre credo. C'est probablement pour ça que Besoin m'a choisie, moi et personne d'autre.

— Dis-moi, She'enedra, pourquoi ne veux-tu pas aller à Mornedealth ?

— Je...

— Et pourquoi ne m'as-tu jamais parlé de ton foyer et de ton peuple ? ajouta Tarma.

La dernière réplique de son mentor avait fermenté dans un recoin de sa cervelle, et quand Kethry s'était lancée dans sa « leçon » de magie, elle s'était rendu compte qu'elle ne savait presque rien des antécédents de son équipière. Elle avait assez ruminé ses tristes souvenirs pour comprendre que si celle-ci évitait aussi soigneusement d'évoquer son propre passé, ça ne pouvait vouloir dire qu'une chose : il était aussi désolant que le sien. Et elle était prête à parier la pièce qu'elle n'avait pas que le mystère avait quelque chose à voir avec Mornedealth.

Les lèvres de Kethry s'étaient étroitement serrées sur une émotion que Tarma ne connaissait que trop bien. La douleur.

— Il faudra que je le sache tôt ou tard, She'enedra. Nous n'avons pas le choix ; nous devons passer par Mornedealth afin d'y gagner un peu d'argent ou nous allons mourir de faim. Et s'il s'agit d'une affaire pour laquelle je peux t'être d'une quelconque utilité... eh bien, je veux doublement le savoir ! Tu es mon clan, et on ne touche pas impunément à mon clan, qu'on se le dise !

— Ce n'est pas... Tu ne peux rien faire pour moi.

— Tu ne crois pas que c'est à moi d'en juger ?

— Je crois que..., soupira Kethry, puis elle fit manifestement un effort sur elle-même et reprit : Tu as raison, après tout. Tu ne sais pour ainsi dire rien de moi. Tu m'as acceptée sans discuter, sans poser de questions.

— Ce n'est pas tout à fait vrai, objecta Tarma. *Elle* a accepté que tu me prêtes serment. Dès lors, je n'avais pas besoin d'en savoir davantage. Jamais Elle n'aurait laissé s'unir deux personnes qui n'étaient pas faites pour être sœurs de sang.

— Mais les circonstances changent, je le sais, et il n'est pas juste que je fasse mystère de mes origines comme si c'était un secret d'État. Très bien, soupira-t-elle en hochant pensivement la tête, et Tarma mesura combien les souvenirs qu'elle l'obligeait à évoquer devaient lui être douloureux. Si je ne t'en ai pas parlé plus tôt, c'est que je suis une fugitive. Je suis née et j'ai grandi à Mornedealth. J'appartiens à l'une des Cinquante Familles. Mon vrai nom est Kethryveris de Pheregrul.

Tarma haussa un sourcil, mais dit seulement :

— Dois-je m'incliner, ou te contenteras-tu d'un baisemain ?

Kethry esquissa l'ombre d'un sourire.

— Ce titre avait pour ainsi dire perdu tout son lustre quand je me suis enfuie. Les propriétés de la Famille avaient fondu comme neige au soleil du vivant de mon père, et s'étaient réduites à une maison décrépite dans la Vieille Ville. Nos privilèges se ramenaient plus ou moins à une invitation aux réceptions de la Cour – que nous avions coutume de décliner avec élégance – et à un droit de chasse dans les Forêts Royales, grâce à quoi nous arrivions, bon an, mal an, à ne pas mourir de faim. Mon père avait fait un mariage d'amour qui avait tourné au désastre. La famille de ma mère l'avait déshéritée, elle était tombée malade – une de ces maladies de langueur – et ne le lui avait pas dit.

» Elle dépérissait lentement mais irrémédiablement. Ce fut si progressif qu'il ne s'en rendit pas vraiment compte. Il était un peu distrait, pour parler par euphémisme. Elle est morte trois ans après ma naissance, nous laissant seuls tous les trois.

— Tous les trois ? répéta Tarma, surprise.

Elle s'était imaginé, sans trop savoir pourquoi au fond, que Kethry était fille unique.

— Mon père, mon frère Kavin – enfin, Kavinestral – et moi. Kavin était mon aîné de huit ans. Tout le monde disait que c'était le portrait craché de mon père quand il était jeune et il était beau… tu ne peux pas savoir. Beau comme un dieu.

— Et tu l'idolâtrais, avança Tarma.

Là, elle ne s'engageait guère. Ça se voyait comme le nez au milieu de la figure. L'autre chose évidente, c'est que si Kethry paraissait d'une pâleur spectrale, ce n'était pas dû à l'étrange lueur qui baignait l'abri.

— Comment aurait-il pu en être autrement ? J'avais dix ans quand notre père est mort ; je n'avais plus que Kavin au monde. Et s'il avait voulu s'en donner la peine, il aurait tourné la tête des champignons dans la forêt. Tout alla bien tant que notre père fut là ; il avait de petites rentrées d'argent qui lui permettaient de faire bouillir la marmite, mais ces revenus se sont taris après sa mort, nous laissant rigoureusement sans ressources, Kavin et moi. Nous n'avions nulle part où aller en dehors de cette monstruosité qui menaçait ruine et que nous ne pouvions même pas vendre parce que la loi interdit aux Cinquante Familles de disposer de leur demeure ancestrale. Nous avons donné congé à nos derniers serviteurs, sauf ma vieille nourrice, Tildy, qui n'a jamais voulu me quitter. Alors nous nous sommes démenées, Tildy et moi, pour faire marcher la maisonnée, trouver de quoi manger et nous vêtir. Kavin chassait dans les Forêts Royales quand la faim le tenaillait suffisamment ; le reste du temps, il le passait à être Kavin. Ce qui, pour moi, était synonyme de perfection.

— Jusqu'au jour où tu en as eu par-dessus la tête et où tu as foutu le camp ? risqua Tarma, comme le silence s'éternisait.

Elle savait que ce n'était pas la bonne réponse, mais elle espérait amener Kethry à reprendre la parole pour rétablir la vérité.

— Tu parles ! rétorqua Kethry avec amertume. Je lui mangeais dans la main. Non, la situation s'est plus ou moins maintenue ainsi jusqu'à mon douzième anniversaire. J'étais à peine pubère quand deux choses sont arrivées, à mon insu.

D'abord, Kavin, qui commençait à en avoir marre de tirer le diable par la queue, s'est mis à chercher un moyen de gagner beaucoup d'argent très vite. Ensuite, lors d'une de ses virées dans les lupanars avec ses amis, il a fait la connaissance du plus riche banquier de Mornedealth et a mis le doigt, si je puis dire, sur son vice secret. Kavin était d'une paresse indécrottable mais il n'était pas idiot. Il a vite fait d'additionner deux et deux. Il a découvert que Wethes Marchandor, comme tant d'autres parvenus, ne rêvait que d'une chose ; une chose que toute sa fortune ne pourrait acheter. Il mourait d'envie d'entrer dans les Cinquante Familles, de recevoir ces invitations à la Cour que nous déclinions. Or ça lui serait à jamais refusé, à moins qu'il opère je ne sais quel miracle pour le royaume, perspective hautement improbable.

Elle avait les mains étroitement nouées sur le ventre et les regardait comme si c'étaient les choses les plus fascinantes de l'univers.

— J'ignorais tout ça, bien sûr. Je passais mes journées cloîtrée dans ma chambre, à rêvasser. Dans mes divagations, je trouvais une cassette pleine d'or et de joyaux que je déversais sur les genoux de Kavin pour le voir sourire. Eh bien, un jour, je l'ai vu sourire. Il m'a annoncé qu'il avait une surprise pour moi. Je l'ai suivi les yeux fermés, naïve que j'étais. Une agnelle à l'abattoir ! Je n'ai pas eu le temps de dire ouf que je me suis retrouvée pieds et poings liés entre les pattes de Wethes. Le mariage avait déjà eu lieu par procuration. Tu comprends, le vice de Wethes, c'étaient les petites filles. Et je lui permettais de satisfaire à la fois sa perversion et ses ambitions. Le marché était trop avantageux pour l'un comme pour l'autre. Ils ne pouvaient résister à cette aubaine.

Sa voix se brisa. Tarma se pencha et posa une de ses longues mains osseuses sur celles de son équipière. Celle-ci avait les poings crispés sur ses cuisses. Si fort que ses jointures étaient toutes blanches.

— Alors comme ça, ton frère t'a vendue, hein ? Eh bien, She'enedra, rends-lui cette justice qu'il pensait peut-être te faire une fleur. Peut-être espérait-il que cet homme te donnerait tout le luxe dont tu pouvais rêver, qu'il te chérirait comme son plus cher trésor.

— J'ai bien essayé de me consoler comme ça, mais je ne pouvais sincèrement le croire. Kavin avait vu certaines de ces pauvres gamines après que Wethes les avait flétries. Il savait à quel sort il me condamnait en me vendant mais il s'en foutait éperdument. La seule différence entre elles et moi, c'est que mes chaînes étaient d'or massif, et que j'ai été violée sur des draps de soie et non de lin. Mais c'était bien d'un viol qu'il s'agissait et de rien d'autre. J'aurais voulu mourir. J'ai prié pour que la mort m'emporte. Je ne comprenais rien à ce qui m'arrivait. Tout ce que je savais, c'est que le frère que j'adorais m'avait trahie.

Sa voix chevrota un instant et retrouva sa fermeté.

— Enfin, je n'avais pas été abandonnée par tout le monde. Ma vieille Tildy parvint à s'introduire dans la maison, en arguant du fait qu'elle était ma nourrice. Personne n'osa lui refuser l'entrée. Quand Wethes eut fini de s'amuser avec moi, elle attendit qu'il soit parti pour demander à me voir. Elle me retrouva, me libéra et réussit à me faire sortir subrepticement.

Kethry leva enfin les yeux et croisa le regard de son équipière. Celle-ci y lut de la douleur, mais aussi une lueur qui ressemblait à de l'autodérision.

— Elle te plairait sûrement. Elle en a profité pour rafler tous les bijoux et les objets précieux sur lesquels elle a pu mettre la main.

— Tu as raison ; je crois que je l'aimerais bien. J'ai un faible pour les gens qui ne perdent pas le nord. J'imagine qu'elle avait trouvé un endroit où te cacher ?

— Chez son frère. Il a une ferme à l'est d'ici. Enfin, je n'ai pas été très bien dans ma tête pendant un moment, mais elle a réussi à m'aider un peu, là aussi. Seulement je me suis mise à faire des cauchemars et quand j'avais un mauvais rêve, tout ce qui pouvait bouger dans la chambre volait bas. Note que je n'ai rien cassé…

— Mouais. Quand tu dis que tout volait bas, j'imagine que ça se mettait à voltiger sans que tu y touches. Ça devait être assez impressionnant.

— Tildy savait qu'elle ne pouvait rien faire pour moi dans ces moments-là, alors elle m'a emmenée dans une école de magie qu'elle connaissait, l'Ordre des Vents Blancs. Un cauchemar plus tard, tout le monde était convaincu que j'avais besoin d'aide… et que je ferais une sacrée magicienne quand ils me l'auraient apportée. C'est là que Besoin est venue à moi.

Kethry desserra ses poings crispés et tendit une main vers une épée à lame courte, toute simple, nichée parmi tout le matériel entassé dans l'abri.

— Encore une histoire que tu ne m'as jamais racontée.

— Non, mais c'est plutôt parce qu'il n'y a pas grand-chose à raconter, en fait. Nous avions une garde, à l'école, une vieille mercenaire qui avait été embauchée pour assurer un semblant de sécurité et surtout pour lui garantir une sorte de semi-retraite. Elle s'appelait Baryl Longbras. Quand j'ai été prête à tailler la route, elle m'a appelée dans ses appartements.

— Tu as dû trouver ça bizarre, non ?

— Ça, tu l'as dit ! D'autant qu'elle n'avait pas la réputation de courir après les autres filles. Enfin, je n'ai pas eu à m'interroger longtemps. Elle m'a dit de but en blanc : « Tu es la première fille que nous voyons quitter l'école depuis une vie de chien, et il y a une chose que je voudrais que tu aies. Il est temps qu'elle sorte de nouveau, de toute façon, et je parie que tu ne seras pas partie d'ici depuis un mois que tu lui auras trouvé une utilité. » Elle a décroché cette épée du mur, l'a dégainée, me l'a mise dans les mains, et les runes sont apparues sur la lame.

— Tu me les as montrées. Si je me souviens bien, elles forment l'inscription suivante : « Le Besoin de la Femme éveille un écho en moi, comme le Besoin de la Femme m'a faite. À Son Besoin je répondrai comme me l'a demandé Celle qui m'a créée. » Je te prie de croire que ça m'a fait un choc, poursuivit Tarma en regardant la main de Kethry posée sur la poignée de l'arme. Moi qui avais toujours cru que les armes magiques avaient des poignées d'or, incrustées de pierres précieuses...

— Bref, Baryl m'a raconté le peu qu'elle savait de cette épée : elle s'appelait Besoin, elle passait pour indestructible et elle secourait les femmes. Elle les servait en les dotant d'un pouvoir dont elles étaient dépourvues. Par exemple, à Baryl, qui était une guerrière, Besoin apportait une immunité virtuelle contre tous les sortilèges, mais elle ne l'aidait absolument pas à se battre à l'épée. Au contraire, si moi qui étais une magicienne je la laissais prendre le contrôle au moment opportun, elle ferait de moi une maîtresse d'armes hors pair, mais elle n'interviendrait en rien dans les sorts que je pourrais lancer. Et elle contribuerait à me guérir de toutes les blessures non mortelles.

— Tout à fait comme Elle, commenta Tarma. Elle te fait donner le meilleur de toi-même, Elle te fait sortir les tripes, et Elle te laisse en plan quand tu es dans la mouise.

— Je n'avais jamais envisagé les choses sous cet angle, mais c'est assez vrai. Et si Besoin était shin'a'in ? Qu'en dis-tu ?

— J'en doute. Nous n'avons que peu de forgerons, et aucun d'eux n'est magicien. D'autre part, les épées courtes ne sont guère en vogue par chez nous. Maintenant, ne compte pas t'en tirer en changeant de sujet. Tu ne m'as pas encore dit pourquoi tu refusais de mettre les pieds à Mornedealth et j'ai de plus en plus envie de le savoir.

— Pff... Je pouvais toujours essayer... Enfin, voilà : je me suis mis à dos un homme très puissant – mon mari...

— Foutaises ! Il n'est pas plus ton mari que moi, à quelque mascarade qu'il ait pu se livrer.

— … et un homme totalement dépourvu de scrupules : mon frère. Je ne sais pas ce qu'ils feraient, l'un et l'autre, s'ils apprenaient que je suis de nouveau à portée de leurs griffes.

Kethry frémit, et Tarma se pencha pour prendre ses deux mains entre les siennes.

— Je n'ai qu'une question, ma sœur, mon amie, dit-elle d'un ton si grave que Kethry oublia son angoisse pour scruter le sombre regard qui plongeait dans ses yeux. Et la voici : dans quel sens veux-tu que je te les découpe ? En rondelles, ou dans le sens de la longueur, comme des courgettes farcies ?

— Tarma !

Cette question lui parut tellement saugrenue que Kethry ne put retenir un pauvre petit rire.

— Écoute, sérieusement, comment veux-tu qu'ils te reconnaissent ? De l'eau a coulé sous les ponts. Tu es une femme adulte, maintenant, et plus une enfant à moitié morte de faim. Et quand bien même ils apprendraient ton retour, à quoi crois-tu que je sers ? S'ils tentent de te faire quoi que ce soit, je te poserai de nouveau cette question et je te conseille de me répondre en vitesse parce que je ne te le demanderai pas une troisième fois. Tu es satisfaite, maintenant ?

— Tu es folle ?

— Je suis une Shin'a'in. D'aucuns prétendent que ce n'est pas tout à fait pareil. D'un autre côté, je suis aussi une Kal'enedral et la plupart des gens s'accordent à dire que c'est exactement la même chose. Alors crois-moi : personne ne lèvera impunément la main sur toi. Je suis juste assez dingue pour mettre la ville en coupe réglée à titre de représailles.

— Et je devrais me sentir mieux, sans doute ?

— C'est bien un sourire que je lis sur ton visage, non ?

— Ça doit être ça, en effet, admit Kethry à contrecœur.

— Quand une fille des clans tombe de cheval, on la remet tout de suite en selle. Ne crois-tu pas, She'enedra, que le moment est venu pour toi de remettre le pied à l'étrier ?

— Je…

— Évidemment, si tu préfères vivre toute ta vie en pensant à ces gens qui t'interdisent de rentrer dans ta propre ville…

Kethry releva le menton. Une lueur farouche embrasa son regard.

— Ça, sûrement pas !

— Eh bien, nous allons l'affronter, cette ville qui est la tienne, et ensemble nous vaincrons. Pour le moment, She'enedra, je te conseille de te faire un matelas avec ta mule et de dormir paisiblement. C'est ce que j'ai personnellement l'intention de faire avec Kessira. Demain, nous irons à Mornedealth et nous lui ferons ployer les genoux. *Haï ?*

Kethry hocha la tête d'un air entendu. Tarma avait encore réussi à l'embobiner. Enfin, elle commençait à envisager l'inévitable rencontre avec quelque chose qui pouvait passer pour de la confiance.

— *Haï*, acquiesça-t-elle.

Chapitre 2

Kethry enviait le don qu'avait son équipière de s'endormir instantanément, en toute circonstance ou presque. Ses propres pensées tournoyant dans sa tête, le ronflement de sa mule, les hurlements du vent constituaient pour elle un remède infaillible contre le sommeil et une vraie recette pour l'insomnie.

Elle aurait donné n'importe quoi pour éviter de remettre les pieds à Mornedealth. Elle ne pouvait s'empêcher de trembler de tous ses membres à la seule idée de se retrouver nez à nez avec Wethes. Elle n'était pas prête à l'affronter, et elle se demandait si elle le serait un jour…

D'un autre côté, Tarma avait raison. Comment pouvait-elle espérer être totalement maîtresse d'elle-même tant qu'elle se laisserait dicter ses mouvements par la peur et de vieux souvenirs ? Elle ne serait vraiment « libre » que le jour où elle aurait dominé son angoisse.

L'enseignement dispensé par l'Ordre des Vents Blancs imposait la connaissance et la maîtrise de soi. Eh bien, si elle s'était imaginé avoir atteint la pleine possession de ses moyens, elle se mettait le doigt dans l'œil, et jusqu'au coude, Tarma venait de le lui montrer.

Ça fait déjà sept ans, songea-t-elle amèrement. *Sept longues années – et ces bâtards exercent toujours leur ascendant sur moi. Je ne serai jamais une Adepte tant que je n'aurai pas rompu cette emprise.*

C'était l'essence même de la discipline des Vents Blancs : le sorcier ne devait se laisser entraver par rien de négatif.

On encourageait les liens positifs comme ceux qui unissent deux amants, l'enfant et ses parents, ou encore le serment de She'enedran qu'elles s'étaient prêté, Tarma et elle, le sorcier pouvant y puiser force et confiance. Mais les chaînes négatives que constituaient la peur, la haine ou l'envie devaient être arrachées et détruites, car elles risquaient de drainer l'énergie indispensable au magicien.

Il y a des moments où Tarma me surprend par sa clairvoyance et d'autres où elle est étonnamment aveugle. Mais est-ce de l'aveuglement ? Se rend-elle compte qu'elle nous pousse toutes les deux vers les Plaines comme si elle était ensorcelée ? Elle me rappelle ces pigeons voyageurs, incapables d'aller dans une autre direction que celle de leur perchoir.

Kethry ne s'était pas beaucoup interrogée sur le chemin où les menaient leurs pas. Elle était dans la phase vagabonde de son orbite personnelle ; elle ne se fixerait nulle part tant qu'elle n'aurait pas atteint le stade d'Adepte. Alors, soit elle fonderait sa propre école, soit elle entrerait dans une enclave des Vents Blancs déjà établie. Dans cette optique, le besoin irrépressible de rentrer chez elle qu'éprouvait Tarma faisait aussi bien son affaire que n'importe quel autre projet.

Jusqu'au moment où elle s'était rendu compte que leur route les menait tout droit vers Mornedealth.

On en revient toujours au même point, hein ? Et tant que je n'aurai pas réglé le problème, je serai réduite à l'impuissance. Sacrée Tarma, va ! Elle a raison. Je suis une sorcière à part entière et je fais équipe avec une fille qui manie rudement bien l'épée. De quoi ai-je peur, au nom de Teslat ? Ils n'ont aucun droit sur moi : je suis séparée de Wethes depuis sept ans alors que trois auraient suffi à annuler notre mariage, si tant est qu'il ait vraiment eu lieu. Je n'y retourne pas sous mon vrai nom, et j'ai tellement changé. Comment pourraient-ils me reconnaître ?

De l'autre côté de l'abri, Tarma bougea et se ramassa plus étroitement sur elle-même. Kethry sourit et secoua la tête en songeant à sa question : « *Tu préfères que je te les coupe en rondelles ou dans le sens de la longueur ?* »

Par tous les vents qui nous emportent, cette fille est un abîme de contradictions. Il faut que nous arrivions à parler.

Nous ne savons presque rien l'une de l'autre. Nous étions trop absorbées jusque-là par l'extermination des bandits, nous n'avons pas eu un moment de tranquillité. Et pourtant, si j'avais pu me choisir une sœur dans le monde entier, c'est elle que j'aurais préférée à toute autre. Sa Guerrière nous a dispensées du choix, mais serment à la Déesse ou non, c'est elle que j'aurais choisie.

Elle observa le visage de sa partenaire endormie. Le sommeil adoucissait son expression ordinairement froide et revêche. Elle avait, à vrai dire, l'air beaucoup plus jeune que Kethry.

Quand elle dort, elle redevient l'enfant qu'elle était avant de perdre son clan. Puis elle se réveille, et je ne sais plus très bien qui elle est. Elle mange, elle boit, elle respire par et pour sa Guerrière, j'en suis sûre, et pourtant elle n'a jamais rien fait pour tenter de me convertir. Elle serait ravie que je le fasse, je le sais, et ça ne changerait pas grand-chose en ce qui me concerne. Pour moi, sa Déesse n'est qu'un aspect du Formeur d'Âme né du Vent. Elle est comme tous les mercenaires dont l'épée est le prolongement du bras : elle croit qu'il y a une solution simple à tous les problèmes compliqués, une solution qui passe plus ou moins par les armes. Et tout à coup elle me balance un de ses proverbes alambiqués ou une information parfaitement ésotérique, comme le fait qu'on utilise la magie mentale à Valdemar. Et puis elle me cache quelque chose ; une chose en rapport avec sa Déesse, à mon avis. Non par manque de confiance en moi, mais peut-être parce que je ne partage pas sa foi. Son peuple… personne n'en sait beaucoup sur les Shin'a'in ; ils ne se mêlent guère aux autres. Ça n'a rien d'étonnant, bien sûr. Des gens qui connaissent les Plaines de Dhorisha comme eux pourraient plonger dans l'herbe et ne jamais reparaître, si tel était leur bon plaisir. On pourrait y cacher les armées d'une douzaine de pays sans qu'elles se rencontrent jamais. À condition que les Shin'a'in leur laissent franchir la frontière. Si Tale'sedrin avait été dans les Plaines et non sur la route de la Grande Foire aux Chevaux, les bandits seraient morts et les Enfants du Faucon caracoleraient toujours. Et moi, j'aurais une sœur de moins.

Kethry secoua la tête. *Enfin, on ne peut pas refaire le passé. Je n'ai plus qu'à me résigner à l'idée d'entrer à Mornedealth demain. Et si j'usais d'illusion ?*

Elle rumina un moment cette idée et y renonça. *Je ne vais tout de même pas changer de tête pour ces forbans ! Et puis n'importe quel sorcier risquerait de s'en apercevoir, se demanderait sûrement pourquoi et le découvrirait sans doute. Avec un peu de chance, il me tendrait la main ; dans le cas contraire, il irait trouver Wethes ou Kavin. Non, ça poserait plus de problèmes que ça n'en résoudrait. Je crois que Tarma a raison. Nous allons entrer en ville sous le nom de clan de Tarma, comme deux mercenaires cherchant à vendre leurs services, et voilà tout. En nous tenant tranquilles, nous ne devrions pas attirer l'attention et nous réussirons peut-être à éviter les ennuis. Plus on cherche les complications et plus ça risque de mal tourner…*

Kethry commença à s'inventer un passé plausible, mais le seul fait de prendre le problème à bras-le-corps et de s'être résolue à entrer en ville l'avait libérée des tensions qui l'empêchaient de dormir. Elle s'était à peine mise à la tâche qu'elle succomba à la fatigue.

Le lendemain matin, le temps s'était dégagé. L'aube amena avec elle un ciel sans nuages, un soleil radieux et un air glacial, si pur qu'il conférait à toute chose des contours acérés et les couleurs du neuf. Elles levèrent le camp et s'enfoncèrent dans un monde qui semblait avoir été recréé pendant la nuit.

Tarma n'en revenait pas de la métamorphose de la forêt. Elle en oublia le mal du pays qui la hantait en permanence, les soucis qu'elle se faisait pour Kethry et même, provisoirement, qu'elle pelait de froid.

Des oiseaux s'appelaient et se répondaient jusque dans le lointain. On n'entendait qu'eux dans la forêt, la neige étouffant le bruit des sabots de leurs chevaux. La tempête avait abandonné en partant un glaçage blanc qui gainait les branches des arbres et jusqu'au moindre rameau des buissons. Chaque cristal de givre étincelait, les nimbant d'un halo de lumière nacrée. Tarma y voyait au moins un avantage, c'est que leurs montures avançaient plus facilement dans la neige fraîche et qu'elles allaient plus vite. Un peu après la mi-journée, elles commencèrent à entrevoir les bâtiments et les murs de Mornedealth au-dessus des arbres, à travers les branches.

La ville était construite avec le bois de la forêt, qui constituait sa principale richesse, sinon la seule. Les palissades, les façades, les maisons de bois détrempées par les intempéries avaient pris une couleur argentée. Seules les fondations des bâtiments étaient parfois faites de pierre. Le rempart de la cité était un véritable monument à la gloire de l'ingéniosité humaine et des charpentiers de Mornedealth : il faisait deux étages de haut, et paraissait aussi solide que s'il avait été bâti en pierre de taille. Sans doute ne résisterait-il pas si on l'incendiait, ce qui arriverait à peu près inévitablement en cas de siège, mais cette enceinte n'avait jamais été conçue pour repousser des assaillants. Son seul but était d'empêcher les bêtes sauvages d'entrer en ville quand les rigueurs de l'hiver et la faim l'emportaient sur leur peur ancestrale de l'homme, et pour canaliser les allées et venues des étrangers en quelques points où elles étaient plus faciles à contrôler. Cela dit, si un ennemi pénétrait assez loin dans le royaume pour menacer Mornedealth, tout espoir serait perdu et la cité n'aurait plus qu'à rendre les armes.

La seule ville où Tarma avait jamais mis les pieds était la Croisée des Fraters – une bourgade moitié moins grande que

Mornedealth –, aussi avoua-t-elle à Kethry qu'elle était assez impressionnée bien avant qu'elles franchissent les portes.

—Quand même, tu as passé plus d'une année à pourchasser Gregoth et sa bande. Tu as bien dû…

—Je n'en garde guère de souvenirs, She'enedra. Tout disparaît dans une sorte de brume, comme si j'avais été ivre morte, ou saoule de fatigue. Je ne reprenais véritablement conscience que lorsque je m'entr…

Elle se rappela soudain que sa coéquipière ignorait tout de ses maîtres sans visage comme de leur nature, et opta pour une prudente discrétion.

—Quand j'y étais obligée, pour interroger quelqu'un ou suivre une piste. Le reste du temps, j'aurais aussi bien pu être ailleurs, et je n'étais sûrement pas dans l'état d'esprit voulu pour admirer le paysage.

—Je comprends. Je te demande pardon. J'ai parlé sans réfléchir.

—Tu n'as pas à t'excuser. Dis-moi plutôt ce qui nous attend là-dedans, puisque aussi bien c'est ta ville. Où allons-nous ?

Kethry retint sa monture et ouvrit de grands yeux stupéfaits.

—Je… j'étais tellement obnubilée par Kavin et Wethes que…

—*Li'sa'eer!* s'exclama Tarma, exaspérée, en s'arrêtant auprès d'elle. Eh bien, tu ferais mieux d'y réfléchir, et en vitesse !

Elle pressa doucement entre ses genoux les flancs de Kessira qui, obéissant docilement à ce signal subtil, poussa Rodi sur le bas-côté de la piste. Il n'y avait personne en vue, mais *yuthi'so'coro* – la courtoisie des grands chemins – était ancrée en elle depuis sa plus tendre enfance. C'était le code de conduite auquel se conformait tout Shin'a'in sur la route, même s'il se trouvait parmi des ennemis mortels. Et quand on s'arrêtait pour bavarder, la plus élémentaire des politesses voulait qu'on dégage le chemin pour ne pas gêner le passage des autres.

Kethry réfléchit un long moment en regardant le point de tangence de la route et des remparts de bois de Mornedealth.

—Nous allons entrer par la porte des Étrangers ; la route des Caravanes y mène tout droit, déclara-t-elle enfin d'un ton méditatif. Mais le Garde de la Porte consignera notre arrivée dans ses registres et nous demandera comment nous nous appelons, d'où nous venons, où nous allons, ce que nous venons faire là et tout ce qui s'ensuit.

—Par le Serment de la Guerrière ! Et puis quoi encore ? Ils ne veulent pas que nous leur racontions toute notre vie, tant qu'ils y sont ? rétorqua Tarma avec impatience.

—Écoute, c'est autant pour notre sécurité que pour la leur. Tu aimerais que de parfaits étrangers se perdent dans la nature, sur le territoire de ton clan ?

—*Sa-haï.* Tu as raison. À ceci près que les étrangers viennent rarement chez nous…

—L'ennui, c'est que je n'ai pas l'intention de leur dire mon vrai nom, mais que je préférerais éviter de m'emberlificoter dans une succession de mensonges inextricables.

—Pas de problème, lui assura Tarma. Nous allons lui servir la vérité toute nue, avec juste la petite dose d'affabulation nécessaire pour que tes ennemis te fichent la paix. Bon, et après ?

—Nous n'aurons qu'à descendre dans une de ces auberges réservées aux voyageurs. L'avantage, c'est qu'on ne nous demandera pas de payer tout de suite ; on nous laissera trois jours pour trouver du travail et rembourser nos dettes. L'inconvénient, c'est que si nous n'y arrivons pas, on nous confisquera toutes nos affaires, à part ce que nous aurons sur le dos.

Tarma poussa un petit reniflement méprisant qui lui valut un regard étonné de Kethry.

—Je pensais que tu piquerais une crise à l'idée qu'on puisse te prendre Kessira.

—Je voudrais bien voir ça. Tu ne sais pas comment elle est avec les étrangers. Personne ne lui mettra la main dessus sans ma permission. Si un inconnu essaie de toucher à ses rênes, il risque de s'en sortir avec une vilaine bosse, ou pis : un trou. Et le temps qu'il ouvre la bouche pour prévenir ses acolytes, elle aura filé ventre à terre par la première porte venue. Si je suis blessée et que je lui ordonne de prendre le mors aux dents, elle m'emportera droit vers la plus proche issue dont elle aura gardé le souvenir, sans que j'aie besoin de la lui indiquer. Et si elle n'en trouve pas, il se pourrait bien qu'elle en *ouvre* une. Non, je n'ai pas peur qu'on me la fauche. Qu'ils mettent un doigt dessus et c'est eux qui me paieront pour les en débarrasser ! D'ailleurs, j'ai autre chose à laisser en gage. Je préférerais m'en dispenser, mais si ça doit nous permettre d'éviter du grabuge...

Tarma ôta son gant de cuir, fouilla dans ses fontes et en retira un paquet informe, un peu plus grand que la main, entouré d'un bout de soie marron. Elle le déroula soigneusement et, tout à coup, les rayons du soleil illuminèrent de grosses perles d'ambre alternant avec des griffes et des dents sculptées, qui brillaient comme si le soleil s'était cristallisé en elles.

—Mais c'est le collier d'Osberg !

—Il me l'avait volé. Je l'ai récupéré sur son cadavre. C'est le dernier cadeau de Dharin. Il me l'avait offert pour notre prestation de serment. Je n'ai jamais retrouvé le couteau que je lui avais donné.

Kethry resta sans voix. Tarma regarda le collier pendant un moment puis le remballa avec détachement et le rangea. Cette froideur apparente devait masquer la douleur qui lui tordait le cœur, se dit Kethry.

—Je ne m'en séparerais pas de gaieté de cœur, mais si

ça peut nous épargner de déclencher une émeute… Bon, et maintenant, comment allons-nous trouver du travail ?

— Le moyen le plus sûr consiste à s'adresser à un Bureau de Placement. Ils se font payer par les employeurs pour trouver des gens dotés de compétences particulières.

— Hé, c'est exactement nous, ça.

— Évidemment, c'est autant d'argent qui nous passera sous le nez. Nous gagnerions davantage en trouvant du travail par nos propres moyens, mais je crains que ça ne prenne plus de temps.

— Le Bureau de Placement. Jouons la sécurité.

— Je suis bien d'accord, seulement ils ne manqueront pas de remarquer, à la seconde où j'ouvrirai la bouche, que j'ai l'accent du pays. Ça t'ennuierait de faire la conversation ?

Tarma se fendit d'un retroussis de la lèvre qui pouvait passer pour un sourire.

— D'accord, je parlerai pour nous deux. Prends l'air doux et stupide, et laisse-leur croire que nous sommes amantes. À moins que ça risque de nous attirer des ennuis.

— Ça, il n'y a pas de danger, rétorqua Kethry en secouant la tête. À Mornedealth, tout est permis, ou presque. À condition de pouvoir se l'offrir.

— Et on appelle ça la civilisation ! *Vaï datha*. Allez, finissons-en au plus vite.

Elles remirent leurs montures sur la route, et en moins de temps qu'il n'en faut à une chandelle pour brûler d'un pouce, elles subissaient l'examen des sentinelles qui montaient la garde sur les remparts. Tarma laissa un sourire sardonique s'inscrire paresseusement sur son visage. Il fallait leur laisser ça, ces gardes étaient bien dressés : pas de cris d'animaux ou de propositions grivoises à Kethry ; juste des yeux scrutateurs, évaluateurs, qui les jaugeaient sans les menacer, pour le moment du moins. Ces gardes « ramollis, qui ne sortaient pas de la cité » étaient assez impressionnants en vérité.

La porte des Étrangers était assez large pour laisser passer trois voitures de front, et munie d'une grille de fer forgé et d'une porte à deux vantaux de bois massif, délavé. L'une et l'autre étaient grandes ouvertes lorsqu'elles se présentèrent devant. Elles franchirent l'enceinte en traversant une sorte de tunnel qui faisait bien trois fois la longueur de leurs montures, le claquement de leurs sabots se réverbérant sur les parois de bois. Une chaîne était tendue en travers, du côté intérieur des fortifications. L'un des hommes qui montaient la garde à l'entrée s'approcha d'elles et leur demanda poliment mais fermement de le suivre vers un petit bureau construit dans l'épaisseur du rempart. Il y avait toujours un Garde de la Porte en faction à cet endroit. L'homme qui se trouvait derrière le bureau était capitaine, à en juger par l'insigne épinglé sur sa tunique de cuir marron. Kethry avait expliqué à son équipière, alors qu'elles approchaient de la ville, que les Gardes de la Porte étaient souvent de rang élevé et en tout cas au-dessus du gros de la troupe, parce qu'ils devaient savoir lire et écrire. L'homme qui les avait escortées jusqu'à la porte du bureau regagna son poste tandis que le Garde de la Porte, un homme d'âge mûr, mince et à la mine sombre, péchait une plume et une bouteille d'encre dans un tiroir et leur présentait sans mot dire le registre posé sur son bureau.

Le gaillard était bâti sur le même modèle que ses collègues postés sur les remparts. Il avait leur regard pénétrant et paraissait peu disposé à se laisser conter des fariboles. Tarma se demanda si Kethry réussirait à passer l'épreuve. Il faudrait qu'elle joue rudement bien la comédie si elle espérait s'en sortir en revendiquant un nom de clan shin'a'in. Elle n'avait pas vraiment le type.

Tarma ne put s'empêcher de lui jeter un coup d'œil en coulisse et retint de justesse un grand éclat de rire. Kethry arborait un sourire radieux, complètement ahuri, et ne cessait de jouer avec le drapé de sa cape que pour se lisser les cheveux.

Une véritable évaporée. Allons, aucun problème à redouter de ce côté-là. Le Garde ne s'interrogerait pas une seconde sur les raisons pour lesquelles la compagne de cette guerrière plutôt hommasse portait le nom de son clan !

Le Garde leur demanda assez sèchement de décliner leur nom et la raison de leur venue. Tarma répondit aussi laconiquement.

— Nous sommes des mercenaires shin'a'in. Tarma *shena* Tale'sedrin et Kethry *shena* Tale'sedrin. Nous faisons route vers les Plaines de Dhorisha où je vais revendiquer mes droits à la succession de mon clan. Nous sommes à court de vivres et devons trouver un travail temporaire afin de refaire nos provisions.

— N'y a guère d'offres à court terme pour les gens d'armes comme vous, ma Dame, répondit-il d'un ton bourru mais teinté de respect. Des contrats d'une année ou plus, pour sûr ; les Shin'a'in ont une sacrée réputation. Vous d'vriez pas avoir de mal à trouver un poste de garde, d'chef de milice ou d'maîtresse d'armes, et bien payé avec ça, mais pas à titre temporaire. Dites-moi, vot'jolie petite amie à la robe de magicienne… c'est d'la frime, ou elle saurait allumer une chandelle ?

— Oh, Keth est assez bonne dans son genre – sauf qu'elle n'a guère le sens des chevaux. Elle devrait bien nous gagner quelques piécettes, *haï shala*. Elle vaut la peine qu'on veille sur elle, et pour plus d'une raison, louée soit la Déesse.

— Eyah ! Sauf que, sans vous pour tenir les loups à distance, un joli petit morceau dans c'genre-là se ferait bouffer tout cru, commenta le Garde, une lueur de sympathie éclairant son regard. J'ai eu un frère d'écu comme ça au temps de ma jeunesse. Y s'prenait pour un poète et n'avait pas assez d'cervelle pour se mettre à l'abri quand il pleuvait ! L'a fini par attraper la mort en restant sous la neige, à admirer les flocons qui tombaient. Enfin, c'est la vie. Alors comme ça, z'êtes sans un... J'vais vous donner un conseil, entre collègues : allez à l'*Épée Brisée* et dites-leur que c'est Jervac qui vous envoie. Pis je m'suis laissé dire que l'Bureau de Placement du marché aux bestiaux cherchait une magicienne sous contrat à durée déterminée.

—Nous n'y manquerons pas. La chance soit sur votre arme, capitaine.

—Et sur la vôtre. Ah, ne remontez pas en selle, menez vos bêtes par la bride. C'est la loi, à l'intérieur de l'enceinte.

—Tu crois que c'est un bon conseil ? murmura Kethry lorsqu'elles furent hors de portée de voix.

—Ça, nous le saurons quand nous aurons trouvé cette auberge. Il y a de fortes chances pour qu'il touche une commission, mais il se peut aussi qu'il nous rende un bon service ; ce n'est pas contradictoire. C'était une bonne idée de me faire passer pour ta protectrice ; ça devrait dissuader les amateurs éventuels de s'offrir tes charmes non magiques. Nous l'aurions fait exprès que nous n'aurions pu trouver un meilleur moyen de nous attirer sa sympathie ; c'est pour ça que j'ai insisté un peu lourdement. Il devait se prendre pour un grand *she'chorne* ! Que je t'explique cette histoire de « frère d'écu » : on n'emploie cette expression que pour désigner son amant ; autrement, on dit « compagnon d'écu ». Et toi, comment ça va ?

Kethry avait l'air un peu fatiguée, mais il fallait bien la connaître pour s'en apercevoir.

—Je tiens le coup. Plus il se passera de temps sans que quelqu'un surgisse de l'ombre pour se jeter sur moi, mieux ça ira. Je devrais m'en sortir, va.

—*Vaï datha.*

Si Kethry disait qu'elle parviendrait à surmonter sa tension – bien compréhensible au demeurant –, Tarma la croyait sur parole. Elle prit enfin le temps de parcourir les environs du regard et fut impressionnée malgré elle.

— Sacrée sorcière aux yeux verts, tu ne m'avais pas dit que cet endroit était si grand !

— J'y étais habituée, répliqua Kethry avec un haussement d'épaules.

— Eh bien, ce n'est pas près de m'arriver, fit Tarma en secouant la tête d'un air stupéfait.

La rue le long de laquelle elles menaient leurs bêtes était si large que deux voitures s'y seraient aisément croisées, et il y aurait encore eu de la place entre elles. Elle était pavée de briques, ce que Tarma ne se rappelait pas avoir jamais vu, et il y avait une rigole au milieu, plus un caniveau de chaque côté pour les ordures et les excréments des animaux. Mais surtout, elle n'avait jamais vu autant de gens à la fois. Elles devaient jouer des coudes dans la foule, Kethry et elle. Kessira renâcla. Elle n'aimait pas être serrée de si près par des étrangers.

— Pourquoi est-il interdit de monter en selle ? demanda Tarma en remarquant que tous ceux qui avaient une bête, et ils étaient nombreux, la menaient par la bride, ainsi que le leur avait demandé le Garde de la Porte.

— Seuls les membres des Cinquante Familles ont le droit de mettre le pied à l'étrier dans l'enceinte de la cité, et pour une bonne raison. Tu imagines ce qui arriverait si quelqu'un perdait le contrôle de sa monture dans cette cohue !

— Ça, je dois dire… Tiens, voilà notre auberge !

L'enseigne était assez éloquente en vérité : on avait cloué les deux moitiés d'une épée cassée sur un écusson de bois qui se balançait au-dessus de la chaussée. Elles franchirent un porche menant à une cour carrée, impeccablement balayée, entourée sur les quatre côtés de bâtiments à deux étages. Des constructions de bois, comme de bien entendu – tout, dans la ville, semblait être fait en bois –, mais vernies dans un ton sombre, presque noir. Les bâtiments étaient manifestement anciens, mais soigneusement entretenus. Trois des côtés de la cour étaient occupés par les chambres des voyageurs, leurs bêtes « logeant » sur le quatrième côté, au fond.

— Attends-moi, je vais jeter un coup d'œil à l'écurie. Ça devrait m'apprendre tout ce que j'ai besoin de savoir.

Tarma tendit les rênes de sa jument à Kethry et traversa la cour d'un pas décidé. Comme elle s'approchait du bâtiment, un homme grisonnant, au visage balafré, vêtu d'un tablier de cuir, se dressa devant elle.

— Soyez la bienvenue, Dame d'Épée, dit-il. Peut-on faire quelque chose pour vous ?

— Oui : nous fournir le vivre et le couvert, à nos bêtes et à nous-mêmes – si ce que nous voyons nous plaît. Et pour le savoir, j'aimerais jeter un coup d'œil derrière cette porte.

Il lui dédia un large sourire, du moins avec la moitié de sa bouche qui n'était pas couturée par une cicatrice.

— Vous êtes shin'a'in, hein ? C'est bien ce qu'il me semblait. Par ici, ma Dame.

Il lui fit personnellement les honneurs de l'écurie, et Tarma prit sa décision sitôt qu'elle en eut franchi la porte. Loin de sentir le crottin et le purin, l'endroit était propre et bien aménagé. Les râteliers regorgeaient de paille fraîche, l'eau des seaux était claire, et les rares chevaux attachés étaient de ces bêtes dont le regard farouche ou calculateur et les oreilles rabattues disent suffisamment qu'il vaut mieux les voir entravés qu'en liberté.

— Eh bien, ce que je vois me plaît. Maintenant, si vous ne nous prenez pas pour des grosses légumes croulant sous l'or, je pense que vous avez gagné deux clientes. Oh, à propos : c'est Jervac qui nous envoie.

L'homme parut satisfait.

— Je m'appelle Hadell. On faisait équipe, Jervac et moi, jusqu'à ce que je me fasse couper un tendon – et les vivres – dans une bagarre. Adieu l'armée ! Je vous demanderai deux pièces d'argent par jour pour vos bêtes et vous deux, si vous voulez bien partager le même lit. La chambre n'est pas grande, je vous préviens, mais vous y serez tranquilles. Pour ces deux piécettes, vous aurez un endroit où dormir, le petit déjeuner et le dîner. Pour le repas de midi, à vous de vous débrouiller. Vous mangerez l'ordinaire, comme les gardes, mais les portions sont copieuses et j'ai une bonne cuisinière. Je vous accorde les trois jours de grâce habituels, et plus si vous avez quelque chose à me laisser en gage. Ça vous va ?

— Ça me va, acquiesça Tarma. J'ai quelque chose à laisser en gage, mais je préférerais ne vous le donner qu'en dernier ressort. Où est votre garçon d'écurie ? J'aimerais autant éviter que ma jument le mange tout cru.

— Ma fille d'écurie, rectifia Hadell. Et ma fille tout court. C'est une affaire de famille. J'ai épousé la cuisinière, la petite travaille à l'écurie et nos garçons servent à table.

— Sûr que vous serez plus tranquille comme ça quand elle commencera à perdre ses dents de lait et à prendre des formes, pas vrai ? fit-elle avec un petit rire complice.

Il acquiesça d'un clin d'œil et poussa un coup de sifflet strident. Une gamine aux cheveux hirsutes sortit comme un diable de sa boîte de ce qui devait être la réserve à fourrage et s'approcha au trot, gratifiant Tarma d'un sourire confiant.

— Voici…, commença l'homme en haussant un sourcil interrogateur.

— Tarma *shena* Tale'sedrin. Shin'a'in, comme vous l'avez deviné.

— Cette dame et sa compagne de voyage vont rester un moment chez nous. Elle a peur que sa jument ne fasse qu'une bouchée de toi.

— Laeka pour vous servir, ma Dame, répondit la gamine avec une ébauche de révérence. Vous êtes shin'a'in ? Et vous avez un cheval de bataille ? demanda-t-elle avidement en ouvrant de grands yeux émerveillés.

—Pas encore, Laeka. Mais si je reviens saine et sauve dans les Plaines, j'en aurai un. Kessira est une jument de selle. Elle peut livrer combat, toutefois elle n'a ni le poids ni l'entraînement d'un cheval de bataille.

—Eh ben! P'pa dit que les bêtes que les Shin'a'in gardent pour eux sont dix fois meilleures que celles qu'ils nous vendent.

—Voyons, Laeka! Ce ne sont pas des choses à dire! protesta l'aubergiste en flanquant une taloche amicale à sa fille, laquelle se frotta l'oreille en riant, pas démontée pour deux sous.

—Il n'y a pas d'offense, aubergiste! sourit Tarma. La vérité sort de la bouche des enfants. Il est vrai que nous vous vendons nos laissés-pour-compte, à vous autres, hors-clan. Viens, Laeka, je vais te montrer le genre d'animaux que nous gardons précieusement pour nous.

Tarma retourna vers Kethry, l'enfant trottinant à côté d'elle et l'aubergiste sur ses talons.

—Nous restons, She'enedra. C'est un bon endroit et leurs tarifs sont relativement honnêtes. Je te présente Laeka, la fille de notre aubergiste, et responsable des écuries.

Laeka se fendit d'un sourire radieux, manifestement enchantée de la promotion dont Tarma venait de la gratifier.

—Allez, mon petit chou, tends la main à Kessira, qu'elle puisse se faire une idée de toi.

Elle posa sa propre main sur l'encolure de la jument et murmura un mot, un seul et tout bas, mais d'un ton impérieux, pour signifier à la bête que l'enfant était une amie, donc à ménager, et qu'elle devait l'écouter. D'accord, la jument n'obéirait à certains ordres que s'ils lui étaient donnés en shin'a'in, langue que la gamine avait peu de chance de connaître, mais ce n'était pas grave, l'aubergiste n'ayant manifesté aucune intention d'ouvrir une nouvelle porte de derrière dans son écurie.

La jument inclina la tête d'un air grave et digne et affecta, par courtoisie, de flairer la main de l'enfant. Celle-ci poussa un gloussement ravi quand Tarma lui mit les rênes dans les mains. Kessira la suivit docilement sur les pavés de la cour, en avançant à petits pas prudents sur cette surface insolite. Kethry confia elle aussi les rênes de sa mule à la fillette. De ce côté-là, elles pouvaient être tranquilles : Rodi la suivrait n'importe où pourvu qu'il y ait à manger en perspective, et que l'endroit soit abrité.

Hadell leur montra leur chambre, qui se trouvait à l'étage. C'était une pièce aux murs chaulés, juste assez grande pour qu'on puisse faire le tour du lit, mais propre et dotée d'une fenêtre, d'une couette de plumes et d'une profusion de couvertures qui, pour avoir beaucoup servi, semblaient néanmoins d'une propreté méticuleuse. Tarma avait connu pis, et le dit.

— Et moi donc ! renchérit Kethry en s'asseyant au bord du lit pour enlever ses bottes avec une grimace de douleur. À commencer par l'endroit où je t'ai rencontrée. Personnellement, je crois que nous avons fait une bonne affaire.

— Possible. Nous devrions en avoir le cœur net quand nous verrons les autres clients. Bon, et maintenant ? fit Tarma en tendant à sa coéquipière des bottes d'intérieur en cuir souple.

— On mange un morceau et au dodo. Il est beaucoup trop tard pour aller au Bureau de Placement. Nous nous occuperons de ça demain matin, à la première heure. En attendant, j'ai l'impression de sentir la mule et ce n'est pas vraiment mon parfum préféré ! Je me demande si nous pourrions obtenir de ce brave Hadell qu'il nous fasse couler un bain…

Comme en réponse à ses vœux, quelqu'un frappa timidement à la porte.

— Ces dames voudraient-elles aller au bain d'vapeur ? demanda une petite voix de soprano, mais indéniablement masculine. P'pa dit qu'si vous y allez en vitesse, vous d'vriez pouvoir en profiter le temps qu'met une chandelle à brûler d'un pouce.

Tarma lui ouvrit la porte. C'était un gamin aux épaules carrées, aux cheveux noirs, qui ressemblait beaucoup à son père.

— L'offre est tentante, mon garçon, mais à quel coût ? s'enquit-elle. Enfin, si le tarif est en rapport avec les conditions que votre père nous a faites pour le reste, je crois que nous aurions tort d'hésiter.

— Une pièce de cuivre pour le bain de vapeur plus le bain tout court et une pièce de cuivre pour le savon et les serviettes, répondit-il en lui tendant une pile de linge. C'est la porte au bout du couloir.

— D'accord pour tout, et montre-moi où c'est, fit Kethry en s'emparant du paquet avec une telle vivacité que le gamin en resta bouche bée. Paie ce jeune homme, Tarma. Si je ne me lave pas tout de suite, je vais pourrir dans ma propre puanteur.

Tarma éclata de rire et lança quatre piécettes au gamin.

— Eh bien ! Je te croyais plus endurcie que moi, et voilà que je découvre en toi une de ces sybarites ramollies, ironisa-t-elle en suivant Kethry dans le couloir, vers la porte que leur avait indiquée le garçon.

— C'est curieux, je n'ai pas eu l'impression que tu crachais sur sa proposition.

— Comme dit le proverbe...

— Oh non ! Tu ne vas pas encore me servir un de tes dictons à la noix !

— ... l'ennemi a toujours le nez plus fin que soi.

— Oui, eh bien, si j'ai besoin d'un proverbe, tu me permettras de consulter plutôt un calotin. Ah, ça doit être ça.

Kethry ouvrit la porte de la salle de bains qui avait été annexée au bout de l'auberge.

— Ouaah... Le ciel soit loué !

L'endroit était décidément fort bien aménagé. Les bains étaient constitués en fait de trois pièces. La première était manifestement faite pour se décrasser, à en juger par les seaux et les baquets disposés un peu partout. Des pompes fixées aux murs amenaient l'eau froide tandis que de l'eau chaude sortait en bouillonnant d'une canalisation de bois placée sur le sol carrelé et se déversait dans une rigole qui traversait la salle de part en part. Pour se laver, on mélangeait l'eau chaude et l'eau froide tandis que l'eau sale s'évacuait par la rigole. Le tuyau d'eau chaude passait dans la pièce voisine, où l'on pouvait faire macérer ses plaies et ses bosses dans une énorme baignoire encastrée dans le sol. Une porte donnait sur le sauna. Il était libre pour le moment, mais la fosse ménagée au centre contenait des pierres chauffées et des seaux munis de louches destinés à verser de l'eau dessus. La fosse était entourée de banquettes du même bois verni que les murs. La matière blanche, translucide, des fenêtres laissait passer la lumière tout en respectant l'intimité du lieu.

— Le ciel soit cent fois loué ! renchérit Tarma en envoyant voltiger ses vêtements. Je vais enfin retrouver une température normale pour un animal à sang chaud !

Un pouce de chandelle plus tard, alors qu'elles faisaient voluptueusement trempette dans l'eau chaude, Kethry huma l'odeur légèrement cuivrée qui planait dans l'air et remarqua :

— Je comprends ! C'est une source minérale. Notre bienfaiteur peut se permettre de faire pratiquement cadeau des ablutions.

À cet instant, un grand sourire surmonté par une tignasse brune, hirsute, émergea de la vapeur et une main leur tendit leurs serviettes.

— La relève de la garde, mesdames. Les hommes qui logent ici vont pas tarder à v'nir prendre leur bain. Si vous voulez être un peu tranquilles, vous feriez mieux d'venir manger avant. Si c'est aut'chose qui vous intéresse, z'avez qu'à rester ici, vous d'vriez être servies !

— Ça, je n'en doute pas, mais je crois que nous allons opter pour la tranquillité, rétorqua Tarma avec un petit sourire entendu.

Elle sortit à regret de l'eau délicieusement chaude et prit la serviette que Laeka lui tendait en se disant qu'à certains égards, cette mouflette élevée dans une auberge était aussi mûre que n'importe quelle fille de clan. Elle se figea en constatant que la gamine regardait son torse, les yeux exorbités.

— Il y a quelque chose qui ne va pas ?

— Oh, madame ! Vous… Qui vous a… ?

Tarma baissa les yeux sur son corps endurci, tanné comme du cuir et couturé de cicatrices plus claires. Elle comprit que la fillette était surprise et choquée par le spectacle de toutes ces vieilles blessures sur un organisme relativement jeune. Elle repensa à l'adulation qu'elle avait lue un peu plus tôt dans son regard, et au froncement de sourcil de son père quand il s'en était aperçu. Elle tenait peut-être l'occasion de faire une fleur au gaillard, et – qui sait ? – de se concilier suffisamment ses bonnes grâces pour qu'il leur rende la pareille à l'occasion.

— Houlà ! Des tas de gens, mon petit chou, répondit-elle calmement. Si l'idée te passe un jour par la tête de partir à l'aventure, pense d'abord aux marques que tu vois là. La vie n'a rien à voir avec ces histoires où des héros passent leur temps à faire la fête et à combattre en chantant, sans jamais prendre une égratignure. J'ai mis des mois à me remettre de la dernière bagarre à laquelle j'ai été mêlée, et tout ce que les gens pour qui je me battais ont été fichus de me donner en guise de remerciement, c'est une poignée de pièces. La vie de mercenaire est loin d'être rose la plupart du temps, et on y fait rarement fortune.

Laeka déglutit et détourna les yeux.

— J'aime les chevaux, dit-elle enfin. Je sais m'occuper d'eux.

— Eh bien, il faut absolument que tu deviennes dresseuse de chevaux, répondit Tarma à la question informulée. Tu pourrais les entraîner et les vendre à des gens comme moi qui gagnent leur pain à la pointe de leur épée et non avec leur cervelle. Je vais te dire, si c'est ce que tu décides de faire : envoie un mot aux clans, de ma part. Je donnerai des ordres pour que tu reçoives un meilleur accueil que les autres hors-clan. Qu'est-ce que tu en dis ?

— Ça me va ! s'exclama la fillette, ses yeux s'illuminant à cette lointaine perspective, puis elle reprit un peu son calme comme Tarma remettait ses chausses, sa chemise, et refermait sa veste shin'a'in sur ses terribles cicatrices. P'pa m'a demandé de vous dire qu'au dîner il y avait du ragoût, du pain au miel et de la bière.

— Eh bien, voilà qui me paraît pas mal du tout. Hein, Keth ?

— Merveilleux.

— Dis-lui que nous descendons tout de suite.

L'enfant détala et Kethry haussa un sourcil.

— Tu ne trouves pas que tu exagères un peu ?

— Pff! Tu n'as pas vu l'admiration qui brillait dans les yeux de cette gamine, et l'inquiétude de son père ! Pour moi, il ne doit pas y avoir beaucoup de femmes mercenaires dans le coin. La petite en a vu juste assez pour en rêver. J'espère qu'elle sait maintenant à quoi s'en tenir, et je trouve que c'est aussi bien.

— Comme si tu ne savais pas à quoi t'en tenir, toi, quand tu t'es engagée sur ce chemin.

— D'accord, convint Tarma en laçant ses bottes, et sa voix rauque se réduisit à un murmure. Mais si j'ai quitté les Plaines, c'était pour venger mon clan. Tous les Shin'a'in apprennent à manier l'épée ; ça ne veut pas dire qu'ils ont l'intention d'en vivre. Nous… nous n'existons pas pour nous battre, nous nous battons pour survivre. Et nous n'y arrivons pas toujours. En ce qui me concerne, je n'ai pas eu le choix. Pas plus que toi je n'ai choisi le métier des armes.

Kethry fit la grimace.

— J'ai encore gaffé, hein ? soupira-t-elle en effleurant légèrement le bras de Tarma. Je te demande pardon, She'enedra, je ne voulais pas te blesser.

Tarma chassa ses idées noires d'un mouvement de tête.

— Je sais. Je ne t'en veux pas. Allons manger. J'ai tellement faim que je pourrais dévorer cette serviette.

La salle à manger était déserte lorsqu'elles arrivèrent, mais le garçon qui leur apporta le souper, un grand gaillard calme et sombre – l'aîné des trois enfants, à n'en pas douter –, leur prédit qu'elle ne tarderait pas à se remplir. Des hommes de tous les âges et de toutes les conditions firent en effet leur entrée séparément ou par petits groupes et prirent place à table où les deux fils de Hadell les servirent avec diligence. La vaste pièce aux murs blanchis à la chaux, comme tout le reste de l'auberge, pouvait aisément accueillir une cinquantaine de convives mais n'était qu'à moitié pleine ce soir-là. À part quelques jeunes gens, la plupart des hommes semblaient d'âge mûr. Tous avaient l'air compétents, faussement désinvoltes, des bons soldats de métier. Ils plurent tout de suite à Tarma. Aucun d'eux ne serait jamais officier, mais les officiers qu'ils servaient devaient être contents d'eux.

Ils parlaient à voix basse, manifestement fatigués par leur travail du jour. En les écoutant discrètement, les deux filles comprirent bientôt pourquoi.

C'était bien ce que pensait Tarma : ces hommes étaient des mercenaires étrangers, comme elle. Il fallait croire que c'était la morte-saison pour Hadell, et il ne devait pas être mécontent de les voir arriver ; d'où peut-être la modicité des tarifs qu'il leur avait consentis. Et puis sans doute était-ce l'un de ces êtres rares, un homme honnête qui avait pris le parti d'en donner pour leur argent aux hommes parmi lesquels il avait servi. Pour l'instant, seuls les hommes sous contrat d'un an ou plus – ou la poignée d'individus assez en fonds pour se permettre de passer la morte-saison dans une auberge – étaient descendus à l'*Épée Brisée*. D'ordinaire, les hommes sous contrat étaient nourris et logés, mais tous ceux-ci étaient des Gardes de la Cité, et il n'y avait pas de garnison en ville. Leur solde comprenait un défraiement pour leur logement et beaucoup d'entre eux prenaient pension dans des maisons comme l'*Épée Brisée*. Le travail n'était jamais aussi facile que le profane se l'imaginait souvent. Ce jour-là, les Gardes avaient dû réprimer une révolte suscitée par l'augmentation du prix du pain, et ils ne s'étaient pas exécutés sans réticences. Certes, ils étaient à l'abri du besoin, mais d'un autre côté la plupart d'entre eux étaient issus des mêmes classes populaires que les émeutiers, et ils se souvenaient des hivers où ils avaient eu faim. D'autant que, d'après les rumeurs, l'augmentation du prix du grain n'était pas justifiée. La récolte avait été bonne, les greniers à blé étaient pleins. On disait que la pénurie était artificielle, qu'elle avait été créée de toutes pièces par Wethes Marchandor.

Tarma et sa coéquipière montèrent se coucher, l'estomac plein d'un succulent ragoût.

— Je me demande vraiment pourquoi tu tiens à m'accompagner. Tu sais qu'il n'y aura probablement rien pour toi. À ta place, j'en profiterais pour faire la grasse matinée et récupérer un peu, déclara Kethry.

Elle était plantée, en chemise et chausses, devant la fenêtre et époussetait sa robe de magicienne à la lumière du matin. Quand elle jugea sa tenue présentable, elle la passa et ceignit son épée par-dessus.

— Eyah ! J'ai l'intention de te suivre comme ton ombre, une ombre protectrice et un peu menaçante, histoire de faire penser aux amateurs éventuels qu'ils ont intérêt à traiter mon équipière avec respect. Joue le numéro que tu crois le plus propre à renforcer le mien. Et à ta place, je laisserais ça là.

Kethry jeta un coup d'œil à Besoin et fit la moue.

— Tu as sûrement raison, mais je me sens toute nue sans elle.

— Je te rappelle que nous ne tenons pas à attirer l'attention, et tu es bien placée pour savoir que les magiciennes ne portent jamais d'acier en dehors de leurs dagues rituelles et d'un couteau pour manger.

Tarma était vautrée, tout habillée à part ses bottes, sur le lit. Elles n'avaient pas la place de se tenir toutes les deux debout côte à côte.

— Exact, soupira Kethry en ôtant son épée et en la fourrant sous le lit avec le reste de leurs affaires. Très bien. Allons-y.

Le Bureau de Placement se trouvait à quelques pas de l'auberge. Tarma trouva la promenade intéressante. Malgré l'heure matinale, les rues grouillaient de gens, de mendiants en haillons, de marchands aux riches atours, et pas tous de la région – elle reconnut les costumes de plus d'une douzaine d'autres contrées et en aurait sûrement repéré davantage si elle avait su quoi chercher. Ça avait beau être la morte-saison, l'activité ne cessait jamais tout à fait à Mornedealth.

Au Bureau de Placement – une simple salle dont les deux murs de côté étaient équipés de bancs de bois et au bout de laquelle se dressait un bureau, de bois lui aussi, bien sûr – elles débitèrent presque le même boniment qu'elles avaient déjà servi au garde, si ce n'est que Kethry se montra à peu près sous son vrai jour. Il était peu judicieux de se faire passer pour débile quand on cherchait du travail. Comme elles s'y attendaient, l'employé secoua sa tête blonde d'un air navré lorsque Tarma lui révéla n'être intéressée que par les missions à court terme.

— Je suis désolé, Dame d'Épée, dit-il. Vraiment désolé, mais pour les gens d'armes comme vous, je n'ai en ce moment que des contrats d'un à cinq ans. Maintenant, j'ai quelque chose pour votre amie…

— Oh ? fit Kethry en réussissant à prendre l'air intéressé.

— Un membre d'une branche cadette des Cinquante vient de toucher une belle grosse bourse royale. Il encaisse les taxes sur les vins du Haut-Val et… Bref, il a décidé de montrer à la ville de quoi un vrai aristo dans son genre est capable quand il en a les moyens et il s'est lancé dans l'élevage des chevaux : des palefrois, des destriers, des chasseurs, des bêtes de trait, de course, de promenade, d'agrément et je ne sais quoi encore. Il s'y connaît en chevaux, seulement il n'est pas capable de dire s'ils sont ou non sous le coup d'un charme. Il se méfie des mages de la ville, et honnêtement on ne peut pas lui en vouloir. Ils sont tous à la solde de quelqu'un et comment savoir si l'un ou l'autre ne doit pas une faveur à l'un de ses commanditaires ? Alors il m'a demandé de chercher un magicien indépendant, à titre temporaire. Cette tâche serait-elle dans vos cordes ?

— Je suis celle qu'il vous faut ! s'exclama Kethry, aux anges. La clairvoyance des sortilèges est l'une de mes spécialités.

— Eh bien, c'est parfait. Voilà l'adresse ; et le contrat. Vous n'avez qu'à signer là.

Kethry parcourut le bref document du regard, acquiesça d'un hochement de tête et appliqua son sceau de magicienne à l'endroit qu'il lui indiquait.

— Eh bien, bon vent ! Mes vœux vous accompagnent.

Elles quittèrent l'employé du Bureau de Placement sur un salut cordial. Arrivée à la porte, Tarma demanda :

— Tu veux que je vienne avec toi ?

— Non. Le client ne me connaît sûrement pas, mais moi je sais qui c'est. Ce n'est pas un ami de Kavin, et c'est tout ce qui m'inquiétait. Je devrais m'en sortir toute seule.

— D'accord. Je rentre à l'auberge. Peut-être Hadell aura-t-il un tuyau pour moi.

Hadell versa à Tarma une chope de bière, s'assit à côté d'elle sur le banc et secoua la tête d'un air de regret.

— Rien du tout, Dame d'Épée. Je suis...

— Vous êtes désolé, mais c'est la morte-saison. Je sais. En attendant, je crève d'ennui. Dites, il n'y aurait pas un coin où je pourrais m'entraîner ?

Ses maîtres ne s'approcheraient pas d'elle tant qu'elle serait entre les murs de la ville, et elle avait intérêt à s'exercer toute seule. Sinon, gare à elle quand ils reviendraient la voir !

— Il y a un terrain d'entraînement avec tout ce qu'il faut juste derrière l'écurie. C'est une simple arène de terre battue, en plein air, mais si ça ne vous ennuie pas...

— Je devrais survivre, s'esclaffa-t-elle, et elle alla chercher ses armes.

Elle n'eut aucun mal à trouver l'endroit et fut agréablement surprise de n'y rencontrer âme qui vive. Elle prit le balai appuyé contre la palissade et déblaya la fine couche de neige qui couvrait le sol. L'air était sec, d'un froid mordant, sans un souffle de vent. Le soleil d'hiver luisait bravement, assez près du zénith pour qu'il n'y ait pas de « mauvais » côté. Elle resta un moment plantée sur place, immobile, les yeux clos, pour évacuer l'instant présent et accéder à cet état d'intemporalité qui tenait à la fois de la concentration parfaite et de l'ultime détachement. Elle commença par des exercices d'échauffement ; une succession de mouvements lents, coulés, qui s'enchaînaient en souplesse et se fondaient l'un dans l'autre. Quand elle les eut effectués, elle passa à l'étape suivante : elle dégaina son épée attachée sur son dos et exécuta une autre série de figures un peu plus rapides. À chaque étape, ses gestes se compliquaient davantage, gagnaient en vitesse, et sa lame ne fut bientôt plus qu'une tache de lumière floue. Un éventuel spectateur aurait presque pu voir l'adversaire invisible contre lequel elle joutait.

Elle acheva sa séance d'entraînement comme elle l'avait commencée, en ralentissant ses mouvements pour enfin rengainer son épée d'un mouvement aussi fluide et gracieux qu'une feuille tombant de l'arbre. L'arme regagnait son fourreau avec un cliquetis métallique lorsque les applaudissements retentirent.

Surprise, Tarma se retourna d'un bond. Elle était tellement absorbée par ses exercices qu'elle n'avait pas remarqué l'arrivée de trois spectateurs : Hadell et deux hommes dans la force de l'âge, vêtus de capes doublées de fourrure, qui n'avaient pas dîné dans la salle de restaurant, la veille au soir.

Elle esquissa un sourire torve, se fendit d'une courbette et les laissa approcher.

— J'avais entendu dire monts et merveilles des Shin'a'in et vous venez, Dame d'Épée, de me prouver que les rumeurs sont parfois fondées, commença le plus grand des deux, un homme au visage buriné et aux cheveux courts, décolorés par le soleil, qui portait une cape fermée par une agrafe d'or. Je m'appelle Justin Doublame, ma Dame, et voici mon frère d'écu, Ikan Valsec.

— Tarma *shena* Tale'sedrin, répondit-elle. Et grand merci. Il n'y a pas de plus doux éloge que celui d'un de ses pairs.

— Nous avons plus que des éloges à vous offrir, si vous le souhaitez, continua le second, qui avait les cheveux blonds comme Kethry, mais le regard bleu, candide, d'un laboureur.

— Eh bien, comme je veux croire que vous ne me demanderez pas de vous servir au lit, je vous ferai au moins la grâce de vous écouter.

— Des leçons. En échange, nous vous offrons votre pension, à votre équipière et vous-même.

Tarma s'appuya sur la barre supérieure de la palissade et pesa un instant les termes de la proposition.

— Hon-hon. Ça pourrait m'intéresser, acquiesça-t-elle en s'abritant les yeux du soleil. Mais d'abord, deux questions : pourquoi, et pour combien de temps ? Je n'aimerais ni rater la seule occasion de travail à court terme qui risque de s'offrir à moi avant plusieurs mois, ni que vous me fassiez faux bond.

Hadell vola au secours de ses compagnons.

— Ils ne vous feront pas faux bond, Dame d'Épée, lui assura-t-il. Justin et Ikan passent l'hiver ici en attendant que les caravanes repartent au printemps. Ce sont des hommes précieux pour la Guilde des Négociants en Pierres Précieuses. Des hommes d'assez grande valeur en vérité pour que les marchands les paient à ne rien faire ici pendant la morte-saison.

— Des hommes de valeur, certes, mais qui s'ennuient comme des rats morts ! s'exclama Ikan. Je vais vous dire : rares sont ceux qui consentent à relever les défis que nous leur lançons, et plus rares encore ceux qui y parviennent. Et bien que j'aie déjà vu ce style de combat, je n'ai jamais eu l'occasion de l'apprendre. Ou d'apprendre à le contrer. Alors si ça ne vous faisait rien de nous montrer comment faire...

— Si ça ne me fait rien ? Pas le moins du monde ! D'honnêtes gardes comme vous n'iront jamais affronter les Clans, et s'il y a des gens pour s'imaginer qu'en copiant notre style ils auront la partie belle contre les mercenaires, ils méritent de tomber sur des hommes qui connaissent les parades. Eh bien, c'est entendu ; pendant que Keth gagnera ce qu'il nous faut pour refaire le plein de provisions, je vous servirai de professeur.

— Et nous couvririons vos frais de pension, confirma Justin. Ou plutôt la Guilde, ajouta-t-il avec un sourire rusé. Nous n'aurons qu'à en ajouter le montant à notre note de frais. Ils se contenteront de penser que nous avons passé les longues soirées d'hiver à picoler et à nous envoyer en l'air !

— Vous voulez que je vous dise, Justin ? Eh bien, je crois que nous sommes faits pour nous entendre, tous les trois ! s'esclaffa Tarma. J'aime beaucoup votre façon de penser…

Chapitre 3

Les lampes faisaient des mares de lumière jaune, chaude, dans la salle de restaurant, et révélaient des visages moins tendus que la veille. Les émeutes ne s'étaient pas renouvelées et les pensionnaires de l'*Épée Brisée* étaient beaucoup plus bavards et communicatifs.

Les deux femmes dégustaient un ragoût de poisson et des pommes de terre dans un coin tranquille, au fond de la salle, où elles n'étaient pas gênées par le vacarme ambiant.

— Et voilà : j'ai deux élèves, et j'avoue que je m'amuse comme une petite folle, disait Tarma. Je n'aurais jamais pensé que donner des cours me plairait autant. Il faut dire que Justin et Ikan ne sont pas susceptibles ; ils prennent bien mes remarques, et ça aide. Ils ont exactement l'attitude requise pour devenir très bons à l'épée.

— Et quelle est cette attitude ? demanda Kethry, qui se réjouissait de voir, pour une fois, un vrai sourire de plaisir sur les lèvres de Tarma et non un rictus ironique.

— Se dire qu'en lice le chef c'est moi.

Kethry poussa un reniflement de dérision qui ne pouvait échapper à Tarma dans le silence relatif environnant leur table. Son sourire s'élargit.

— Tu es trop modeste, ironisa la magicienne.

Elle se sentait à vrai dire beaucoup mieux elle aussi. Aucun espion à la solde de Wethes ou de Kavin ne s'était jeté sur elle et rien de ce qui s'était passé au cours de la journée ne lui avait rappelé de mauvais souvenirs. Il lui était même arrivé, à plusieurs reprises, d'oublier complètement qu'elle était à Mornedealth. Force lui était d'admettre que ses appréhensions étaient dénuées de fondement.

— Non, je t'assure, répondit Tarma à ses railleries. Sérieusement, peu importe la relation qu'on a pu établir en dehors des cours, en lice, le maître est le Maître. Sa parole a force de loi, et on ne la discute pas.

Tarma sauça son assiette avec son pain jusqu'à ce qu'elle brille et, cette rude tâche accomplie, s'adossa au mur.

— Beaucoup de ceux et celles qui mettent leur épée au service des autres ne comprennent pas cette relation ; surtout quand le Maître est une femme. Mais Ikan et Justin ont de très bonnes bases, et ils ont reçu leur enseignement assez tôt pour en tirer profit. Ils sont doués, sérieux, et devraient rapidement progresser.

— Et s'il se trouvait qu'ils aient eux-mêmes quelque chose à t'apprendre ? objecta Kethry en faisant distraitement tourner une bague autour de son doigt. Ton statut de Maître ne risquerait-il pas de se retourner contre toi ?

— Non. Quand je deviens l'élève, mon maître devient Le Maître, ce qui s'est d'ailleurs produit juste avant que nous cessions l'entraînement pour aujourd'hui : j'ai demandé à Justin de me montrer une parade désespérée qu'il avait utilisée contre moi un peu plus tôt. Ah, ma sœur aux yeux verts, si seulement tu en savais un peu plus long sur le maniement des armes, soupira Tarma. Tu ne peux imaginer l'habileté du mouvement qu'il m'a montré ! Je regrette vraiment que tu n'en saches pas juste assez pour l'apprécier, car je pourrais t'en parler pendant tout le temps que met une chandelle à se consumer. Le moindre flottement dans son exécution et c'est la mort à peu près assurée, mais parvenir à le maîtriser avec une absolue précision peut donner le moyen d'échapper à des situations autrement sans issue.

— N'empêche que je ne vois pas comment tu t'y reconnais, objecta Kethry en secouant la tête. À l'École, chaque élève avait un Maître et un seul ; au moins, comme ça, nous ne risquions pas de nous embrouiller dans différents styles de magie.

— Mais une partie de ce qui fait le bon mercenaire, c'est justement la versatilité, la faculté d'apprendre à peu près n'importe quoi de n'importe qui. Si on n'est pas assez souple, mentalement, pour accepter plusieurs Maîtres, ce n'est pas la peine d'essayer de vivre de sa lame, un point c'est tout. Bon, et toi, comment ça s'est passé aujourd'hui ?

— Oh, c'était très instructif, répondit Kethry avec un petit sourire torve, en élevant légèrement la voix pour se faire entendre malgré les gros rires qui éclataient derrière elle. Si je n'avais pas accepté cette petite mission, je n'aurais jamais imaginé les querelles sournoises auxquelles se livrent les Cinquante sous des dehors amicaux.

— Ah bon ? fit Tarma en haussant un sourcil interrogateur.

— Pour moi, au départ, la mission que m'avait proposée l'employé du Bureau de Placement n'était qu'une formalité. Et puis j'ai commencé à utiliser ma vision magique pour regarder certaines des bêtes que mon client avait présélectionnées. Eh bien, plus de la moitié étaient sous le coup d'un enchantement, et j'ai reconnu les charmes généralement utilisés par les mages des Maisons locales. Leur intervention avait souvent pour objet de maquiller des défauts plutôt amusants, le genre farce de potaches, comme ces deux chevaux gris, parfaitement assortis, qui auraient été magnifiques si leur robe ne s'était révélée d'un jaune boueux particulièrement hideux.

— Quel intérêt ? Un cheval est un cheval, quelle que soit sa couleur, rétorqua Tarma en faisant glisser sa dernière bouchée de pain beurré avec une bonne rasade de bière.

— Eh bien, imagine la confusion du jeune homme si le mage avait levé l'enchantement alors qu'il menait ses bêtes sous leur caparaçon marron, dans une procession, par exemple, alors que tous les yeux étaient braqués sur lui et les langues prêtes à marcher.

— Son prestige en aurait pris un coup, gloussa Tarma. Encore que je ne sois pas très portée à plaindre un individu assez stupide pour affubler sa monture d'un caparaçon marron.

— Tu sais que tu as un mauvais fond, toi ? Les couleurs de sa Maison sont le marron et le bleu. Que veux-tu qu'il y fasse ? Il est bien obligé de les arborer. Bref, ce genre de mésaventure lui aurait sûrement porté un sacré coup au moral. Pour qu'il ose surmonter le ridicule et reparaître en public avec son équipage, il aurait fallu qu'il trouve une chose particulièrement spectaculaire, comme de faire traîner son équipage par des griffons. Tu vois à quelles extrémités aurait pu le pousser une mauvaise plaisanterie de ce genre ? Au fait, c'est mon client que tu qualifies de stupide, et je trouve que c'est injuste au regard des émoluments qu'il me verse.

— Allez, tu as gagné, je lui pardonne ses couleurs. Combien de temps penses-tu rester à son service ?

— Une semaine, peut-être deux.

— Parfait. Comme ça, mes élèves en auront pour leur argent et nous devrions nous retrouver sur la route sans trop tarder.

— C'est tout ce que je demande, approuva Kethry en jetant un petit coup d'œil par-dessus son épaule, sentant renaître ses appréhensions. Plus longtemps je resterai ici, plus je risquerai de retomber sous la coupe de ce…

— Pff…, protesta Tarma en asséchant sa chope. Qui penserait à venir te chercher ici ?

— Où est-elle ? hurla la voix incrédule renvoyée par la voûte du bureau aux proportions de cathédrale avant de se réverbérer sur les magnifiques et coûteux lambris de bois noir.

— À l'*Épée Brisée*, une de ces auberges réservées aux étrangers. Des mercenaires, surtout, précisa Kavin qui se balançait dans son fauteuil en laissant négligemment pendouiller son verre presque vide au bout de son bras.

Il ferma à demi les yeux et savoura le plaisir pervers de voir Wethes s'agiter fébrilement en songeant à son précieux tapis et à son fragile mobilier.

— Elle s'est bien gardée de donner son nom de Famille. Elle se fait passer pour étrangère.

— Que fait-elle là ? demanda Wethes en passant nerveusement ses doigts dans ses boucles noires, calamistrées, puis en jouant avec le coupe-papier en or massif de sa garniture de bureau. Est-elle seule, a-t-elle des alliés ? L'idée d'aller la chercher dans un nid de mercenaires ne me dit vraiment rien qui vaille. Ça pourrait nous attirer des tas d'ennuis. Des ennuis qu'aucune fortune au monde ne suffirait à étouffer.

— Elle porte une robe de sorcière, et je me suis laissé dire qu'elle avait qualité pour…

— Rien que cela, coupa Wethes, pourrait nous valoir des emmerdements sans nombre.

Kavin étrécit les yeux pour dissimuler la colère que lui inspirait la grossièreté du banquier.

— Pourquoi avez-vous un mage à demeure, sinon pour régler les problèmes de ce genre, mon ami en or massif? Servez-vous de lui. D'autant qu'elle ne doit pas lui arriver à la cheville, car dans ce cas elle serait au service d'un seigneur et passerait l'hiver bien au chaud dans sa jolie petite tour, au lieu de quoi elle erre de-ci de-là comme magicienne itinérante. En ce moment, elle se fait payer pour vérifier si certains chevaux ne sont pas enchantés. Quant à ses éventuels amis, elle n'en a qu'un. Ou plutôt une. Une guerrière shin'a'in.

— Quoi, une de ces danseuses du sabre ? Je trouve que ça sent de plus en plus mauvais.

— On dit qu'elles sont amantes, continua Kavin en tournicotant une de ses mèches de cheveux blonds presque blancs.

— C'est le bouquet !

— Mon cher Wethes, je vous trouve singulièrement timoré pour un manœuvrier si habile sur les marchés financiers.

Kavin posa enfin sur une table au plateau de bois poli comme un miroir le verre qu'il tournait et retournait si imprudemment entre ses mains et réprima un sourire en voyant Wethes frémir à l'idée du rond livide que le pied humide allait laisser sur le vernis. Il se leva, s'étira avec complaisance – pastichant ainsi l'inestimable statue de marbre qui se dressait derrière le banquier – et lissa sa tunique de velours. Il remarqua avec amusement la lueur concupiscente qui brillait dans les yeux de l'homme. Il se savait décoratif et savait aussi que le personnage l'appréciait autant pour ça que pour sa noble naissance. Avec un invité comme Kavin, Wethes pouvait être sûr d'attirer chez lui les plus belles filles de Mornedealth et de jeunes membres fort prometteurs des Cinquante. Il sentait venir le moment où il allait être obligé d'honorer de sa présence l'une des soirées de ce gros imbécile répugnant. Enfin, il lui devait bien ça pour n'avoir pas renié leur marché lorsque la sœur de Kavin, cette sale petite morveuse, avait mis les voiles.

Évidemment, leur arrangement n'était pas à sens unique. Wethes aurait perdu tout ce que lui avait rapporté ce mariage, et bien au-delà, si on avait su que sa femme-enfant avait fui avant que le soleil se soit couché sur leur union. Et comme il y avait maintenant trois ans révolus qu'elle s'était enfuie, selon la loi, elle n'était même plus sa femme et ç'aurait pu être infiniment pire encore. C'est Kavin qui avait suggéré qu'ils fissent comme si Kethry était partie s'installer dans la propriété de Wethes, à la campagne. Kethry n'était pas à l'aise en société ; ce n'était pas une mondaine, et ils avaient raconté aux curieux qu'elle trouvait un peu trop lourde pour elle sa nouvelle situation de compagne d'un homme si en vue. Elle se sentait mieux loin de la ville et de son tumulte. Kavin n'était que trop heureux de défendre les intérêts de sa sœur auprès de Wethes et de la représenter lors des cérémonies officielles. Il y avait si longtemps qu'ils entretenaient cette fiction que Kavin lui-même commençait à croire à la réalité de la timide épouse de Wethes.

— La Shin'a'in ne posera pas de problème, lui assura Kavin. C'est une étrangère, elle ne connaît personne en ville. Nous allons attendre que votre épouse volage s'éloigne d'elle pour lui mettre le grappin dessus, et guerrière ou non, elle pourra toujours courir pour la retrouver. Elle ne saura même pas par où commencer ses recherches. En fait, je me demande pourquoi vous vous en faites autant. Ça me dépasse. Kethry n'est plus d'âge à vous intéresser, et vous avez assez de relations pour ne pas avoir besoin de vous encombrer d'une épouse.

— Elle est à moi, rétorqua âprement Wethes, une grimace inquiétante déformant son visage, et ce qui est à moi, je le garde. Celui qui me volera ou m'abusera impunément n'est pas né. Elle verra ce qu'il en coûte de me faire insulte. Je l'enchaînerai – avec des chaînes issues de son propre corps. Je lui ferai élever une douzaine d'héritiers ! J'ai entendu dire que le fardeau de la grossesse privait les magiciennes de leur pouvoir.

Kavin haussa un sourcil sardonique mais se garda de tout commentaire. Il se contenta de dire :

— À votre place, je ne me fierais pas trop à ces histoires de bonne femme. J'avais des amis qui y croyaient aussi, et ils n'ont pas vécu assez vieux pour reconnaître leur erreur. Enfin, je devance votre prochaine question : et si la Shin'a'in parvenait à obtenir une audience du Conseil ? Eh bien, qui écouterait un récit aussi abracadabrant ? Ce serait la parole d'une étrangère contre celle de l'homme le plus riche de Mornedealth.

— Vu sous cet angle, je ne vois pas ce que nous risquons l'un comme l'autre, convint Wethes en reposant son coupe-papier. Et je vous demande de veiller à ce que mon nom ne soit en aucun cas mêlé à l'affaire. Il y a déjà assez de bruits qui courent sur les raisons pour lesquelles j'ai exilé ma femme à la campagne. Je ne tiens pas à ce qu'on découvre qu'elle n'y a jamais mis les pieds. Mais comment allons-nous l'éloigner de sa maîtresse ?

— Faites-moi confiance, murmura Kavin avec un sourire particulièrement peu fait pour inspirer la confiance.

Kethry se réveilla dans le noir complet, avec un violent mal de tête et un mauvais goût dans la bouche. Elle était couchée sur le côté, les mains et les pieds attachés. Le seul fait de réfléchir lui était atrocement pénible, mais elle s'efforça de discipliner ses idées, de les ordonner d'une façon cohérente, malgré leur tendance à se désagréger comme des toiles d'araignées prises dans un vent de tempête. D'abord que lui était-il arrivé ? Et où était-elle ?

Penser – c'était si difficile... Suivre une idée, puis une autre... Elle avait l'impression de remonter un torrent à contre-courant, en nageant entre des blocs de glace. Tout était noyé dans la brume... Elle n'avait qu'un désir : se laisser aller, sombrer dans l'oubli.

Ça voulait dire qu'elle avait été droguée.

Cette notion la mettait hors d'elle ; la colère dissipa un peu sa confusion, ce qui lui permit de reprendre le contrôle d'elle-même et de se remémorer un rituel de purification.

Quelques instants plus tard, elle était toujours pieds et poings liés dans l'obscurité, mais au moins elle avait purgé son organisme de la drogue qu'on lui avait administrée. Elle avait de nouveau les idées claires, elle était en mesure de réfléchir – et d'agir. Bon, que s'était-il passé ?

Elle fouilla sa mémoire à la recherche de son dernier souvenir cohérent et remonta au moment où elle avait dit au revoir à son client. La séance de la journée avait été particulièrement décevante, mais il avait de bonnes raisons d'espérer que ça se passerait mieux le lendemain. Deux dresseurs de chevaux devaient venir du Nord pour le marché aux chevaux et il avait entendu dire qu'ils amenaient des bêtes dressées pour la chasse à courre. Ils étaient partis chacun de leur côté, lui escorté par ses serviteurs, elle avec ses gages de la journée soigneusement rangés dans la poche secrète de sa robe, et elle regagnait l'auberge par le chemin habituel quand…

Voilà, ça lui revenait! La rue des Chandeliers était complètement bloquée par des voitures encastrées les unes dans les autres. Les charretiers échangeaient des cris et des injures, aiguillonnés par les moqueries d'un jeune homme vêtu de velours juché sur un pur-sang et qui était probablement à l'origine de l'accident, d'ailleurs. Kethry avait renoncé à voir la rue se dégager avant le dîner et avait bifurqué dans une ruelle latérale.

C'est alors qu'elle avait entendu un bruit de pas précipités derrière elle. Le temps qu'elle face volte-face pour voir de quoi il retournait, quelqu'un lui avait écrasé le visage contre le mur de bois, hérissé d'échardes, et jeté un sac sur la tête. Puis une douzaine de mains l'avaient collée à terre et on lui avait plaqué sur la bouche et le nez un chiffon qui sentait mauvais. Une seule bouffée du liquide qui imbibait le tampon et elle avait perdu connaissance sans avoir entrevu ses agresseurs.

Quant à celui qui lui avait fait ça… Elle n'avait pas besoin de le voir pour le reconnaître. Ça ne pouvait être que Kavin, sa bande de voyous titrés et Wethes pour couronner le tout, bien sûr.

Comme si le seul fait de penser à lui l'avait fait venir, la porte de sa prison s'ouvrit et Wethes apparut, silhouette noire se découpant sur la lumière aveuglante de la torche fixée au mur du couloir, derrière lui.

La terreur la submergea, une terreur si vive qu'elle paralysa ses pensées comme la drogue les avait neutralisées. Elle ne pouvait plus réfléchir. Elle n'était plus que sensation, et elle n'éprouvait que de la peur. Il semblait faire cinq cents pieds de haut et lui paraissait plus menaçant encore que dans ses cauchemars. Elle tenta de s'éloigner de lui en rampant.

—Alors comme ça, s'esclaffa-t-il en baissant les yeux sur elle, ma petite femme est enfin revenue auprès de son tendre époux!

—Merde, merde et merde! jura Tarma en arpentant la rue glacée, devant la porte de l'*Épée Brisée*.

Vingt pas exactement vers l'est, vingt pas vers l'ouest, puis de nouveau vingt pas vers l'est, et ainsi de suite. Le soleil était couché depuis longtemps et Kethry n'était pas encore rentrée. C'était très inquiétant. Ça ne lui ressemblait pas d'être en retard comme ça, sans prévenir. Non, ce n'était vraiment pas son genre. Et si...

Elle fut soudain envahie par un froid glacial, puis par une fièvre brûlante. Sa tête se mit à tourner comme si elle était ivre. Elle se cramponna au linteau de la porte pour ne pas tomber tandis que la rue se mettait à tanguer devant ses yeux. La porte de l'auberge s'ouvrit, mais elle n'osa pas faire un geste. Ses oreilles lui dirent que des pieds chaussés de bottes approchaient, seulement elle n'avait pas assez retrouvé le contrôle de ses mouvements pour oser se retourner et regarder de qui il s'agissait.

—Je vous demanderais si vous n'avez pas trop bu si je ne savais que vous avez à peine avalé une gorgée de vin avant de quitter la salle, fit tout bas Justin, afin de n'être entendu que d'elle, puis il ajouta sa propre masse au support offert par le linteau de la porte. Il y a quelque chose qui ne va pas?

—Keth... Il lui est arrivé quelque chose, lâcha Tarma en hoquetant comme un poisson hors de l'eau.

—Je vois bien qu'elle est en retard, mais...

—Le... le lien, le serment de She'enedran que nous nous sommes prêté l'une à l'autre... Il a été béni par la Déesse. Alors si quelque chose arrive à l'une de nous...

— Hon-hon, l'autre le sait. Nous avons un truc comme ça, Ikan et moi, mais c'est juste un enchantement que nous avons fait pratiquer dans une intention précise. C'est bien commode quand on part en reconnaissance. Asseyez-vous. Posez votre tête sur vos genoux. Je vais chercher Ikan. Il est un peu moins ignare que moi sur la question des sorciers et des Guérisseurs.

Tarma obéit docilement et se laissa glisser sur le seuil de la porte couvert de givre. La pierre était glacée sous ses fesses, mais le froid dissipa un peu son étourdissement, et le fait de baisser la tête fit le reste. Ses idées commençaient à s'éclaircir lorsque les pas revinrent et deux paires de pieds bottés se matérialisèrent dans son champ de vision.

— Buvez ça, fit Ikan en s'accroupissant auprès d'elle. Juste une gorgée. C'est réservé aux cas d'urgence.

Elle leva la tête et le regarda avec méfiance. Il lui tendait une petite fiole de bois, l'air sincèrement préoccupé.

Elle porta le flacon à ses lèvres et ingurgita prudemment une gorgée de son contenu. Elle dut se réjouir de sa circonspection. Le liquide lui brûla le gosier au passage, mais lui dégagea l'esprit et lui rendit son énergie.

— Par la Déesse… Oh, par la Déesse, il faut que je…

Elle tenta de se lever, mais Justin la prit par les épaules et l'en empêcha.

— Ne bougez surtout pas. Vous voulez vous faire tuer ? demanda sobrement Ikan. Vous êtes une professionnelle, Shin'a'in. Agissez en professionnelle.

— Bon, reprit calmement Justin alors qu'elle se rasseyait sur la marche de pierre. Il est arrivé quelque chose à votre sœur de sang. Voyez-vous ce qui a pu…

— Ou *qui* pouvait avoir une raison de lui en vouloir ? continua Ikan. Et pourquoi ? Vous n'êtes ni assez fortunée pour qu'on exige une rançon de vous, ni depuis assez longtemps à Mornedealth pour vous y être fait des ennemis.

— Qui et pourquoi, je le sais, répondit Tarma d'un ton funèbre, et elle leur raconta brièvement l'histoire de Kethry : Ô Dieux, comment vais-je l'arracher à leurs griffes ? Je ne sais pas où chercher, et même si je le savais, que peut une épée contre toutes celles que Wethes a les moyens de se payer ? Si seulement je l'avais écoutée ! conclut-elle, désespérée.

— Kavin – Kavinestral…, marmonna rêveusement Justin. Ce nom me dit quelque chose.

— Le contraire serait surprenant, nota Ikan en rebouchant soigneusement son flacon et en le fourrant dans sa tunique. C'est l'âme damnée de la Faction Bleue.

— La… quoi ? bredouilla Tarma, déconcertée.

— Les rejetons les plus agités des Cinquante ont fondé cinq factions : la Bleue, la Verte, la Rouge, la Jaune et la Noire. Au départ, elles affichaient une vocation vaguement sportive, mais l'affaire a pris une coloration plus sinistre au fil des années, expliqua Ikan. Des duels en veux-tu en voilà, un ou deux morts. Il n'y en a plus que deux qui comptent vraiment aujourd'hui : la Bleue et la Verte. Kavin est le chef de la Bleue ; la Verte est dirigée par un dénommé Helansevrith. Ils ne peuvent pas se voir et n'attendent qu'un prétexte pour se sauter à la gorge. La seule chose qui les en a empêchés jusque-là, c'est que Kavin est un lâche, au fond. Il préfère laisser ses acolytes se salir les mains. Il fait le matamore, comme ça, mais il n'a jamais personnellement réglé son compte à qui que ce soit. Enfin, ça ne change pas grand-chose, puisqu'il manipule ses comparses comme des marionnettes.

Il tendit les mains à Tarma pour l'aider à se relever.

— J'ai une petite idée de l'endroit où est Kethry. Wethes n'a pas pu la ramener chez lui, de peur que ses domestiques la voient et ne se mettent à jaser. C'est un risque qu'il ne peut se permettre de courir après avoir raconté pendant des années que Kethry vit en recluse dans sa maison de campagne. Non, il a dû l'enfermer dans son bordel privé ;

je sais qu'il en a un. J'ignore où, mais ça, Justin a une amie qui pourrait nous le dire.

— C'est sûr, et avec joie, encore. Elle ne ratera pas une si belle occasion de nuire à cette ordure.

Malgré la piètre lumière de la torche fixée à côté de la porte, Tarma ne put se méprendre sur l'expression carnassière de Justin.

— Comment se fait-il que vous en sachiez autant sur ces hommes, vous deux ? s'enquit Tarma, son regard allant de l'un à l'autre.

— Il se trouve, ma Dame, commença Ikan, et les commissures de ses lèvres s'écartèrent, esquissant un rictus qui pouvait évoquer de très loin un sourire, que je ne me suis pas toujours appelé Valsec.

Kethry s'était recroquevillée dans un coin de sa cellule, sur le sol de pierre nue. Le pire de ses cauchemars venait de se réaliser. Wethes se dressait au-dessus d'elle, un lumignon dans une main, et la regardait en jubilant.

— Je t'ai achetée et tu es à moi, ma chère femme, roucoula-t-il. Tu n'auras plus l'occasion de m'échapper, je te le garantis. Ce qui est à moi, je le garde.

Il exultait, il se délectait. Il s'enivrait de sa frayeur, exactement comme la souffrance qu'il lui causait avait accru son plaisir lorsqu'il l'avait violée.

Kethry était paralysée par l'épouvante. Sa seule présence lui donnait la chair de poule. Son cœur battait à tout rompre contre ses côtes. Que se passerait-il s'il la touchait ? Une pensée frémissante lui traversa l'esprit : s'il essayait de la toucher, son cœur se briserait sûrement.

Il se pencha et tendit brusquement la main vers elle, comme pour lui attraper le bras. Elle laissa échapper un petit gémissement de terreur et lui flanqua sans vraiment le vouloir un coup de ses pieds liés.

Sa réaction la prit complètement au dépourvu.

Il fit un bond en arrière, les yeux écarquillés, les mains si tremblantes qu'il manqua de lâcher sa chandelle. L'épouvante figeait ses traits, incrustait un masque hideux sur son visage. Il avait peur, une peur irraisonnée, absolue. Il la contempla un long moment, les prunelles brûlantes de haine, tandis qu'elle le dévisageait comme si elle n'en croyait pas ses yeux.

Il avait peur d'elle. Il pouvait toujours pavoiser, la menacer, il la redoutait !

Et dans cet instant, elle le vit tel qu'il était : un vieux lâche bedonnant, lubrique. Tout signe de résistance de la part d'une femme adulte le paniquait. Elle lança une autre ruade, à titre expérimental, et il recula de nouveau d'un pas.

C'était donc ça ! Il avait une telle trouille des femmes qu'il ne se sentait capable de dominer que des fillettes sans défense ! Voilà pourquoi il s'envoyait en l'air avec des gamines. En cet instant, il avait aussi peur d'elle qu'elle avait peur de lui.

Elle venait de se réveiller et de découvrir que le monstre des cauchemars de son enfance n'était qu'un épouvantail à moineaux.

La terreur qu'il lui inspirait se dissipa comme une volute de fumée, laissant place à la colère. Mais, alors que la peur paralysait ses dons de magicienne, la fureur amplifiait ses pouvoirs. Dire qu'elle avait été obsédée pendant sept longues années par ce fantoche ! Elle s'était laissé obnubiler par ça !

Il lut sur son visage le passage de la peur à la rage, et elle se rendit compte qu'il avait compris : elle n'était plus sa chose, sa proie. Il se mordit la lèvre et fit encore trois ou quatre pas en arrière.

Elle aboya deux paroles et les cordes qui lui liaient les mains et les pieds tombèrent en cendres. Elle se leva d'un bond, en se frottant les poignets, en prenant bien garde à ne pas le quitter des yeux.

—Alors comme ça tu m'as fait enlever, hein ? lui cracha-t-elle à la face, les yeux réduits à deux fentes embrasées de haine. Tu m'as fait droguer, ligoter, et tu croyais pouvoir abuser de moi comme au bon vieux temps, hein ? Eh bien, tu n'as peut-être pas changé, mais moi si : j'ai grandi. Je sais maintenant comment traiter les vomissures dans ton genre.

Wethes déglutit péniblement et recula encore.

—Et je vais t'apprendre à revoir ton comportement, grosse larve baveuse ! Tu vas voir l'effet que ça fait d'être dans la peau de la victime !

Elle tendit le doigt vers lui, et la foudre frappa entre ses pieds.

Il se mit à danser d'un pied sur l'autre en jappant. Kethry leva un peu le doigt.

—Voyons maintenant si tu trouves que c'est bon de souffrir.

Il poussa un cri strident, tourna les talons et prit la fuite en claquant la porte derrière lui. Kethry se jeta sur le panneau et manqua de s'arracher les ongles dessus dans sa fureur, car il n'offrait aucune prise de son côté. Elle hurla des injures, d'abord dans sa propre langue puis en shin'a'in quand elle vit que ça ne donnait rien, et martela la porte aveugle avec ses deux poings.

—Reviens un peu par ici, bougre de saleté de fumier de bâtard de vieux cochon ! Tu mériterais qu'on te la taille en pointe et qu'on te la fasse bouffer ! Lâche ! Violeur de bébés ! Si jamais je te mets la main dessus, je t'attache par les roubignoles et je te fais tourner comme un toton ! Ramène-toi, je te dis, que je te pèle le cul comme une châtaigne ! Allez, rapplique, si tu es un homme !

Ses poings endoloris la ramenèrent enfin à la raison. Elle cessa de frapper stupidement le panneau de bois massif et s'appuya un moment dessus, les yeux fermés, pour reprendre son calme. La colère amplifiait son pouvoir, mais la rage incontrôlée nuisait à son efficacité. Elle regarda attentivement l'obstacle, envisagea les différentes options qui s'offraient à elle et passa à l'action.

Une demi-douzaine de sorts plus tard, elle commençait à être à court d'énergie magique. Le bois du panneau était carbonisé, hérissé d'échardes, les dalles devant étaient soulevées, mais elle était toujours prisonnière. La porte avait été protégée, et par un mage d'un niveau au moins égal au sien. Elle mit ses dernières bribes de pouvoir à profit pour allumer une petite flamme magique ; elle plana au-dessus de sa tête, éclairant sa cellule d'une douce lueur bleutée. Elle s'adossa au mur, face à la porte, et se laissa glisser à terre avec lassitude. Elle passa ses bras autour de ses genoux pliés et regarda la porte ensorcelée en réfléchissant à son prochain mouvement.

Si Wethes avait pu voir l'expression de son visage, il serait tombé raide mort, foudroyé par l'épouvante.

Tarma s'était fourré dans la tête que l'« amie » de Justin était une putain. Il est vrai qu'elle habitait dans une rue dont presque toutes les maisons hébergeaient une ou plusieurs femmes qui faisaient commerce de leurs charmes, les autres étant des boutiques où elles se fournissaient en articles destinés à leurs clients et à elles-mêmes. Ils s'arrêtèrent au milieu du pâté de maisons et frappèrent discrètement, selon un code particulier, à l'une de ces portes qui menaient de toute évidence à de petits appartements. Tarma s'attendait à voir apparaître une de ces traînées peinturlurées, aux yeux brillants comme des escarboucles, qui aguichaient les passants depuis leur fenêtre, ou qui restaient figées dans des postures suggestives sur le seuil des masures qui bordaient la ruelle. Elle frémissait en les voyant, non de dégoût, mais de compassion. Elle était à moitié gelée, comme d'habitude, et ça la dépassait de les voir plantées là, dans le froid glacial, tout juste vêtues de petits bouts de soie en guise de jupe et de bustier, un châle négligemment jeté sur les épaules.

Elle ne les méprisait pas de se vendre pour gagner leur croûte. Après tout, c'était bien ce qu'elles faisaient, Keth et elle. Il était regrettable seulement qu'elles n'aient rien d'autre à offrir ; toutefois, si tel était leur destin, qui était-elle pour les juger ?

Mais la créature aux yeux de braise qui leur ouvrit la porte n'était pas une fille de joie, et il y avait peu de chances qu'on la prenne pour l'une d'elles, si noirs que fussent la nuit et le client.

Tarma eut un instant l'impression de se trouver face à une caricature d'elle-même. Elle savait, parce que Justin le lui avait dit, que cet être asexué était une femme, mais bien malin qui l'eût dit au vu de ces cheveux cuivrés, coupés si court qu'ils formaient une coque sombre étroitement moulée sur son crâne, et de ce corps d'acrobate, mince, souple, presque étique. Elle était vêtue de bleu nuit ; la seule touche de couleur était fournie par les douzaines de couteaux qu'elle portait, et qui luisaient à la lueur filtrant dans la pièce, derrière elle, des torches de la rue, et de la lanterne au-dessus de la porte, qui – ainsi que le remarqua Tarma à retardement – n'était pas rouge mais bleue. Sur son buste mince se croisaient deux bandoulières retenant chacune huit ou neuf dagues et poignards de toutes sortes. D'autres étaient glissés dans des fourreaux attachés à ses bras et ses jambes ; deux lames plus longues étaient fixées sur ses hanches. Son visage était aussi dur que le marbre, et strié de rides que seule la douleur avait pu creuser.

— Il est tard, Justin, dit-elle d'une voix douce en fronçant les sourcils. Je ne vais pas tarder à prendre mon quart.

— Je sais, Chaton, répondit Justin.

Tarma comprit à cet instant qu'elle s'était laissé abuser par la dureté des traits de la fille ; elle ne devait pas avoir plus de quinze ou seize ans.

— Nous avons peut-être une chance de porter un coup à Wethes Marchandor et…

Le visage de la fille s'éclaira d'une joie malsaine.

— Hein ? Quand ça ? Comment ? Je vais me faire remplacer ! Gesta me doit bien ça, de toute façon…

— Du calme, fillette, intervint Ikan d'un ton apaisant. Nous ne savons pas encore très bien comment nous allons nous y prendre, si nous avons les moyens de frapper assez fort, ou même de l'atteindre tout court.

Elle lui jeta un long regard en dessous et revint à Justin.

— C'est qui, lui ? demanda-t-elle laconiquement avec un mouvement de menton en direction d'Ikan.

— Mon frère d'armes. Je t'ai assez souvent parlé de lui, répondit tout aussi brièvement Justin. Et cette Dame d'Épée est Tarma *shena* Tale'sedrin, une mercenaire shin'a'in. Wethes a fait enlever sa sœur de sang, une sorcière. C'est une longue histoire, je te fais grâce des détails, mais nous avons de bonnes raisons de penser que c'est lui qui a commandité son enlèvement, et qu'il ne l'a pas emmenée dans sa maison du District.

— Ouais, et tu t'es dit que je connaissais peut-être son nouveau lupanar. Eh bien oui, je sais où il est. Mais je ne te le dirai que si tu jures de me mettre sur le coup, avec vous.

— Écoute, Chaton, tu ne sais pas ce que…

— Et pourquoi pas ? coupa Tarma, puis elle s'adressa directement à la fille : J'imagine que Wethes vous a pressée comme un citron avant de vous laisser tomber.

— Tout juste. J'exècre le sol sur lequel il marche. Je veux un morceau de lui, n'importe lequel, mais de préférence celui auquel il tient le plus, et je me fous du prix à payer.

— C'est une requête légitime, et je serais ravie de vous aider à la satisfaire. Je ne vous demande que deux choses : n'oubliez pas que notre but est avant tout de sauver ma sœur de sang, et ne mettez pas sa vie ou son intégrité physique en jeu.

— Je vais prévenir Gesta.

La fille fonça comme une flèche entre Tarma et Justin, grimpa un étage au galop et frappa à une porte que rien ne distinguait des autres. L'homme le plus laid que Tarma ait jamais vu ouvrit aussitôt. La fille lui murmura quelques paroles inaudibles. Il se fendit d'un sourire affreux à voir, tira une hache à l'air sinistre de derrière la porte et dévala l'escalier en sifflotant un petit air dissonant. Il leur lança un clin d'œil au passage, dit laconiquement : « Bonne chance » et disparut à un détour du couloir. La fille revint vers eux et les regarda pensivement.

— Entrez. Asseyons-nous et faisons nos plans. C'est en agissant sans préparation que je me suis retrouvée dans les griffes de Wethes.

— Et tu ne feras pas la même bêtise une deuxième fois, hein, Chaton ? avança Justin.

Ils s'entassèrent dans une pièce minuscule contenant en tout et pour tout une paillasse, quelques coussins, un petit coffre à vêtements, des armes de jet fichées dans une cible, au mur, et une lanterne.

— Vous dites que votre amie est sorcière ? Ce vieux saligaud a dû la placer sous le contrôle de son mage personnel, fit-elle d'un ton rêveur en s'asseyant sur la paillasse, les laissant s'arranger avec les coussins. Vous croyez qu'elle pourrait se libérer si nous faisions diversion ?

— Sûrement. Keth est assez débrouillarde dans son genre.

— Le mage n'est pas notre seul problème, intervint Ikan. Il y a gros à parier que les hommes de Kavinestral rôdent dans les parages.

— Merde ! jura la fille entre ses dents. Ça veut dire que nous allons nous retrouver à quatre contre trente, sinon plus. Où, par Sheva, allons-nous trouver assez de complices à leur balancer dans les pattes ?

Quel que fût le produit qu'Ikan lui avait fait boire, il faisait un effet bœuf sur les cellules grises de Tarma. Son cerveau bouillonnait comme tout un pot-au-feu.

— Trouvons l'ennemi de notre ennemi. C'est ce que dirait mon peuple.

Ikan la regarda et un lent sourire s'inscrivit sur son visage.

Une dernière explosion émanant de la cave ébranla toute la maison. Wethes se tourna vers Kavin avec un mélange de surprise et de crainte et l'empoigna par le devant de sa tunique.

— Dans quoi m'avez-vous fourré ? hoqueta-t-il d'une voix hystérique en le secouant comme un prunier. *Quel genre de monstre est-elle devenue ?*

Kavin se libéra d'un revers de main. Un observateur attentif aurait discerné une lueur de panique dans ses yeux. Il y avait peu de chances que Kethry fasse preuve à son égard de plus de mansuétude qu'envers Wethes. Et si elle parvenait à leur échapper…

— Comment vouliez-vous que je le sache ? Il n'y a pas plus de magiciens chez moi qu'ailleurs ! Un sur dix, comme dans toutes les Familles ! Rien n'a jamais laissé penser qu'elle avait un pouvoir de ce genre tout le temps que je l'ai eue sous le nez. Votre mage n'arrive pas à la tenir en respect ?

— Tout juste, et même s'il parvenait à la maîtriser, que faire ? Si je la laisse partir, elle va me tuer, et si Regyl tente quoi que ce soit contre elle… Les Dieux nous ont en Leur sainte garde !

Tout à coup, la source de bruit se déplaça de la cave à la cour de la maison. Des cris et des hurlements de douleur, le bruit de lames entrechoquées leur parvinrent à travers les portes fermées. À ce vacarme se mêlait le cri de ralliement des Verts. Cela eut le don de galvaniser Kavin qui passa à l'action ; il fonça vers la porte de derrière en dégainant son épée, dans l'espoir manifeste de fuir avant que le tumulte envahisse la demeure.

Il fut arrêté dans son élan par l'explosion de la porte qui éclata vers l'intérieur, et faillit être renversé par la force qui l'avait arrachée à ses gonds. Sa lame tomba de ses doigts gourds et heurta le sol dallé avec un bruit retentissant. Ses yeux lui sortirent de la figure et il émit un petit bruit étranglé. Derrière lui, Wethes en faisait autant.

Cinq personnes se dressaient dans la porte béante. Il ignorait combien Wethes en connaissait. Quant à lui, il en avait tout de suite identifié deux.

La première était Kethry, dans une mise pour le moins désordonnée où l'on distinguait par endroits des traces de brûlure. Elle était échevelée, elle avait la figure noire comme un charbonnier, mais elle était manifestement maîtresse de la situation. Kavin se rendit compte qu'il était hypnotisé, telle la mangouste par le cobra, par ses yeux qui lançaient des éclairs.

Juste derrière elle se trouvait la Shin'a'in Tarma, une épée dans une main, une dague dans l'autre, et un rictus de louve affamée accroché à la face. Si Kethry laissait quelque chose de lui, il était sûr d'une chose : l'autre ne lui accorderait pas *ça* de vie, *ça* étant un pouce de chandelle.

À côté de Tarma se tenait une mince jeune fille vêtue de bleu nuit, bardée de poignards et de couteaux à lancer, une longue dague dans chaque main. C'était la seule de la bande qui ne divisait pas son attention entre Wethes et lui. Kavin jeta un coup d'œil au banquier, par-dessus son épaule, et conclut de ce rapide examen qu'il préférait encore être dans sa peau plutôt que dans celle de son complice, s'il tombait entre les pattes de la fille. Il donnait l'impression d'avoir aussi peur d'elle que de tous les autres réunis.

Les trois filles étaient flanquées de deux hommes, dont l'un paraissait vaguement familier à Kavin. Les deux gaillards estimèrent la situation d'un coup d'œil, échangèrent un grand sourire, rengainèrent leurs armes et s'éloignèrent en refermant ce qui restait de la porte derrière leurs trois compagnes.

Kavin recula en traînant les pieds jusqu'à ce qu'il rentre dans Wethes.

— Surprise, les gars ! fit Kethry. Je suis si heureuse de voir ma famille enfin réunie !

À l'*Épée Brisée*, l'ambiance était au beau fixe. Hadell avait offert une tournée générale de bière en l'honneur des cinq compères et de leur victoire. Double victoire en vérité : non seulement ils avaient sauvé Kethry, mais encore Ikan leur avait obtenu, le jour même, une audition publique, et le Conseil leur avait accordé un verdict inespéré. Wethes était un homme fini. Ses ambitions étaient réduites à néant et, pis que tout, il était la risée de la ville entière.

— Là, Chaton, je n'en suis pas revenu, fit Justin en se balançant sur sa chaise, devant la cheminée. J'aurais parié que tu refuserais de le lâcher avant de l'avoir réduit en copeaux. Je ne comprends pas que tu aies renoncé à te venger.

— Je voulais qu'il en crève, répondit la fille en se curant les ongles avec la pointe d'un de ses couteaux. Et je l'avais assez observé, pendant toutes ces années, pour savoir qu'il n'y avait que deux façons d'atteindre cet immonde salopard : dans son amour-propre et au portefeuille. On dit que la vengeance est un plat qui se mange froid, ben la mienne a eu trois ans pour refroidir.

— Et c'est Kethry qui a trouvé le moyen de frapper aux deux endroits en même temps, s'esclaffa Ikan en levant sa chope pour lui porter un toast.

— Grâce à vous qui avez persuadé le Conseil de m'entendre, rétorqua Kethry en imitant son geste.

— Je me suis juste rappelé au bon souvenir de quelques vieilles connaissances. C'est vous qui avez tenu le crachoir devant l'auguste assemblée.

— Ah bon, vraiment ? J'avais l'impression que vous en aviez au moins autant dit que moi.

— Bah, ça se peut. Ça doit être l'atavisme. Sûrement que j'ai trop écouté pérorer mon père quand j'étais gosse. Son nom vous dira peut-être quelque chose : Jonis Revelath.

— Si je le connais ? Tu parles ! s'exclama Kethry. C'était le conseiller juridique de la moitié des Familles !

— Un peu plus de la moitié.

— Je comprends pourquoi vous saviez qu'on ne pouvait forcer une femme des Cinquante à se marier contre son gré, s'exclama Kethry d'un ton admiratif. Ikan, quand je vous ai écouté parler, là-bas… j'ai été vraiment impressionnée. Vous êtes intelligent, persuasif, vous savez tenir un public en haleine. Pourquoi n'avez-vous pas…

— Pourquoi je n'ai pas suivi les traces de mon père ? Parce que je m'intéresse plus à la justice qu'à faire en sorte que mes clients s'en tirent avec une vague réprimande quoi qu'ils aient fait, voilà pourquoi.

— C'est pour ça que le vieux n'a pas voulu défendre Wethes malgré tout l'or que ce vieux salaud lui balançait à la figure, ricana Justin en essayant de tenir en équilibre sur une seule patte de sa chaise. Il n'a pas supporté l'idée d'affronter son fils, le Bien, la Vérité et la Justice, tout ça en même temps. Alors, mon compagnon d'écu, vas-tu renoncer à l'épée pour combattre le Mal ? fit-il avec une ironie si mordante qu'elle aurait laissé des traces de dents dans une tartine beurrée.

— Imbécile ! rétorqua Ikan avec un sourire qui démentait l'insulte. Pour qui me prends-tu ? Pour une tête de pioche comme toi ? L'épée est souvent un moyen plus sûr et plus juste de rendre la justice que les tribunaux !

— En tout cas, je vous ai trouvés merveilleux tous les deux, reprit Kethry. Sans Chaton et vous, je ne serais arrivée à rien. Vous étiez si calmes, si clairs. Vous aviez une réponse à tous les arguments qu'ils m'opposaient.

— N'en jetez plus, la cour est pleine ! fit plaisamment Tarma en leur lançant des pommes. Vous avez tous été sublimes. Enfin, Wethes se retrouve sur la paille ou à peu près ; Chaton a suffisamment d'argent pour s'installer dans le domaine de son choix, nous avons ce qu'il faut pour regagner les Plaines, et la ville entière sait que Wethes tremble comme une feuille devant toute femelle de plus de douze ans. Il est tourné en ridicule dans trois douzaines de bonnes blagues au moins, et ce n'est sûrement pas fini. À l'heure qu'il est, des bandes de gamins doivent chanter des horreurs sous ses fenêtres.

— J'ai entendu trois chansons sur lui, rien qu'en venant ici, ajouta Chaton avec un sourire carnassier.

— Et pour tout arranger, le prétendu mariage de Keth a été annulé. Quoi d'autre ?

— Kavin ? hasarda Justin. Vous ne craignez pas qu'il nous fasse des histoires ?

— Eh bien, j'ai veillé à ce qu'il soit déshérité par le Conseil pour avoir vendu sa sœur. Keth a renoncé à porter le nom de sa Famille ainsi qu'à la vieille baraque décrépite qui y était attachée, et le tout est retourné à une branche cadette de la famille.

— Avec ma bénédiction. Ce sont des gens profondément religieux, et je crois qu'ils ont l'intention de fonder une école monastique dans la demeure. Quant à mon frère, la dernière fois que je l'ai vu, il fuyait ventre à terre dans les égouts, le chef des Verts sur les talons, répondit Kethry avec jubilation. Il attendait Kavin devant la Salle du Conseil, et je le lui ai aimablement indiqué avec une boule de feu magique. Si je suis bien renseignée, il avait l'intention de le peindre en vert émeraude quand il l'aurait rattrapé.

Justin partit d'un grand éclat de rire, et tomba de sa chaise.

Les autres ne purent retenir leur hilarité en le voyant, surpris et indigné, parmi les ruines de son siège.

— Ha ! renifla-t-il en croisant les bras, je reconnais bien là votre gratitude ! Faites du bien à un vilain et il vous fait caca dans la main.

Ce bel échantillon de sagesse populaire s'acheva dans un gargouillis : Ikan lui avait vidé sa chope sur le crâne.

— Tu as toujours l'intention de retourner dans les Plaines ? murmura Kethry dans le noir.

Un soupir sur sa droite lui confirma que Tarma ne dormait pas encore.

— Je ne peux pas faire autrement, lâcha-t-elle au bout d'un moment. Je n'y peux rien, il faut que j'y aille. Maintenant, si tu veux rester…

Kethry entendit la demande non formulée et y répondit.

— Je suis ta She'enedra, non ?

— Certes, mais comprends-tu vraiment ce que ça veut dire ?

— Si je comprends ? Non. Pas complètement. Mais je *commence*. Tu oublies que je suis magicienne ; j'ai l'habitude de procéder régulièrement à mon inventaire intérieur. Je n'ai jamais eu le don d'empathie, mais j'ai parfois l'impression d'éprouver ce que tu ressens, même quand tu essaies de le dissimuler. Tu as tout de suite su que j'avais été enlevée, hein ?

— Oui.

— Et maintenant, tu es attirée chez toi par quelque chose que tu ne comprends pas vraiment.

— En effet.

— Une chose qui serait liée à ta Déesse, peut-être ?

— C'est possible. Je n'en sais rien. Les sœurs de sang comme nous agissent essentiellement en réponse à Sa volonté, et il se pourrait qu'Elle ait une raison de vouloir que je rentre chez moi. Je sais qu'Elle aimerait voir revivre Tale'sedrin.

— Et que j'en fasse partie.

— Probablement. Sans ça, Elle n'aurait pas accepté que nous nous prêtions serment.

Kethry s'étira. Elle avait mal partout. Elle croisa ses mains derrière sa nuque.

— De combien de temps disposes-tu avant d'être obligée de rentrer ?

— Avant que l'extinction de Tale'sedrin soit prononcée ? Quatre ans. Peut-être cinq. Mais tu sais, Kethry...

— Ce n'est pas un problème pour moi, je te l'ai dit. Je partage un peu tes sentiments, maintenant. Je comprends.

— Tu es... tu es meilleure que... Je... j'éprouve un peu la même chose que toi, moi aussi.

— Alors ça en valait la peine. Tout ce merdier, je veux dire, répondit lentement Kethry, exprimant pour la première fois ce qui n'était que des impressions jusqu'alors. Ça en valait vraiment la peine. Mes fantômes reposent en paix. Et ma vengeance... Ô Déesse ! Je n'aurais pu rêver plus belle revanche ! Kavin crevait de trouille devant moi. Il s'attendait pour le moins à ce que je le change en crapaud. Et Wethes est fini. Même s'il a encore un peu d'argent, il ne pourra jamais racheter son honneur. Eh bien, indirectement, c'est à toi, Tarma, que je dois tout ça. Grâce à toi, j'ai enfin compris que je n'avais aucune chance de devenir une Adepte tant que je n'aurais pas réglé mes comptes avec le passé. C'est toi qui m'as poussée à une confrontation à laquelle je ne me serais jamais résolue toute seule. Rien que pour ça, j'ai une dette envers toi.

— Il n'y a pas de dette entre She'enedran.

— C'est ce que j'avais cru comprendre. Seulement... je veux que tu le saches, si je te suis, c'est parce que je le veux, non parce que je crois te le devoir. Je n'ai pas tout de suite compris ce que signifiait ce serment, mais je le sais maintenant, et je te le répéterai aussi souvent que tu me le demanderas.

Un long silence. Puis :

— *Gestena*, She'enedra.

Ça voulait dire merci, Kethry le savait. Merci, et bien plus encore.

— *Yaï sa corthu*, répondit-elle d'une petite voix incertaine. Deux qui ne font qu'un.

Elle avait soudain senti la solitude de Tarma, et du coup elle avait pris conscience de la sienne. Et dans la profondeur de la nuit, il est parfois possible de dire des choses trop intenses et trop vraies pour la lumière du jour.

— *Yaï sa corthu.*

Une main sortit de l'obscurité et prit la sienne.

Il ne lui en fallait pas davantage.

Chapitre 4

— Écoute, Tarma, il y a je ne sais combien de semaines que nous chevauchons, et je n'ai pas encore vu *un* brin d'herbe, geignit Kethry en cherchant une position moins inconfortable sur sa selle. Des collines couvertes de broussailles, ça oui. Du désert, ou quasiment, *ad nauseam*. De la forêt… par tous les Dieux ! Si je vois encore un arbre, je crois que je vais vomir ! Mais de l'herbe, pas un poil. Elles sont où, tes plaines ?

— Et qu'est-ce que tu as contre la forêt ? En dehors du fait qu'on ne peut pas galoper en ligne droite ou tirer une flèche droit devant soi, bien sûr ?

Kethry balaya les environs du regard et scruta plus particulièrement les branches qui bouchaient le ciel au-dessus d'elles. D'énormes pins coupaient toute perspective. Seuls de maigres rayons de lumière parvenaient à pénétrer le dais végétal. Elle avait l'impression de baigner dans la résine depuis le commencement des temps. L'odeur s'accrochait à tout : à leurs vêtements, à leurs cheveux… elle imprégnait jusqu'à leurs provisions. Au départ, ce n'était pas déplaisant. Elle avait même trouvé ça plutôt agréable. D'autant qu'elles étaient entrées dans la forêt après avoir bataillé pendant des semaines contre un vent de sable qui voulait leur arracher leurs capes. Mais après plusieurs journées passées à respirer, à boire et à manger cette odeur de résine de pin, elle ne pouvait plus la sentir ; c'était viscéral.

Il faisait froid et humide dans cette satanée forêt, et Kethry commençait à éprouver une impression de solitude assez oppressante. Elle n'avait pas vu un oiseau depuis des jours. Ils étaient tous remontés vers la lumière. Elle les entendait s'appeler, mais les échos de leur chant lointain ne faisaient qu'accentuer la désolation des corridors déserts entre les arbres. Cette forêt devait être incroyablement ancienne. C'était peut-être la plus vieille chose vivante au monde. Les arbres étaient plus gros qu'aucun de ceux qu'elle avait jamais vus. Les premières branches poussaient à des toises au-dessus de leurs têtes ; et elle avait remarqué quelques géants au tronc si large qu'il aurait fallu plusieurs adultes aux bras étendus pour en faire le tour. La piste qu'elles suivaient maintenant n'était guère qu'un sentier de chèvres. Elles n'y avaient croisé personne depuis plusieurs semaines, et n'avaient entendu depuis lors que leurs propres voix.

Elle songea au plaisir avec lequel elles s'étaient engagées sous le couvert des arbres, surtout après ces semaines passées aux confins du désert, à chevaucher dans des collines rocailleuses, où rien ne poussait plus haut que le garrot de leurs montures. Le soleil printanier serait infiniment plus ardent d'ici un mois, mais elle trouvait déjà la chaleur torride à la mi-journée. Elle ne comprenait pas comment Tarma tenait le coup, surtout avec sa tenue noire. Quand les collines avaient commencé à prendre du relief et que les buissons avaient reculé devant de vrais arbres, elle avait éprouvé un réel soulagement à se retrouver sous leur ombre fraîche. Seulement à présent…

— J'ai l'impression que… qu'ils nous observent. Je ne sens rien, ni par mes propres sens, ni grâce à mes pouvoirs magiques, alors ça doit être mon imagination, mais…

— Tu ne rêves pas ; on nous observe, coupa calmement Tarma. Je préférais attendre pour te le dire que tu le voies ou que tu le sentes par toi-même, puisque ça ne constitue aucun danger pour nous. Tu ne t'es pas demandé pourquoi je n'avais pas essayé de tirer un seul oiseau depuis que nous étions entrées dans la forêt ?

— Si, mais…

— Vision magique ou non, ceux qui nous observent sont trop loin pour que nous les apercevions, mais pas leurs amis à plumes : le jour, ce sont les faucons, les buses, les corbeaux et les corneilles ; la nuit, les chouettes et les prédateurs nocturnes. Mon peuple les appelle *Tale'edras*, Frères du Faucon. Nous ignorons à vrai dire quel nom ils se donnent eux-mêmes. Nous ne nous voyons pas souvent, bien qu'ils aient parfois commercé avec nous, à ce qu'il paraît.

— Les verrons-nous ?

— Tu voudrais les voir ? demanda Tarma, et le vigoureux hochement de tête de Kethry lui arracha un petit sourire. Satanée magicienne, va ! Tu es vraiment curieuse comme un lavement ! Enfin, je devrais pouvoir faire quelque chose pour toi. Comme je te le disais, ils ne nous sont pas hostiles, et si tu tiens vraiment à en rencontrer un… Voyons si j'arrive encore à m'identifier…

Elle retint sa monture, renvoya la tête en arrière et poussa un cri strident qui évoquait moins le cri de guerre du faucon que celui du mâle en rut. Rodi fit un écart, prit le mors aux dents, et Kethry dut user de persuasion pour la ramener au calme. Un second cri se fit entendre. Kethry crut d'abord que c'était l'écho du premier, mais il fut suivi par une coulée d'or liquide plongeant des plus hautes branches dans un bruit de tonnerre pour se poser sur le bras tendu de Tarma.

L'oiseau amortit sa descente d'un battement d'ailes, de terribles ailes qui parurent à Kethry au moins aussi amples que celles d'un aigle. Il enfonça ses serres pareilles à des lames d'ivoire dans le cuir qui gainait l'avant-bras de Tarma, brassa l'air l'espace d'un battement de cœur, puis se figea, noble et doré comme une statue de bronze.

— Eh bien, je n'aurais pu espérer meilleur présage, souffla Tarma, impressionnée. C'est un faucon vorcel, le totem de mon clan. On les voit plus souvent dans les plaines que dans la forêt.

Kethry n'avait jamais vu un aussi gros oiseau. Ses plumes aux reflets mordorés, presque métalliques, étaient à peine plus sombres que ses yeux. Il inclina la tête sur le côté et regarda Kethry avec un air intelligent qu'elle trouva presque inquiétant. Rodi renâcla, mais Kessira resta calmement plantée sur place alors qu'une des ailes du rapace battait l'air à un cheveu de son oreille. Elle semblait habituée à voir s'abattre sur sa cavalière d'énormes volatiles surgis de nulle part.

—Alors, mon ami ailé, qui parle pour toi ? s'enquit Tarma.

Elle regarda attentivement l'oiseau perché sur son bras en lui caressant doucement le bréchet pour l'apaiser, puis glissa la main vers sa patte droite et parut observer quelque chose. Kethry se rapprocha prudemment. Ce bec redoutable, ces serres acérées ne lui disaient rien qui vaille. Elle constata que Tarma examinait une large bande fixée à la patte de l'oiseau, une sorte de bracelet fait d'un matériau souple comme du cuir et brillant comme du métal mais qui n'était ni l'un ni l'autre.

—Hon-hon… Chandlune k'Vala, hein ? Ce nom ne me dit rien. Eh bien, envoyons-lui l'invitation à converser. De toute façon, la moindre des choses est que je présente mes respects avant de quitter la forêt. S'il veut les recevoir…

Tarma baissa un peu le bras, et le faucon remonta jusqu'à son épaule. Kethry trouva qu'il avait le bec dangereusement près du visage de Tarma, mais celle-ci ne semblait pas s'en soucier. La magicienne connaissait le tempérament imprévisible des rapaces et ne put s'empêcher de frissonner en songeant à la folle imprudence de sa coéquipière.

Quand l'oiseau fut confortablement juché sur son épaule, Tarma se pencha un peu, fourragea dans ses fontes et en rapporta une grappe de médailles qui brillaient au soleil : trois petits disques de cuivre ou de laiton, joliment émaillés. Kethry reconnut le faucon mordoré qui crispait ses serres sur l'épaule de son amie.

Elle en choisit un, laissa retomber les deux autres dans son sac, préleva avec grand soin un lacet parmi le bouquet attaché à sa ceinture, passa le lien dans le trou pratiqué en haut du médaillon et l'attacha solidement, puis elle présenta le tout au faucon. L'oiseau regarda la chose avec une intelligence surprenante, ouvrit lentement le bec et accepta l'offrande. Il inclina par deux fois la tête, agitant le médaillon qui pendait sous son bec, et Tarma leva de nouveau le bras. Il glissa dessus, et quand il eut atteint son poignet, elle le projeta en l'air. Il battit cinq ou six fois des ailes, soulevant une bourrasque qui fit voltiger leurs cheveux, et disparut dans les frondaisons.

—Qu'est-ce que c'est que ce cérémonial ?

—Simple échange de bons procédés. Les Frères du Faucon ont eu connaissance de notre présence depuis l'instant où nous sommes entrées dans la forêt. Ils sont venus nous voir en personne – sans doute la première nuit où nous avons bivouaqué – et ils ont vu que j'étais shin'a'in et kal'enedral. Par la suite, ils ont veillé à ce que nous ne quittions pas la piste par inadvertance, ou que nous ne tombions pas dans une embuscade fatale pour nous. Et comme nous allons bientôt quitter la forêt…

—Bientôt ? Quand ça ?

—Du calme, fillette ! Demain après-midi, au plus tard. Bref, tu voulais voir un de mes Frères Faucons, et ça tombait bien, puisque j'estimais ne pouvoir faire moins que de les remercier d'avoir pris soin de nous…

—Je croyais t'avoir entendue dire qu'ils nous surveillaient ?

—Je suis shin'a'in et nous sommes alliés, alors ça revient au même. *Sa-haï.* J'ai juste envoyé le signe d'identification de mon clan à notre ange gardien, quel qu'il soit. S'il ou elle le souhaite, nous aurons sa réponse avant notre départ.

—Je ne sais pas, mais Chandlune me fait plutôt l'impression d'être un nom féminin, nota Kethry.

—C'est possible, mais pas certain. Les Frères du Faucon sont très, très… différents. Enfin, tu verras bien, s'ils daignent nous rendre visite. En attendant, je te suggère de chercher un endroit où bivouaquer. Ne t'éloigne pas de la route. Pendant ce temps… En tant que Shin'a'in, j'ai certains privilèges, et j'en ai marre du bœuf boucané. Je vais chasser.

Elle engagea Kessira sous les arbres, dans la direction qu'avait suivie le faucon, laissant Kethry seule sur la piste. Celle-ci haussa les épaules, remit Rodi au pas et fit ce qu'on attendait d'elle.

Et voilà, nous nous rapprochons des Plaines. Elle est plus facile à vivre qu'avant Mornedealth, mais enfin… Elle est attirée chez elle par une force que je ressens moi-même. Je me demande si c'est parce qu'elle n'a plus de vrai but, maintenant qu'elle a assouvi sa vengeance.

Kethry maintint Rodi au pas, en écoutant distraitement un bruit d'eau qui coulait non loin de là. Les ruisseaux étaient rares dans la forêt ; ce serait l'endroit idéal pour établir le campement.

Je n'ai plus vraiment de but, moi non plus, en dehors du perfectionnement et du renforcement de mes pouvoirs magiques, mais je m'y attendais. Je savais que telle serait ma vie du jour où je quitterais l'école, jusqu'à ce que je fonde la mienne. Mais Tarma – elle, elle a besoin d'une finalité, et cette quête d'un chez-soi ne fait que combler le vide. Je me demande si elle s'en rend compte.

Quand Tarma la rejoignit, le soleil était sur le point de se coucher et il faisait déjà noir sous les arbres. Kethry avait trouvé un endroit parfait, tout près d'un ruisseau à l'onde claire, dans une petite clairière formée par la chute d'un arbre géant qui avait emporté, en s'abattant, tout une travée de jeunes sujets, ouvrant dans les sombres frondaisons une trouée par où passaient les rayons du soleil, de sorte qu'il y poussait assez d'herbe et de plantes pour que leurs bêtes puissent se restaurer. L'arbre était tombé depuis une saison au moins et son bois était sec. En moins de temps que n'en met une chandelle pour brûler d'un pouce, elle eut ramassé de quoi faire une bonne flambée et préparer le dîner.

Kethry constata, en cherchant des pierres pour en tapisser le fond d'une fosse à feu, que d'autres, avant elles, avaient trouvé cet endroit à leur convenance. Beaucoup de pierres avaient manifestement subi l'épreuve du feu. Leur campement fut bientôt dressé et un petit feu ne tarda pas à brûler gaiement dans un trou garni de pierres. Quand elles étaient entrées dans la forêt, Tarma avait bien insisté sur la nécessité de faire des feux aussi petits que possible, et de bien les surveiller. Maintenant que Kethry connaissait les Frères du Faucon, elle comprenait pourquoi. Ce pays planté d'arbres était le leur, et ils avaient manifestement pour devoir de veiller à la bonne conduite de tous ceux qui y pénétraient.

Elle entendit Tarma approcher longtemps avant de la voir. Une forme sombre planait sur la piste, seulement visible parce qu'elle était en mouvement.

— Holà, du campement ! appela-t-elle joyeusement de sa voix rauque.

— Holà toi-même. Tu as fait bonne chasse ?

— Pas mauvaise. Allié ou non, de cet endroit, on ne peut prélever plus que l'absolu nécessaire. Et toi, tu as trouvé quelque chose ?

Tarma apparut dans la lumière du feu de camp, menant Kessira par la bride. Elle tenait quelque chose à la main.

— Derrière moi, à quarante pas ; Rodi est déjà attachée près d'un arbre abattu. Donne-moi ce que tu as attrapé, je vais le préparer.

— Tu n'as plus qu'à les dépecer. Je les ai vidés sur place.

Tarma lança à ses pieds deux animaux bizarres, gros comme des lapins bien gras, pour lesquels on aurait pu les prendre sans leurs courtes oreilles velues, leurs longues griffes et leur queue souple et charnue.

— Je vais m'occuper de Rodi et de mon bébé, et je reviens tout de suite.

Tarma s'enfonça de nouveau dans les ombres et Kethry devina, aux bruits qui se faisaient entendre dans son dos, qu'elle dessellait sa jument et étrillait les deux bêtes. Kethry s'était contentée d'enlever son harnais à Rodi, laissant le reste aux bons soins de Tarma. La Shin'a'in aurait pu s'occuper de leurs montures dans le noir, en dormant debout. Rodi avait beau être de bonne composition pour une mule, elle était trop chatouilleuse pour que Kethry s'occupe d'elle dans cette maigre lumière.

Quand Tarma revint, elle avait rempli d'eau leur petite bouilloire de voyage en cuivre.

— Nous allons être obligées de faire cuire ces pauvres bêtes à l'étouffée. À la fin de l'hiver, comme ça, j'ai peur qu'elles ne soient aussi coriaces que de vieilles bottes, dit-elle, puis elle ajouta si bas que Kethry l'entendit à peine : *On* a répondu à mon invitation. Nous devrions avoir un visiteur d'ici peu. Attends-toi à le voir surgir de nulle part et tâche de ne pas sursauter, ou nous perdrions la face. Je peux te garantir qu'il aura une drôle de tête. J'ajoute que plus il aura l'air bizarre mieux ça vaudra ; ce sera signe qu'on nous fait un très grand honneur.

Leur visiteur apparut alors que la viande finissait de cuire.

Kethry fit un tel bond qu'elle manqua de heurter le dais de feuillage. Heureusement qu'elle était prévenue... Un instant plus tôt, il n'y avait rien de l'autre côté du feu et, tout à coup, il y avait *quelqu'un*.

Il était grand. Il avait la peau dorée et de grands yeux bleus comme Tarma, mais un peu bridés dans un visage parfaitement glabre, taillé à coups de serpe. Ses sourcils remontaient légèrement vers ses tempes, comme des ailes. Ses cheveux étaient d'argent pur, et des plumes étaient tressées dedans. Deux nattes encadraient son visage et lui descendaient jusqu'à la taille. Le reste cascadait sur son dos, à part une mèche relevée en chignon sur sa tête. Un petit hibou nichait dedans. Kethry le prit pour une statuette criante de vérité jusqu'à ce qu'il bouge la tête et cligne des yeux.

L'homme était vêtu de ce que Kethry prit d'abord pour des haillons verts, de toutes les teintes de vert, puis elle constata que ses hardes étaient soigneusement taillées de façon à évoquer des feuillages. Dans un arbre, à part ses cheveux, il aurait été pratiquement invisible, même si le vent avait soufflé. Il portait des bijoux faits de fils d'argent délicatement tressés, qui retenaient des cristaux entre leurs mailles.

Il portait dans la main droite une arme étrange, une sorte d'épée dont la pointe recourbée, d'allure fort inquiétante, évoquait une serre d'oiseau de proie, tandis que l'autre extrémité était munie d'un anneau rond. Il tenait le médaillon de Tarma dans la main gauche.

Tarma se leva avec grâce.

— La paix soit sur vous, Chandlune.

— La paix sur toi aussi, Enfant du Faucon.

Ils parlaient tous deux shin'a'in, langue que Kethry s'efforçait d'apprendre depuis maintenant plusieurs mois, de sorte qu'elle suivit à peu près leur dialogue.

— Tarma, fit celle-ci en guise de présentations. Et Kethry, ma She'enedra. Voulez-vous partager notre feu et notre repas ? Ce sont des lièvres des arbres, pris conformément à la loi. Des mâles repoussés par les femelles, sans compagne, sans descendance, et qui ont passé l'année.

— Dans ce cas, j'accepte avec reconnaissance.

Il s'assit par terre, près du feu, avec un mouvement coulé, fluide et silencieux qui rappela à Kethry celui d'une feuille morte tombant à terre, et qu'elle se prit à lui envier. Elle constata aussi que ses cheveux n'étaient pas seulement ornés de plumes mais aussi de perles de cristal qui réfléchissaient la lueur mouvante des flammes, tout comme les yeux curieux du petit hibou. Elle songea à ce que lui avait dit Tarma, et conclut qu'on leur faisait décidément un très, très grand honneur.

L'homme prit l'écuelle de viande et de légumes secs, la remercia d'un hochement de tête et commença à manger avec ses doigts, en s'aidant d'un étrange couteau de cristal à peine plus long que sa main. Kethry attendit que Tarma ait entamé sa propre portion pour attaquer la sienne, et mangea en jetant de temps en temps un coup d'œil à leur visiteur.

Pour lui en imposer, il lui en imposait, c'est le moins qu'on puisse dire. De toute sa personne irradiaient un calme et une patience intenses, comme ceux d'un arbre millénaire, mais elle sentait qu'il pouvait être redoutable s'il se mettait en colère. Ses cheveux d'argent lui avaient fait penser qu'il était âgé, mais elle n'en était plus si sûre à présent. Son visage était lisse et sans rides ; il pouvait avoir à peu près n'importe quel âge, être un vieillard ou au contraire un tout jeune homme.

Puis elle s'aperçut d'une chose qui la glaça jusqu'à la moelle des os. Quand elle le regardait avec sa vision magique, il n'était pas là…

Ce n'était pas un bouclier pour autant : ce genre de protection se traduisait par une impression de mur blanc ou de néant absolu. Non, c'était comme s'il n'y avait eu *personne* de l'autre côté du feu, rien que les plantes et les pierres de la clairière, les pins au-delà, et le hibou perché sur un arbuste.

Le hibou perché sur un arbuste !

Elle comprit alors qu'il lui donnait l'impression, lorsqu'elle le regardait par le truchement de sa vision magique, de faire partie intégrante de la forêt, de se fondre parfaitement avec son environnement. Maintenant, par quel miracle il y parvenait, elle aurait bien voulu le savoir. Elle reprit sa vision normale en réprimant un sourire. Et comme s'il savait depuis le début qu'elle l'observait par ce filtre – s'il avait les moyens de faire ce dont elle le croyait capable, il était sûrement capable aussi de la percer à jour – il leva les yeux de son écuelle et la regarda en opinant du chef.

— Il y a plusieurs saisons que nul n'a vu la bannière des Enfants du Faucon, dit-il en rompant le silence. Nous entendons des contes sinistres. De terribles histoires d'embuscade sur la route de la Foire aux Chevaux. La mort aurait plané sur leurs tentes mêmes.

— Toutes ces histoires disent vrai, répondit Tarma d'une voix vibrante. Je suis la dernière.

— Ah. Alors le prix du sang…

— A été payé. Je suis venue relever la bannière, avec l'aide de ma She'enedra.

— Qui garde les troupeaux de Tale'sedrin ?

— Liha'irden. Vous connaissez les camps de ce printemps ?

— Liha'irden…, répéta-t-il d'un ton songeur. Ils sont à Ka'tesik, à la limite des deux territoires, le tien et le leur. Voilà donc où te mènent tes pas. Et après ?

— Je n'y ai pas réfléchi, répondit Tarma avec un sourire soudain, mais sa bouche avait un pli amer. À vrai dire, je n'ai pensé qu'à mon retour et à rien d'autre.

— Tu découvriras peut-être, reprit-il lentement, que les Plaines ne sont plus le foyer que tu espérais retrouver.

— Quelque chose aurait-il changé ? releva Tarma, un peu surprise.

— Toi, Faucon Solitaire, et toi seule. Le poussin couvé ne peut rentrer dans sa coquille, le faucon qui a trouvé le chemin du ciel ne regagne pas volontiers le nid. Quand une tâche est accomplie, il convient d'en choisir une autre, et tu t'acquitteras aussi bien de tes devoirs envers la Dame en servant des hors-clan.

Tarma parut accuser le coup, mais opina du chef. Kethry lui trouva l'air très pâle tout à coup.

— Hors-clan shin'a'in…, continua-t-il en regardant soudain Kethry. Tu portes l'épée.

— En effet, Vénérable Ancien.

Il eut un petit ricanement.

— Pas si ancien que tu ne le penses, mais pas si jeune non plus. Trois hivers sont un grand âge pour un furtet, mais cinquante sont peu de chose pour un arbre. Tu portes l'épée, et pourtant tu m'as effleurée avec la vision magique. Je m'étonne de voir une magicienne brandir une arme. Et plus encore de voir une arme dotée d'une âme.

— Comment ? fit Kethry, trop surprise pour composer une réponse élaborée.

Il se pencha un peu. L'homme et le hibou rivèrent sur elle le regard étrangement pénétrant de leurs yeux qui ne cillaient pas.

— Entends-moi, compagne de l'acier et de la magie : à chaque heure où tu la porteras, cette chose te liera plus étroitement à elle. Il est écrit que Besoin est son nom, et tu en viendras à avoir besoin d'elle comme elle a besoin de toi, et comme vous répondez toutes deux au besoin. Tel est le prix à payer pour sa possession, tu en as déjà eu un aperçu. En vérité, je te le dis, tu n'as pas encore pris la mesure de son pouvoir, de la façon dont elle peut te plier – dont elle te pliera à sa volonté, pour atteindre son but. C'est un lourd tribut, et pourtant ce n'est pas trop cher payer ses services. Tu sais qu'elle peut se battre pour toi, et te guérir. Je te l'annonce à présent, son pouvoir s'étendra à ceux que tu aimes, et elle les aidera tant qu'ils te rendront tes soins. Souviens-t'en dans l'avenir...

L'intensité de son regard aurait terrifié Kethry si le pouvoir qu'il lui révélait à présent ne l'avait maintenue au-delà de la peur. Elle sut alors qu'elle était face à un véritable Adepte, bien que d'une discipline étrangère à la sienne. Il était de ceux qu'elle osait à peine rêver devenir elle-même un jour. Quand enfin il se redressa, Kethry sortit de la quasi-transe dans laquelle il l'avait plongée et reprit brutalement conscience de ce qui l'entourait.

— Comment avez-vous…

Il la fit taire d'un geste de la main.

— Je lis ce qui est écrit pour que je le voie, et rien de plus, coupa-t-il en se levant avec la même aisance qu'il s'était assis. Rappelez-vous ce que je vous ai dit : vous êtes deux-faites-une, aussi votre tâche à toutes deux ne fera-t-elle qu'une. D'abord, le lien, puis la quête. Pour le feu, pour ce repas que j'ai pris, soyez remerciées. Pour l'avenir, ma bénédiction vous accompagne. Puisse la Dame éclairer votre route…

Et, aussi soudainement qu'il leur était apparu, il disparut.

Kethry ouvrait la bouche pour parler lorsque le regard intrigué de Tarma l'en dissuada.

— Eh bé, articula enfin celle-ci en secouant la tête, je n'ai qu'une chose à dire. J'ai bien traversé cette forêt une vingtaine de fois et les Frères du Faucon me sont apparus une fois sur deux en moyenne, ce qui fait une bonne dizaine de rencontres, toutes assez extraordinaires. Mais ce coup-ci… J'en ai plus entendu aujourd'hui qu'aucun des miens n'en a jamais rapporté. Soit nous l'avons beaucoup impressionné…

— Soit… ? releva Kethry.

— Soit, reprit Tarma avec un sourire torve, nous sommes parties pour avoir de gros ennuis.

Kethry ne devait jamais savoir ce qui l'avait réveillée. Le cri d'un oiseau, peut-être. Ou l'une de leurs bêtes qui avait renâclé en sortant d'un rêve, la réveillant à son tour.

Un brouillard gris planait à hauteur de la taille, engloutissant la cime des arbres. Les myriades de gouttelettes infinitésimales qui le composaient luisaient à la lueur bleuâtre annonciatrice de l'aube. Elle éprouvait une curieuse sensation de froid presque palpable au fond de la gorge, comme si elle buvait cet air embrumé plus qu'elle ne le respirait.

Les braises rougeoyaient entre les pierres. C'était le quart de Tarma. Kethry poussa un soupir et songea avec volupté qu'elle avait encore droit à une heure de sommeil, puis elle retint son souffle. Il n'y avait pas un bruit en dehors de celui que faisaient les deux bêtes et elle-même. Tarma était partie.

Puis, étouffé par le brouillard, lui parvint un bruit d'armes s'entrechoquant, un son à nul autre pareil, inoubliable une fois qu'on l'avait entendu. Et Kethry avait entendu ce *shiing* particulier plus souvent qu'elle n'aurait su dire.

Kethry s'était couchée tout habillée à cause de l'humidité. Elle se leva d'un bond, saisit son épée et remonta vers l'origine du bruit en louvoyant parmi les arbres qui lui en renvoyaient l'écho, tout en s'efforçant de faire le moins de bruit possible.

Pour quelle raison, si elle avait été attaquée, Tarma ne l'avait-elle pas réveillée ? Se serait-on jeté sur elle par surprise ? Mais dans ce cas, elle aurait crié, appelé, non ? Et les Frères du Faucon, qui étaient censés veiller sur elles ?

Elle se faufila entre les troncs d'arbres en suivant le bruit des lames qui se heurtaient et glissaient l'une sur l'autre, le tapis d'aiguilles de pin amortissant le bruit de ses pas. À l'écart de la petite clairière où elles avaient établi leur campement, le brouillard s'élevait en tournoyant, s'enroulait autour des troncs en guirlandes laineuses, mais il restait aussi épais qu'un nuage d'orage, une coudée seulement au-dessus de sa tête. Le bruit des lames était plus clair à présent, et elle prit garde, tout en avançant vers le théâtre des opérations, de se dissimuler derrière les troncs.

L'ennui, c'est que dans cette purée de pois elle perdait toute notion de distance et qu'elle avait une fausse impression de sécurité. Tout à coup… elle n'eut que le temps de se tapir derrière un arbre. Elle avait failli tomber au beau milieu de l'échauffourée.

Le brouillard se déplaçait comme une créature vivante, tentaculaire, dont les bras, animés de mouvements erratiques, s'interposaient entre Tarma et son adversaire. Mais le plus surprenant, c'est qu'il *brillait*. Il luisait, et pas seulement à cause des premières lueurs de l'aube. Sa vision magique lui confirma qu'il irradiait d'une énergie pure, rayonnante, d'une intense pureté, d'une force étrange – plus qu'étrange : littéralement étrangère. Et qui l'empêchait d'approcher. La chose établissait comme une barrière autour de l'enceinte enchantée où les combattants s'affrontaient.

Les yeux de Tarma trahissaient sa concentration, dans son visage aussi inexpressif qu'une dalle de marbre poli. Kethry ne l'avait jamais vue ainsi, sauf quand elle entrait dans cet état voisin de la transe où la plongeaient la méditation et parfois ses exercices. Elle utilisait ses deux armes, une dague et son épée, pour se défendre…

Contre un Shin'a'in comme elle.

Cet homme était indéniablement de sa race. La peau hâlée de ses mains et du peu que l'on voyait de son visage trahissait sa parenté avec Tarma. De même que ses cheveux aile-de-corbeau, attachés par un ruban tout aussi noir afin de ne pas lui pendre dans les yeux, ces yeux d'un bleu polaire, qui étincelaient au-dessus de son voile.

Car il était voilé. Kethry n'avait jamais vu Tarma porter le voile depuis qu'elle la connaissait. Elle ignorait d'ailleurs que le voile pouvait faire partie du costume shin'a'in. L'homme était pourtant masqué, et ça ne donnait pas l'impression d'être un déguisement. Il était entièrement vêtu et voilé de noir, comme Tarma lorsqu'elle s'était lancée sur la piste de ceux qui avaient massacré son clan. Le noir était la couleur – si l'on peut dire – des dettes de sang, mais Tarma lui avait juré qu'il n'y avait jamais eu de lutte à mort entre Shin'a'in. Et le noir était la marque des Kal'enedral – à qui les luttes interclaniques étaient triplement interdites.

Leurs échanges d'assauts et de ripostes tenaient moins du combat que de la danse. Kethry retint son souffle, sidérée, paralysée par une puissance qui surpassait celle du brouillard luminescent. Elle resta un moment pétrifiée par la mortelle beauté des lames qui s'entrelaçaient, puis ce fut comme si une force supérieure l'attirait hors de sa cachette.

Sa présence resta inaperçue de Tarma, mais l'autre la remarqua aussitôt.

Il rompit le mouvement, fit un pas en arrière et esquissa un geste imperceptible de la main gauche. Tarma se figea et sembla sortir à son tour de sa transe. Elle braqua sur Kethry le regard éperdu de la créature sauvage débusquée par un chasseur.

L'autre se tourna vers Kethry et la salua d'un mouvement lent, cérémonieux, de son arme, puis lui dédia un clin d'œil appuyé par-dessus son voile… et disparut, emportant avec lui le mystérieux pouvoir du brouillard magique.

Kethry s'éveilla pour de bon et regarda sa coéquipière sans trop savoir si elle devait éprouver de la crainte, de la colère ou les deux.

— Qu'est-ce… qu'est-ce que… c'était ? bredouilla-t-elle enfin.

— Mon maître, mon guide, répondit Tarma un peu penaude. Enfin, l'un d'eux.

Elle rengaina son épée et resta coite. Elle paraissait, à vrai dire, curieusement à court de mots, songea Kethry.

— Je ne… t'en ai jamais parlé, parce que je ne savais pas très bien si j'en avais le droit. Ils m'entraînent toutes les nuits où nous sommes hors les murs. L'un d'eux prend mon tour de garde pour veiller sur toi. Je… enfin, ils ont dû se dire que le moment était venu pour toi de connaître leur existence, et puisque je n'arrivais pas à me décider… euh, à te parler d'eux…

— Tu as dit que ton peuple ne faisait pas usage de la magie, mais lui… il était purement magique ! Seule ta Déesse…

— Il est à Elle. Dans la vie, il était kal'enedral, et maintenant… eh bien, soupira-t-elle en esquissant un geste évasif, il est ce que tu as vu. Sa magie est celle de la Déesse.

— Comment ça, *dans la vie* ? releva Kethry, au bord de l'hystérie.

— Tu veux dire que... tu n'as pas compris ?

— Compris quoi ?

— Ben, que c'est un esprit. Il est mort depuis une centaine d'années au moins. Comme tous mes autres Maîtres.

Il lui fallut bien une heure pour calmer cette pauvre Kethry.

Elles sortirent de la forêt, conformément à ce que lui avait promis Tarma, vers le milieu de l'après-midi.

Kethry parcourut les environs du regard et battit des paupières comme si elle n'en croyait pas ses yeux. Tarma, qui caracolait avec une désinvolture étudiée, un sourire extatique accroché à la figure, ne put se retenir longtemps.

— Eh bien ? demanda-t-elle enfin.

Kethry ouvrit et referma plusieurs fois la bouche telle une carpe hors de l'eau puis, ne trouvant rien d'intelligent à dire, elle referma le bec.

Elles avaient émergé à l'air libre juste à la limite d'une falaise abrupte. Les gigantesques pins poussaient presque jusqu'au bord, et le chemin qui longeait l'abîme était fort étroit. En dessous d'elles, à ce qui semblait plusieurs lieues en contrebas, s'étendaient les Plaines de Dhorisha.

Kethry avait imaginé des lieues et des lieues de prairie, une immensité verte, aussi vaste que la mer, et aussi plate.

À la place, elle contemplait un pays vallonné, mamelonné, qui ondulait doucement comme les vagues de l'océan. Et s'il y avait de l'herbe à perte de vue, elle était de tous les tons de vert, d'une infinité de nuances différentes, et pas seulement de vert : il y avait aussi des taches dorées, des touches de mauve, sans doute de la bruyère, et des fleurs. Ça ne pouvait être que des fleurs qui éclaboussaient ainsi tout ce vert de points bleu vif, rouges, blancs, jaunes comme le soleil, orange et roses. Kethry inspira profondément, pour voir, et… oui ! la brise qui montait jusqu'à elle, en haut de la falaise, charriait les parfums enivrants de l'herbe qui poussait et de cent mille bourgeons printaniers.

Des lignes sombres, pareilles à des nuages qui se seraient posés à terre, couraient au fond de certaines gorges. Au bout d'un moment, Kethry comprit que ça devait être des arbres, des arbres qui longeaient de lointains cours d'eau.

— Comment…, balbutia-t-elle en tournant vers Tarma des yeux émerveillés. Comment as-tu pu supporter de quitter ça ?

— Ça, She'enedra, je t'assure que je ne suis pas partie de gaieté de cœur, soupira Tarma, et sous le masque impavide qu'elle arborait ordinairement vibra une passion dévorante, insatiable. Cela dit, tu arrives au meilleur moment. Il n'y a pas que des bons moments dans les Plaines, et les mauvais durent plus longtemps que les bons. L'hiver, elles offrent un visage autrement rébarbatif. Tout ce que tu vois ici est d'un brun sévère et rigoureux. Toute vie en est bannie, à part les hommes des clans et les troupeaux, et dort sous la terre stérile, dans des abris inexpugnables. Le plein été est presque aussi cruel. Sous la brûlure du soleil impitoyable, les cours d'eau sont réduits à de maigres ruisselets, on se languit d'un doigt d'ombre, et il n'y en a pas, nulle part. Mais au printemps, oh oui ! que la Plaine est belle. Belle comme Elle quand Elle est jeune fille – et aussi accueillante.

Tarma regarda la prairie en fleurs, et un pâle sourire effleura ses lèvres minces.

— Voilà que je deviens aussi sentimentale qu'une vieille grand-mère radoteuse ! s'esclaffa-t-elle finalement. Si je me mets à ressasser les histoires du bon vieux temps, du temps de Sa jeunesse où le monde était doré, nous ne sommes pas arrivées. Suis-moi, et veille à ce que Rodi mette bien ses sabots dans les traces de Kessira. Les marches sont hautes, par ici.

Elles suivirent une piste étroite qui descendait le long de la paroi abrupte en décrivant des méandres si rapprochés qu'il n'y avait jamais plus d'une ou deux longueurs d'un niveau à celui du dessous. C'était plutôt rassurant au fond : elles pouvaient se dire que si elles faisaient un faux pas et dévalaient la pente, elles avaient une chance de reprendre pied un ou deux niveaux plus bas. Mais cela rallongeait considérablement la distance qui les séparait de la plaine, or elles étaient en plein soleil ; il n'y avait pas un poil d'ombre et aucun endroit où se reposer. Lorsqu'elles arrivèrent au bout de leurs peines, Kethry était épuisée, sa mule trempée de sueur, et elle voyait que Tarma et Kessira n'étaient pas plus fringantes.

Par chance, un soulagement immédiat les attendait au pied de la falaise, sous la forme d'un bosquet d'aulnes et de saules, traversé par un torrent qui jaillissait à la base de l'escarpement. Elles commencèrent par faire boire leurs bêtes, puis elles plongèrent la tête et les mains dans l'eau fraîche, pétillante, qui leur fit bientôt oublier les désagréments de la chaleur et de la poussière.

Tarma plaqua ses cheveux ruisselants sur sa tête et regarda le soleil qui descendait sur l'horizon.

— Eh bien, dit-elle, nous avons le choix : soit nous poursuivons, soit nous passons la nuit ici. Que préfères-tu ?

— À vrai dire, j'aimerais autant dormir ici. Je suis fatiguée, j'ai mal partout et je voudrais me laver à fond avant de repartir. Mais je sais à quel point tu as hâte de retrouver les tiens.

— Quelques-uns, acquiesça Tarma. Enfin, si nous repartons tôt demain matin, ça devrait revenir au même. Nous n'avons qu'à bivouaquer ici.

— Je ne voulais pas te le demander, mais...

— C'est bon, je capitule ! s'esclaffa Tarma en succombant au regard implorant de Kethry.

Le campement fut vite dressé. Tarma s'éloigna avec son arc et ses flèches et revint bientôt avec un jeune lièvre et deux cailles.

— C'est vraiment un drôle de pays, commenta rêveusement Kethry alors qu'elles s'attardaient près du feu crépitant. Ces prairies ne devraient pas être là, et je jurerais que cette falaise n'a pas été coupée comme ça par Mère Nature.

— Les Dieux seuls savent ce qui s'est passé, répondit Tarma en tisonnant le feu avec un bâton. Mais tout est possible. Mon peuple avait déterminé depuis longtemps que les Plaines forment un immense bol presque circulaire, bien qu'il faille des semaines pour les traverser par le milieu. Cela dit, c'est le seul endroit où le bord est aussi haut. Partout ailleurs, le pourtour est très érodé, bien qu'on puisse encore le voir quand on sait ce qu'on cherche.

— Parfaitement circulaire… Ça paraît peu vraisemblable.

— Je t'en ficherai, moi, du « peu vraisemblable » ! lança plaisamment Tarma. Surtout que tu viens de traverser les contreforts des Pélagirs.

— Les quoi ? s'exclama Kethry en se redressant, bien réveillée tout à coup.

— La forêt dont nous sortons – tu ne savais pas que c'est la Forêt de Pélagir ? Ce nom doit bien te dire quelque chose, tout de même ?

— Je l'ai vu sur la carte, mais je n'avais pas fait le rapprochement.

— Eh bien, si nous avions continué vers le nord, au bout d'un moment, nous nous serions retrouvées dans les Pélagirs. Mon peuple soupçonne les Tale'edras d'être de lointains descendants des Shin'a'in. Des Shin'a'in qui seraient allés un peu trop au nord et qui auraient évolué. Mais ils n'ont jamais rien dit, alors nous gardons nos soupçons pour nous.

— Les Pélagirs…, répéta Kethry d'un ton méditatif.

— Et à quoi penses-tu, au juste ? Tu n'as sûrement pas l'intention d'y aller, j'imagine ?

— Peut-être.

— Par le serment des armes ! Elle est folle ! Tu sais le genre de bêtes qu'on trouve là-bas ? Des griffons, des oiseaux de feu, des dragons des glaces… Des monstres qui n'ont même pas de nom, parce que ceux qui les ont vus n'ont pas vécu assez longtemps pour dire autre chose que « Aaargh ! ».

Kethry ne put retenir un éclat de rire.

— Je le sais au moins aussi bien que toi, confirma-t-elle. Mais je sais aussi comment nous pourrions rester relativement en sûreté là-haut.

— Comment ça, *nous* ?

— Figure-toi que l'un de mes compagnons d'ordre venait du cœur des Pélagirs. Le sorcier Gervase.

— Gervase ? releva Tarma en ouvrant un four énorme. Le Lézard Sorcier ? Tu veux dire que cette chanson idiote est basée sur des faits réels ?

— Et comment ! Gervase était un Adepte des Vents Blancs, parce que le mage qui lui avait donné le don était de cet ordre, et je peux te dire que ce jour-là il a eu une riche idée. Gervase, qui était un reptile mais aussi un changelin pélagir, vécut trois fois plus vieux que n'importe quel sorcier, et les Dieux savent si nous vivons vieux. Il devint le plus Haut Adepte des Vents Blancs, et c'est lui qui conduisit l'ordre à l'endroit où il est actuellement établi.

— L'obscurité absolue, objecta Tarma.

— L'obscurité protectrice, rectifia Kethry. Ceux qui ont besoin de nous savent où nous trouver. Ceux que nous préférons éviter refusent généralement de croire que des Adeptes des Vents Blancs, avec tout le pouvoir que ça suppose, puissent marcher dans la gadoue et le fumier pour cultiver leurs oignons. Que les autres perdent leur temps à faire de la politique et à se livrer des duels de sorcellerie pour se prouver leur supériorité – ou plutôt leur traîtrise ; nous préférons, quant à nous, économiser nos forces pour ceux qui en ont besoin.

Et puis ça nous permet aussi de dormir sur nos deux oreilles, la nuit, sans craindre que quelqu'un conjure une vipère dans l'un de nos rouleaux de sommeil.

— Pour ça, il faudrait qu'il arrive à trouver l'endroit où vous cachez vos rouleaux de sommeil, s'esclaffa Tarma. Ça va, tu m'as convaincue.

— Dis, quand nous aurons retrouvé les tiens…

— Moui ?

— Eh bien, que se passera-t-il ?

— Il faudra que je me présente devant le Conseil des Anciens de trois clans, et que je passe l'épreuve. Ils me redonneront la bannière du clan et…

Elle s'interrompit, déconcertée.

— Et… ? insista Kethry.

— Je ne sais pas. Je n'y ai pas réfléchi. Liha'irden a pris soin des troupeaux. En échange, le clan pourra choisir en premier parmi les bêtes nées cette année. Quant au reste… je ne sais pas, She'enedra. Les troupeaux de tout un clan, ça fait beaucoup de bêtes à soigner pour deux femmes seules. Mon maître m'a suggéré de devenir mercenaire… Et je ne suis pas sûre maintenant qu'il m'ait conseillé ça à titre temporaire.

— C'est comme ça que nous avons gagné notre vie.

— Je suppose que nous pourrions demander à Liha'irden de continuer à s'en occuper, au moins jusqu'à ce que nous soyons prêtes à nous installer. Mais… je ne voudrais pas repartir tout de suite.

— Je te comprends, fit Kethry d'un ton badin. Après tout, tu viens à peine d'arriver !

— Enfin, écoute… Si nous voulons vraiment devenir mercenaires, et pas seulement nous amuser à gagner juste de quoi survivre, nous devrons nous choisir des chevaux de bataille, toutes les deux, et il faudra que tu apprennes à en maîtriser un !

Kethry blêmit.

— Un cheval de bataille ? fit-elle d'une voix mourante. Moi ? Je n'ai jamais rien monté de plus fougueux qu'un poney.

— Je ne veux pas te voir combattre à mes côtés sur autre chose qu'un destrier shin'a'in, élevé et dressé chez nous, décréta Tarma d'un ton sans réplique.

Kethry avala péniblement sa salive et se mordilla la lèvre.

— Mais ne te fais pas de mousse, She'enedra, reprit Tarma avec un grand sourire. Nous déciderons peut-être de rester ici, après tout, et tu pourras te consacrer aux poneys et aux mules en restant les deux pieds bien à plat sur terre, si c'est ce que tu veux.

— Cette perspective me paraît plus attrayante chaque fois que je t'entends parler de chevaux de bataille ! acquiesça Kethry.

Elle s'émerveilla tout haut de voir Tarma les mener droit au campement liha'irden, sans un écart ou une hésitation.

— L'habitude, répondit l'intéressée avec un haussement d'épaules. Je sais que pour toi tous les endroits se ressemblent, mais je connais chaque bouquet d'arbres, chaque source, chaque colline de cette partie des Plaines. Le fait que les Clans soient nomades ne les empêche pas d'avoir chacun son territoire. Liha'irden était voisin de Tale'sedrin. Je me suis dit que, puisqu'ils avaient regroupé les bêtes de deux clans, ils faisaient probablement paître leurs bêtes dans les deux territoires et que nous avions de bonnes chances de les trouver près d'une des sources situées entre les deux. Quand le Frère du Faucon m'a dit quelle source, j'ai su que j'avais raison.

Tarma était très impressionnante dans sa tenue kal'enedral, mais Kethry était tout simplement fascinante, surtout pour les enfants. Quand elles arrivèrent en vue du camp, Tarma fit signe à une sentinelle qui venait à leur rencontre. Puis, comme elles se rapprochaient, un nombre sans cesse croissant d'adolescents et de grands enfants s'avancèrent vers elles, formant une escorte de cavaliers hétéroclites, courtois, animés par une intense curiosité. Quand ils entrèrent dans le camp, les plus jeunes vinrent en courant voir les visiteuses, détailler leur tenue et exprimer à haute voix, sans aucune gêne, l'étonnement que leur inspirait la vue de Kethry.

— Elle a les yeux couleur d'herbe !

— Et les cheveux comme le coucher du soleil !

— Hé, Mata, comment se fait-il qu'elle monte une mule ? Elle n'a l'air ni vieille ni malade !

— Tu crois qu'elle a prêté serment, elle aussi ? Alors pourquoi porte-t-elle ces couleurs de terre ?

Cette dernière réflexion était celle d'une petite fille vêtue de rouge sang et de bleu vif.

— Elle va rester ? Est-ce une hors-clan ? Vient-elle de l'endroit magique ?

Tarma mit vivement pied à terre et s'adressa à la meute d'enfants avec une feinte gravité.

— Pourquoi toutes ces clameurs ? Est-ce là un comportement digne de Shin'a'in ?

Le babillage cessa net. On aurait entendu une mouche voler.

— C'est mieux. Bien, qui va prendre ma jument et la mule de ma She'enedra ?

Un adolescent tendit ses rênes à une amie et s'avança.

— Je m'en occupe, Sœur de sang.

— Merci, dit-elle en le gratifiant d'une petite courbette.

Il lui répondit d'une révérence plus marquée, aida Kethry à mettre pied à terre et partit avec les deux montures.

— Et maintenant, si vous nous meniez devant les Anciens ?

— Inutile, fit une voix forte montant des derniers rangs. Les Anciens sont là.

La foule s'écarta aussitôt devant un groupe de quatre Shin'a'in. La première était une femme d'âge mûr, aux cheveux striés de gris entourant un visage carré, et qui affichait sa détermination sur toute sa personne. Elle portait des braies vieil or, des bottes de cuir souple qui lui montaient aux genoux, une chemise crème aux manches brodées sous une veste rouge et noir, brodée elle aussi et lacée sur le devant. À sa coiffe ornée de deux petites cornes d'antilope, Kethry comprit qu'elle était la chamane de Liha'irden.

Le second était un très vieil homme aux cheveux d'un blanc pur et au visage si profondément ridé que ses yeux pétillants disparaissaient presque entre des ravins de peau crevassée. Il portait des bottes de feutre bleu, brodées de vert, des chausses bleu foncé, une chemise bleu clair et une veste vert vif ornée de broderies assorties à celles de ses bottes, mais bleues. La cravache purement décorative qu'il portait à la ceinture indiquait qu'il était le chef du clan. Il était loin d'être débile ; il se tenait droit et marchait d'un pas lent, mais ferme et assuré.

En troisième position venait une femme entre deux âges, vêtue d'un camaïeu de rouges, et Kethry comprit qu'elle assumait la double responsabilité de maîtresse de guerre et de maîtresse d'armes.

Le quatrième Ancien était un jeune homme vêtu dans une gamme de verts doux. Il eut un grand sourire en voyant Tarma. Kethry le reconnut d'après la description que celle-ci lui en avait faite : c'était le Guérisseur de Liha'irden.

— Soit les nouvelles voyagent sur les ailes du vent, soit vous avez des sentinelles que je n'ai pas vues, déclara Tarma en esquissant le signe marquant le respect.

— Elles nous ont été en partie apportées par les oiseaux, confirma le Guérisseur. Les Frères du Faucon nous ont annoncé ton retour. Ce qui nous a permis de réunir un Conseil.

De la foule sortit un autre groupe composé cette fois de cinq vieillards. Tarma haussa un sourcil surpris.

— Je ne m'attendais pas à être accueillie par un Conseil en bonne et due forme, dit-elle d'un ton réservé. Et je ne puis que me demander s'il s'agit d'un honneur ou d'autre chose.

— Je veux que tu saches, Kal'enedral, que ce n'est pas de mon fait, et que je ne voterai pas contre toi, répondit le chef du clan Liha'irden d'un ton grave, réprobateur.

— Voter contre moi ? Contre *moi* ? Et pourquoi ? s'exclama Tarma en s'empourprant puis en blêmissant.

— Tale'sedrin est un clan mort, répondit l'une des cinq autres, une vieille femme à la bouche figée dans un pli hargneux. Il ne manque plus qu'un arrêté du Conseil pour qu'entre dans l'histoire ce qui est déjà un fait.

— Mais je suis encore en vie ! Et tant que je serai de ce monde, Tale'sedrin vivra !

— Un clan ne peut se réduire à un individu isolé. C'est une entité vivante, qui se doit de croître, rétorqua la femme. En tant que Kal'enedral et par le doigt de la Guerrière, tu es vouée à rester sans progéniture. Comment pourrais-tu assurer la pérennité de Tale'sedrin alors que tu ne peux engendrer la vie ?

— Tarma, Kal'enedral, nous n'avons pas l'intention de te prendre ce qui est à toi par droit d'héritage, reprit d'un ton conciliant la maîtresse de guerre. Les troupeaux, tous les biens du clan sont encore tiens. Mais les Enfants du Faucon ne sont plus. Tu t'es consacrée aux Shin'a'in, non à un clan isolé. Que la bannière soit enterrée avec les autres morts.

Tarma porta convulsivement la main à la poignée de sa dague.

— Jamais ! s'écria-t-elle, les narines pincées, le visage aussi blanc que le marbre. Je mourrai plutôt avec eux ! Tale'sedrin est vivant !

— Tale'sedrin vit en moi.

Kethry retint le bras de Tarma et s'interposa entre le Conseil et elle.

— Je suis la She'enedra de Celle qui a Prêté Serment, ce qui fait de moi une Shin'a'in. Je n'ai pas fait vœu de célibat. Mieux encore, je suis une prêtresse des Vents Blancs, et je puis, par mon art, prolonger la durée de ma propre fertilité. Tale'sedrin est à travers moi une entité vivante, qui croîtra et grandira !

— Qu'est-ce qui nous prouve que le lien est bien réel ? rétorqua d'un ton agressif l'un des membres du Conseil, un vieillard tout ratatiné.

Kethry leva la main droite au ciel, la paume tournée vers eux, prit, de l'autre, le poignet droit de Tarma et leur montra aussi le creux de sa main. Elles portaient toutes deux une cicatrice argentée en forme de croissant.

— Comme Elle l'a béni de Son propre feu, le lien ne peut être que sincère et véritable, commenta Tarma qui avait retrouvé sa langue.

— *Sheka !* cracha le vieillard, lui coupant la parole. Elle nous a dit qu'elle était sorcière. Elle a très bien pu t'abuser en feignant Son apparition !

— Dans quelle intention ?

— Pour te voler ce que les hors-clan ont toujours convoité : nos chevaux de bataille !

Tarma ne pouvait laisser passer cette perfidie. Elle arracha sa main à celle de Kethry, tira son épée et la tint à deux mains devant elle, les jambes largement écartées dans une attitude défensive.

— Kethry m'a sauvé la vie, elle s'est battue avec moi, elle a donné son sang pour m'aider à venger Tale'sedrin, lança-t-elle. Comment osez-vous douter de la parole d'une Kal'enedral ? Elle est véritablement ma She'enedra, par la foi d'un serment béni par la Déesse, et tu vas ravaler ce mensonge, maudit, ou tu périras par le fer de mon épée !

Les Dieux seuls savent comment l'échange aurait pu dégénérer si le cri strident d'un faucon n'avait retenti au-dessus d'eux. Sans trop savoir pourquoi, Kethry leva le bras comme Tarma l'avait fait dans la forêt.

Un second cri fendit l'air et un météore d'or fondu creva les cieux. C'était un faucon vorcel, plus gros encore que celui de Chandlune. Il se posa sur son poignet en battant furieusement des ailes et couva le Conseil d'un regard farouche. Une douleur fulgurante traversa le bras de Kethry et du sang jaillit à l'endroit où les serres de l'oiseau s'enfonçaient dans sa chair. La manche de sa robe se teinta de rouge sombre, mais elle avait connu pire au cours de son initiation. Elle se mordit la lèvre pour retenir un cri et son bras ne frémit pas.

Les membres du Conseil sursautèrent et reculèrent de quelques pas en murmurant.

Tarma tendit la main droite qui tenait toujours son épée. Le faucon se jucha sur le perchoir ainsi offert, permettant à Kethry de baisser son bras blessé et de le nicher sur sa poitrine dans un effort futile pour soulager sa souffrance. Besoin ne guérirait pas cette blessure ; elle était douloureuse, mais ne menaçait pas sa vie. Elle devrait la soigner elle-même quand elle en aurait le loisir. Pour le moment, il lui faudrait prendre son mal en patience. Elle craignait, en faisant preuve de faiblesse, de porter préjudice à Tarma qui tentait d'attirer l'attention du Conseil.

— Ce signe vous suffit-il ? demanda Tarma avec un mélange de triomphe et de colère. L'emblème de Tale'sedrin, l'esprit de Tale'sedrin est apparu, et il est venu à Kethry, que vous traitiez de hors-clan et de traîtresse ! À moi, She'enedra !

Kethry tendit docilement son bras droit blessé et posa la main sur celle de Tarma. Le faucon poussa encore un cri, battit violemment des ailes et se déplaça à petits bonds sur le bras de Tarma de façon à venir se percher sur leurs mains jointes, des mains qui tendaient ensemble l'épée de Tarma devant elles, droit sur les membres du Conseil. Une fois là, il se figea un moment, une patte sur le poignet de chacune.

Il poussa alors un dernier cri, non point belliqueux mais triomphal, se lança dans les airs et se perdit dans le soleil.

Kethry remarquait avec émerveillement que sa douleur s'était effacée lorsque le jeune Guérisseur de Liha'irden se dressa à côté d'elle et poussa à son tour un cri de triomphe.

— Vous osez douter ? Vous osez *encore* douter ? s'écria-t-il en remontant une manche tellement trempée de sang que la chair, en dessous, ne pouvait qu'être transpercée de part en part, jusqu'à l'os. Regardez, vous tous, regardez ça !

Sous le tissu, le bras de Kethry était indemne, vierge de cicatrice ou de toute autre marque.

Chapitre 5

Le chapiteau était tellement bondé qu'on aurait eu du mal à y faire entrer un enfant de plus. Il était plein de Shin'a'in qui avaient revêtu leurs plus beaux atours. Tarma et Kethry occupaient la place d'honneur, près du centre et de la fosse à feu. Depuis la confrontation avec le Conseil et la reconnaissance de leurs droits, leur cote était au plus haut auprès de Liha'irden.

— Keth, souffla Tarma en la poussant doucement du coude.

— Hein ? fit l'intéressée en sursautant.

Elle regardait le feu sans le voir, fascinée par la musique hypnotique que jouaient trois de ses « cousins » liha'irden. À part les cheveux et les yeux, elle avait l'air aussi shin'a'in que Tarma. Des semaines sous le soleil estival avaient donné à sa peau la même couleur dorée, et elle avait adopté le costume chamarré – souples bottes de cuir, braies, veste et chemise richement brodées – des Shin'a'in. Pour tout dire, c'est plutôt Tarma qui aurait tranché sur la foule avec sa tenue d'un brun passe-partout.

Elles avaient passé un printemps et un été agréables. La vie coulait, douce et paisible, et pourtant, Kethry ne tenait pas en place. En partie à cause de Besoin. L'Épée aurait voulu qu'elle soit toujours par monts et par vaux, sans un moment de trêve. Mais en partie aussi par sa propre faute. Et Tarma était souvent malheureuse, elle aussi. Elle n'en disait rien, mais Kethry le sentait.

— C'est à toi. Que nous réserves-tu ? Un tour de magie ou une histoire ?

À ces mots, les enfants que la musique avait plongés dans une sorte de torpeur se réveillèrent. Leurs jeunes voix couvrirent le murmure de leurs aînés, chacun essayant de faire entendre son point de vue dans le joyeux tumulte. La moitié d'entre eux demandaient de la magie, les autres une histoire.

Ces réunions d'automne étaient toujours très attendues. Les nuits de printemps, il fallait garder les troupeaux, à cause des jeunes ; en été, le soir était le moment où l'on déplaçait les bêtes, et l'hiver, il faisait trop froid et il y avait trop de vent pour dresser les énormes tentes communes. Les enfants étaient la richesse des clans, mais ils n'étaient pas spécialement gâtés ou dorlotés, sauf en de rares occasions comme ces réunions lors desquelles on leur laissait faire un peu plus de bruit et réclamer sans vergogne des gâteries particulières.

C'était la première fois que la She'enedra de Tarma participait aux réjouissances en tant qu'actrice et non plus seulement comme spectatrice, et chacun à Liha'irden manifestait à son égard une curiosité de jeune chat.

— Faut-il nécessairement que ce soit l'un ou l'autre ? demanda Kethry.

— Euh… non, mais…

— Eh bien, dans ce cas, fit Kethry en élevant la voix pour que tout le monde l'entende, je vais vous narrer en images un conte que j'ai appris quand j'étais l'élève de Melania, Adepte des Vents Blancs.

Elle s'installa confortablement et canalisa son énergie interne vers l'émission d'une illusion. Elle tendit devant elle ses mains qui commencèrent à luire, puis les minces fils de la forme illusoire s'en élevèrent en tournant comme des volutes de fumée. Ces spires impalpables montèrent au-dessus des têtes des Shin'a'in qui l'observaient, les yeux écarquillés. L'extrémité des tentacules se dilata, s'anima d'un mouvement giratoire, et toute la lumière s'y engouffra, formant un gros globe qui planait, immatériel, près du montant central de la tente.

— Voici l'histoire telle qu'on me l'a racontée, commença Kethry, à l'instar des autres conteurs shin'a'in, et les enfants poussèrent des « oh », des « ah » et des murmures excités, pendant que les adultes prenaient l'air un peu blasé de ceux à qui on ne la fait pas. Il était une fois un lézard qui vivait dans un arbre creux, au sommet d'une colline.

Le globe s'assombrit un instant, s'illumina de nouveau, et un décor apparut à l'intérieur : on y voyait une colline aride, semée d'épineux rabougris et dominée par un arbre majestueux, étêté par la foudre et vaguement luminescent. D'une faille dissimulée entre ses racines, un lézard à la peau écailleuse, verte et brune, sortit prudemment la tête. Il inspecta les environs et tout dut lui paraître normal car le reste de son corps suivit. Soudain, les adultes eux-mêmes étouffèrent un hoquet de surprise : le lézard se tenait droit, comme un homme, et sa tête était plus humaine que reptilienne.

— Le lézard s'appelait Gervase, et il appartenait au peuple hertasi qui vit encore aujourd'hui dans les contreforts des Pélagirs. Les Hertasis étaient, il y a très, très longtemps, des lézards arboricoles, et ils avaient évolué à la suite de guerres magiques. Ils sont aussi intelligents que nous. Et comme les humains, ils peuvent être bons ou mauvais, doux ou cruels, altruistes ou égoïstes. Ce Gervase en connaissait un rayon sur la magie ; c'est elle qui l'avait fait ce qu'il était, après tout, et il y en avait une telle concentration à l'endroit où il vivait que son arbre brillait la nuit. Quoi d'étonnant, dans ce cas, à ce qu'il en ait rêvé nuit et jour ?

La scène changea. Les enfants gloussèrent en voyant le lézard Gervase jouer au sorcier comme ils le faisaient si souvent eux-mêmes, avec un chapeau fait d'écorce de bouleau roulée et une branche en guise de baguette.

— Il mourait d'envie d'être sorcier. Il était obsédé à l'idée de tout ce qu'il aurait pu faire pour ceux qui avaient besoin d'aide, des malades et des blessés qu'il aurait pu guérir, il rêvait d'être assez puissant pour mettre fin aux guerres d'un simple geste de la main. Il avait très bon cœur, en vérité, et ne demandait qu'une chose : faire du monde un endroit un tout petit peu plus agréable. Mais il savait que ça lui serait à jamais impossible. Il n'était qu'un lézard, vous comprenez.

Le lézard était l'image même de la tristesse, et Tarma s'émerveilla que le langage du corps puisse exprimer une telle désolation alors que le faciès de la créature restait impassible. Il abandonna son chapeau et sa « baguette », grimpa sur une branche et resta juché là, à soupirer.

— Puis, un jour qu'il se prélassait au soleil, il entendit un bruit de cavalcade et des chiens qui aboyaient dans le lointain.

Le lézard se redressa d'un bond, se suspendit à la branche par sa queue et tendit le cou dans la direction du tumulte.

— Il s'efforçait de comprendre à quoi rimait tout ce vacarme lorsqu'un homme sortit des fourrés et lui apparut.

Un homme aux vêtements déchirés et perdant son sang par de multiples blessures traversa les broussailles en titubant et tomba, manquant de peu se fendre le crâne sur les pierres. L'assemblée étouffa un hoquet. Il était évident que le malheureux avait été torturé. Kethry n'avait pas édulcoré le récit en images tel qu'on le lui avait montré pour la première fois. D'abord, les enfants des clans étaient habitués à voir couler le sang, et puis ce réalisme montrait bien à tout le monde qu'il s'agissait d'une histoire réelle.

L'homme de la bulle lumineuse avait la barbe et les cheveux bruns. Il portait des marques de coups, et en regardant bien, on voyait que ses haillons avaient jadis été une robe de sorcier.

— Gervase ne prit pas le temps de se demander qui était l'homme ou pourquoi on le poursuivait. Tout ce qu'il savait, c'est qu'aucun être doué de pensée n'avait le droit d'en chasser un autre comme une bête, avec des chiens et des chevaux. Il courut vers l'homme…

Le lézard se laissa glisser à bas de son arbre et trottina vers le sorcier tombé à terre. Tous constatèrent, alors qu'il aidait l'homme à se relever, qu'il était à peu près de la même taille que lui. Au début, l'homme parut trop choqué pour comprendre ce qui lui arrivait, puis il recouvra ses esprits et sursauta. La surprise, l'incrédulité qui s'inscrivirent sur son visage firent de nouveau s'esclaffer les enfants. Et pas que les enfants.

— Viens, Homme, dit Gervase. Il faut te cacher dans mon arbre. Tu y seras en sûreté. J'empêcherai les chiens d'approcher.

Le sorcier – car c'en était bien un – ne gaspilla pas sa salive à discuter, car il entendait les chiens qui se rapprochaient dangereusement.

Le lézard aida l'homme à se traîner vers le trou de son arbre puis à s'y faufiler, après quoi il courut vers un rocher au soleil et adopta une pose artistique. À part la taille, peut-être, n'importe qui l'aurait pris pour un lézard ordinaire se dorant au soleil.

— Quand les chiens et les chasseurs arrivèrent au sommet de la colline, Gervase était prêt.

En voyant les chiens et les chevaux surgir des broussailles, Gervase bondit comme s'ils lui avaient fait une peur bleue. Il tourna un moment dans tous les sens, l'air complètement affolé, et fonça dans le trou de son arbre. Il y resta, la tête pointant au-dehors, et tout semblait indiquer qu'il sifflait hargneusement au nez des chiens qui venaient aboyer et claquer des dents vers lui, et l'homme qu'il protégeait. Quand l'un ou l'autre avait le malheur de se rapprocher de trop près, Gervase lui pinçait la truffe. L'animal poussait un jappement et courait, la queue basse, se réfugier à l'arrière de la meute, pendant que tout le monde se tordait de rire sous le chapiteau.

— Puis l'homme qui pourchassait le sorcier arriva, de fort méchante humeur. Il espérait contraindre le sorcier à le servir. Il l'avait fait emprisonner et torturer après avoir fait amoindrir, peut-être même anéantir, ses pouvoirs par ses propres magiciens, mais notre sorcier avait feint de perdre connaissance et pris la fuite dans les contreforts des Pélagirs. Son évasion avait mis le seigneur en rage. Il avait réuni tous les chasseurs et tous les chiens des environs et s'était lancé à sa poursuite, mais, grâce à Gervase, il croyait maintenant avoir perdu sa piste.

Le gros bonhomme huileux, suant et transpirant, qui cravachait hargneusement ses chiens et ses chasseurs apeurés, ressemblait beaucoup à Wethes, se dit Tarma en souriant intérieurement. Au bout d'un moment, le cavalier manqua d'arracher la bouche de son cheval en tirant sur son mors pour lui faire faire demi-tour, l'éperonna sauvagement et mena sa horde hors de la clairière. Gervase sortit de sa cachette, le sorcier sur ses talons.

— Le sorcier, reconnaissant, dit à Gervase : « Une énorme quantité d'énergie magique est emmagasinée dans ta maison, mon petit ami. Si tu me la laisses utiliser, je puis t'accorder à peu près n'importe quoi. Que pourrais-je faire pour te remercier ? » Gervase ne réfléchit pas longtemps. « Faites de moi un homme comme vous ! » s'exclama-t-il. « Réfléchis bien à ce que tu demandes », répondit le mage. « Veux-tu devenir un être humain ou un magicien ? Tu portes en toi le potentiel nécessaire pour devenir un grand sorcier, mais il faudra toute la magie de ton arbre pour le faire s'exprimer, et même alors, tu devras étudier pendant des années avant de pouvoir user de ton pouvoir. Peut-être préférerais-tu revêtir une simple forme humaine ? Cela exigerait aussi toute la magie qui environne ton arbre. Alors réfléchis bien avant de te décider. »

Le petit lézard, manifestement torturé par l'indécision, faisait les cent pas en se tordant les pattes et contemplait le sol comme s'il espérait y lire la réponse à ce cruel dilemme.

— C'était une décision cruciale pour Gervase, vous comprenez. S'il devenait humain, les gens l'écouteraient, mais il n'aurait pas le pouvoir de faire ce qu'il voulait. D'un autre côté, s'il choisissait de voir ses dons révélés, où trouverait-il un maître pour lui apprendre à les utiliser, lui, un lézard ? Mais il fit enfin son choix. « Je veux être magicien », dit-il. « Je finirai bien par trouver quelqu'un qui acceptera de m'inculquer sa discipline, quelqu'un pour qui les qualités intrinsèques importent plus que l'aspect extérieur. »

Dans la bulle, le sorcier sourit et imposa les mains à Gervase. L'arbre s'embrasa d'une vive lueur, qui s'écoula de son tronc sur le petit lézard, l'enveloppant, s'insinuant en lui.

— « Tu n'auras pas à chercher, petit ami », dit le sorcier quand ce fut fini. « Tu seras mon apprenti, si tu veux bien recevoir mon enseignement. »

Ces paroles emplirent visiblement Gervase de joie. Il esquissa une danse comique pendant plusieurs minutes d'affilée, plongea entre les racines de l'arbre maintenant terne et sombre, et en ressortit avec un balluchon. Le mage et le lézard s'éloignèrent ensemble et disparurent dans la forêt. Le globe luminescent s'obscurcit et disparut lentement, se dissipant comme de la fumée.

— Et voici comment Gervase devint le disciple de Cinsley des Vents Blancs. Quant à ce qu'il advint ensuite de lui… c'est une autre histoire.

La fin du récit de Kethry fut saluée par des applaudissements aussi chaleureux que ceux qui récompensaient Tarma à l'époque où sa voix faisait la fierté des clans.

— C'était parfait, murmura Tarma tandis que l'attention de l'assemblée se reportait sur le numéro suivant.

— Je craignais un peu de transgresser je ne sais quels usages en faisant une démonstration de magie, commença Kethry, puis elle leva les yeux avec un regain d'appréhension en voyant approcher l'un des membres du clan.

D'autant qu'il ne s'agissait pas de n'importe lequel mais de la chamane.

La grande femme à l'allure imposante était vêtue de jaune, ce soir-là. Elle sourit en s'approchant, comme si elle avait perçu l'appréhension de Kethry.

— La paix soit sur toi, Jel'enedra, dit-elle d'une voix tout juste audible, car les musiciens avaient recommencé à jouer derrière les deux femmes. C'était très réussi.

Elle s'assit à côté d'elles sur les tapis qui couvraient le sol.

— Vous n'avez donc rien contre l'exercice de la magie ? rétorqua Kethry, sentant sa tension diminuer.

— *Li'sa'eer* ! Nous avons tout pour, au contraire ! Notre peuple a rarement l'occasion de se trouver confronté à la magie des hors-clan. Il est bon de leur rappeler qu'elle peut ne pas être maléfique.

— Qu'elle peut ne pas servir à massacrer un clan entier ? releva Tarma. Il est bon de leur rappeler qu'elle existe, un point c'est tout. C'est de l'avoir oublié qui a perdu Tale'sedrin.

— *Haï*, je ne saurais te blâmer de penser cela. Mais je sens, Jel'enedra, que tu ne tiens pas en place. J'irais jusqu'à dire que je ne vous crois pas tout à fait heureuses, ta sœur de sang et toi.

— Est-ce si évident ? demanda Kethry, sur la réserve. Dans ce cas, j'en suis navrée.

— Tu n'as pas à t'excuser. Je te disais que je perçois la même chose chez ta She'enedra.

— Tarma ? fit Kethry en haussant le sourcil, surprise.

— Écoutez, je ne crois pas que ce soit l'endroit d'en discuter, objecta Tarma, mal à l'aise.

— Eh bien, Kal'enedral, voulez-vous venir sous ma tente, toutes les deux ?

Cette question était plus un ordre qu'une suggestion. Elles ne pouvaient guère faire autrement que de la suivre en se frayant un chemin parmi les membres des clans qui se pressaient sous le chapiteau.

Tarma était curieuse de voir à quoi ressemblait l'intérieur de la tente en forme de dôme de la chamane. Elle fut vaguement déçue de constater qu'elle n'était pas très différente de la sienne, en fin de compte. Il y avait le lit habituel, avec ses peaux de mouton et ses couvertures de laine au tissage serré, les coffres à mules contenant les vêtements et les objets personnels, deux lampes à huile, des carpettes de couleurs vives et une profusion de tentures. Puis, en les regardant de plus près, elle se rendit compte qu'elles avaient quelque chose d'assez particulier.

Leur auteur semblait s'être laissé aller à son inspiration, mais, dans leurs motifs apparemment aléatoires, elle crut repérer une sorte de rythme, comme une écriture.

Chose étrange – et un peu inquiétante –, la chamane sembla deviner ce que pensait Tarma.

— *Haï*, c'est l'histoire écrite de notre peuple. Rédigée dans sa langue spécifique. C'est un langage d'une telle concision qu'un seul panneau peut relater cent ans d'histoire.

Tarma parcourut la tente du regard et compta près d'une cinquantaine de ces tentures, qui empiétaient parfois les unes sur les autres. Ce qui faisait… cinq mille années !

La chamane parut de nouveau saisir les pensées de Tarma.

— Un peu moins peut-être que tu ne le penses. Certains de ces panneaux parlent d'autres peuples que le nôtre, des gens dont la vie a eu une influence sur la nôtre. Mais nous ne sommes pas là pour parler de ça, coupa la chamane en s'asseyant sur son lit de peaux de mouton, laissant Kethry et Tarma s'installer comme elles pouvaient par terre. Je crois que les Plaines sont trop petites maintenant pour vous, *haï shala* ?

— Je ne vois pas vraiment à quoi je sers ici, convint Kethry. Mon ordre… enfin, nous n'avons pas pour règle de rester en un lieu où nous n'avons rien à faire. Si certains membres du clan avaient un don ou voulaient apprendre des tours de magie qui n'exigent aucun pouvoir, ce serait différent ; je les leur enseignerais volontiers. Seulement ça n'a l'air d'intéresser personne, et franchement, je m'ennuie. En fait, c'est encore pire que ça. Je n'apprends rien. Je n'atteindrai jamais le statut d'Adepte en restant ici.

— Je n'aurais jamais cru pouvoir dire une chose pareille, mais je… je ne suis plus à ma place ici, soupira Tarma à son tour. Comme Keth, je serais très heureuse d'apprendre aux enfants à manier les armes, mais ce serait marcher sur les plates-bandes de Shelana. Je pensais pouvoir trouver une place à ses côtés, et puis…

— Et puis tu t'es rendu compte qu'elle s'en sortait à peine mieux que ses élèves, c'est ça ? Ne prends pas cet air ahuri, mon enfant. Nul n'est mieux placée que moi pour savoir ce qu'implique votre Serment. Il n'y a pas eu de Kal'enedral à Liha'irden depuis une génération, mais je sais de quoi vous êtes capables, l'arme à la main, et comment vous parvenez à cette habileté.

Il y eut un moment de silence, puis Tarma reprit avec amertume :

— Eh bien, vous auriez pu me mettre au courant. La première fois que l'un d'Eux m'est apparu, j'ai cru que mon cœur allait cesser de battre !

— Nous n'avons pas eu le temps de te dire grand-chose, même si tu avais été prête à l'entendre. Allez, raconte-moi plutôt ce qui t'obnubile.

— J'aime mon peuple, j'aime les Plaines, mais rien ne me retient ici ; je n'ai pas de but. Je me sens inutile. Je ferais mieux de gagner de l'argent pour Tale'sedrin que de rester ici à me tourner les pouces. Ce serait plus constructif.

— Tu as compris le problème que pose la perspective de relever la bannière ?

— Nous ne sommes que deux ; nous ne pouvons nous occuper des troupeaux toutes seules. Nous pourrions faire venir des orphelins et des troisièmes et quatrièmes enfants de clans qui ont trop de bouches à nourrir, mais nous n'avons pas encore de quoi les nourrir nous-mêmes. Et franchement, on ne peut pas dire que nous nous soyons fait un nom. Or, sans ça, il est peu vraisemblable que nous attirions le genre de jeunes gens et de jeunes femmes qui auraient ma préférence, si j'avais le choix.

— Ça ne vous ennuierait pas de me dire de quoi vous parlez, toutes les deux ? intervint Kethry, déconcertée.

— Par la Déesse ! Je te demande pardon, Keth. Tu t'intègres si bien parmi nous que j'oublie que tu n'es pas l'une des nôtres.

— Si tu permets, coupa gentiment la chamane. Jel'enedra, en prêtant serment de donner des enfants à Tale'sedrin, tu ne t'es, en fait, engagée qu'à donner un cœur au clan, à moins que tu connaisses un enchantement qui te permette de mettre bas comme une chienne de prairie ! ajouta la chamane avec un sourire chaleureux qui invitait Tarma et Kethry à partager la plaisanterie. Dans les faits, lorsque tu auras trouvé un compagnon et que vous aurez des enfants, ils devront passer six mois par an ici, avec un décalage d'une saison chaque année de façon à voir quelle vie nous menons non seulement quand tout va bien, mais aussi dans les moments difficiles. Une fois adultes, ils choisiront d'être shin'a'in pour toujours, ou de vivre au loin. En attendant, nous allons répandre la nouvelle afin que les *jel'asadra* célibataires et les orphelins des deux sexes rallient votre bannière et la fassent leur. Jusqu'à ce que vous déclariez la fermeture de votre clan, ta She'enedra et toi. C'est bien clair ?

— Il me semble. Mais qu'est-ce que c'est que cette histoire de nom ?

— Le niveau des jeunes que vous attirerez, Tarma et toi, dépendra de la réputation que vous aurez acquise parmi les Clans. Et pour le moment, vous risquez de n'attirer que des individus qui n'ont pas grand-chose à perdre et non point le genre de sujets avec qui je voudrais personnellement refonder un clan comme Tale'sedrin.

— Bien, tout ce qui concerne la partie revenus était assez clair, reprit Kethry après avoir ruminé un moment. Nous serions obligées de... de vendre une partie du troupeau à perte, faute de quoi il ne nous resterait plus qu'à mourir de faim.

— Êtes-vous prêtes à entendre un conseil, toutes les deux ?

— Je pense, répondit Tarma.

— Quittez les Clans. Quittez les Plaines. Il n'y a rien pour vous, ici. Vous gaspillez votre potentiel et vous allez périr d'ennui. Je crois que vous avez envie de faire quelque chose, toutes les deux, et je pense aussi que vous n'avez osé aborder le problème ni l'une ni l'autre de crainte de heurter l'autre.

— Je..., bredouilla Kethry. Eh bien, il y a deux choses, en effet. Depuis que j'ai fait vœu de refonder Tale'sedrin... Pour ça, je crains qu'il ne faille un homme. Je pourrais me contenter de prendre des amants, bien sûr, mais... je voudrais quelque chose de plus. Si je dois avoir des enfants, je voudrais que leur père compte pour moi. Et franchement, la plupart des hommes d'ici me sont terriblement étrangers.

— Ça se comprend, acquiesça la chamane. C'est même tout à ton honneur. La loi du clan stipule seulement que vous devez former une vraie « graine de clan », ta She'enedra, tes enfants et toi-même, mais je crois que tout le monde serait plus heureux si tu choisissais un partenaire avec qui établir une relation durable et avec qui tu aurais plus en commun qu'aucun d'entre nous. Et la seconde chose ?

— Si je parviens jamais au stade d'Adepte, en tant que sorcière des Vents Blancs, je serai plus ou moins tenue de fonder une branche de l'école. Mais pour ça, pour attirer des élèves, j'aurai besoin d'argent et d'acquérir une certaine réputation.

— Ce qui nous ramène encore une fois à deux choses aussi importantes pour toi que pour le clan.

— Alors comme ça tu pensais à fonder une école ? C'est vraiment drôle ! s'exclama Tarma, surprise. Imagine-toi que je caressais plus ou moins le même projet. J'ai pris beaucoup de plaisir à donner des leçons à Justin et Ikan, et je commençais à me dire que je pourrais peut-être ouvrir ma propre école, une école qui ne se bornerait pas forcément à enseigner le maniement des armes.

— Qui s'adresserait au cœur et à l'esprit aussi bien qu'au corps ? hasarda la chamane en souriant. Ce sont de nobles buts, mes enfants, et pas incompatibles avec la refondation de Tale'sedrin. Permettez-moi de vous faire une proposition : pour une somme forfaitaire, Liha'irden continuera à s'occuper de vos troupeaux. Je pense que le clan se contentera, en échange, de prélever sa dîme parmi les jeunes animaux nés dans l'année. Partez avant d'être bloquées ici par les neiges, et faites tout ce qui sera en votre pouvoir pour asseoir votre réputation et gagner l'or nécessaire au financement de vos écoles et de votre clan. Si vous n'y arrivez pas, vous pourrez toujours revenir ici, et nous vous aiderons à rebâtir à la dure. Et si vous y parvenez, eh bien, le clan est là où sont les individus. Rien ne s'oppose à ce que Tale'sedrin s'épanouisse d'abord hors des clans jusqu'à ce que ses enfants soient d'âge à relever eux-mêmes la bannière. Cela satisferait-il vos ambitions ?

— Certes, et même quelques autres ! répondit Tarma tandis que Kethry hochait la tête, trop excitée pour parler, et sa coéquipière reconnut dans son regard une lueur qu'elle n'y avait pas vue depuis des mois.

Elles partirent deux semaines plus tard, sans Kessira ni Rodi. Elles les avaient laissées avec leurs troupeaux. À présent qu'elles avaient décidé de s'investir sérieusement dans leur vocation de mercenaires, elles montaient deux chevaux de bataille qu'elles avaient choisis et entraînés depuis le printemps.

Ces fameux destriers étaient le résultat d'une politique de sélection établie par les premiers nomades shin'a'in. Contrairement à la plupart des éleveurs, les Shin'a'in ne s'intéressaient pas à l'aspect général, à la vitesse ou à la conformation de leurs bêtes. Ils les sélectionnaient, dans l'ordre, pour leur intelligence, leur agilité, leur force et leur endurance. Ces prestigieux chevaux de bataille constituaient la preuve éclatante de leur réussite.

Leurs deux montures étaient gris pommelé. Elles avaient l'encolure généreuse et d'énormes têtes laides à souhait, au front large. On aurait dit des statues de granit brut, et elles en avaient presque la robustesse. Elles se contentaient de fourrage devant lequel même une mule aurait renâclé. Elles pouvaient galoper du lever au coucher du soleil, dévorer les lieues à une allure qui rappelait le pas élastique, infatigable, du loup. On pouvait leur confier un enfant, mais elles étaient capables de tuer sur un signal ou lorsqu'elles flairaient une menace. Kethry n'avait jamais vu de bêtes aussi intelligentes. Elles étaient plus futées qu'une mule. Par leur obéissance, leur faculté de raisonnement, elles ressemblaient plus à des chiens bien dressés qu'à des chevaux. Elles étaient véritablement capables de résoudre seules un bon nombre de problèmes simples.

Voilà ce qui avait fait la réputation des chevaux de guerre shin'a'in, et pourquoi les Clans les défendaient au péril de leur vie. Grâce à leur intelligence et à l'entraînement qu'on leur faisait subir, ces destriers devenaient les alter ego de ceux qui les menaient au combat. Si la Plaine de Dhorisha n'avait jamais été conquise, si les Shin'a'in étaient restés libres, ils le devaient pour beaucoup à leurs chevaux de bataille.

Mais ils étaient rares. Une jument n'avait pas plus de quatre ou cinq poulains au cours de son existence. C'est pourquoi, si tentants que puissent être les prix offerts par les étrangers, on n'en trouvait qu'entre les mains des Shin'a'in, ou de ceux qui avaient prêté serment de fraternité par le sang à un Shin'a'in.

Les montures de Tarma et Kethry avaient suivi un entraînement épuisant pendant quatre ans, et elles étaient enfin prêtes, ce printemps, à être montées en permanence. Elles étaient dressées à se battre seules aussi bien qu'avec un cavalier – ce dont Kethry se réjouissait, car elle était loin de se tenir aussi bien en selle que Tarma. Celle-ci pouvait rester collée à la crinière de Bannière d'Enfer comme une teigne sur une brebis alors que Kethry vidait régulièrement les étriers dès les premières minutes du combat. C'était sans importance. Âme de Fer la défendrait aussi efficacement à terre qu'en selle, et à pied, Kethry serait plus à l'aise pour se concentrer sur l'utilisation de ses pouvoirs magiques.

Les deux bêtes étaient des femelles. Les juments étaient plus fiables ; on pouvait compter sur elles pour garder la tête froide face à toute provocation. Elles avaient en outre la particularité de mettre bas dix ou quinze pouliches pour un seul poulain. Autant dire que les mâles n'étaient jamais castrés et ne mettaient, de leur vie, le sabot hors des Plaines.

Cette fois, quand Tarma quitta le campement liha'irden, tous les êtres vivants à cent lieues à la ronde vinrent lui dire au revoir. Le temps était idéal ; vif et frais, stimulant sans être trop froid. Il n'y avait pas un nuage dans le ciel et une fine couche de givre blanchissait le sol.

— Pas de regret ? murmura Kethry en serrant la sangle d'Âme de Fer.

— Pas trop, répondit Tarma en plissant les paupières dans les rayons obliques du soleil. Pas assez en tout cas pour qu'on épilogue à ce sujet.

Elle monta en selle avec une aisance, une désinvolture que Kethry lui envierait toute sa vie. Celle-ci l'imita à son tour et arrangea les plis de sa robe autour d'elle. Âme de Fer faisait près de seize paumes de haut. C'était la plus grande bête qu'elle ait jamais enfourchée.

— Tu en as donc tout de même quelques-uns ? insista-t-elle.

— Disons que je préférerais être sûre que nous prenons la bonne décision… Allez, reprit-elle avec un petit rire, comme si elle se moquait d'elle-même, je serais contente de recevoir un nouveau présage.

— Tu n'en as pas eu ta dose, ma Dame de Lum…, commença Kethry.

Elle fut interrompue par un cri tombant du ciel.

Les Shin'a'in qui les entouraient se mirent à pousser des cris excités et tendirent le doigt vers le ciel. Au-dessus d'eux planait un faucon vorcel, peut-être celui qui s'était perché sur le bras de Kethry quand ils avaient défié Tarma. En tout cas, il paraissait aussi gros. Mais il ne fit pas mine, cette fois, de vouloir se poser. Il se contenta de faire par trois fois le tour du campement, loin au-dessus de leurs têtes. Puis il mit majestueusement le cap vers le nord, dans la direction même qu'elles comptaient prendre…

Kethry le regarda disparaître dans le ciel d'un bleu polaire et tira sa coéquipière par la manche dans un geste impérieux.

— Fais-moi une faveur, tu veux ? dit-elle d'une voix un peu tremblante. Arrête de demander de ces putains de présages !

— Je ne comprendrai jamais comment j'ai pu me laisser convaincre par une petite sorcière de rien du tout de ton espèce de venir ici…, grommela Tarma en regardant autour d'elle avec appréhension. Cet endroit est encore plus sinistre que je ne l'avais entendu dire !

Elles étaient dans les contreforts des Pélagirs – les fameux Monts Pélagirs. Elles suivaient une piste, car il y en avait une, une piste dallée de pierres sur lesquelles claquaient les sabots de leurs juments, et qui s'enfonçait dans les collines boisées en montant comme une flèche tirée vers le ciel. De tous les côtés s'étendait ce paysage mythique… ou plutôt cauchemardesque.

L'herbe n'était pas de la bonne couleur. On était en automne ; elle aurait dû être complètement desséchée, au lieu de quoi elle était d'un vert luxuriant. On en aurait mangé. Et puis il faisait chaud. En automne, tout le monde sait qu'il fait *froid*. On se serait cru en été. Ça *sentait* l'été. Il y avait même des fleurs. Tarma n'aimait pas du tout cet été magique. Ce n'était pas normal.

Quant aux autres plantes – parce qu'il n'y avait pas que de l'herbe –, eh bien, certaines *avaient l'air* normales, mais pas toutes. Loin de là. Tarma en avait vu refermer leurs feuilles sur des insectes sans méfiance, les pétales des fleurs se mettaient parfois à luire quand la lune se levait, et elle préférait ne pas penser à ces lianes armées de piquants cireux au bout desquels perlait une liqueur innommable. Elle ignorait à vrai dire si elle était dangereuse ou non, mais elle n'était pas près d'aller aux renseignements. La vision des ossements et des crânes d'animaux gisant au pied d'un arbre mort envahi de telles lianes lui suffisait.

Les arbres ne lui inspiraient guère plus confiance. Les moins étranges d'entre eux étaient convulsés et difformes comme s'ils avaient poussé dans un endroit où soufflaient sans relâche des vents infernaux. Et les autres…

Eh bien, elles étaient passées devant un bosquet de choses dentelées qui fredonnaient doucement, d'une petite voix enfantine. Quelques-unes s'écartaient sur leur passage, ou, plus inquiétant encore, tendaient leurs branches vers elles comme de vieilles femmes aveugles, curieuses. Et il y avait ce sapineau qui s'était arraché à ses racines, la veille au soir, quand Tarma s'était dit que ce ne serait peut-être pas bête de faire du feu…

Mais les pires étaient peut-être ceux parmi lesquels elles avaient passé la nuit (après que Kethry lui eut juré qu'elle n'avait absolument rien à craindre). Ils avaient la taille et la forme d'une hutte, avec juste une pointe de vert à l'endroit du

« toit », et ils étaient creux. L'intérieur était garni d'étranges protubérances qui ressemblaient tellement à des tabourets, une table et des couchettes que c'en était positivement terrifiant. Ç'aurait fait un joli petit attrape-nigaudes. Tarma avait mal dormi cette nuit-là. Elle n'avait pas arrêté de rêver que la « porte » se refermait comme une cicatrice et les emprisonnait pour les digérer, à l'instar de ces pauvres insectes piégés par les fleurs.

— J'en suis au point où j'emploierais bien les services d'un démon familier, lui répéta Kethry pour la millionième fois. Je t'ai déjà expliqué tout ça. Ça nous épargnerait un certain nombre de corvées, comme de monter la garde la nuit. Surtout si je pouvais susciter un kyree. Écoute, tu me dois bien ça. Je t'ai suivie dans les Plaines. J'ai pris un cheval de bataille sur ton insistance…

— C'est bon, soupira Tarma. Mais tu ne m'obligeras pas à aimer cet endroit. Tu es sûre que tu peux évoquer quelque chose ici ? Nous n'avons pas vu la queue d'une souris ou d'une hirondelle depuis que les choses ont commencé à devenir étranges.

— Ça, c'est parce qu'elles ne veulent pas que tu les voies. Détends-toi, nous allons bientôt nous arrêter. Nous sommes presque arrivées, de toute façon.

— Comment le sais-tu ? C'est la première fois que tu viens dans le coin.

— Tu vas voir.

Ça, pour voir, elle vit, en effet. La piste n'allait pas plus loin. Elle s'élargissait pour former un cercle pavé, dégagé, d'une cinquantaine de pieds de diamètre, et n'allait pas plus loin.

La zone pavée était entourée par une espèce d'arbres différente, des arbres à feuilles persistantes, aux branches minces, enchevêtrées, qui partaient d'un peu moins haut que le genou et montaient tout droit. On aurait pu croire que ces colonnes vertes touchaient le ciel et elles poussaient si près les unes des autres qu'on se demandait ce qui aurait pu passer entre elles. Autant dire qu'il n'y avait qu'un moyen d'arriver là : par la route.

—Et maintenant ?

—Nous allons choisir un coin et te faire un campement confortable où tu te sentiras en sécurité. Cela dit, je peux te garantir que, tant que tu resteras entre les arbres, il ne t'arrivera rien.

—Mouais. Ça, c'est pour moi ; et toi ?

—Moi, je vais être plutôt occupée. La conjuration des démons familiers est un processus assez long et complexe.

Kethry mit pied à terre au centre exact du cercle dallé et commença à enlever ses sacs du dos de sa monture.

—Ça veut dire quoi, au juste, « assez long » ?

Les pavés n'occupaient en fait que la moitié de la zone dégagée. Le reste était couvert d'herbe et de blocs de pierre érodés. Une margelle verte, bosselée, entourait le dallage gris et lisse. Des tas de branches et de brindilles apportées par le vent gisaient dans l'herbe. La plupart devaient être sèches et brûleraient comme de l'amadou. Et puis il y avait à l'arrière du cercle un joli petit creux entouré de cailloux qui ferait une excellente fosse à feu. Tarma ne voulait pas courir le risque de voir la moindre flammèche lui échapper. Pas ici. Pas après avoir vu ce sapineau qui marchait. Elle ne voulait pas savoir ce que la maman sapin pensait du feu et de ceux qui en faisaient.

—Jusqu'au coucher du soleil, demain soir.

—Hein !

—Je t'ai dit que ça prendrait un moment. Je suis sûre que tu trouveras à t'occuper pendant ce temps-là.

—Ouais. Il faudra bien. Je ne risque pas de te laisser seule ici.

Kethry s'abstint de répondre sinon par un sourire amusé, et commença à disposer les éléments nécessaires à son invocation. Tarma emmena en marmonnant les deux juments vers le côté de la zone pavée, leur donna l'ordre de rester sur l'herbe, leur ôta leur harnachement et les étrilla comme elles l'avaient rarement été.

Quand elle jeta un coup d'œil à Kethry, celle-ci était déjà assise dans le cercle qu'elle avait tracé par terre. Un brûle-parfum d'où montait une fumée odorante était placé à côté d'elle. Elle avait les yeux fermés et, à en juger par la façon dont elle remuait les lèvres, elle psalmodiait. Tarma poussa un soupir résigné et tira leur fourniment vers l'endroit qui lui paraissait le plus propice à l'établissement du bivouac.

Elles étaient arrivées peu avant le coucher du soleil. Le temps que Tarma ait fini d'installer le campement, il faisait nuit. Elle se félicita intérieurement d'avoir fait du feu, et pas seulement à cause du froid…

Non, c'étaient plutôt les choses, autour du cercle d'arbres, qui lui faisaient apprécier la chaude lueur *concrète* des flammes. Il y avait du bruit, tout autour, des sons comme elle n'en avait jamais entendu de sa vie. Les juments se rapprochèrent et ne parurent pas très intéressées par la poignée d'avoine que Tarma leur proposa. Elles restèrent plantées, l'une à gauche, l'autre à droite d'elle, dans une posture défensive, à remuer nerveusement les oreilles.

On aurait dit que des choses se réunissaient juste de l'autre côté des arbres. Il y avait des murmures qui évoquaient un langage articulé, si ce n'est qu'aucun gosier humain n'aurait pu émettre des gargouillis et des chuintements pareils à ceux qu'elle entendait. Il y avait de petits ululements étouffés, des gloussements liquides, parfois des sifflements ou des clapotis. Et comme si ça ne suffisait pas…

Entre les branches, Tarma distinguait des taches informes, luminescentes, mouvantes. Au moment où la lune montait au-dessus des arbres, elle dégaina son épée, sa dague et les posa en travers de ses cuisses.

— Mon enfant…

Tarma laissa échapper un cri strident et crut qu'elle allait crever de trouille.

Elle se retrouva debout avant même d'avoir pensé à se lever, fit volte-face et se retrouva devant…

Son Maître. Il arrivait toujours avec les premiers rayons de la lune.

— Espèce de… de sadique ! hoqueta-t-elle, le cœur battant la chamade. Vous avez failli me faire mourir de peur !

— Tu n'as rien à craindre. Ce qui se trouve derrière les arbres est curieux, rien de plus.

— Ouais, et moi je suis la reine de Valdemar !

— Je te le dis en vérité. C'est un endroit où aucun mal ne peut survenir. Regarde autour de toi, regarde ta She'enedra.

Tarma balaya rapidement les environs du regard. Les juments s'étaient calmées. Elles baissaient la tête et flairaient les derniers grains d'avoine que Tarma leur avait donnés. Elle constata que la zone pavée brillait et que ce qu'elle avait pris pour le reflet argenté de la lune était en fait issu des dalles elles-mêmes. Et ce n'était pas tout : la clarté était plus intense autour de Kethry, toujours assise dans son cercle, oublieuse de tout. La lumière montant des dalles de pierre prenait une teinte bleutée qui l'entourait comme une aura. Et les arbres eux-mêmes étaient luminescents, ce qu'elle n'avait pas remarqué, obnubilée comme elle l'était par les formes phosphorescentes qui bougeaient derrière. Il émanait d'eux une lueur verdâtre, saine, joyeuse. Or Kethry lui avait dit, au hasard de leurs conversations, que ces couleurs étaient associées à la magie vitale, la magie positive.

Tout à coup, les étranges bruits qui se faisaient entendre autour de leur enclos ne lui semblèrent plus si funestes. Ils évoquaient plutôt les gloussements et les murmures d'une bande de gamins curieux.

Tarma se détendit et haussa les épaules.

— Ouais. Peut-être. N'empêche que cet endroit ne me dit rien qui vaille.

— Tu te rends bien compte tout de même que tu n'as vraiment rien à craindre ici, *haï*?

— *Haï.* Enfin, puisque vous êtes là et que je n'ai pas grand-chose d'autre à faire en ce moment...

Elle plaça la pointe de sa lame sur les dalles et le regarda en inclinant la tête.

— Tu as affreusement besoin d'exercice, convint-il d'un ton moqueur.

— *Shesti!* répliqua-t-elle ironiquement en levant son arme pour se mettre en garde. Je ne suis pas si rouillée!

Au lever du jour, le cercle d'arbres lui semblait moins sinistre, d'autant que son Maître l'avait mise dans un état d'épuisement voisin du coma. Quand l'aube se leva – et qu'il s'en alla –, Tarma était en nage et à bout de forces. Pour un peu elle se serait laissé tomber à terre et endormie sur la pierre.

Mais les juments ne pouvaient se contenter d'herbe et d'avoine. Elles avaient besoin d'eau. Or il n'y en avait pas à cet endroit, en dehors de celle qu'elles avaient apportée, et Tarma n'osait pas dormir tant que Kethry serait plongée dans cette espèce de transe.

Aussi, quand les premières lueurs de soleil rougirent le ciel, elle prit Bannière d'Enfer par la bride et pointa prudemment le nez hors de la zone protégée, à la recherche d'un filet d'eau.

Rien ne bougeait en dehors du cercle d'arbres. Tout paraissait tranquille dans cet étrange décor. Mais quand Tarma regarda par terre, au pied des arbres, elle repéra des traces, beaucoup de traces, dont bien peu ressemblaient, même de loin, à des empreintes identifiables.

— *Kulath etaven*, souffla-t-elle à l'oreille de sa jument. Cherche de l'eau.

Bannière d'Enfer leva la tête, prit le vent et fit deux ou trois pas vers la droite. Tarma posa la main sur son garrot. La bête renâcla, frotta son nez contre le bras de sa maîtresse et avança d'un pas assuré vers un fouillis de lianes.

Bon, aucune ne bougeait et il n'y avait pas d'ossements dessous. Tarma la suivit vers de grands buissons exubérants, d'une verdeur tout estivale. Elles se frayaient un chemin dans les taillis, brisant des rameaux, écrasant des feuilles, lorsque, tout à coup, Tarma reconnut une odeur astringente, moussue. Elle inspira avec un plaisir indicible. La jument sembla apprécier cette senteur elle aussi, bien qu'elle ne fît pas mine de mordiller les feuilles.

Il y avait une petite source au milieu de l'entrelacs de branches, et Tarma se demanda si elle l'aurait repérée seule, sans l'aide de la jument. Ce n'était qu'un filet d'eau qui jaillissait d'une pierre creuse, couverte de mousse, courait sur quelques pieds et disparaissait dans le sol assoiffé. La jument vida le réceptacle en quelques coups de langue, attendit qu'il se remplisse de nouveau et dut renouveler plusieurs fois ce manège avant de satisfaire sa soif.

Pendant que Bannière d'Enfer se désaltérait, Tarma remarqua qu'il y avait étrangement peu d'insectes dans ce coin de la forêt. Elles avaient été harcelées par les mouches et toute sorte de vermine depuis qu'elles étaient entrées dans les Pélagirs. Tarma avait suffisamment roulé sa bosse pour y être habituée et considérait plus ou moins ces sales bêtes comme une fatalité.

Mais il n'y avait pas de mouches, ici. Ni aucune autre sorte d'insecte. Bizarre…

Quand la jument eut assez bu, Tarma la ramena vers leur point de départ, à reculons car il n'y avait pas la place de faire demi-tour. On aurait dit que les buissons et les lianes consentaient à se laisser molester juste ce qu'il fallait pour leur permettre d'atteindre l'eau, et résistaient au-delà. Et dès que l'odeur de la végétation écrasée cessa de se faire sentir, les mouches les assaillirent de nouveau.

C'est alors qu'une idée traversa l'esprit de Tarma. Elle revint vers les buissons, ramassa une poignée de feuilles écrasées et les frotta sur le dos de sa main. Elle s'attendait à éprouver une réaction quelconque, de brûlure, par exemple, mais il ne se passa rien. Rassurée sur l'innocuité de la végétation, elle en frotta la jument. Sa robe prit une curieuse teinte vert-de-gris, mais les mouches la laissèrent en paix.

Très contente de sa trouvaille, Tarma fit boire Âme de Fer et répéta la manœuvre pour elle-même. Le temps qu'elle ait fini, le soleil était haut dans le ciel et elle avait du mal à garder les yeux ouverts. Elle allait être obligée de se reposer un peu, en fin de compte.

Mais c'était encore un des avantages des chevaux de bataille shin'a'in.

Elle détacha Bannière d'Enfer et la mena vers l'entrée du cercle dallé.

— En garde ! lui ordonna-t-elle sèchement.

La jument se mit aussitôt en faction, et il aurait fallu que leurs éventuels assaillants fussent fort déterminés en vérité pour passer devant ces sabots ferrés d'acier et ces dents redoutables. S'il devait lui arriver quelque chose, ça ne pourrait tomber que du ciel.

Elle entassa leurs selles et leurs paquets, s'y adossa et dériva dans un demi-sommeil. Ça ne valait pas un vrai somme, mais ça ferait l'affaire.

Elle fut réveillée par les grondements de son estomac. Le soleil se couchait et tout indiquait que Kethry ne tarderait plus à sortir de sa transe.

Elle avait minutieusement informé Tarma de ce qu'elle aurait à faire dès cet instant. Tarma se secoua, préleva dans leurs paquetages des rations de nourriture énergétique, sa gourde, s'accroupit juste au bord du cercle et attendit.

Elle n'eut pas longtemps à attendre. Kethry ouvrit presque aussitôt les yeux et se laissa tomber vers l'avant comme une poupée de son vidée de son contenu. Elle était tellement épuisée qu'elle trouva tout juste la force de faire le petit signe qui devait la libérer de sa protection magique. L'instant d'après, Tarma traversait le cercle et la soutenait d'un bras tout en l'aidant à boire de l'autre. Kethry avait l'air épuisée, psychiquement aussi bien que physiquement. Elle était pâle comme le lait fraîchement tiré et c'est à peine si elle arrivait à boire. Elle ne pouvait même pas dire un mot. Tarma l'aida à se lever, la soutint jusqu'au campement et à son tapis de sol.

Kethry s'endormit avant même d'avoir posé la tête sur le rouleau de couvertures qui lui tenait lieu d'oreiller. Elle dormit plusieurs heures d'affilée, bien après le lever de la lune, et ne s'éveilla que lors de l'apparition des bruits et des formes lumineuses qui avaient tant inquiété Tarma la nuit précédente.

— Elles ont l'air inoffensives, commença Tarma d'un ton rassurant.

— Elles le sont. Ce n'est pas ce qui m'a réveillée, croassa Kethry comme si elle avait la gorge à vif. Ça vient… Ce que j'ai appelé arrive.

— Qu'as-tu appelé, au fait ?

Kethry avala une ou deux gorgées d'eau et parvint à parler un peu plus facilement.

— Un kyree. Ce sont des créatures qui tiennent du loup, en plus gros, et du chat des herbes, dont ils ont les griffes rétractiles. Ils ressemblent aussi un peu au peuple de Gervase : ils sont dotés d'une intelligence quasi humaine et de quelques pouvoirs magiques. Ils s'en sortiraient sûrement très bien tout seuls s'ils avaient des mains et non des pattes. Enfin, c'est l'une des raisons pour lesquelles certains d'entre eux consentent à devenir des familiers de mages. Parmi les autres raisons, il y a le sexe. Ou le manque de sexe.

— *Get'ke ?*

—Les kyrees ont trois genres de petits : des mâles, des femelles et des neutres. Les neutres ne sont guère faits pour la vie en meute ; ils préfèrent généralement vivre leur vie et voir du pays.

Kethry s'interrompit et regarda fixement par-dessus l'épaule de Tarma. Celle-ci se retourna.

Dans l'ouverture du cercle d'arbres où la route pavée se changeait en cour il y avait... quelque chose. On aurait dit un loup. Ça avait une tête de loup, mais c'était tellement gros !

Kethry se redressa comme elle put et tituba vers la chose.

—Si tu viens au Nom des Puissances de Lumière, entre librement, croassa-t-elle. Sinon, va-t'en.

La créature inclina gravement la tête et entra doucement dans le cercle. Elle resta plantée là, en regardant d'abord Kethry, puis Tarma. D'un regard délibéré, appréciateur.

—*Je suis lié à toi*, fit une voix grave, dans la tête de Tarma.

Une fois de plus, elle crut que son cœur allait cesser de battre.

—*Li'sa'eer !* hoqueta-t-elle en reculant de quelques pas. Qu'est-ce que c'est que ça ?

—*Je suis lié à toi, Guerrière. Nous sommes pareils, tous les deux : nous sommes deux Guerriers de la Lumière, et... célibataires.* La voix qui retentissait dans la tête de Tarma se teinta, au choix de ce mot, d'accents voisins de l'amusement.

—*Il est légitime que nos âmes soient liées. Toi, Dame de Pouvoir,* continua-t-il en tournant les yeux vers Kethry, *tu n'as que faire de moi. Tu as l'arme de l'esprit. Alors que toi,* et ses énormes yeux se posèrent de nouveau sur Tarma, *TOI, tu as besoin de moi.*

—She'enedra, fit Tarma, les dents et les poings serrés, pour empêcher les unes de claquer et les autres de se refermer autour du cou de sa coéquipière, tu pourrais me dire quoi faire, s'il te plaît ? Ton bestiau de merde dit qu'il me veut !

— Oh, ma Dame de Lumière ! Quel bordel ! Ce genre de chose n'arrive qu'à moi ! Je laisse tomber pour ce soir, conclut Kethry avec un pauvre petit rire en repartant vers sa couche d'une démarche chancelante. Je passe un jour et une nuit à invoquer un familier et qu'est-ce qui se passe ? Il me laisse tomber pour ma coéquipière ! Oh, ma Dame de Lumière, si ce n'était pas si drôle, je crois que je vous tuerais tous les deux !

— Mais qu'est-ce que je suis censée faire ?

— *Tu pourrais essayer de me parler à moi.*

Tarma avala sa salive et s'approcha prudemment de la bête. Laquelle s'assit tranquillement sur son derrière, la langue sortant de sa gueule comme un serpentin. On aurait vraiment dit qu'elle se marrait. Tarma sentit, au fond de sa conscience, qu'elle s'amusait de son appréhension et, du coup, sa peur s'atténua.

Elle chercha un moment quelque chose de bien à dire.

— Euh, je m'appelle Tarma, articula-t-elle brillamment.

— *Et moi, Warrl.*

La créature se coucha sur les dalles et pencha la tête sur le côté. Elle... Non, *ça*... Non plus, car même si c'était du genre neutre, ça avait quelque chose de résolument masculin. *Il* leva les yeux vers la lune et ses prunelles prirent un reflet vert.

— Je ne sais pas très bien ce que je dois faire de vous, enfin... de toi, avoua Tarma. Je veux dire, je ne suis pas magicienne. Que se passe-t-il maintenant ?

— *Tu pourrais commencer par me donner à manger*, répondit Warrl. *J'ai fait une longue route et j'ai faim. Ce ne sont pas des barres de viande séchée que je flaire ?*

Quelque chose dans la projection mentale de l'animal lui rappelait tellement un enfant réclamant des bonbons que Tarma ne put s'empêcher de rire.

— C'est bien ça, mon ami, répondit-elle en se relevant pour aller lui en chercher. Et si tu aimes autant ces saletés que moi je les déteste, quelque chose me dit que nous allons très bien nous entendre !

Chapitre 6

Elles eurent de la chance. Elles trouvèrent presque tout de suite, en sortant des Pélagirs, une mission d'escorte de courte durée. Elles venaient d'acquitter leur cotisation à la Guilde des Mercenaires lorsqu'un petit bonhomme entre deux âges, sec comme un coup de trique, vint les trouver à leur auberge. Leur nouvel employeur était un chevalier héréditaire qui semblait tout juste capable de soulever sa lame ancestrale et sûrement pas d'en faire usage.

— Je voudrais que vous protégiez ma jeune épousée, Darthela, leur annonça-t-il. Nous venons de nous marier. J'ai encore quelques affaires à régler avec son père, et je risque d'en avoir pour un ou deux mois, mais je souhaite qu'elle parte maintenant pour Fromish, avant l'arrivée de l'hiver.

— Serons-nous ses seules gardes ? s'informa Tarma d'un ton quelque peu réservé en se tortillant sur le banc de bois.

Elle n'était pas très à l'aise. Elle regrettait que Kethry ne soit pas là. Sa coéquipière avait appris l'existence d'une petite communauté des Vents Blancs dans le coin et était allée voir ça de plus près. L'esprit vif de la sorcière lui aurait été bien utile compte tenu des circonstances.

— J'en ai bien peur, répondit-il avec un sourire penaud. Je vais être franc avec vous, ma Dame : ma maison n'est pas très fortunée en ce moment. Tous mes serviteurs sont occupés dans les champs ; je ne puis en débaucher aucun et n'ai pas les moyens de me payer plus de deux gardes du corps. Et – avant que vous me posiez la question – la suite de ma femme se compose en tout et pour tout d'une jeune femme de chambre. Sa dot est placée en biens moins tangibles mais plus profitables à long terme que de l'argent frais.

Tarma décida que ce petit bonhomme lui plaisait. Il avait un sourire sincère, et elle trouvait plutôt touchante la franchise avec laquelle il parlait avec cette mercenaire qu'il voyait pour la première fois de sa vie.

Évidemment, ce n'est peut-être qu'une ruse pour nous convaincre que la belle Darthela n'a pas grand-chose dans ses bagages qui mérite d'être volé, se dit-elle avec cynisme.

— Bien. Pour limiter les risques, je vous propose la stratégie suivante, commença-t-elle. Nous allons nous arranger pour partir un peu plus tard que vous ne nous l'avez demandé, afin de nous trouver à une demi-journée de route derrière la caravane de ce marchand d'épices. Les éventuels bandits des grands chemins s'attaqueront plus probablement à ce personnage et nous devrions avoir la paix.

— Mais... et les bêtes sauvages ? objecta l'homme, soudain inquiet. Ne craignez-vous pas qu'elles soient attirées par les reliefs abandonnés sur les lieux de bivouac du marchand ?

Tarma revit d'un cran à la hausse l'opinion qu'elle s'était forgée de son employeur. Elle l'avait imaginé le nez perpétuellement enfoui dans ses livres et complètement ignorant des dures réalités de la vie au grand air.

— S'il y a une chose que nous n'aurons pas à redouter, c'est bien les bêtes sauvages, lui assura-t-elle. Vous faites une affaire, vous savez. En fait, ce n'est pas deux gardes que vous embauchez, mais trois.

Elle fit discrètement signe à Warrl qui somnolait sous le bar. L'animal se leva docilement, s'étira de tout son long et bâilla, ouvrant une gueule dans laquelle on aurait pu fourrer un melon. Messire Skolte regarda le kyree en ouvrant de grands yeux effarés.

— Doux Seigneur des Armées ! s'exclama-t-il en rentrant un peu la tête dans les épaules. Qu'est-ce que c'est que ça ?

— Ma partenaire dit que c'est un kyree, et il s'appelle Warrl.

— Un kyree des Pélagirs ? Je comprends que la perspective de rencontrer des bêtes sauvages ne vous inquiète pas ! s'exclama le chevalier, soulagé, en passant sa main sur son crâne dégarni. Eh bien, voilà une rencontre qui m'honore, Messer Warrl, et je vous suis très reconnaissant de votre concours.

Warrl hocha la tête avec bienveillance et retourna se tapir sous le bar. L'auberge était située assez près des Monts pour que le patron et le garçon de salle sachent ce qu'étaient les kyrees, et Warrl avait fait leur conquête en les aidant à mettre fin à une bagarre quelques instants seulement après son entrée en scène. Il y avait gagné, outre leur reconnaissance éternelle, une place d'honneur et l'assurance d'une bonne ration de saucisses épicées tant que le trio rôderait dans les parages.

Tarma poussa intérieurement un soupir de soulagement. Bon, le chevalier avait accepté son étrange associé sans protester. Ils se mirent d'accord, et le temps que Kethry revienne, elle avait réglé le problème des provisions en vue de leur départ.

Elles se présentèrent chez le père de la mariée le lendemain, à l'heure convenue. Messire Skolte leur ouvrit la porte en personne, ce qui déconcerta un peu Kethry.

— Je… je m'attendais à voir un serviteur, fit très vite Kethry pour masquer sa surprise, mais pas assez rapidement pour qu'elle échappe à Tarma.

— Darthela a insisté pour que je vous « présente comme il convient à une personne de son rang », répondit-il avec un sourire un peu crispé. Ce n'est pas le genre de chose qu'on laisse faire à un serviteur. Je dois dire qu'elle est *très* impatiente de faire votre connaissance.

Tarma capta le clin d'œil interrogateur de sa partenaire et répondit d'un discret haussement de sourcil.

Tout s'expliqua quand elles rencontrèrent enfin la jeune et belle épouse. Elle entra dans la pièce en froufroutant et en minaudant, attitude qu'elle abandonna à l'instant où elle découvrit que son escorte était féminine. Elle ne fit aucun effort pour masquer sa déception et repartit presque aussitôt finir ses paquets.

— Je comprends que vous ayez fait appel à nous et non à deux Barengiens, ne put s'empêcher de dire Tarma en réprimant un fou rire.

Messire Skolte eut un haussement d'épaules qui en disait plus long qu'un roman.

— Je reconnais que je ne suis pas tout à fait le prince charmant dont elle rêvait, répondit-il avec cynisme, mais les mendiants ne peuvent se permettre d'être exigeants. Elle a six sœurs et elle est l'avant-dernière. Son père était si content que j'accepte de traiter des affaires avec lui au lieu d'exiger une dot que j'ai cru qu'il allait me la jeter dans les bras. J'ai la chance que mes serviteurs soient tous plus laids que moi.

Tarma comprit, à une petite lueur dans son regard, que Darthela avait intérêt à être rudement futée si elle voulait faire porter des cornes à ce gaillard-là.

Enfin, elle l'était peut-être plus qu'elle n'en avait l'air…

— Dites-moi, les gens du coin connaissent-ils l'histoire des « Quatorze Femmes de Carthar le Sanglant » ? Ou « Meralis et le Lycanthrope » ?

Il secoua la tête.

— Je crois connaître la plupart des contes populaires de la région, et ceux-ci ne me disent rien.

— Eh bien, nous tâcherons d'inciter Darthela à revoir sérieusement sa façon de voir certains problèmes, reprit Kethry, qui avait aussitôt compris où Tarma voulait en venir. Nous en aurons bien pour une semaine de voyage et les histoires sont toujours appréciées, le soir, autour du feu de camp, pas vrai ?

— Je vois ! s'exclama Skolte en se mettant à rire de bon cœur. Eh bien, j'estime avoir eu beaucoup de chance le jour où je vous ai rencontrées ! Mesdames, si vous cherchez jamais du travail, je vous donnerai les meilleures recommandations. Surtout auprès des hommes d'un certain âge mariés à une jeune et jolie femme !

C'est ainsi qu'elles allèrent de Lythecare à Fromish, par la route des Éperons. À Fromish, elles tombèrent sur deux vieux amis : Ikan et Justin.

— Hé ! Regarde un peu qui voilà !

Tarma aurait reconnu cette voix au milieu d'un champ de foire. Dans la taverne à moitié vide, elle lui faisait aussi chaud au cœur qu'un message venant des Plaines.

Elle bondit de son banc et flanqua une grande claque dans le dos de Justin. Ikan le suivait à moins d'un pas.

Leurs retrouvailles donnèrent lieu à de grandes embrassades, après quoi les deux hommes passèrent commande au gamin qui faisait le service et s'installèrent à la table de Tarma.

— Eh bien, mesdames, qu'est-ce qui vous amène dans ces contrées reculées ? demanda Ikan en écartant ses cheveux de ses yeux au regard franc. La dernière fois que nous vous avons vues, vous alliez droit vers le sud.

— Nous cherchons du travail, répondit laconiquement Tarma. Nous sommes rentrées chez nous, et puis… eh bien, les choses étant ce qu'elles sont, nous avons décidé de devenir professionnelles. Nous avons déjà nos plaques de la Guilde, ajouta-t-elle en tirant de sa tunique le lacet de cuir auquel était accrochée une petite médaille de cuivre.

— Je croyais que vous ne travailliez pas l'hiver, vous deux ? releva Kethry, intriguée.

— Ce n'est pas encore l'hiver, au moins pas pour nos patrons. Nous escortons la dernière caravane de la saison. Dites, je me demande si nous ne pourrions pas nous rendre mutuellement service, fit Justin en plissant les paupières. Vous dites que vous êtes membres de la Guilde, maintenant ? Par tous les Dieux et les Déesses, la Chance est avec nous, c'est sûr !

— Comment ça ?

— Deux de nos gardes ont les fièvres, et je ne donne pas cher de leur peau. Nous voulons nous tirer d'ici avant d'y être coincés par la neige, mais nous n'osons pas nous aventurer sur les routes en petit nombre, et les fripouilles qui nous ont proposé leurs services ne m'inspirent vraiment pas confiance. Alors que vous deux...

— Nous trois, rectifia Tarma alors que Warrl s'aventurait hors de la cuisine où il venait de se repaître de rogatons de viande et de jouer avec les deux enfants de l'aubergiste.

— Hé, hé, un kyree ! s'exclama Ikan, ravi. De mieux en mieux !

— Compagnon d'écu, fit Justin en s'adossant au dossier de son fauteuil avec un sourire extatique, je ne mettrai plus jamais en doute ce pouvoir surnaturel que tu as de susciter la Chance. Et ce soir, c'est moi qui régale !

Les négociants en pierres précieuses ne furent que trop heureux de trouver des gardes de remplacement dont leurs hommes de confiance se portaient garants. Ils furent encore plus contents d'apprendre que l'une des deux était shin'a'in et l'autre magicienne. Kethry gagna largement sa solde, lors de ce voyage, en empêchant un mage voleur de remplacer par du verre ensorcelé les rubis et les saphirs qu'ils venaient de négocier.

Ils quittèrent les marchands peu avant leur entrée à Mornedealth. Kethry n'avait pas très envie d'y retourner si vite. Ikan et Justin firent tout ce qui était en leur pouvoir pour les convaincre de les accompagner, mais en vain.

— Vous pourriez retourner à l'*Épée Brisée*. Tarma continuerait à nous entraîner comme l'an dernier, tenta Justin. Et Chaton serait très contente de vous revoir. Elle a ouvert une échoppe et elle vend des armes, maintenant.

— Non… je préfère laisser les choses se tasser un peu plus, répondit Kethry. Et franchement, ce dont nous avons surtout besoin maintenant, c'est d'argent et de nous tailler une réputation. Ce n'est pas en nous terrant à Mornedealth tout l'hiver que nous arriverons à obtenir l'un et l'autre.

— Vous, vous avez autre chose en tête que de trouver un petit fromage bien peinard comme le nôtre, nota Ikan en la regardant, une lueur songeuse dans l'œil. Je me trompe ?

— Vous avez parfaitement raison, admit Tarma.

— Alors ? À quoi pensez-vous ?

— À des écoles. Ou plutôt *une* école, où nous enseignerions chacune notre spécialité.

— Pour ça, il vous faudra bien plus qu'une bonne réputation et un petit pécule. Vous aurez besoin de bâtiments. Quelque chose de grand, avec des écuries, si possible une arène d'entraînement intérieure, une bibliothèque, de la place pour les travaux de recherche, et des voisins pas trop sourcilleux sur le chapitre de ce que vous pourrez être amenées à invoquer.

— Par tous les Dieux, je n'y avais pas songé, mais vous avez raison ! s'exclama Tarma, navrée. J'ai l'impression, à vous entendre, que ce que nous voulons s'apparente davantage à un manoir qu'à autre chose.

— Vous auriez peut-être intérêt à vous mettre au service d'un noble qui aurait du bien au soleil et pourrait vous en faire profiter une fois que vous vous seriez fait une réputation. L'idéal, ce serait une tête couronnée. Ce n'est pas aussi invraisemblable que vous avez l'air de le croire, ajouta Justin en les regardant à tour de rôle avec gravité. La combinaison que vous offrez toutes les deux est peu fréquente, même parmi les hommes. L'alliance de l'épée et de la magie vaut bien dix hommes d'armes normaux, si bons soient-ils. Et le fait que vous soyez des femmes constitue un argument supplémentaire. Imaginez qu'un monarque ait besoin de gardes du corps pour veiller sur sa femme et ses servantes… Je pense que vous ne manquez pas de moyens pour amener votre employeur à vous établir, et Kethry est déjà anoblie.

— Mais en attendant…, reprit Kethry.

— En attendant, il faut que vous vous fassiez connaître. N'oubliez pas que ce que vous cherchez est loin d'être impossible.

— Pourrions-nous vous demander conseil de temps en temps ? hasarda Kethry. Justin, dites-moi si je me trompe, mais j'ai l'impression, en vous écoutant, que vous avez déjà songé à tout ça pour vous-même ?

— Il y a bien pensé, confirma son partenaire avec un grand sourire. Ou plutôt, *nous* y avons pensé. Et puis nous avons fini par nous dire que nous visions trop haut, que nous n'y arriverions jamais. Alors nous nous sommes contentés de nous rendre indispensables à la Guilde des Négociants en Pierres Précieuses. Et puis nous étions aussi à l'affût de gens comme vous deux. Nous ne serons pas toujours jeunes, et nous pensions convaincre quelqu'un de nous prendre dans son école comme instructeurs avant que nous soyons si vieux que nos os craquent à chacun de nos mouvements, fit-il avec un clin d'œil à Kethry.

Tarma le regarda en ouvrant de grands yeux.

— Vous croyez vraiment que nous avons une chance d'y parvenir ?

— Plus qu'une chance, nomade. Je mettrais bien de l'argent sur le coup. Je suis si sûr que vous y arriverez que je n'ai même pas essayé de mettre votre jolie petite associée dans mon lit. Je ne fais pas l'amour avec mes patrons en puissance.

— Ça alors ! s'exclama Tarma, sidérée. Je veux bien être damnée…

— Ah non ! gloussa Justin. Il faudrait que je me trouve d'autres patronnes !

Elles trouvèrent – grâce à leurs amis – une nouvelle caravane à escorter. Elles firent un petit détour en cours de route, Besoin les ayant sollicitées pour débarrasser une ville d'un monstre (mission particulièrement inutile au demeurant, le monstre ayant été déjà tué par un aspirant héros le jour de leur arrivée sur place).

Après cela, elles eurent simplement maille à partir avec des bandits et un ex-apprenti magicien paresseux et malavisé qui trouvait plus facile de rançonner les voyageurs que d'apprendre des formules magiques par cœur. Kethry lui « tapa sur les doigts », selon sa propre expression, et lui infligea, en partant, un envoûtement. Le temps qu'il s'en débarrasse – et pour ça il faudrait qu'il fasse de sacrés progrès –, il érigerait les murailles d'un temple destiné à Resoden, le Dieu du Soleil.

Lorsque la caravane fut arrivée saine et sauve à destination, elles tombèrent sur un vieux mage de l'Ordre des Montagnes Bleues qui cherchait des gardes du corps pour le ramener chez sa Sainte Patronne. Il fut enchanté de trouver, par-dessus le marché, une sorcière d'une discipline différente à qui parler. Il ne l'appela plus, désormais, que « sa cerise sur le gâteau ».

Pendant ce temps, Tarma et Warrl apprirent à ne faire qu'un, à former une véritable équipe. Au grand étonnement de Tarma, ses Maîtres de l'autre monde consentirent à lui dispenser leur enseignement à lui aussi, si ça lui chantait. Après le choc initial – et un soupçon d'aigreur – elle découvrit qu'ils avaient beaucoup de points communs, à commencer par leur attitude. Il était peut-être un peu plus cynique qu'elle, mais il était plus vieux, aussi. Il ne voulut jamais lui dire quel âge il avait au juste. Et, une fois que Tarma insistait, il lui prit une main dans son énorme gueule et lui dit mentalement :

— *Je compte assez d'années, compagne de pensée, et maintenant ça suffit.*

Elle ne lui reposa jamais la question.

L'étrange trio se retrouva, au commencement de la morte-saison, sur les terres d'un certain Vicomte Hathkel, où personne n'avait besoin de leurs compétences particulières, et loin de toute ville. Les filles allaient être obligées de ponctionner le petit pécule qu'elles avaient accumulé pour acheter des provisions afin d'aller à un endroit où elles avaient plus de chances de trouver du travail.

Tel était, du moins, leur plan, lorsque Besoin sortit de sa torpeur apparente.

Tarma incita sa jument grise à presser l'allure – de la main et de la voix, mais sans les éperons. On n'usait *jamais* des éperons sur un cheval de bataille shin'a'in. Il ne l'aurait pas supporté. Elle galopait comme si elle était poursuivie par les Chacals de la Nuit. Elle était kal'enedral depuis assez longtemps maintenant pour que ses cheveux aient repoussé. Ses longues tresses noires flottaient derrière elle. Kethry la suivait de si près qu'elle aurait pu en attraper une. Sa jument était à une demi-longueur à peine de sa sœur de troupeau.

Besoin ne s'était pas manifestée, en dehors de cette traction, depuis qu'elles avaient quitté le campement liha'irden. Les deux She'enedran avaient presque oublié ce qu'impliquait le fait de porter cette arme entre toutes. Ça leur était revenu en mémoire le matin même. Besoin avait réveillé Kethry avant le lever du soleil, et poussé la sorcière (et par conséquent sa sœur de sang avec elle) à galoper ventre à terre toute la journée. Au début, ce n'était qu'une traction comme elle en avait souvent éprouvé auparavant, lui avait dit Tarma pour la taquiner, et Kethry avait acquiescé d'un grommellement. Puis elles avaient levé le campement et suivi la direction du tiraillement. Kethry avait même eu le temps de susciter une créature du Plan Éthéré afin de reconnaître le terrain pour elles comme si elles étaient soudain douées de clairvoyance. Mais, loin de s'alléger, l'appel était devenu plus pressant au fil des heures, augmentant au point qu'au milieu de l'après-midi, Kethry était en proie à d'atroces douleurs psychiques, douleurs que Tarma, sa sœur de sang, ressentait elle aussi. Elles firent alors monter Warrl sur la litière qu'elles avaient spécialement confectionnée pour lui et attachée derrière la selle de Tarma, et lancèrent leurs bêtes à vive allure : d'abord au trot puis, vers le coucher du soleil, au grand galop. À ce moment-là, Kethry était presque aveuglée par une insoutenable souffrance mentale, incapable de diriger leur allié des Éthers, et *a fortiori* de le questionner.

Chandlune k'Vala, l'Enfant du Faucon qu'elles avaient rencontré, les avait prévenues : Kethry était mentalement enchaînée à l'Épée par un lien comparable à celui qui unissait Tarma à sa Déesse et Warrl à Tarma. Kethry se rappelait maintenant avec crainte que Chandlune avait dit aussi qu'elle n'avait pas encore découvert les limites de ce lien, et si cette expérience était un indice de ce qui l'attendait, elle n'était pas sûre d'avoir très envie de le découvrir.

Mais ce n'était pas le moment de se poser la question. Pour l'instant, tout ce qui comptait, c'est qu'il y avait, dans le rayon d'intervention de Besoin, une femme qui était en grave danger – en danger mortel, à en juger par la façon dont la lame entraînait Kethry. Et elles ne pouvaient faire autrement que de répondre à cet appel.

Tarma poussait Bannière d'Enfer à aller plus vite, toujours plus vite. Elles entraient dans une région cultivée ; elles ne devaient donc plus être loin de leur but. Devant elles, au bout de la route, se dressait un village fortifié ; un domaine seigneurial, typique de ces contrées. Les portes étaient ouvertes ; il n'y avait personne dans les terres, alentour. C'était étrange – très étrange. C'était le cœur de l'été ; il aurait dû y avoir des tas de gens dans les champs, occupés à arracher les mauvaises herbes ou à nettoyer les fossés d'irrigation. Il n'y avait pas de signe immédiat de problème, mais, alors qu'elles approchaient des portes, elles ne se demandèrent plus où était celle qu'elles cherchaient…

Une jeune femme aux cheveux noirs, vêtue de blanc, était attachée à un bûcher assez haut pour qu'on la voie par les portes ouvertes. Ça ressemblait fort à une victime promise au sacrifice. Les derniers rayons du soleil couchant ensanglantaient sa robe comme ils coloraient aussi les fagots entassés sous ses pieds, donnant l'impression que le bois était déjà en flammes. Une foule bigarrée était massée à l'intérieur des murs de torchis et emplissait la totalité de l'espace intérieur. Et tous ces gens attendaient dans un silence impressionnant.

Tarma ne s'interrogea pas un instant sur ce qu'ils attendaient au juste. Il y avait gros à parier qu'ils étaient venus assister au beau spectacle d'une femme en train de brûler. Elle fit donner à sa monture épuisée tout ce qu'elle avait dans le ventre, dépassa Kethry alors qu'elles franchissaient les portes et arriva en tête devant le sinistre tableau. Une fois là, elle fit volter Bannière d'Enfer et tira son épée, s'interposant entre la femme liée sur le bûcher et les hommes qui s'approchaient avec des torches, prêts à y mettre le feu.

Elle savait que, même couverte de sueur et de poussière comme elle devait l'être, elle offrait une vision impressionnante avec son profil d'oiseau de proie, intimidant, et ses yeux bleus jetant des éclairs. À la vue de sa seule tenue – justaucorps de cuir marron et armure légère – les intéressés auraient compris qu'elle ne se laisserait pas marcher sur les pieds. Il était évident qu'elle était habituée à se battre. Son épée reflétait les rayons du soleil agonisant, si bien qu'elle aurait pu tenir à la main une flamme ardente. Elle ne dit rien. Son attitude parlait pour elle.

Ça n'empêcha pas l'un des hommes de s'approcher avec une torche.

— À votre place, je ne ferais pas ça, lança Kethry, depuis la porte. Si elle vous épargne, moi, je ne vous raterai pas.

Elle se dressait à contre-jour sur le ciel embrasé, ses mains luisant d'une énergie magique crispées sur les rênes de sa monture solide comme le roc.

Un homme grisonnant, vêtu d'une robe noire, poussiéreuse, sortit de la foule et s'avança en tendant les bras dans un geste apaisant.

— Du calme, dit-il d'un ton las, et il fit signe au porteur de torche de s'écarter. Istan, retourne là-bas, va. Qu'est-ce qui vous amène ici, étrangères, en cet instant entre tous ?

Kethry leva la main – un fin rayon de lumière jaillit de ses doigts et effleura les cordes qui retenaient la captive sur le bûcher. Les liens se détachèrent, glissèrent sur son corps et tombèrent en tas à ses pieds. La femme vacilla et manqua de dégringoler à bas de son perchoir, mais se rattrapa de justesse au pieu auquel elle avait été ligotée. Quelques-uns, dans la foule – surtout des femmes –, s'avancèrent comme pour lui porter secours, mais se ravisèrent alors que Tarma faisait de nouveau volter sa monture et se tournait vers eux.

— Je ne sais pas de quel crime vous accusez cette femme, mais elle est innocente, déclara Kethry à l'intention de l'homme, ignorant tous les autres. Voilà ce qui nous amène ici.

À ces mots, un murmure monta de la foule comme d'une seule bouche, Tarma regarda de part et d'autre avec méfiance, mais ça paraissait être un soupir de soulagement plutôt qu'un râle de protestation. Elle relâcha légèrement son étreinte sur la poignée de son épée. Elle avait la main tellement crispée que ses jointures avaient blanchi.

— La Dame Myria est accusée d'avoir assassiné son seigneur, répondit calmement l'homme en robe noire. Quand les faits retenus contre elle sont devenus accablants, elle a revendiqué l'antique droit de faire appel à un champion pour la défendre. Je suis le prêtre de Felwether et je vous demande, étrangères, si vous voulez être les championnes de la Dame et vous soumettre au jugement par les armes ?

Kethry s'empressait d'acquiescer lorsque le prêtre hocha la tête en signe de dénégation.

— Non, Magicienne. Vous êtes, de par nos antiques lois, bannie du champ clos. Ni la sorcellerie ni les armes enchantées ainsi que je vous en vois porter ne peuvent prendre part au jugement par les armes.

— Dans ce cas…

— Il veut savoir si je suis d'accord, She'enedra, croassa Tarma. (Elle prenait toujours un malin plaisir à voir le sursaut que faisaient les gens en entendant sa voix rauque. La réaction du prêtre fut particulièrement satisfaisante à cet égard.) Je connais vos lois, mon père, je suis déjà passée par ici. Je vous pose à mon tour une question : si ma coéquipière, par ses dons, parvient à vous prouver l'innocence de la dame, la libérerez-vous et mettrez-vous fin au combat, si loin qu'il soit allé ?

— J'en fais serment, par les Noms et les Pouvoirs, acquiesça le prêtre, avec une sorte d'avidité.

— Eh bien, je serai la championne de cette dame.

La moitié de l'assistance se précipita vers elle en poussant des cris d'allégresse. Trois vieilles femmes la dépassèrent et ramenèrent dans le donjon la donzelle pâle et défaillante. Les autres, à l'exception du prêtre, s'éloignèrent lentement, en se retournant pour regarder pensivement Tarma comme s'ils se demandaient ce qu'elle avait dans le ventre. Certains avaient l'air amicaux ; d'autres – la plupart – plutôt hostiles.

— Qu'est-ce que… ?

— De quoi s'agit… ?

Tarma et Kethry ne purent échanger un mot de plus. Déjà le prêtre faisait entre elles un rempart de son corps.

— Je vous demande pardon, Magicienne, mais vous ne pouvez plus parler avec la championne à partir de ce moment. Toute communication entre vous doit désormais passer par moi.

—Oh non, pas encore, mon père, protesta Tarma en talonnant Bannière d'Enfer pour lui faire franchir la barrière de son bras tendu. Je vous ai dit que je connaissais vos lois, et je sais que l'interdiction commence au coucher du soleil. Fais attention, Yeux Verts, je vais devoir parler très vite. Il va falloir que tu trouves le vrai coupable. Tout ce que je peux faire pour toi, c'est gagner du temps. La règle du jeu exige que le champion se batte jusqu'à la mort. Je peux me contenter de défaire mes adversaires, mais eux sont obligés de me tuer, et plus tu mettras de temps à démasquer l'assassin, plus ça risque d'arriver.

—Tarma, tu es meilleure que n'importe lequel d'entre eux !

—Moui, mais pas meilleure que vingt ou trente ! rétorqua Tarma avec un de ses fameux sourires grimaçants. C'est comme ça, She'enedra : je dois affronter tous ceux qui se présenteront pour me combattre. Ils m'auront à l'usure. Je finirai par succomber sous le nombre.

—*Quoi ?*

—Chut, je savais à quoi je m'engageais. Tu es aussi bonne dans ton domaine que moi dans le mien. Si je t'ai dit ça, c'était juste pour te donner une motivation supplémentaire. Prends Warrl.

Le kyree rétracta ses griffes, incrustées dans le coussin, derrière Tarma, et bondit à terre.

—Il te sera peut-être utile. Fais de ton mieux, *Vesta'cha* ; tu tiens deux vies entre tes mains.

Le prêtre s'interposa de nouveau.

—Le soleil se couche, Championne, dit-il fermement en prenant les rênes de sa jument.

Tarma inclina la tête et se laissa docilement mener sur sa monture. Kethry les regarda s'éloigner, confondue.

—Très bien, reprenons depuis le début, dit-elle.

Elle était dans le boudoir de Dame Myria, un petit havre de douceur et de couleur dans une forteresse autrement sinistre. Il n'y avait pas un souffle d'air dans la pièce pour animer les tapisseries lumineuses qui ornaient les murs, ou pour faire vaciller la flamme des cierges en cire d'abeille. Les épais murs de pierre enduits de plâtre qui étaient d'une agréable fraîcheur en été devaient tenir chaud en hiver. Les meubles de bois d'arbres fruitiers, jaune pâle, étaient garnis de gros coussins de plumes. La dame était penchée, l'air songeur, sur un berceau placé dans un coin. Un agréable parfum d'herbes et de fleurs planait dans la chambre. Kethry se demanda comment cette chochotte avait pu se fourrer dans une si mauvaise passe.

— C'était il y a deux jours. J'étais venue m'allonger ici, dans l'après-midi. Je me fatigue vite depuis la naissance de Syrtin. Je me suis endormie.

De près, il était clair qu'elle était de plusieurs années la cadette de Kethry. Elle ne devait pas avoir plus de quinze ans. Ses cheveux noirs étaient ternes et plats, sa peau livide. Tout en l'écoutant parler, Kethry fronça les sourcils, esquissa un petit geste magique et prononça deux mots tout bas. La créature des Éthers qui avait consenti à les guider était encore avec elle. Il aurait fallu qu'elles aillent beaucoup plus vite pour la semer ! Et maintenant qu'elles tentaient d'alléger la détresse de la femme, Besoin, apaisée, laissait Kethry en mesure de réfléchir et d'agir de nouveau.

La petite voix qui lui chuchotait à l'oreille lui fit aussitôt connaître la réponse à sa question.

— Par les yeux de la Déesse ! s'exclama Kethry avec une grimace de colère. Il est bien normal qu'un rien vous fatigue, mon enfant, vous êtes encore déchirée par l'accouchement ! Quel est le misérable Guérisseur qui s'occupe de ce village ?

L'une des trois vieilles femmes qui avaient fait rentrer Myria dans le donjon et qui était restée assise en silence derrière Kethry se leva et vint se dresser entre elles dans une attitude de défi. Elle avait un visage bienveillant, mais rongé par le chagrin. Sa robe gris et beige était coupée dans un bon tissu, mais démodée. Kethry se dit que ça devait être la dame de compagnie de Myria. Une vieille parente, peut-être.

—Nous n'avons pas de Guérisseur, demoiselle, répondit-elle. Le Guérisseur est mort avant que ma colombe s'alite pour mettre son enfant au monde, et son seigneur n'a pas jugé utile de le remplacer. Nous n'en avions pas besoin, voilà du moins ce qu'il proclamait hautement. Après tout, il n'entretient qu'une petite garnison. Il n'est en guerre avec personne. Pour lui, un accouchement était un processus parfaitement naturel, qui n'exigeait pas les services coûteux d'un Guérisseur.

—Voyons, Katran…

—Ce n'est que la vérité ! Il se souciait bien plus de ses chevaux que de toi ! Il s'est autrement inquiété de remplacer le maréchal-ferrant quand il nous a quittés !

—Ses chevaux lui étaient beaucoup plus utiles, lâcha amèrement la fille, puis elle se mordit la langue. Là, vous voyez ce qui m'a menée où j'en suis : une remarque imprudente de trop, tombée dans l'oreille qu'il ne fallait pas, et voilà…

Kethry hocha la tête. Elle aimait bien cette fille. Ce n'était pas la poupée de luxe pour laquelle elle l'avait d'abord prise. Il n'y avait pas de fenêtres à sa chambre, juste une porte. Elle songea tout à coup que la pièce ressemblait beaucoup plus à une cellule qu'à un boudoir. Une cellule confortable, mais une prison quand même. Elle se redressa, lissa machinalement sa robe en peau de chamois et dégaina l'épée qui quittait rarement son côté.

—Demoiselle, qu'allez-vous… ? fit Katran en se levant, surprise par son geste.

—Du calme, je ne vous veux pas de mal. Là, tenez ça un moment, fit Kethry.

Elle se pencha sur Myria et lui mit son épée entre les mains.

La jeune femme se laissa faire passivement. Seule une expression de stupeur anima fugitivement son visage.

— Mais…

— De la magie féminine, mon enfant. S'il est vrai que la plupart des lames sont des armes d'hommes, Besoin, que voici, fait des prodiges pour les femmes. Elle n'aide que les femmes. C'est son pouvoir qui m'a fait voler à votre secours. Tenez-la pendant une heure et elle vous guérira. Maintenant, allons-y. Vous vous êtes endormie…

Myria referma prudemment les mains sur l'épée, la posa en travers de ses cuisses comme si elle ne savait trop qu'en faire et inspira profondément.

— Quelque chose m'a réveillée, reprit-elle. Un bruit de chute, je crois. Vous voyez que ma chambre communique avec celle de mon seigneur. On ne peut y entrer ou en sortir sans passer par la sienne. J'ai vu une chandelle qui brûlait, alors je me suis levée pour voir s'il avait besoin de quelque chose. Il… il était affalé sur son bureau. J'ai cru qu'il dormait.

— Tu as cru qu'il était ivre, tu veux dire, rectifia la vieille femme en reniflant d'un air entendu.

— Qu'importe ce que j'ai cru ! Je n'ai rien vu d'inhabituel. Il était toujours vêtu de sombre. J'ai tendu la main pour le secouer… et quand je l'ai retirée, j'ai vu qu'elle était pleine de sang !

— Et elle a crié à réveiller toute la maisonnée ! finit Katran.

— Quand nous sommes arrivées, elle a dû ouvrir la porte pour nous laisser entrer, fit la seconde femme qui était restée coite jusque-là. Les deux portes de la chambre étaient verrouillées : celle qui donne sur le couloir était fermée avec la clé du maître ; celle qui donne sur la chambre du sénéchal était barrée de l'intérieur – de ce côté. De plus la dague ensanglantée avec laquelle on l'a tué était sous le lit de la femme.

—À qui était-elle ?

—À moi, évidemment, répondit Myria. Et avant que vous me le demandiez, il n'y a jamais eu qu'une clé à la porte qui donne sur le couloir. On ne peut l'ouvrir qu'avec cette clé, et elle était sous sa main. C'est une serrure ensorcelée ; même si on faisait un double de la clé, il ne marcherait pas.

—Warrl ?

L'énorme animal sortit de l'ombre où il s'était couché et s'approcha silencieusement de Kethry sur les coussinets de ses pattes. Myria et ses dames de compagnie eurent un mouvement de recul.

—Tu peux détecter la sorcellerie. Regarde si la barre a été magiquement remise en place de l'autre côté, par le couloir, tu veux bien ? Et puis vérifie si on a fricoté avec la serrure enchantée.

La bête d'un gris presque noir sortit de la pièce en trottinant. Myria frissonna.

—Le prêtre avait raison : tout vous accable, remarqua Kethry. Même sans remarques déplacées.

—On ne m'a pas demandé mon avis avant de me marier, répliqua Myria en levant le menton dans une attitude de défi, mais j'ai été une épouse loyale et fidèle à mon seigneur.

—Plus loyale qu'il ne le méritait, si vous voulez mon avis, grommela Katran. C'est bien le problème, Magicienne. Ma Dame l'a épousé à contrecœur, personne ne l'ignorait. Tout comme on savait qu'il ne tenait guère à elle. Et pas mal de gens ne se gênaient pas pour dire qu'ils croyaient Myria déterminée à s'instituer Gardienne de la Loi du Donjon lorsque le seigneur ne serait plus.

Warrl revint dans la pièce de sa démarche souple et se laissa tomber aux pieds de Kethry.

—Alors, frère velu ?

Il secoua négativement la tête, et les femmes ouvrirent des yeux ronds devant cette preuve de son intelligence quasi humaine.

—Ni la barre ni la serrure, hein? Hum! Comment peut-on entrer dans une pièce sans clé? Enfin... Ma Dame, rien n'a-t-il été dérangé dans l'autre pièce?

—Non. Le prêtre est entré parmi les premiers et n'a laissé personne toucher ne fût-ce qu'un mouton de poussière. Il a juste permis que l'on emmène le corps.

—Louée soit la Déesse! s'exclama Kethry avec ferveur, puis elle se leva et regarda la fille avec curiosité. Ma Dame, pourquoi avez-vous choisi de vous défendre comme vous l'avez fait?

—Ô Magicienne..., fit-elle d'un ton douloureux, qui exprimait une sincère culpabilité. Si j'avais pu deviner que des étrangers seraient impliqués dans cet imbroglio, jamais je n'aurais agi ainsi. Je... je me disais que les miens prendraient ma défense. C'est pour leur complaire que j'ai contracté ce mariage. Je pensais que l'un d'eux pourrait... au moins essayer. Je doute que personne ici ait pris le risque de s'attirer les foudres de la famille en tuant l'un de ses fils, même si la plupart des gens trouvaient la fille sans intérêt. Quand même..., ajouta-t-elle dans un murmure à peine audible. Mon plus jeune frère... Je croyais que lui, au moins, il m'aimait bien...

Et une larme roula lentement sur sa joue.

Kethry souffla une nouvelle question à la petite entité aérienne qu'elle avait conjurée. Cette fois, la réponse lui arracha un sourire attristé.

—Votre frère cadet, mon enfant, vient ici à pied, car il a crevé son cheval sous lui dans l'espoir d'arriver à temps. Il jure à chaque pas, et par tous les Dieux, que si on ose toucher à un cheveu de votre tête il ne laissera pas deux pierres de cet endroit l'une sur l'autre.

Myria poussa un petit cri, enfouit son visage dans ses mains et des sanglots silencieux secouèrent ses épaules. Katran s'approcha pour la réconforter pendant que Kethry se levait et entrait dans la pièce voisine. Elle savait que la fille tiendrait Besoin tant que ça lui serait utile, car tel était le pouvoir de l'épée. Et comme, par ailleurs, si l'épée conférait à Kethry une maîtrise des armes que lui aurait enviée un escrimeur chevronné elle n'augmentait en rien son pouvoir magique, elle jugea qu'elle était aussi bien là où elle était. Pour l'instant, il y avait un mystère à résoudre, et deux vies dépendaient de la rapidité avec laquelle elle l'éluciderait.

Tout en examinant la pièce, elle se demanda comment Tarma s'en tirait.

Eh bien, pour le moment, celle-ci était tranquillement assise sous la fenêtre d'une petite cellule. D'ici un instant, les rayons de la lune montante y entreraient, d'abord par la meurtrière de l'est, puis par le dôme transparent au-dessus. En attendant, la seule source de lumière était fournie par la lampe à huile qui brûlait sur la table basse, devant elle. Il y avait autre chose sur cette table : ses longues tresses noires.

Elle s'était coupé les cheveux elle-même à hauteur des épaules, puis noué un bandeau de soie autour du front pour retenir ce qui en restait. C'était la dernière touche de la tenue qu'elle avait revêtue avec l'impression de s'habiller pour une cérémonie – une tenue qu'elle n'avait pas enfilée depuis longtemps, soigneusement pliée au fond de ses sacs de selle et toute noire, des souples bottes de cuir à la chemise de mailles en passant par le bandeau et les chausses – le noir strict, absolu, des Shin'a'in qui avaient prêté serment à l'Épée et qui s'apprêtaient à s'engager dans un combat rituel ou à se lancer sur la piste d'une vengeance par le sang.

Elle attendait, maintenant, patiemment, les jambes croisées devant son autel improvisé, de voir si ses préparatifs recevraient une réponse.

La lune se leva derrière elle et un quadrilatère de lumière blanche descendit lentement sur le mur de pierre nue devant elle et atteignit enfin la flamme qui brûlait sur l'autel.

Alors, sans prévenir, sans s'annoncer, *Elle* fut là, entre Tarma et la table qui faisait office d'autel. Elle était indéniablement shin'a'in par Sa peau dorée et Ses traits anguleux. Elle était vêtue comme Tarma, mais Ses yeux révélaient qu'Elle n'était pas humaine. Ces yeux de nuit piquetés d'étoiles, sans blanc, sans iris ni pupille, ne pouvaient être que ceux de la Déesse shin'a'in du Vent du Sud, Celle-aux-Yeux-Étoilés – la Guerrière.

— Je te réponds, Enfant, fit-Elle d'une voix mélodieuse.

Tarma inclina la tête avec vénération.

— Ma Dame, répondit-elle.

— Tu n'as que des questions, Enfant ? Pas de demandes ?

— Nulle demande, ô ma Dame aux Yeux Étoilés. De mon destin… je ne me soucie pas. Il dépend de ma main que je vive ou que je périsse. Mais le destin de Kethry, celui-là, je veux le connaître.

— La carte de l'avenir n'est point aisée à dresser, Enfant, même pour une déesse. Demain, sache-le, peut t'apporter la vie ou la mort ; les deux sont également vraisemblables.

— Qu'adviendra-t-il de ma She'enedra si je suis le second chemin ? soupira Tarma.

La Guerrière sourit, et cela fit à Tarma l'impression d'une caresse.

— Ce souci t'honore, mon enfant. Écoute-moi, donc. S'il advenait que tu succombes demain, ta She'enedra, qui est peut-être un peu plus pragmatique que toi, lancerait un sort qui les enlèverait, la Dame Myria et elle, vers un endroit situé à des lieues d'ici, tandis que Warrl libérerait Bannière d'Enfer et Âme de Fer et les mènerait hors des portes. Je crains qu'elle ne t'ait laissé mener ce combat que parce qu'elle savait que tu mettrais un point d'honneur à te plier aux lois de ces hors-clan. Si elle avait eu le choix, vous seriez loin d'ici, à l'heure qu'il est, la Dame, son enfant, ses proches et vous deux… Enfin, elle se pliera à ta décision. Pour le reste, une fois délivrée de ce sort, Kethry retournerait à Liha'irden. Dame Myria trouverait là-bas un compagnon selon son cœur. Puis, avec des orphelins d'autres clans, ils poursuivraient leur route et Tale'sedrin chevaucherait de nouveau dans les Plaines, ainsi que Kethry te l'a promis. La lame la libérerait et passerait entre d'autres mains.

Tarma poussa un soupir et acquiesça.

— Dans ce cas, ma Dame, peu importe le chemin que je suivrai demain. Je suis heureuse. Grâces Vous soient à jamais rendues.

La Guerrière sourit de nouveau. Un battement de cils plus tard, elle avait disparu.

Tarma laissa s'éteindre la flamme, s'allongea sur la paillasse qui était le seul autre meuble de la cellule, et s'endormit.

Dormir était bien la dernière préoccupation de Kethry.

Elle étudiait la chambre qui avait été celle de Messire Corbie. Des murs de pierre, trois portes, pas de fenêtre. L'une des portes était encore barricadée par une barre de fer, les deux autres menaient au boudoir de Myria et au couloir, dehors. Le sol de pierre n'offrait aucune possibilité d'issue secrète. Le mur extérieur ne pouvait rien dissimuler non plus ; de l'autre côté se trouvait la cour du manoir. Le mobilier se composait d'une table, une chaise, un lit de bois sculpté placé contre le mur, une étagère de livres à moitié vide, quatre lampes et quelques tapis aux couleurs vives. Elle avait la tête aussi vide que la bibliothèque.

Commençons par le début, se dit-elle. *Reprenons le fil des événements. La fille entre ici toute seule, l'homme la suit après qu'elle se fut endormie. Bon, et après ?*

— *On l'a trouvé assis à son bureau*, fit une voix dans sa tête, et elle sursauta. *Il est probable qu'il y est allé tout droit et s'y est assis. Pour quoi faire ? Y a-t-il sur le bureau une chose susceptible de répondre à cette question ?*

Elle n'arrivait pas à s'y faire. Elle ne pouvait pas comprendre comment Warrl réussissait à communiquer télépathiquement alors qu'il *n'avait pas* ce pouvoir particulier. Tarma semblait accepter la chose sans s'interroger. Elle paraissait même trouver ça normal, autre source d'émerveillement pour la magicienne.

Tarma… elle perdait du temps.

Sur le bureau, il y avait un verre de vin avec un résidu collant au fond, un encrier, une plume et une pile de registres, les deux du dessus un peu décalés par rapport aux autres comme s'ils avaient été dérangés.

Kethry les prit, souffla une instruction à la présence invisible qui regardait par-dessus son épaule et les feuilleta en commençant par la fin. La réponse ne tarda pas. L'encre des trois dernières pages des deux registres était assez fraîche pour émettre des effluves détectables par une créature des éthers. Les chiffres avaient été écrits moins de deux jours auparavant.

Elle tourna encore quelques pages et remarqua que l'écriture changeait parfois.

— Qui tenait ces registres, à part votre seigneur ? demanda-t-elle assez fort pour se faire entendre de la pièce voisine.

— Le sénéchal. C'est pourquoi cette pièce donnait sur la sienne, répondit la femme Katran en entrant dans la chambre. Je ne puis comprendre que la porte ait été barrée. Messire Corbie ne la fermait pour ainsi dire jamais.

— C'était faire preuve d'une grande confiance envers un serviteur.

— Oh, le sénéchal n'était pas au service de Sire Corbie ; c'était son frère bâtard. Il était le bras droit du seigneur depuis qu'il avait hérité de Felwether.

Quand le soleil se leva, Tarma était debout depuis longtemps.

Si le prêtre fut surpris par son changement de tenue, il n'en laissa rien voir. Il lui avait apporté un frugal repas de pain, de fromage et d'eau rougie. Il attendit patiemment qu'elle ait bu et mangé, puis il lui fit signe de le suivre.

Tarma vérifia une dernière fois ses armes, les fermetures de ses vêtements (combien étaient morts parce qu'ils avaient oublié d'assujettir une boucle ?) et lui emboîta le pas, aussi silencieuse que son ombre.

Il la conduisit vers le champ clos du manoir. Une petite tente avait été érigée dans l'angle formé par deux murs du donjon. Le troisième côté était constitué par la muraille extérieure ; le quatrième côté était ouvert. Un jardinier aspergeait le sol d'argile durcie pour empêcher la poussière de se lever.

Le prêtre mena Tarma devant le pavillon et reprit la parole.

— Le premier combattant devrait arriver d'ici quelques minutes. Entre les joutes, vous pouvez vous retirer ici et vous reposer pendant le temps qu'il faut à une chandelle pour brûler d'un pouce, ou plus si votre adversaire met davantage de temps à se préparer. On vous apportera votre repas à midi, et de nouveau au coucher du soleil.

Elle comprit à la façon dont il lui annonçait le programme qu'il ne croyait pas avoir à lui faire porter ce second repas.

— Il y aura de l'eau fraîche dans la tente à tout moment. Je resterai avec vous, conclut-il d'un ton d'excuse.

— Pour empêcher ma coéquipière de m'apporter une aide magique ? hasarda Tarma d'un air entendu. Mille sabbats ! Les culs-terreux du coin ne savent peut-être pas à quoi s'en tenir à mon sujet, mais vous, mon père, quand même !

— Je sais. Je sais que vous avez prêté le Serment de l'Épée. J'espère, par ma présence, dissuader ceux qui pourraient être tentés de forcer un peu la main des Dieux, vous comprenez.

— Mon père, fit Tarma en durcissant le ton, j'épargnerai ceux que je pourrai, mais je crois juste de vous prévenir que si je prends quelqu'un à tenter une quelconque fourberie, il le paiera de sa vie.

— Je ne puis vous demander d'agir autrement.

— Il se passe ici plus de choses qu'on n'en peut voir, hmm ? soupira-t-elle en le regardant par en dessous.

Il secoua la tête et lui fit signe de s'asseoir dans le siège réservé au champion, devant le rabat de la tente. Un brouhaha se fit entendre. Un homme à la grosse barbe noire suivi par plusieurs garçons portant des armes et une armure entra en lice et disparut sous un pavillon identique, dressé à l'autre bout du champ clos. L'assistance commença à s'amasser sur le côté libre et en haut des murs.

— J'ai peur de ne pouvoir vous en dire plus long, ma Dame. Je n'ai que des soupçons, rien de plus. Mais je prie pour que votre petite partenaire y voie plus clair que moi.

— Elle a intérêt, sinon je serai tout juste bonne à nourrir les asticots d'ici le coucher du soleil, pas vrai ? renifla Tarma en regardant son premier adversaire sortir du pavillon opposé.

Le prêtre fit la grimace comme si ses paroles le heurtaient, mais il ne la contredit pas.

Des cercles dans des cercles…

Kethry n'était pas restée inactive.

Le liquide qui avait séché au fond du verre était du vin auquel on avait ajouté un puissant narcotique. Ce qui, hélas, montrait encore Myria du doigt. Elle prenait une potion pour dormir depuis la naissance de son fils. D'un autre côté, il n'aurait pas été difficile de se procurer une dose de ce remède, et Kethry avait un atout dans sa manche, un truc que les magiciens ordinaires ne connaissaient pas. Et auquel elle aurait recours si elle parvenait à trouver l'autre bouteille de potion.

Plus encourageant était ce qu'elle avait trouvé en parcourant les registres. Le sénéchal piquait dans la caisse. Oh, de petites sommes, mais régulièrement. Ça devait commencer à faire une joli magot, depuis le temps. Et s'il avait eu des raisons de penser que Messire Corbie était sur le point de le prendre la main dans le sac ?

Allons plus loin… Et si Dame Myria était jugée coupable et exécutée ? Le domaine reviendrait à son fils, encore au maillot. Et qui avait le plus de chance d'être chargé de la tutelle de l'enfant sinon son demi-oncle, le sénéchal ?

Or les nourrissons étaient si fragiles, et pouvaient mourir de tant de causes naturelles…

Maintenant qu'elle tenait un suspect vraisemblable, Kethry décida qu'il était temps de se renseigner sur lui.

Elle commença par inspecter la porte barrée. Sur la peinture de la barre, elle repéra une drôle de petite entaille. Elle avait l'air fraîche, et son esprit des éthers lui confirma qu'elle l'était. Elle souleva la barre pour la regarder de plus près, mais n'y trouva rien d'autre, sinon les marques de frottement aux endroits où elle reposait sur ses supports.

Elle ouvrit la porte et en examina pouce par pouce le battant puis l'encadrement. Elle trouva, tout en haut, un fragment de chanvre comme aurait pu en laisser un bout de ficelle qui se serait pris dans le bois.

Un examen plus approfondi de la porte ne lui ayant rien apporté de plus, elle s'intéressa à la pièce qui se trouvait de l'autre côté.

Elle ressemblait beaucoup à celle du seigneur, à quelques détails près : il y avait davantage de livres, le lit était moins imposant et le sol parqueté. Elle demanda à Warrl de chercher les traces de sorcellerie. La potion soporifique comportait certains ingrédients magiques, et s'il y en avait une autre fiole dans la pièce, il la trouverait aisément.

Elle s'intéressa alors au bureau.

Le premier adversaire de Tarma s'était bien battu, et avec loyauté. Elle réussit avec un immense soulagement – surtout après qu'elle eut repéré la femme qui suivait tous ses mouvements avec angoisse, trois petits enfants accrochés à ses jupes – à le désarmer et à l'envoyer valser sur les fesses sans lui faire trop de mal.

Le second n'était qu'un gamin. Il n'avait rien à faire là. Tarma eut tout à coup l'intuition qu'il s'était laissé baratiner afin qu'elle s'épuise à l'affronter avant de passer aux choses sérieuses. Elle se garda bien de mettre toutes ses forces dans la bataille et le laissa se fatiguer, lui, puis elle lui flanqua sur le crâne un petit coup du pommeau de sa dague qui l'étendit les quatre fers en l'air, les yeux révulsés.

Le troisième adversaire était d'une autre espèce à plus d'un point de vue.

Il était maigre, presque efflanqué, et Tarma flaira l'assassin en lui, aussi sûrement que si elle avait eu le nez de Warrl. Quand il s'approcha d'elle, ses premiers mouvements confirmèrent cette impression. Son style de combat était tout en feintes et en assauts brutaux, et il évitait soigneusement le corps-à-corps. C'était un vrai problème. Si elle restait sur place, elle s'offrait à la flèche empoisonnée ou à tout autre truc qu'il gardait en réserve. Si elle se laissait promener ainsi d'un coin à l'autre du champ clos, elle allait y laisser la santé. Dans un cas comme dans l'autre, ça allait mal finir.

Évidemment, elle pouvait le prendre à son propre jeu…

Jusque-là, elle avait livré un combat entièrement défensif, comme avec ses deux premiers adversaires. En reprenant l'offensive au moment où il s'y attendait le moins, elle pouvait espérer le prendre par surprise.

Elle commença par se laisser faire et vit aussitôt qu'il manœuvrait de telle sorte qu'elle se retrouve le soleil dans les yeux. Elle ricana intérieurement, lui laissa croire qu'il allait parvenir à ses fins, et renversa les rôles.

Elle le gratifia d'un petit pas de deux qui la ramenait au bon vieux temps, aux Plaines et à son premier Maître, un vieux monsieur dont elle n'aurait jamais cru qu'il pouvait se déplacer aussi vite. Elle n'avait pas appris ce mouvement à ce moment-là mais plus tard, alors que le vieillard et son clan étaient morts depuis deux ans, et qu'elle était la partenaire de Kethry depuis plus d'une année. Elle le tenait d'une de ses Kal'enedral, une femme qui était morte un bon siècle avant la naissance de Tarma.

Cette tactique prit son adversaire au dépourvu. Il fit furieusement machine arrière pour éviter les cercles étincelants d'acier, grands et petits, que formaient son épée et sa dague. Et quand il eut fini de courir, c'est lui qui se retrouva face au soleil.

Tarma le vit esquisser un discret mouvement avec sa main gauche tout en décrivant un grand moulinet avec son épée. Elle n'accorda qu'une attention superficielle à la main qui tenait l'arme. C'est l'autre qu'elle observait intensément.

Il tenta de profiter de la diversion créée par son épée pour lui toucher le bras avec sa main gauche gantée. Elle l'évita de justesse – ce qui lui vaudrait des sueurs froides lorsqu'elle y repenserait, par la suite –, et imprima à sa dague un mouvement circulaire à l'issue duquel il se retrouva amputé de la main. Profitant de ce qu'il regardait, estomaqué, son moignon sanglant, elle ramena son épée vers son cou et lui ôta aussi la tête.

Les spectateurs restèrent sans voix, frappés d'horreur. Ce qu'ils avaient vu jusque-là ne les avait pas préparés à la brutalité de cette mise à mort. Sous leurs yeux exorbités, elle partit chercher la main gantée et la ramassa précautionneusement.

Quatre petites aiguilles mortelles étaient logées dans le cuir du bout des doigts. Quatre dards qu'on faisait sortir ou qu'on rétractait d'une simple pression au milieu de la paume. Des dards empoisonnés, bien sûr.

Elle décida d'en tirer le maximum d'effet. Elle s'approcha à grandes enjambées du pavillon adverse où se réunissaient déjà les prochains combattants, et leur jeta le gant aux pieds.

— Voilà ce que j'appelle des procédés élégants ! cracha-t-elle d'un ton méprisant. Est-ce là l'honneur de Felwether ? Nobles seigneurs en vérité ! Je préférerais affronter des chacals. Eux au moins sont honnêtes dans leur traîtrise ! N'avez-vous aucune confiance dans le jugement des Dieux et de leur instrument ?

Si ça ne semait pas le doute dans l'esprit des plus honnêtes, ça inspirerait peut-être une saine prudence aux autres.

Tarma repartit, raide comme la justice, vers son propre pavillon où elle se jeta sur le lit de camp qu'on y avait dressé, et fit des vœux pour retrouver un second souffle avant que ses adversaires reprennent leurs esprits.

Tout au fond d'un tiroir, Kethry trouva une chose très bizarre : un rouleau de cordelette – deux cordelettes de chanvre, en fait, au bout desquelles était attaché un lourd hameçon sans barbes, du genre que les pêcheurs de gros utilisent pour prendre les requins et les saumons. Mais la côte était à des semaines de route. Dans quelle intention le sénéchal pouvait-il bien conserver un objet aussi insolite ?

Elle s'interrogeait lorsque Warrl poussa un aboiement rauque. Kethry tourna la tête et vit sa queue qui dépassait de sous le lit.

— *Il y a une cachette sous les planches, à cet endroit*, lui dit-il mentalement d'un ton pressant. *Ça sent l'or, la magie... et le sang frais.*

Elle essaya de pousser le lit, mais il était beaucoup trop lourd, chose sur laquelle le sénéchal comptait probablement.

Alors elle se faufila à côté de Warrl qui grattait le parquet avec ses griffes.

Après avoir étouffé une salve d'éternuements – on ne devait pas souvent faire le ménage sous ce lit –, elle palpa les planches avec un luxe de précautions, car s'il y avait une trappe elle pouvait être piégée. Elle trouva le loquet. Toute une section du plancher s'éclipsa. Et dedans…

Il y avait de l'or, oui. Soigneusement emballé, caché sous une tunique roulée en boule autour d'un petit flacon vide.

Elle laissa l'or mais prit les deux autres choses. La tunique était tachée de sang; la fiole, à en juger par l'odeur, avait contenu le narcotique qu'elle cherchait.

— Hé, hé ! murmura-t-elle avec satisfaction.

Restait maintenant à trouver comment on pouvait entrer dans une chambre close sans en avoir la clé. Il n'y avait pas trace de sortilège ou de quelque espèce de magie que ce soit. Et aucune clé à la porte fermée par la barre.

Voyons, comment pouvait-on entrer dans une chambre verrouillée ?

— *Il suffit d'y entrer avant qu'elle le soit*, suggéra Warrl.

Elle comprit soudain à quoi servait l'hameçon.

Kethry remit la tunique et la bouteille sur les pièces d'or, dans le compartiment secret, et ressortit tant bien que mal de sous le lit.

— Katran ! appela-t-elle.

La dame de compagnie apparut aussitôt et s'étonna de la voir couverte de poussière, à côté du lit du sénéchal.

— Allez plutôt chercher le prêtre, coupa Kethry d'un ton impérieux. Je sais qui a tué, comment il s'y est pris, et pourquoi.

Tarma affrontait son premier véritable adversaire de la journée, un individu nerveux, à la mine sombre, qui utilisait des épées jumelles comme des extensions de ses bras. Son jeu de jambes était aussi rapide que celui de Tarma, et il était beaucoup moins fatigué. Le prêtre s'était éclipsé juste avant le début de la reprise, et elle espérait avec ferveur que ça voulait dire que Kethry avait trouvé quelque chose. Sans ça, cette passe d'armes risquait fort d'être la dernière.

Dans Sa grande mansuétude, la Déesse avait fait que cet adversaire soit loyal. Si elle se faisait battre, ce serait à la régulière. Et même dans ce cas, le pire des cas, elle ne s'en serait pas trop mal tirée, en fin de compte. Rares étaient les Enfants de Son Épée qui pouvaient se targuer d'avoir défait douze adversaires dans la matinée.

Même si certains d'entre eux n'étaient que des bébés.

Elle s'efforçait d'oublier l'entaille qu'elle avait au côté, mais sa respiration n'était plus qu'une succession de rauques halètements et le soleil lui infligeait une torture particulièrement raffinée : sous sa tenue intégralement noire, la sueur lui roulait sur les flancs et le dos. Elle esquiva une épée qui n'était qu'un nuage vacillant pour se rendre compte qu'elle se jetait sur sa seconde lame.

Merde !

Elle réussit à se jeter par terre à la dernière seconde et à rouler sur elle-même. Elle se releva pour le trouver presque au-dessus d'elle. Elle réussit à se mettre sur un genou et à coincer sa première lame entre sa dague et son épée, mais la seconde se rapprochait…

Une voix résonna, pareille à une trompette d'airain, au bout du champ clos.

— Arrêtez !

Et – miracle des miracles – la lame s'immobilisa à quelques pouces à peine de son cou vulnérable.

Le prêtre entra en lice, les pans de sa robe claquant sur ses talons.

— La sorcière a trouvé le véritable meurtrier de notre seigneur et ses preuves me semblent convaincantes, annonça-t-il à la foule. Elle veut vous donner la preuve de sa culpabilité.

Puis il commença à nommer les parties intéressées tandis que Tarma se laissait tomber à deux genoux sur le sol, aussi vidée par l'effort que par le soulagement. Son adversaire lâcha ses deux lames dans la poussière à côté d'elle, rentra sous son pavillon en courant et revint un instant plus tard avec une coupe d'eau.

Avant de la lui tendre, il eut un petit sourire sardonique, la leva comme pour lui porter un toast et en but une petite gorgée.

Elle écarta ses cheveux trempés de sueur de son front et prit la tasse en le remerciant d'un hochement de tête. L'eau était tiède mais elle la but avec avidité et retomba sur ses talons avec un soupir.

— Dois-je vous faire ramener à votre pavillon, ma Dame ?

Le prêtre était penché sur elle, l'air préoccupé. Tarma réunit ses dernières bribes d'énergie et s'écria :

— Jamais de la vie, mon père ! Je veux voir ça de mes propres yeux !

Le prêtre escorta dans la chambre du seigneur un groupe composé d'une douzaine de nobles. Tarma nota distraitement que le prêtre entourait d'attentions un personnage qu'il appelait « sénéchal », mais elle était trop lasse pour s'intéresser au sujet. Elle consacra le peu de forces qui lui restaient à entrer dans la pièce et à trouver un mur où s'adosser.

— J'espère que vous me pardonnerez cette mise en scène, mais je tenais à ce que vous voyiez tous exactement comment le forfait a été perpétré.

Kethry était debout à côté du fauteuil placé derrière le bureau. Dans ce fauteuil était assise une femme âgée, vêtue de gris et de beige.

— Katran a eu la gentillesse d'accepter de tenir le rôle de Sire Corbie. Je ferai l'assassin. Le seigneur vient d'entrer dans cette chambre. Sa femme est à côté. Elle a pris une potion pour endormir la douleur et il y a peu de chances que le bruit de ses pas, auquel elle est habituée, la réveille.

Elle brandit un verre.

— Un peu de cette potion a été mélangé au vin qui était dans ce verre, mais il ne venait pas de la fiole qu'utilisait Dame Myria. Voici la sienne, fit-elle en posant le verre de vin sur le bureau et en plaçant une petite bouteille à côté. Et voici, reprit-elle en tirant un second flacon de la poche qu'elle avait à la ceinture, la fiole que j'ai trouvée – le prêtre sait où. Je peux jurer qu'avant son arrivée, aucune main en dehors de celle de son propriétaire et de la mienne ne l'a touchée.

Le prêtre confirma ses dires. Tarma, dont tous les sens étaient en alerte, remarqua que le sénéchal commençait à transpirer.

— Le sort que je vais lancer maintenant fera briller le verre de vin et la bouteille d'où vient la potion qui a été versée dedans. Votre prêtre, qui est lui-même un habile magicien, pourra vous le confirmer.

Kethry frotta les doigts au-dessus du verre et des deux flacons comme si elle les saupoudrait. Sous les yeux écarquillés de l'assistance, le résidu qui se trouvait dans le verre et les quelques gouttes qui restaient dans la fiole de Kethry se mirent à briller d'une étrange lueur verdâtre.

— Attestez-vous de la véracité de ce sortilège, mon père ? souffla l'un des nobles à l'oreille du prêtre.

— Absolument, répondit-il en hochant vigoureusement la tête.

— Hon-hon, répondit l'homme en fronçant le sourcil comme en proie à des pensées qu'il garda pour lui-même.

— Bien. Sire Corbie vient d'entrer ; il est penché sur ses registres. Je lui donne un verre de vin, reprit Kethry en tendant le verre à Katran. Il l'accepte avec reconnaissance. Il ne s'étonne pas de ce geste de courtoisie. Je suis un vieil ami. Il a confiance en moi. Il boit, je quitte la pièce et il s'endort.

Katran laissa retomber sa tête sur sa poitrine.

— Je prends la clé qui est sous sa main et je ferme sans bruit la porte donnant sur le couloir. Je remets la clé à sa place. Je sais qu'il ne bougera pas, qu'il ne poussera pas un cri. Je suis bien placé pour connaître la puissance du narcotique que je lui ai administré. Je prends la dague de Dame Myria, que j'ai préalablement subtilisée, et je lui en porte un coup. Comme ceci.

Kethry esquissa le geste meurtrier. Katran ne bougea pas, mais Tarma lut un sourire sardonique sur ses lèvres.

— Je prends la dague et je vais la cacher sous le lit de Dame Myria. Je sais qu'avec la potion qu'elle a prise, et que j'ai moi-même recommandée puisque nous n'avons plus de Guérisseur, elle n'est pas près de se réveiller non plus.

Kethry entra dans la chambre de Myria et en revint les mains vides.

— Mais je me suis sali. Il y a du sang sur ma tunique. C'est la première fois que je tue quelqu'un et je ne savais pas que la blessure saignerait. Peu importe, je vais la cacher à l'endroit où j'avais prévu de dissimuler le flacon. Au fait, le prêtre détient cette tunique ensanglantée, et il sait que, comme la fiole, seules ses mains l'ont touchée lorsqu'il l'a retirée de sa cachette. Nous en arrivons maintenant au plus important…

Elle sortit de son sac à malices un énorme hameçon au bout d'une double longueur de cordelette.

— Le prêtre sait où j'ai trouvé ceci – et je puis vous assurer que ce n'était pas dans les affaires de Myria. Maintenant, en haut de cette porte, coincé dans une aspérité du bois, il y a un brin de chanvre. Je vais le chercher, puis je vais jeter un autre sort. Si cette fibre vient de cette corde, elle retournera à l'endroit d'où elle a été arrachée.

Elle s'approcha de la porte, détacha le petit bout de chanvre et le ramena vers le bureau. Elle fit de nouveau mine de saupoudrer la cordelette, l'hameçon et le brin de chanvre, puis elle entonna quelques paroles. Une lueur dorée s'échappa de ses mains et effleura d'abord la corde, puis le fragment.

La fibre vola vers la corde, telle une flèche lâchée par un arc.

— Maintenant que j'ai prouvé que c'était l'outil par lequel cet exploit avait été effectué, vous allez voir comment on peut entrer dans une pièce fermée à clé.

Elle s'approcha de la porte qui donnait sur la chambre du sénéchal, coinça l'hameçon sous la barre et l'abaissa de sorte qu'elle repose uniquement sur l'hameçon, lequel était maintenu en place par la longueur de corde passée par-dessus le battant de la porte. Puis elle glissa l'autre longueur sous la porte et la referma.

Elle donna une secousse au second bout de cordelette. L'hameçon se libéra et la barre tomba avec un bruit sourd, prenant sa place sur les supports normalement prévus à cet effet. Et tout le dispositif, cordelette et hameçon, disparut au-dessus de la porte, dans la pièce voisine.

Les regards se tournèrent avec ensemble vers le sénéchal dont le visage livide valait tous les aveux du monde.

— Dame Myria a été fort généreuse en vérité.

— Si nous l'avions laissé faire, elle se serait ruinée pour nous, approuva Kethry en rendant leurs grands au revoir aux silhouettes qui gesticulaient sur le mur d'enceinte, derrière elles. Je suis heureuse que tu aies réussi à l'en dissuader.

— Écoute, Yeux Verts, ils n'avaient rien de trop, et tu le sais aussi bien que moi. Les choses étant ce qu'elles sont, le magot du sénéchal lui sera bien utile pour boucher les trous que ses ponctions ont occasionnés dans la trésorerie.

— Tu crois qu'elle s'en sortira ?

— Maintenant que son frère est là, je crois qu'il n'y a pas à s'en faire. Elle a retrouvé l'estime de ses sujets, et même au-delà. Tout ce qui lui manquait, c'était un bras vigoureux pour repousser les prétendants indésirables, et elle l'a maintenant ! Par la Guerrière, je suis rudement contente que ce jeune monstre n'ait pas figuré parmi les combattants. Je n'aurais jamais survécu au premier assaut !

— Dis, Tarma…

La Shin'a'in haussa un sourcil en entendant le ton inhabituellement grave de Kethry.

— Si tu… si tu as fait tout ça parce que tu croyais me devoir…

— J'ai fait tout ça parce que nous sommes She'enedran, rectifia-t-elle avec un petit sourire qui démentait son expression autrement rébarbative. Je n'avais besoin d'aucune autre raison.

— Mais…

— Il n'y a pas de mais, Yeux Verts, fit Tarma en se retournant pour regarder les petits points qui agitaient les bras au-dessus de la muraille. Écoute : d'abord, nous ne pouvions pas agir autrement. Ensuite, ce petit travail devrait donner un bon coup de pouce à notre réputation. Enfin, tu sais que je ferais n'importe quoi pour assurer ta sécurité.

Kethry ne répondit pas à cette dernière phrase ; non qu'elle ne fût mortellement persuadée de sa véracité. C'était tout le problème.

Tarma faisait perpétuellement un bouclier de son corps à Kethry, et souvent pour rien. La plupart du temps, elle traitait Kethry d'égale à égale, mais quand le danger menaçait…

Tout se passait comme si elle avait voulu l'entourer d'un cocon protecteur tissé par ses lames et sa propre personne.

Elle ne s'en rend probablement pas compte, mais en assurant ma sécurité, elle prend des risques inconsidérés. Elle sait pourtant bien que je suis de taille à me défendre…

Puis la réponse lui arriva en une intuition fulgurante.

Sans moi, il n'y aura jamais de Tale'sedrin. Ce n'est pas seulement moi qu'elle protège, mais aussi ses espoirs de refonder un nouveau clan ! L'ennui, c'est qu'à ce jeu-là elle va finir par m'étouffer, et par se faire tuer !

Elle jeta un coup d'œil à Tarma, à son expression distante, méditative.

Je ne peux pas le lui dire. Elle ne me croirait pas. Ou pire, elle me croirait, et ça l'inhiberait au moment de passer à l'action. Je me demande si Warrl a compris ce qu'elle faisait. Je l'espère, parce que sans ça…

Elle jeta encore un coup d'œil à sa partenaire.

Sans ça, elle va finir par nous tuer tous les trois. Ou par me rendre folle.

Chapitre 7

C'était un jeune sorcier maigre comme un coucou qui transpirait de nervosité malgré le froid. La cellule exiguë, tout en hauteur, où il vivait, dormait et travaillait n'était pas chauffée et sentait le moisi. Il faisait tellement humide que les murs étaient poisseux, comme sa robe élimée, déjà trempée de sueur.

Il avait de bonnes raisons d'être nerveux. C'était la première fois qu'ils tentaient d'invoquer un diablotin, son apprenti (présentement blotti dans un coin de la pièce) et lui. L'invocation d'un représentant du Plan Abyssal n'était pas une mince affaire, même si l'esprit qu'on espérait susciter était l'un des plus anodins et dérisoires dans la hiérarchie diabolique. Tous les démons, diablotins et autres entités infernales sont à l'affût de l'erreur qui leur permettra d'échapper à leur maître, et certains aspirent plus que d'autres à profiter de ce faux pas.

L'odeur de poix chaude des torches qui crépitaient et fumaient sur les murs se mêlait à la senteur entêtante de l'encens. Des souris piaulaient et couraillaient sur les poutres. Peut-être est-ce ce qui détourna son attention, car il fut distrait à un moment crucial. Et quand le sorcier entonna par trois fois « Thalhkarsh » au lieu de Talhkarsh – le vrai nom de l'entité maléfique qu'il espérait susciter –, l'un des êtres qui guettaient inlassablement ce genre d'aubaine sauta dessus à pieds joints.

Une fumée d'un rouge fuligineux s'éleva de l'hexagramme que le mage avait soigneusement tracé à la craie sur le sol de pierre et emplit la pièce, masquant complètement ce qui apparaissait dans le diagramme enchanté.

Il s'y formait pourtant quelque chose : des ombres se déplaçaient dans le nuage rubescent. Le mage attendit, tout excité, la bouche sèche, que la fumée se dissipe, pour entonner sa seconde incantation, celle qui contraindrait le démon invoqué à entrer dans la bouteille placée au centre exact de l'hexagramme.

Puis la fumée s'éclaircit aussi subitement qu'elle était apparue… et le jeune sorcier manqua de défaillir en voyant ce qui se dressait devant lui. Il leva les yeux et son visage émacié devint d'un gris cendreux. Une chose dont la tête effleurait les poutres sortit calmement du diagramme tracé au sol, se pencha sur lui et l'empoigna brutalement par le cou.

Les idées se bousculant dans son crâne, il invoqua toutes les arcanes protectrices de sa connaissance, dilapidant une énergie magique considérable, ce qui, en d'autres circonstances, aurait constitué un vaste gâchis doublé d'une imprudence. Il fut environné par une soudaine clarté et le démon le laissa tomber comme un être humain aurait lâché la queue d'une casserole brûlante. Le mage se recroquevilla à l'endroit où il avait heurté le sol et ferma étroitement les yeux.

— Oh, l'imbécile ! fit une voix sans pitié, pareille à des gongs de bronze légèrement désaccordés. Regarde-moi !

Le mage ouvrit un œil. Il avait bien conscience de la duplicité des démons mais il ne pouvait résister à cet ordre. Et tout ce qu'il savait de ces entités lui faisait une belle jambe. Il étouffa un hoquet d'étonnement et resta bouche bée devant la splendeur de la créature reptilienne qui se dressait au-dessus de lui. Elle – ou plutôt, *il* avait réduit sa taille à celle d'un humain gigantesque, aux yeux embrasés de l'intérieur et d'une couleur rouge qui rappelait celle du vin éclairé par le soleil. C'était un spectacle… fabuleux.

La créature était l'incarnation même de tout ce dont le mage avait jamais rêvé en matière d'amant. Son visage était celui d'un ange déchu, son corps nu digne d'un dieu, tout-puissant. Ses terribles yeux de rubis promettaient et acceptaient, de tout leur pouvoir viril, terrible. Les sortilèges protecteurs du magicien n'étaient pas faits pour résister à la séduction. Dans un accès de dévotion délirante, il envoya aux quatre vents les pitoyables défenses qu'il avait érigées.

Le démon éclata de rire et le prit dans ses bras.

Quand il se fut suffisamment amusé, il déchiqueta les restes gémissants de sa proie... et il prit son temps.

Ce n'est qu'après avoir détruit le mage au-delà de tout espoir de résurrection et s'être repu de ses exhalaisons de souffrance et de mort, qu'il prit le temps de réfléchir. Et tout à coup, il commença à regretter sa précipitation.

Il tenait l'occasion de se libérer à jamais du Plan Abyssal, et surtout, une source illimitée de ces délices auxquelles il venait de s'adonner. Si seulement il avait refréné un instant ses instincts !

Il se maudissait amèrement de son impulsivité lorsqu'un mouvement attira son regard vers un coin de la cellule mal éclairé par la lumière vacillante de la torche.

Une créature frémissante d'angoisse était recroquevillée dans le noir. Le démon reprit sa taille originelle, tendit paresseusement une griffe ruisselante de sang vers ce misérable petit être et l'attira à lui. De terreur, il avait fait sous lui, mais au torque qu'il avait autour du cou, aux signes cabalistiques tracés sur sa robe, le démon se dit que ça devait être le disciple du défunt mage.

Thalhkarsh eut un ricanement qui donna envie à l'apprenti de rentrer sous terre. Allons, tout n'était pas perdu ! En fait, ce jeunot terrorisé était une meilleure recrue que son maître pour ce qu'il avait en tête.

Thalhkarsh scruta l'esprit du gamin ; il n'était pas difficile à déchiffrer. Les défenses que le mage avait placées autour de lui étaient faibles et médiocres, et depuis sa mort elles se délitaient. Satisfait de ce qu'il y lut, le démon revêtit son aspect le plus attrayant et parla.

— Veux-tu vivre, enfant ? Veux-tu être riche ?

L'apprenti hocha fébrilement la tête, les yeux rendus vitreux par l'épouvante. Une épouvante qui fondait comme neige au soleil sous l'influence irrésistible du démon. Celui-ci souleva la bouteille destinée au diablotin et qui se trouvait dans le diagramme avec lui. Le verre naguère rougeâtre et terne luisait maintenant du même éclat intérieur que les prunelles de l'entité diabolique.

— Tu vois ceci ? Tu sais ce que c'est ?

— La... la bouteille du diablotin, hoqueta le garçon après plusieurs tentatives infructueuses pour articuler des paroles intelligibles. Celle où Leland avait prévu de... de...

— De m'emprisonner, ou plutôt d'emprisonner le diablotin qu'il pensait conjurer. Ce n'est plus une bouteille comme les autres. Parce qu'elle était dans les confins magiques du diagramme lorsque je me suis manifesté, elle est devenue mon point focal. Ton maître t'a-t-il dit ce qu'est le point focal d'un démon ?

— C'est... c'est ce qui lui permet de rester en ce monde, bredouilla le garçon en regardant, fasciné, la bouteille que le démon tenait dans sa main. Si son pouvoir est assez fort pour ça.

Le démon se fendit d'un sourire.

— Mais je veux plus que la liberté, petit. Le pouvoir ne me suffit pas. J'ai d'autres ambitions, plus élevées. Et si tu veux vivre, tu m'aideras à les satisfaire.

Il était clair, à voir les yeux du gamin, qu'il aurait fait n'importe quoi pour rester en vie.

— Que... que voulez-vous ?

Thalhkarsh éclata de rire et ses prunelles s'étrécirent.

—Peu importe, enfant. J'ai des projets, et si tu fais ce que j'attends de toi, tu seras élevé à des privilèges qui passent tout ce que tu peux imaginer. Tu connaîtras le pouvoir… et moi, je serai plus puissant que ton pauvre esprit ne le saurait rêver. Mais pour l'instant, enfant, voici comment tu peux me servir…

—Ici ? demanda Tarma. Tu es sûre ?

Elles approchaient de la porte réservée aux caravanes de la cité de Delton et ça tombait bien, parce que le soleil était sur le point de se coucher. Un souffle d'air chaud, printanier, agita une mèche noire, drue, qui avait échappé à ses courtes tresses. Ses cheveux avaient repoussé presque magiquement au cours des derniers mois, comme s'ils n'avaient pas apprécié d'être coupés. Dans la lueur du couchant, sa veste et son pantalon de cuir brun paraissaient rouge sang-de-bœuf.

Les traits doux et charmants de Kethry étaient tirés. Elle paraissait recrue de fatigue, et il y avait de l'inquiétude dans ses yeux d'émeraude.

—J'en suis sûre. J'ignore ce que c'est, mais il y a là quelque chose de très mauvais. Je ne me rappelle pas que Besoin m'ait jamais infligé une telle traction, même pour Dame Myria.

Elle repoussa le capuchon de sa robe de voyage, passa la main sur son front douloureux et se massa les tempes.

—Mouais. Eh bien, j'espère que ta satanée rapière ne nous a pas attirées ce coup-ci dans un bourbier où nous resterons enlisées pour de bon. Mais comme il n'y a qu'une façon de le savoir, de toute façon…

Elle enfonça ses genoux dans les flancs de sa jument et prit la tête. Les deux femmes franchirent les portes de la ville et se soumirent à l'inspection traditionnelle d'un garde un peu nerveux. Il semblait étrangement réticent à l'idée de descendre de son perchoir et les laissa passer après un examen de pure forme.

Sitôt à l'intérieur de la ville fortifiée, Tarma parcourut les environs du regard mais ne remarqua rien de particulier. Elle fronça les sourcils, un peu troublée.

— Écoute, She'enedra, je sais que tu ne t'es jamais trompée jusque-là, mais c'est la ville la plus calme que j'ai jamais vue. Je m'attendais à assister à des scènes de meurtre et de rapine en plein jour, et regarde...

— Je ne me trompe pas, souffla Kethry d'une voix tendue. Et il y a justement quelque chose qui cloche: ce calme surnaturel. Tout est beaucoup trop tranquille. Il n'y a pas un chat dans les rues, pas un mendiant, pas une putain. C'est anormal.

Tarma regarda autour d'elle avec une attention accrue. Keth avait raison. C'était très bizarre en vérité. Elle se serait crue dans une ville morte. La place qui se trouvait juste derrière la porte des marchands était entourée d'auberges et de tavernes; des badauds auraient dû graviter dans les parages: des vagabonds, des voleurs, des filles de joie, des promeneurs, des musiciens des rues... or il n'y avait personne. Juste des garçons d'écurie et des serviteurs qui se hâtaient d'allumer torches et lanternes ou de mener à l'écurie les bêtes des voyageurs comme elles avant de rentrer. Le quartier des voyageurs était désert, au point que ça avait quelque chose d'inquiétant.

— Par le Serment de la Guerrière! Ça fait froid dans le dos. Je n'aime pas ça. Pas ça du tout.

— Moi non plus. Choisis-nous une auberge, She'enedra; et vite. Si les autochtones n'aiment pas être dehors après le coucher du soleil, ça doit être pour une bonne raison, et je préfère attendre d'être à l'intérieur pour la découvrir, si tu vois ce que je veux dire.

Tarma opta pour l'auberge de la *Brebis Noire*, à en croire l'enseigne qui se balançait sur la façade, légendée (à l'intention de ceux qui savaient lire) par une inscription à la peinture au-dessus de la porte. Ça paraissait l'endroit idéal compte tenu de l'état de leurs finances, qui étaient à marée basse. Elles suivaient la route des Caravanes du nord vers Valdemar, à la recherche d'un travail, comme toujours, quand Besoin les avait attirées vers l'est et cet endroit. L'épée enchantée de Kethry les avait laissées relativement en paix, à part une ou deux tractions, et le petit problème avec cette prêtresse nulle, qui s'était bêtement compliqué par la faute de son pervers de diablotin et de la grande gueule de Tarma. Laquelle Tarma commençait à se dire que Besoin avait dû se calmer.

Et voilà que cet après-midi, Kethry avait manqué de s'évanouir quand elle l'avait « appelée » avec sa violence coutumière. Elles avaient obéi à son injonction pour se retrouver finalement à Delton.

Tarma s'occupa de faire mener leurs bêtes à l'écurie pendant que Kethry discutait le prix de la chambre. L'aubergiste jeta un regard torve à cette magicienne portant l'épée, car ceux qui fricotaient avec la magie arboraient rarement des armes matérielles, et ne fut pas rassuré par la vue de ce qui trottait sur les talons de Tarma : une énorme créature noire, qui ressemblait à un loup, sauf que son garrot arrivait presque à la ceinture de la guerrière.

Kethry vit la lueur d'inquiétude dans ses yeux, comprit que c'était la première fois qu'il voyait un kyree et décida de tirer parti de la situation.

— Mon démon familier, laissa-t-elle nonchalamment tomber, et il sait quand on me dupe.

Le prix de leur chambre baissa mystérieusement de moitié.

Après avoir déposé leurs affaires et installé Warrl dans la chambre, elles redescendirent dans la salle commune pour dîner et glaner des informations.

Si les rues étaient désertes, la taverne était bondée.

Tarma fronça le nez comme pour le fermer à l'odeur des lampes à huile de poisson, des parfums bon marché, des corps mal lavés et de la nourriture rance. La capacité d'accueil de l'établissement était largement dépassée et elles n'étaient pas près de manger. Kethry, elle, semblait planer à mille lieues de ces contingences.

Le profil d'oiseau de proie de Tarma pouvait se changer en un masque fort intimidant lorsqu'elle se renfrognait. Elle se renfrogna. Son regard polaire leur valut d'obtenir deux tabourets et une petite table ronde pour elles seules. Sa voix rauque fit venir une servante harassée avec la même aisance que Kethry aurait invoqué une entité des mondes parallèles. Une main posée sur la garde de sa dague et le haussement d'épaules qui replaça dans une position plus confortable l'épée passée sur son dos accélérèrent sensiblement le service, et c'est peut-être à sa façon de se curer les ongles avec sa dague qu'elles durent de se voir apporter des portions décentes dans des assiettes propres.

Kethry releva les pans de sa robe qui traînaient par terre et promena sur toute chose un regard satisfait.

— La vie est infiniment plus simple depuis que je fais équipe avec toi, She'enedra, dit-elle avec un petit rire.

— Ça, je n'en doute pas, convint modestement Tarma, et un sourire retroussa les commissures de ses lèvres. Il y a des moments où je me demande comment tu t'en sortirais sans moi.

— Beaucoup moins bien assurément, approuva la jeune femme aux yeux verts avec un clin d'œil malicieux.

Leurs plats arrivèrent et elles mangèrent en silence, en observant à la dérobée la foule qui se pressait dans la salle, à la recherche de toute information utile. Elles avaient presque fini lorsque Kethry eut un discret mouvement de menton en direction d'un mercenaire grisonnant assis sous l'une des lanternes fumantes. Tarma détailla soigneusement sa tenue : il avait l'air assez éméché pour parler mais pas suffisamment pour faire des histoires, et ses compagnons venaient de le quitter, laissant des places libres sur le banc, en face de lui. Il portait la plaque de la Guilde, ce dont on pouvait déduire que c'était un vétéran et non une de ces têtes brûlées qui cherchaient la bagarre. Elles prirent leurs chopes et allèrent s'installer à sa table.

Il les accueillit avec un hochement de tête et observa Tarma avec méfiance, puis Kethry d'un air appréciateur. L'ennui, c'est qu'il n'avait pas l'air d'humeur à bavarder.

— Bonsoir, fut tout ce qu'il arriva à dire.

— Belle soirée, en effet, répondit Tarma. Encore qu'un peu bizarre. Je trouve qu'il est bien tôt pour que tout le monde se claquemure chez soi comme ça, surtout par ce beau temps.

— Nous vivons une drôle d'époque, contra l'homme. Il se passe des choses étranges, la nuit, dans le coin.

— Ah bon-on ? rétorqua Kethry avec un intérêt flatteur. Quel genre de choses ? Mais vous devez avoir soif, avec cette chaleur… Je peux vous offrir quelque chose à boire ?

Le gaillard s'amadoua un peu sous l'action conjointe de son regard admiratif et de sa proposition.

Pendant que Tarma faisait signe à la serveuse, il détourna pudiquement le regard et mordit à belles dents dans une saucisse épicée qui était la spécialité de la *Brebis Noire*. La graisse ruissela sur la barbe. Il se rinça le gosier avec une bonne rasade de bière.

— Des gens disparaissent, commença-t-il en s'essuyant la bouche sur sa manche. Des putains, le genre d'épaves qui traînent dans les rues et que la garde n'ira pas rechercher. Il y a des bruits qui courent…

Il parcourut d'un œil méfiant la salle enfumée, surchauffée et nauséabonde. Tarma remplit la chope de l'homme et glissa une pièce d'argent dessous.

— Des bruits ? relança-t-elle. Bah, nous n'y prêtons guère attention, nous autres, pas vrai ? Pour les gens qui savent se battre, les rumeurs, hein…

— La peste soit des rumeurs ! Qu'avons-nous à faire des magitrucs et des démons, tant qu'ils fichent la paix à nos maîtres ! Du moment qu'il en laisse assez pour moi, ce Thalhkarsh peut faire le plein de putes, je m'en fiche, décréta l'homme d'un ton qui démentait ses paroles, sur quoi il vida sa chope et empocha la pièce.

— Thalhkarsh ? Allons bon ! Ça doit être un sacré séducteur, pour avoir besoin de tant de femmes légères, ironisa Tarma en remplissant pour la troisième fois la chope du mercenaire.

— Chh ! souffla-t-il en la faisant taire d'un geste impérieux. Prononcez pas c'nom-là, malheureuse. Ceux qui s'y risquent à la légère, il arrive qu'on ne les revoie pas. Ce... celui que j'ai nommé, eh bien, pour certains ce serait un dieu, et pour d'autres un démon conjuré par un puissant magicien. Tout ce que je sais, c'est qu'il a un temple qu'a pignon sur rue – un temple qu'a surgi en une nuit, à ce qu'il paraît, avec des statues et des trucs a faire rougir un gars comme moi, sauf que je me garderai bien d'y aller voir. L'est pas sain de s'en approcher.

— Non-on ? fit Tarma en haussant le sourcil.

— Ils ont envoyé un bataillon de gardes patrouiller là-bas après la disparition des premières traînées. On parlait de sacrifices humains, alors le Conseil de la ville a décidé qu'il valait mieux jeter un coup d'œil. Personne n'a seulement jamais revu la semelle des bottes de ces hommes.

— C'est pour ça que les gens se terrent chez eux le soir, hmm ? Ils ont peur de ce qui pourrait leur arriver s'ils traînaient dehors, hasarda Kethry d'un ton rêveur, en remplissant les chopes à son tour. Et ça leur suffit pour avoir la paix ?

— Paraît que non. À moins qu'ils prennent soin de rester en compagnie après la tombée de la nuit. Ce qu'il y a de bizarre, tout de même, c'est qu'à part les gardes municipaux, la plupart de ceux qui ont été pris la nuit étaient des femmes. À vot'place, les filles, j'ferais bien attention où je mets les pieds.

Il vida sa chope. C'en fut une de trop, car il glissa lentement du banc sous la table, un sourire ravi accroché à la face.

Elles sautèrent sur l'occasion pour regagner leur chambre.

— Eh bien, commenta Tarma en tirant le verrou derrière elles, nous savons maintenant pourquoi, et surtout *quoi*. Par tous les feux de l'Enfer ! Ta satanée épée n'aurait pas pu nous attirer vers une tâche lucrative, pour une fois ?

Kethry lança à la vermine qui partageait leur habitat un petit sort l'incitant à s'expatrier dans les délais les plus brefs. Warrl la regarda faire, flaira méticuleusement les coins de la pièce et se recoucha au pied de la double paillasse avec un gros soupir.

— Je ne suis pas tout à fait d'accord. Nous ignorons à quoi nous avons affaire au juste. Si c'est vraiment un dieu, je n'ai aucune chance de lui faire ne serait-ce qu'une entaille dans la peau. Il se pourrait que ce soit un démon, contrôlé par un magicien, et qui se ferait passer pour un dieu afin de permettre à son maître d'acquérir un pouvoir par la magie du sang. Mais c'est peut-être encore pire que ça.

— Ah bon, parce que ça pourrait être encore pire ?

— Ça pourrait être un démon en goguette, un démon qui aurait échappé à celui qui l'a invoqué et animé par des ambitions personnelles, répondit pensivement Kethry en se laissant tomber à côté de Warrl. Le pire, ce serait ça : un démon qui saurait comment parvenir à la divinité et que rien n'empêcherait de réaliser ses ambitions. Si c'est un dieu, un vrai dieu… eh bien, tous les dieux ont des ennemis. Il nous suffirait d'en trouver un, de dénicher un groupe d'adeptes de cet autre dieu et de les mettre en présence de notre démon. S'il est sous le contrôle d'un mage, il suffirait pour le renvoyer dans le Plan Abyssal de découvrir le sort qui a permis de l'invoquer et de le rompre. Mais le seul moyen, à ma connaissance, de se débarrasser d'un démon qui a échappé à tout contrôle, c'est de découvrir son objet focal et de le détruire. Ce qui risque d'échouer s'il a acquis un grand pouvoir. Si un grand nombre d'adeptes croient en sa divinité, par exemple, le fait de le priver d'objet focal ne suffirait pas à le renvoyer vers le Plan Abyssal. Dans ce cas, il faudrait que nous imaginions une arme susceptible de le tuer, puis que nous l'approchions d'assez près pour lui en porter un coup fatal. Le danger serait qu'il ait acquis un pouvoir suffisant pour arriver à se passer de forme physique. Notre dernier espoir consisterait alors à rompre l'emprise qu'il a sur ses adeptes en ébranlant leur foi, et ça, ce serait encore plus difficile que de trouver une lame capable de l'anéantir. Chose qui, inutile de te le dire, ne se trouve pas sous le sabot d'un cheval, conclut-elle dans un soupir en regardant sans les voir les ombres mouvantes que leur lampe (à huile de poisson, évidemment) projetait sur le plafond.

—Mouais. Et je ne te vois pas t'aventurer à portée d'un démon en chair et en os pour lui porter le coup de grâce, ajouta Tarma en enlevant ses bottes. Dis-moi…, reprit-elle d'un ton méditatif dont on ne savait s'il était dû à l'examen de ses semelles ou à d'autres considérations, ça arrive souvent – qu'un démon échappe à tout contrôle ?

—Pas très, non, admit Kethry. J'ai évoqué cette éventualité parce que je ne voulais laisser aucune hypothèse de côté. Il est beaucoup plus probablement sous le contrôle d'un mage qui l'utilise pour établir son propre pouvoir. C'est le scénario sur lequel je mise, personnellement. J'ai vu ça plus d'une fois avant de te rencontrer. Ça marche assez bien, aussi longtemps que la congrégation en a pour son argent.

—Alors, quel est notre prochain mouvement ?

—Eh bien, pour l'instant, je te propose de dormir, et demain matin j'essaierai de voir ce que racontent les mages du coin pendant que tu tâcheras de trouver d'autres mercenaires à qui parler.

— Je ne sais pas pourquoi, mais j'étais sûre que tu dirais ça.

Elles se retrouvèrent vers midi à l'auberge. Tarma revenait bredouille, mais Kethry avait eu plus de chance. Elle avait glané un nom, une adresse et un prix – une grosse outre de vin fort qu'elle avait déjà achetée, et la promesse de quelques autres après.

L'adresse indiquée était celle d'une maison située dans le quartier le plus minable de la ville, tout près de la décharge d'ordures. Les deux femmes portèrent la main à la poignée de leur arme en entrant dans la ruelle sordide et malodorante. Elles voyaient, du coin de l'œil, des choses bouger dans les trous des murs (on ne pouvait pas décemment appeler ça des portes ou des fenêtres), mais personne ne leur chercha noise. Elles découvrirent avec stupeur que certains des tas d'ordures épars dans la rue étaient en fait des êtres vivants, encore qu'il fût difficile de dire s'ils étaient vraiment *vivants*. Kethry paraissait, comme toujours, indifférente à la puanteur ambiante alors que Tarma avait l'estomac en révolution et s'efforçait de retenir sa respiration et d'inspirer par la bouche.

Elles arrivèrent enfin à un pan de mur doté d'une porte digne de ce nom. Kethry frappa. Un murmure lui répondit. Elle chuchota quelque chose que Tarma ne comprit pas. Ça devait être la réponse convenue, puisque la porte s'entrouvrit le temps qu'elles se faufilent à l'intérieur, après quoi elle se referma précipitamment derrière elles.

Tarma ne put réprimer un sursaut de surprise en découvrant ce que cachait la porte de cette sinistre ruelle. La puanteur du dehors n'était plus qu'un mauvais souvenir. Des relents de vin planaient dans l'air, masquant presque une odeur plus discrète d'encens. Des tapis aux couleurs chaudes couvraient les murs et le sol sur lequel étaient empilés de gros coussins moelleux, le tout dans un subtil camaïeu de rouges, d'orange et de jaunes. Tarma sentit sa gorge se nouer, et elle dut battre des cils pour chasser les larmes qui lui piquaient les yeux. Cet endroit lui rappelait irrésistiblement une tente shin'a'in.

Mais la femme qui se retourna vers elle après avoir verrouillé la porte n'était pas une femme de clan. Heureusement, car Tarma aurait eu du mal à dissiper le traître brouillard qui embrumait sa vue. Elle était couverte, de la tête aux pieds, d'une superposition de voiles qui ne révélaient que ses yeux. Cet amas volumineux, dont les couleurs et les motifs étaient assortis au reste de la pièce, ne parvenait pourtant pas à masquer le fait qu'elle était mince comme un fil. Et au-dessus des voiles, ses yeux noirs étaient hagards, injectés de sang et soulignés de cernes.

— Vous connaissez le prix ? murmura-t-elle d'une voix à peine audible.

Kethry laissa glisser l'outre à terre et, du pied, la poussa vers la femme.

— Trois autres vous seront livrées par le patron de la *Brebis Noire*. Une tous les deux jours.

— Que voulez-vous savoir ?

— Comment cette chose qu'on appelle Thalhkarsh est arrivée ici, et pourquoi.

La femme partit d'un rire dément. Tarma détacha discrètement la courroie de l'une des dagues dissimulée dans un fourreau, le long de son avant-bras. Au nom de la Guerrière, dans quel guêpier Kethry les avait-elle encore fourrées ?

— Pour ça, je n'aurai pas besoin de consulter les augures ! Je ne le sais que trop bien, hélas !

Des larmes emplirent ses yeux. Tarma détourna le regard, embarrassée.

— Maudits soient mon orgueil et ma curiosité ! Maintenant qu'il connaît mon aura, et il la connaît bien, il me tient à sa merci. Il m'appelle sans trêve ni relâche, et seul le vin peut empêcher mes pieds de m'emmener vers lui !

La voix imperceptible, geignarde, s'interrompit, et les yeux se fermèrent sur un spasme douloureux.

Pendant un long moment, la femme resta plantée là, raide comme un bout de bois, et Tarma eut peur qu'elles n'en tirent rien de plus. Puis elle rouvrit les yeux et braqua sur Kethry un regard brûlant de haine.

— Entendez donc le conte de ma folie, il est assez bref en vérité. La nuit où Thalhkarsh a fondé son temple, j'ai tenté d'en déchiffrer les arcanes afin de connaître l'entité qui en était le maître. Il a emprisonné mon âme comme un chat attrape une souris, et ils m'ont torturée, son prêtre et lui, pendant je ne sais combien de temps. Puis ils se sont désintéressés de moi ; ils m'ont laissé repartir, retourner en moi-même en rampant. Mais ils ne m'avaient pas oubliée. J'ai bientôt compris que chaque nuit il me rappellerait près de lui. Chaque nuit, je bois pour ne pas entendre son appel, mais il me faut toujours plus de vin pour me fermer les oreilles. Un soir, je ne boirai pas assez et je rejoindrai ses autres... proies, conclut-elle dans un sanglot qui agita ses voiles. Voici tout ce que je sais : Thalhkarsh est un démon conjuré par erreur à la place d'un diablotin. Il demeure ici grâce à son objet focal, une bouteille. Il est puissant. Son prêtre est un mage aux dons accrus par le démon. Ils auront bientôt conquis le pouvoir absolu dans cette ville et il faudrait avoir perdu l'esprit pour y rester.

La femme retourna vers la porte dans un envol de voiles impalpables et la rouvrit. Un bras squelettique et une main tendue leur indiquèrent le chemin de la sortie.

— Tel est mon conseil. Suivez-le si vous n'êtes pas folles.

Tarma accueillit avec soulagement la perspective de quitter la pièce où elle avait tout à coup l'impression d'étouffer. Kethry se retourna sur le seuil pour tendre une main compatissante vers le mystère voilé, mais la femme eut un geste de refus.

— N'ayez pas pitié de moi ! fit-elle dans une sorte de râle. Vous ne pouvez pas savoir… ! Il est redoutable, immonde, mais il est aussi… glorieux. Si glorieux !

Ses yeux devinrent vitreux l'espace d'un instant, puis elle leur claqua la porte dans le dos.

— Pourquoi faut-il toujours que ce soit moi qu'on pelote et qu'on regarde en bavant, tu veux me le dire ? demanda Kethry d'un ton bougon en revêtant sa seule et unique robe, une chose de soie vert mousse, sensuelle à souhait.

Tarma eut un petit ricanement.

— C'est toi qui as refusé de recourir à la magie, lui rappela-t-elle.

— Pff, je ne tiens pas à ce que ce mage la détecte et se pose des questions !

— Et c'est toi qui n'as pas voulu courir le risque de me draper d'illusion.

— Tu imagines, si quelque chose rompait le charme ?

— Alors ne te plains pas si je ne peux pas y aller à ta place. Il se trouve que tu es la plus belle de nous deux, avec tes cheveux de miel et tes jolies petites dents comme des perles, et que c'est toi qui connais les bonnes manières. Tu vois un seigneur marchand ou un nobliau ouvrir sa porte à une mercenaire nomade ? Ou un de ces jeunes bourgeois décadents chuchoter ses secrets à l'oreille d'une fille dont la figure ressemble à un faucon de mauvais poil et le corps à une lame d'épée ? Allez, dépêche-toi ou le marché va fermer et nous devrons attendre demain.

Kethry acheva ses préparatifs en grommelant, puis elles se mirent en route à la fin de l'après-midi en reprenant le rôle qu'elles avaient si souvent joué, Kethry affichant les manières du rang auquel elle pouvait d'ailleurs légitimement prétendre, celui d'une femme de la petite noblesse en visite chez des parents, escortée par Tarma, sa garde du corps.

Comme bien souvent, la place du marché était aussi le lieu de ralliement des jeunes descendants de ce qui passait pour l'aristocratie dans cette ville frontalière et commerçante. Il ne fallut pas longtemps à Kethry pour engranger une demi-douzaine d'invitations à dîner. Elle choisit le plus empressé de ses galants, et lui suggéra d'élargir l'invitation à une bande d'amis.

Il accepta, quoiqu'un peu décontenancé par ce changement de programme. Il n'avait pas spécialement prévu de s'entourer de rivaux au moment de conquérir les faveurs de Kethry. Comme les gens du peuple, les patriciens avaient pris l'habitude de se barricader chez eux dès la tombée de la nuit, or le soleil était déjà très bas sur l'horizon, aussi se hâta-t-il d'envoyer un serviteur rameuter ses compagnons.

Le père du jeune homme était en voyage d'affaires, ce qui servait admirablement les projets de son rejeton. Ce jeune débauché avait fait main basse sur la clé de la garçonnière de son père, un endroit luxueusement aménagé, où tout était conçu pour le plaisir, avec ses divans moelleux, ses canapés accueillants, les sept petites alcôves qui entouraient la pièce principale et les deux chambres discrètement retirées, pour les distractions plus intimes. Au cours de la soirée, Tarma dut faire appel à tous ses talents d'actrice et se mordit souvent les joues pour ne pas hurler de rire en observant le comportement de Kethry et les réactions des jeunes gens collés à elle comme des mouches sur du miel. Pour qui ne la connaissait pas, Kethry était l'incarnation, l'archétype même de la demi-mondaine capricieuse, écervelée, aux mœurs légères. Jamais un observateur étranger n'aurait deviné qu'elle pouvait avoir autre chose en tête que la satisfaction de ses désirs.

À l'extrême déplaisir des rares femmes conviées à la fête, elle monopolisa l'attention de tous les mâles de l'assistance. Elle ne mit pas longtemps à faire le tri entre ceux qui avaient personnellement assisté aux « Rites des Noirs Désirs » dans toute leur infamie et ceux qui en avaient seulement entendu parler. Ceux qui n'avaient pas eu le courage d'y participer furent bientôt écartés en douceur. Ils n'eurent plus qu'à se rabattre sur les jardins et autres alcôves plus ou moins intimes afin de prodiguer leurs attentions aux femelles qu'ils avaient amenées et jusqu'alors délaissées. Kethry attira les trois soupirants favorisés dans l'une des chambres et fit signe à Tarma de monter la garde à la porte. Elle en ressortit au bout d'un moment, les yeux brûlants de rage et les cheveux hirsutes. Des ronflements se faisaient entendre derrière la porte.

— Sortons d'ici avant que je m'énerve et que je retourne leur tordre le cou, grommela-t-elle pendant que Tarma ravalait un ricanement. Des mômes, je te jure ! Il n'y a pas un seul homme digne de ce nom dans le tas. Je m'étonne qu'on ne les lange plus. Ah, je ne sais pas ce que je donnerais pour les voir prendre la leçon qu'ils méritent ! Du genre bonne fessée et séjour prolongé dans un ermitage, au milieu du désert, de préférence, enfermés au pain sec et à l'eau, avec les textes religieux les plus rebutants et rien d'autre !

Personne ne les suivit dans la nuit, ce qui n'avait rien de surprenant, compte tenu des craintes de la population.

— J'espère que nous n'avons pas fait tout ça pour rien, émit Tarma d'un ton aussi neutre que possible.

— Rassure-toi, ça en valait la peine, rétorqua fraîchement Kethry. Mes trois soupirants ont été très impressionnés par le rituel. Ils se souvenaient avec précision de toutes les horreurs auxquelles ils ont assisté. Il semblerait que ce soit le Grand Prêtre qui mène le jeu, et si j'ai bien entendu, je ne me suis pas trompée sur ses intentions. C'est lui qui orchestre les différentes étapes du rituel, qui suscite le « Dieu » et le renvoie d'où il vient. Le Dieu choisit parmi des femelles qui lui sont proposées et les adeptes mâles se partagent les autres, ou ses rares adeptes féminines. La cérémonie consiste ensuite en un mélange assez sordide de sacrifices humains et d'orgie. Le Grand Prêtre doit être le magicien qui a conjuré le démon au départ. Je suppose qu'il l'a amené à revêtir une forme tellement séduisante qu'il serait à peu près impossible de lui résister. Les femelles qu'il choisit se livrent à lui de leur plein gré – au début, du moins. Et quand il a commencé à « s'intéresser » à elles, elles ne sont plus en état de refuser grand-chose. Les trois salopards de tout à l'heure m'ont raconté ce que Thalhkarsh fait à ses « fiancées » dans des termes positivement obscènes, en se délectant des détails, tout ça en essayant de me soulager de mes vêtements pour me faire la démonstration du « rituel ». J'ai eu toutes les peines du monde à me retenir de leur vomir dessus.

—Alors tu leur as lancé un sort hypnotique, c'est ça ?

—Mieux que ça : un sort onirique, comme avec nos « clients » quand nous nous sommes rencontrées et que je me faisais passer pour une putain. Ce n'est pas plus compliqué, et ça présente le double avantage d'être très localisé, de sorte qu'on risque peu de détecter le sortilège, et d'entretenir l'illusion sur notre identité. Mes trois gaillards vont faire les plus beaux rêves de leur vie. Dis-moi, cher cœur, reprit-elle soudain avec lassitude, alors qu'elles arrivaient en vue de leur auberge, tu ne pourrais pas baratiner notre hôte pour que je puisse prendre un bain ? Je me sens incroyablement sale, au-dehors comme au-dedans.

La nuit du lendemain était celle de la nouvelle lune, l'un des temps forts du culte de la nouvelle « divinité ». Deux paires d'yeux scrutaient avec une attention fébrile les rues qui menaient au temple. Elles s'intéressaient plus particulièrement à deux femmes qui s'aventuraient furtivement dans les rues désertes, noyées d'ombres, emmitouflées dans des capes d'où s'échappaient de petits cris et des jurons étouffés. Ces exclamations prouvaient qu'elles n'y voyaient pas assez pour éviter les pierres et les ordures qui jonchaient la rue, mais n'avaient pas envie d'éclairer l'endroit où elles mettaient les pieds. De l'or s'échappait de leur capuchon. Les visages à peine entrevus étaient vieillis avant l'âge. Leurs paupières tombantes trahissaient un insondable ennui, et pourtant leurs yeux révélaient une sorte d'avidité mêlée de crainte. Elles allaient vers le temple de Thalhkarsh. Elles furent interceptées, un pâté de maisons plus loin, par deux silhouettes invisibles dans les ténèbres, qui les étalèrent pour le compte et les évacuèrent dans une ruelle transversale.

Tarma entrouvrit légèrement sa lanterne sourde et l'approcha des deux corps étendus à ses pieds. Elle cracha quelques imprécations inintelligibles. Sous leur cape, les deux femmes maintenant inconscientes ne portaient pas grand-chose en dehors de lourds bijoux et d'un ou deux voiles stratégiquement disposés.

— On va nous fouiller, tu peux en être sûre, dit-elle avec écœurement. Et par tous les feux de l'Enfer, où veux-tu que nous cachions des armes dans ces défroques ?

En vérité, il n'y avait pas assez de tissu entre les chaînes et les médaillons pour dissimuler la plus petite de ses dagues.

— C'est impossible, confirma platement Kethry. Seule autre solution… Warrl ?

— Mouais, fit Tarma avec une moue dubitative. Qu'en dis-tu, Nez Fourré ? Tu pourrais porter deux épées ?

Le kyree inclina la tête et prit le fourreau de Besoin dans sa gueule, pour voir ce que ça donnait. Kethry dégaina son arme et la lui tendit. Il secoua lentement la tête et laissa tomber l'épée.

— *Pas comme ça, en tout cas*, fit-il dans la tête de Tarma. *D'abord, je me vois mal tenir deux armes à la fois dans ma gueule ; une serait déjà assez difficile à équilibrer. Ensuite, je ne pourrais ni courir ni sauter, et je risquerais de rester coincé dans une porte. Enfin, je veux pouvoir me servir de mes crocs. Ils ne sont pas là que pour faire joli, tu sais !*

— Nous pourrions peut-être les attacher sur toi, mais comment ?

— *On peut toujours essayer...*

Elles lui lièrent les deux armes sur ses flancs à l'aide de leurs ceintures, une de chaque côté. Warrl courut d'un bout à l'autre de la ruelle, s'ébroua prudemment sans éprouver de gêne particulière, et sans les déloger. Il se déclara satisfait.

— *Ça devrait marcher*, annonça-t-il. *Allons-y.*

Elles laissèrent leurs victimes inertes dans une impasse. Elles seraient rudement embarrassées quand elles se réveilleraient, le lendemain matin, nues comme au jour de leur naissance. Mais elles ne risquaient rien. Grâce à Thalhkarsh, même les criminels n'osaient plus sortir la nuit dans la ville, et la nuit était assez douce pour qu'elles n'attrapent pas mal. Restait à craindre qu'elles ne meurent de honte...

Les coéquipières cachèrent leurs propres vêtements dans une autre ruelle, un peu plus loin, se drapèrent dans leurs capes d'emprunt et s'approchèrent du Temple, Warrl les suivant comme leur ombre.

La vue du bâtiment arracha à Tarma un reniflement de dégoût. C'était une construction baroque, d'une parfaite vulgarité. La façade était ornée de sculptures et d'une statuaire dépeignant tous les vices imaginables, plus quelques-uns qu'elle n'aurait jamais imaginés.

L'entrée était gardée par un unique garde, un gros bonhomme qui se déplaçait lentement, d'une démarche un peu incertaine, comme s'il était drogué. Il semblait peu intéressé par les hommes qui passaient devant lui. Il se contentait de leur faire écarter les pans de leur cape pour s'assurer qu'ils n'étaient pas armés. Quant aux femmes, c'était une autre paire de manches. Entre les idées qui ne pouvaient manquer de lui venir quand il verrait Kethry et les ombres projetées sur les sculptures par la flamme mouvante des torches, Warrl ne devrait pas avoir de mal à se faufiler derrière lui.

Kethry effleura discrètement le bras de sa coéquipière et lui désigna le bonhomme d'un imperceptible mouvement de menton tout en étouffant un petit gloussement. Tarma comprit qu'elle allait faire en sorte d'attirer son attention. La Shin'a'in baissa brièvement les paupières en signe d'assentiment. Quand leur tour vint, elles laissèrent tomber leurs capes et Kethry arbora une posture provocante. Le cerbère était si occupé à se rincer l'œil – et à la pétrir avec ses grosses pattes graisseuses – qu'il ne fit guère attention à Tarma et à l'ombre qui se glissa dans le temple, derrière son dos.

Il fit tellement durer le plaisir que des grognements significatifs se firent entendre dans la queue. Il lâcha Kethry à regret et la laissa enfin passer. De l'autre côté du portail enfumé, elles suivirent un corridor ténébreux, où planait une étouffante odeur d'encens. Au bout du couloir, un rideau de tissu lourd, au contact visqueux et à l'odeur aigre, se souleva tout seul, comme s'il avait senti leur présence. Ce dernier obstacle franchi, elles furent éblouies par la lumière du temple proprement dit.

Par rapport à l'extérieur, l'intérieur était presque austère avec ses murs nus, dépourvus de tout ornement. La voûte était soutenue par de simples colonnes au lieu de la débauche de cariatides attendue. Ce dénuement ne laissait à l'œil qu'un point où se fixer : l'autel, une dalle noire, massive. Des fers étaient scellés aux coins, et les rigoles qui en striaient la surface ne pouvaient servir qu'à recueillir le sang.

Nulle part elles ne virent la moindre bouteille.

Malgré les énormes lanternes pendues au plafond et les torches glissées dans des anneaux, sur les piliers, les murs disparaissaient dans l'ombre. Des volutes d'encens montaient de deux gigantesques braseros placés de chaque côté de la porte. Sous l'odeur écœurante, Tarma reconnut les effluves plus discrètes de la poussière de tran. Voilà donc ce qui avait plongé le garde dans cette stupeur hypnotique. Elle poussa Kethry du coude et elles se hâtèrent de longer le mur pour gagner un endroit où une brise vagabonde renouvelait un peu l'air. La poussière de tran était pour le moins dangereuse et pouvait même être fatale, car elle avait la faculté d'embrumer l'esprit et de ralentir sensiblement les réflexes. Or si elles avaient jamais eu besoin de toutes leurs facultés, c'était bien ce soir-là.

L'air s'emplit de vibrations d'airain et une musique étrange, farouche, se fit autant sentir qu'entendre. Le Grand Prêtre apparut par une porte située derrière l'autel. De là où elles se trouvaient, elles ne distinguèrent qu'une vague silhouette vêtue de robes compliquées, rouge et or. Ce personnage était suivi d'un acolyte portant un objet qui fit ouvrir de grands yeux satisfaits à Kethry : une bouteille rouge dans laquelle brillait une étrange lueur. L'individu plaça l'objet dans une niche, au pied de l'autel, à l'endroit même où se déversait le sang canalisé par les rigoles.

Elles se rapprochèrent en rasant les murs. Quand elles furent assez près pour distinguer les traits du Grand Prêtre, Kethry prit conscience de son intense pouvoir de séduction sexuelle. Comme pour lui confirmer cette impression, elle lut une dévotion sans borne sur le visage d'une femme plantée près de l'autel. Elle serra les lèvres. C'était sans nul doute une manifestation de la domination commune au Grand Prêtre et à la divinité démoniaque. Elle mit son propre esprit en garde contre cette fascination. Elle savait que Tarma était protégée par sa nature même. Le Serment qu'elle avait prêté à l'Épée l'immunisait contre ce genre d'artifice.

Un gong retentit, pénétrant, insidieux. Le tempo musical se fit plus rapide. La lueur sanglante qui illuminait l'autel s'intensifia, comme en écho au crescendo musical. Lorsque leur intensité fut au summum, quand la lumière qui baignait l'autel fut presque aveuglante, quelque chose apparut. Une chose qui attira en elle toutes les ondes sonores et lumineuses.

Il était vraiment beau, d'une beauté vénéneuse. À côté de lui, le séduisant prêtre n'existait plus. Les femmes que deux acolytes amenaient à la queue leu leu cessèrent de trembler, soupirèrent et le regardèrent d'un air languissant.

Il fit signe à l'une d'elles qui courut vers lui, une lueur concupiscente dans le regard.

Tarma détourna résolument les yeux du spectacle offert par l'autel. Elles ne pouvaient rien faire, ni Kethry ni elle, pour aider la victime promise au sacrifice. Elle remerciait la Déesse que Besoin ne soit pas dans la main de sa compagne en cet instant précis. Celle-ci s'était illustrée une fois ou deux par une conduite désespérée sous l'influence de son épée, et Tarma ne savait pas trop jusqu'où allaient les facultés de réflexion de l'arme. Elle n'en était pas totalement dénuée, mais dans une situation de ce genre, rien ne permettait de dire si elle opterait pour la stratégie à court terme consistant à mettre fin aux tourments de la victime ou pour la destruction du démon, qui était un but à long terme.

Au moins, l'assistance fanatisée était tellement absorbée par la contemplation de la victime et de sa souffrance que personne ne remarqua les deux femmes qui se rapprochaient subrepticement de l'autel. Tarma eut la vision nauséeuse d'yeux exorbités, de lèvres turgescentes, de poitrines haletantes... Un enfant aurait compris que le spectacle induisait une transe érotique chez tous ces hommes. Elle lança un rapide coup d'œil à Kethry qui acquiesça, les lèvres étroitement serrées. Elle avait perdu tout espoir de mettre fin à cette folie dans le calme et la tranquillité. Elle se prenait même à espérer que la situation lui donnerait l'occasion de fendre quelques-uns des crânes qui l'entouraient, et son petit doigt lui disait que Kethry partageait son souhait avec une égale ferveur.

Le Grand Prêtre leva les yeux de sa sinistre besogne et remarqua, détail anormal, les deux femmes vêtues comme des Adeptes mais qui ne prêtaient pas attention au rituel. Elles semblaient immunisées contre le charisme de Thalhkarsh. Elles n'étaient plus très loin de l'autel, à présent.

Le jeune homme les regarda plus attentivement et nota les muscles de la Guerrière, puis l'imperceptible aura qui entourait la plus petite – l'aura particulière à ceux qu'a effleurés la divinité –, enfin la présence indéniable d'un sort protecteur sur la première.

Un signal d'alarme retentit dans son esprit.

Il fit un pas en avant…

Il n'eut pas le temps de traduire ses soupçons en actes. Tarma vit que quelque chose l'avait alerté et poussa un sifflement strident.

De la foule, sur sa gauche, montèrent des cris et des hurlements, puis un bruit de course précipitée. Warrl couvrit la distance qui le séparait d'elle en quelques bonds gigantesques, tout en faisant usage de ses immenses crocs au passage. Les adorateurs s'écartèrent en hâte, déblayant largement le passage devant ce monstre aux terribles mâchoires. Lequel s'arrêta net, juste à côté de la Guerrière. D'une main, elle tira Besoin de son fourreau et la lança, la poignée en avant, à Kethry, de l'autre, elle dégaina sa propre arme dans un ample mouvement d'une dextérité meurtrière. Les deux hommes situés le plus près d'elle y laissèrent la vie. Warrl se positionna dans son dos, pour garder ses arrières.

Besoin s'était logée en douceur dans la main de Kethry qui assura sa prise en décrivant un moulinet symétrique à celui de Tarma. Ayant ainsi dégagé l'espace autour d'elle, elle se trouva en butte à deux sortes d'attaques ennemies : les assauts bien réels des gardes du temple et ceux, d'ordre magique, auxquels la soumettait le Grand Prêtre.

Pendant que le démon l'observait avec une passivité inexplicable, le prêtre força Kethry à reculer contre le mur. Comme des éclairs d'énergie pure s'écrasaient sur le bouclier qu'elle avait érigé en hâte autour d'elle, elle eut la preuve tangible que le démon accroissait le pouvoir du magicien.

Des deux, elle demeurait malgré tout la plus puissante, mais elle était obligée de diviser son attention.

Warrl régla le problème à sa façon, en se jetant sur le Grand Prêtre, par le flanc. Le magicien ne s'attendait pas à cette agression physique. Il fut pris au dépourvu et se retrouva plaqué à terre par le kyree qui lui déchira aussitôt la gorge. Ce qui laissa à Kethry le loisir d'ériger une barrière magique entre elles et les hommes venus prêter main forte aux gardes dans lesquels elles faisaient des coupes sombres, Tarma et elle, puis d'élever à l'attention des puissances à l'écoute, quelles qu'elles puissent être, une muette prière d'action de grâces. Heureusement qu'elle avait peu utilisé ses pouvoirs au cours des derniers mois, de sorte que ses armes magiques et ses réserves d'énergie étaient à leur apogée…

Elle esquissa un geste et un rideau de flammes s'éleva, les séparant du reste du temple. Tarma lui dédia un sourire complice. Elles n'avaient plus désormais que deux acolytes, la poignée de gardes restants et le démon étrangement inactif à affronter.

— Arrêtez !

La voix était calme, et pourtant elle fit naître une sensation fort désagréable au creux de l'estomac de Tarma. Elle s'aperçut qu'elle ne pouvait plus bouger. Les gardes étaient littéralement statufiés, eux aussi. Seuls les acolytes jouissaient encore de leur liberté de mouvement, et toute leur attention était concentrée sur le démon.

Le démon qui regardait Kethry.

Un grondement sourd et hargneux monta de derrière l'autel. Elle n'eut pas le temps de réagir que Warrl, abandonnant le corps du Grand Prêtre, dirigeait une attaque suicidaire contre le démon.

Thalhkarsh ne lui fit même pas l'aumône d'un regard. Il intercepta négligemment son assaut d'un revers de main, le projetant contre le mur, derrière Tarma. Le kyree poussa un jappement de douleur et retomba à terre, silencieux et inerte.

— Je pourrais me servir de toi, Femme, fit le démon d'une voix basse, persuasive. Vastes sont tes connaissances et formidables les puissances auxquelles tu commandes. Pour le bon sens, le pauvre imbécile qu'a tué ton démon familier ne t'arrivait pas à la cheville. Je pourrais faire de toi la reine des magiciens. Je pourrais faire de toi *ma compagne*.

Et Tarma regarda en fulminant d'impuissance le démon se pencher sur sa sœur de sang.

Kethry sentit chanceler sa raison sous les paroles insidieuses du démon. Elle avait un mal fou à réfléchir clairement. Toutes ses pensées semblaient balayées par la lueur rubis de ses yeux. Ses sorts protecteurs paraissaient aussi impalpables et dérisoires que des voiles de soie.

— Tu me crois cruel, pervers. Et pourtant, qu'ai-je fait sinon donner ce qu'il voulait à chacun de ces êtres ? Les femmes n'ont qu'à me voir pour me désirer ; les hommes ont envie des femmes que je dédaigne ; tous mes adorateurs veulent le pouvoir. Autant de choses que je leur ai données en échange de leur vénération. Quoi de plus juste ? Ce qui serait cruel serait de les priver de tout ceci ; le leur donner ne l'est point.

Il parlait d'une voix pondérée, la voix même de la sagesse. Kethry se prit à douter de ce qu'elle avait toujours estimé être la vérité – jusqu'à présent.

— D'où vient ton trouble ? Du lien qui t'unit à cette écharde d'acier ? Ne crains rien, une pensée suffirait à le rompre. Pense plutôt aux connaissances qui seraient tiennes si tu prenais place à mon côté ! Songe au pouvoir…

La lueur rouge qui embrasait ses yeux s'intensifia, devint plus attirante encore, emplit tout son champ de vision.

— Songe au plaisir…

Une douleur intense poignarda ses pensées, l'arrachant aux rêves suscités par ce regard. Elle baissa les yeux. Du sang coulait de sa main droite. Elle avait si fortement serré la lame de son épée qu'elle s'était entaillé la paume. Et avec la douleur revint la liberté de pensée. Même si tout ce qu'il avait dit était vrai, même si ce n'était pas une de ces altérations de la vérité dont les démons étaient coutumiers, elle n'était pas libre d'agir selon son bon plaisir.

Elle était liée par d'autres promesses, plus anciennes. La virtuosité surnaturelle au combat que lui conférait Besoin n'allait pas sans contrepartie. Elle avait fait le serment, en tant que sorcière des Vents Blancs, d'utiliser ses pouvoirs pour le plus grand bien de l'humanité. Enfin – et peut-être surtout – il y avait le serment qu'elle avait prêté devant tout Liha'irden ; elle avait juré à Tarma qu'un jour elle prendrait un compagnon, ou des compagnons, et élèverait une palanquée d'enfants pour relever la bannière de son clan perdu et faire revivre son nom. Seule la mort pourrait la relever de ce serment. Si elle le violait, Tarma en mourrait.

Elle rendit son regard au démon aux yeux inhumains, la méfiance inscrite dans chaque fibre de son être.

Il réagit avec un sursaut de colère.

— Alors tu es la plus stupide de toutes ! gronda-t-il, et d'un revers de main il la colla au mur, avec la même désinvolture que Warrl un instant plus tôt.

Elle s'attendait à une réaction de ce genre, et réussit à encaisser le coup en souplesse. Elle avait un peu l'impression d'avoir pris un coup de bélier en pleine poitrine, mais l'inconscience dans laquelle elle parut sombrer en tombant en tas par terre était presque entièrement feinte.

— Tu auras amplement le temps de regretter ta défiance ! tempêta-t-il du ton boudeur d'un enfant gâté à qui on a refusé un bonbon.

Il se tourna alors vers Tarma.

— Enfin… – toi, la nomade…

Tarma s'efforça de simuler une fascination pour le démon qu'elle était loin d'éprouver.

— On dirait que je vais être obligé d'en passer par la Guerrière. Allons, qui sait… Il se pourrait que tu fasses encore mieux l'affaire que ta stupide compagne.

La froide armure de la Déesse qui cuirassait le cœur et l'âme de Tarma dissipa aisément la chaleur de son regard. Le démon n'avait, tout simplement, pas prise sur elle. Tout ce qu'il pouvait y avoir en elle de sensuel, d'émotionnel, avait été sublimé en dévotion à la Guerrière quand Tarma avait prêté Serment à l'Épée. Mais il ne pouvait le savoir. Encore que…

En tout cas, la tentative qu'elle fit pour feindre la même extase rêveuse que ses admiratrices habituelles fut apparemment couronnée de succès.

— Tu n'es pas une beauté. Enfin, regarde-moi dans les yeux, et vois le visage et le corps qui pourraient être les tiens si tu étais ma prêtresse.

Tarma regarda. Elle n'osait détourner les yeux. Ses iris prirent l'éclat vitreux de deux miroirs… dans lesquels elle vit son reflet, puis elle assista à sa propre métamorphose.

La créature ensorcelante, sublime, qui lui rendit son regard était encore elle ; elle se reconnaissait. Mais… Oh, la différence que pouvaient faire d'infimes changements ! Elle était d'une beauté comparable à celle de Thalhkarsh en personne. L'espace d'une seconde, Tarma se laissa envoûter par cette vision.

Le démon la sentit chanceler, et profita de cet instant de faiblesse pour déchaîner son pouvoir sur le lien qui faisait d'elle une Kal'enedral.

Tarma sentit s'amenuiser le lien et comprit à cet instant que Thalhkarsh était sur le point d'acquérir des pouvoirs véritablement divins.

Le démon perçut une résistance inattendue. Il fronça le sourcil, puis concentra toutes ses forces sur la rupture de ce lien étonnamment tenace et obstiné.

Ce changement de préoccupation eut pour effet de libérer Tarma de son emprise. Pas beaucoup, mais suffisamment pour lui permettre d'agir.

Tarma s'était rebellée contre le démon par toutes les fibres de sa volonté, de son âme, accroissant la force du lien, mais elle n'était pas aveugle à ce qui se passait autour d'elle.

Et à sa grande horreur, elle vit Kethry ramper derrière le démon, le regard embrasé par une lueur farouche, inextinguible.

Aussi fort qu'elle le frappe, quelque coup qu'elle lui porte, Tarma savait que cela ne servirait qu'à accroître la colère de Thalhkarsh. Elle décida de fléchir imperceptiblement, calculant avec soin le moment où elle donnerait l'impression de s'affaiblir, guettant l'instant où Besoin serait prête à frapper le dos vulnérable du démon.

Comme l'emprise magique de Thalhkarsh se relâchait, l'arme qu'elle tenait à la main fit un bond fulgurant, la poignée en avant, afin de pulvériser la bouteille focale du démon.

Tout arriva en même temps : Tarma s'élança, Kethry plongea Besoin jusqu'à la garde dans le dos du démon, et le bruit du verre cassé se réverbéra à l'infini dans toutes les dimensions du temple.

Il est probable que, prise isolément, aucune de ces actions n'aurait suffi à détruire le démon. Mais combinées...

Thalhkarsh poussa un cri de douleur. Il s'y attendait si peu, c'était tellement imprévu que sa souffrance en fut décuplée. En même temps, il sentit une bonne moitié du pouvoir qui l'emplissait le fuir comme l'eau d'une bouteille cassée...

Une bouteille cassée !

Son point focal... Il avait disparu !

Une douleur pareille à un fer chauffé au rouge le parcourut, ébranla jusqu'aux racines de son être.

Il perdit le contrôle qu'il entretenait si soigneusement sur lui-même.

Son point focal avait disparu, et avec lui, le pouvoir qu'il utilisait pour galvaniser la foule de ses adorateurs. Et la douleur… Si elle ne pouvait l'anéantir, il n'était pas habitué à en être le récipiendaire. Elle le prit complètement au dépourvu, nuisant à sa concentration, ce qui lui coûta encore un peu de sa puissance.

Il perdit la maîtrise de sa forme. Il retrouva son aspect démoniaque normal, sous lequel il était aussi horrifiant qu'il avait pu être beau.

C'est ainsi que, pour la première fois, ses Adeptes eurent la vision de ce qu'il était véritablement, de ce qu'était en réalité celui qu'ils avaient pris pour un Dieu. Leur foi, déjà ébranlée lorsqu'ils l'avaient vu assister sans réagir à la mort de son Grand Prêtre, ne résista pas à la vision de sa vraie nature.

Ils se mirent à hurler, tournèrent les talons et coururent aveuglément droit devant eux.

Sa réserve d'énergie avait disparu. Son autre source de pouvoir le fuyait, terrorisée. Son point focal était détruit, et il était ravagé par la douleur, lui qui n'avait jamais éprouvé ne fût-ce qu'une piqûre d'épingle. Tous les sorts qu'il avait pu tramer se délitaient autour de lui.

Thalhkarsh poussa un ululement perçant au point d'en être insupportable. Il projeta de nouveau Kethry contre le mur. Elle réussit, elle ne comprit jamais comment, à entraîner sa lame avec elle, mais lorsqu'elle retomba, inconsciente, au bas du mur, cette fois ce n'était pas de la frime.

Le démon se remit à hurler, éructa une tour de flammes rouges et vertes dans lesquelles il s'engloutit, et les murs du temple commencèrent à frémir.

Tarma se précipita sur Kethry, la tira sous la lourde dalle de marbre de l'autel, et fit un second voyage pour ramener Warrl sous cet abri précaire.

Le sol tremblait, maintenant. C'était la panique parmi les derniers Adeptes. Ils se précipitaient en tous sens, à la recherche d'une issue. De la voûte monta un gémissement, comme si elle était dotée d'une voix propre. L'air s'emplit de gaz sulfureux. Le plafond se fissura, se crevassa et commença à s'effondrer sur les adorateurs prisonniers dont les cris se muèrent en plaintes désespérées.

Tarma s'accroupit à son tour sous l'autel, protégeant de son corps ceux de Kethry et de Warrl, en faisant des vœux pour que l'autel soit assez solide pour les abriter tandis que le temple s'écroulait autour d'eux.

Il leur sembla que ça durait une éternité, mais l'aube n'était plus distante que de une ou deux heures lorsqu'elles s'extirpèrent en rampant de sous la dalle de pierre, puis se frayèrent un chemin parmi les décombres afin de regagner la surface. Elles eurent bientôt les mains en sang. Warrl fit de son mieux pour les aider, mais ses griffes et ses pattes étaient faites pour grimper et s'accrocher, non pour creuser. Et puis il avait des côtes cassées. Pour finir, Tarma lui dit d'arrêter de se démener avant qu'il se démolisse quelque chose.

— Pff, fit-elle d'un air écœuré, quand ils eurent réussi à sortir.

La pierre ou la matière, quelle qu'elle soit, dans laquelle le temple avait été construit commençait à pourrir, et l'odeur était pestilentielle. Elle s'appuya avec lassitude sur le marbre plus propre de l'autel et observa le désastre qui les entourait.

— Par tous les Dieux ! Quand je pense que je voulais faire ça en douceur ! Enfin, je me demande s'il a disparu pour de bon ou si nous l'avons juste fait fuir pour un moment ?

Kethry rampa à côté d'elle en plissant les paupières pour abriter ses yeux de la poussière.

— Je n'en sais rien. Il y a trop de facteurs en cause. Je ne crois pas que Besoin soit une tueuse de démons, mais je ne sais pas tout sur elle. Nous sommes-nous débarrassées de lui parce qu'il a perdu la foi de ses adorateurs, parce que tu as brisé son objet focal, à cause de la blessure que je lui ai infligée, ou pour tout ça ensemble ? Et qu'est-ce que ça peut faire ? Il ne pourra pas revenir à moins qu'on le rappelle, et je ne vois pas qui pourrait l'invoquer de nouveau. Nous devrions donc être tranquilles un moment, de ce côté-là. Tu m'as fait peur, She'enedra, reprit-elle après un instant de silence.

— Pourquoi ?

— Je ne sais pas ce qu'il t'a proposé en échange de tes services, mais j'ai eu vraiment peur qu'il ne lise dans ton cœur.

— Il ne m'a rien proposé qui me fasse vraiment envie, très chère. Je n'ai jamais couru le moindre danger. Tout ce qu'il avait à m'offrir, c'était un physique dans le genre du sien.

— Et s'il t'avait proposé de te rendre ta voix et ton clan ? objecta tout bas Kethry.

— Ça ne m'aurait fait ni chaud ni froid, répondit Tarma un peu plus fort, peut-être, qu'elle n'aurait voulu. Mon peuple est mort, et aucun démon ne pourrait leur rendre la vie. Ils sont partis, et là où ils sont, il ne pouvait les atteindre. Et sans eux..., sans eux, reprit-elle avec un petit haussement d'épaules las, à quoi pourraient bien me servir ma voix, le visage et le corps les plus séduisants du monde, ou tout le pouvoir de l'univers, tant qu'on y est ?

— J'ai cru un moment qu'il te tenait.

— C'est vrai. Il essayait de rompre mon lien avec Celle-aux-Yeux-Étoilés. Il ignorait qu'en faisant ça, il ne réussissait qu'à accroître mon dégoût. Je serais morte plutôt que de céder à un être capable d'user des gens avec ce cynisme.

Kethry reprit son ceinturon et le fourreau de Besoin, toujours attachés sur Warrl, et son arme reprit sa place habituelle, sur sa hanche. Tarma résista à l'envie de rire, malgré sa douleur et son extrême fatigue. Kethry avait déjà l'air assez bizarre lorsqu'elle ceignait son épée sur sa robe de sorcière, mais avec les trois lanières et le triangle de tissu dont elle était « vêtue », cette épée lui donnait vraiment l'air loufoque.

Elle suivit néanmoins son exemple, bouclant son baudrier de sorte que son épée se retrouve sur son dos.

— Bref, ta satanée rapière nous a encore attirées dans un guêpier dont nous nous sommes tirées de justesse, pas plus riches d'un sou, bougonna-t-elle. Mille sabbats ! Si tu comptes la bière que nous avons achetée et tous les pots de vin que ça nous a coûté, cette fois, nous en sommes même de notre poche !

— C'est là que tu te trompes, She'enedra.

Kethry avait le visage maculé de sang, les traits tirés, un œil fermé par un magnifique coquard et des contusions sur tout le corps. Elle était couverte de poussière, sale comme un peigne, des mèches de cheveux trempées de sueur lui pendaient sur la figure, et malgré tout ça, une lueur amusée pétillait dans son œil.

— Au cas où tu ne l'aurais pas remarqué, les petits costumes que nous portons sont faits de vraies perles, de pierres précieuses et d'or massif. Il se trouve que nous portons une petite fortune en joyaux !

— Par la vérité de la Guerrière !

Tarma considéra plus attentivement leur accoutrement succinct et constata que sa coéquipière avait raison. Elle se fendit d'un sourire en tranche de courge.

— J'imagine que je dois des excuses à ton tranche-lard.

— Tu les lui feras si nous réussissons à retrouver nos vêtements avant l'aube, riposta Kethry en lui rendant son sourire.

— Pourquoi ça ?

— Parce qu'il est probable qu'à ce moment-là les légitimes propriétaires de cette quincaillerie se réveilleront. Et si elles apprennent que c'est nous qui la leur avons piquée, je doute qu'elles nous permettent de la garder quand on nous retrouvera ici.

— Là, tu marques un point. Mais pourquoi voudrais-tu

que nous allions crier sur les toits que nous sommes responsables de tout ce chambardement ?

— Parce que quand le reste de la population aura retrouvé assez de cran pour venir aux renseignements, nous serons des héroïnes. Jusqu'au moment, du moins, où on aura découvert combien de pères, de frères et de maris ont péri sous les décombres cette nuit. Enfin, nous devrions être parties avant. Et même si on ne nous accorde pas de récompense pour avoir libéré la ville d'un démon, ce qui pourrait bien arriver, ça devrait nous valoir une sacrée réputation !

Tarma resta bouche bée devant cette révélation.

— *Sheka !* lança-t-elle. Que je sois changée en brebis ! Mais c'est vrai, tu sais !

Elle renvoya la tête en arrière et éclata d'un rire sonore dans les premières lueurs de l'aube.

— Nous n'avons plus besoin à présent que de faire fortune et d'une bénédiction royale !

— Ne ris pas, sœur de sang, répondit Kethry avec un sourire qui démentait la sévérité de ses paroles. Il se pourrait bien que nous les obtenions, et plus vite que tu ne penses. Après tout, ne sommes-nous pas des tueuses de démons ?

Chapitre 8

Quelqu'un en fit une chanson, mais plus tard. Beaucoup plus tard, quand la poussière et la saleté furent retombées. Quand le sang, la sueur, les larmes et la douleur ne furent plus que souvenirs, et que les morts furent oubliés – sauf par leurs proches.

Une caravane passe au loin dans les collines.
À mille lieues de tout, en cape de zib'line,
Une femme cousue d'or est ainsi escortée,
Flanquée d'une servante, d'un cabot édenté.

— Et voilà, toutes les caravanes que nous avons envoyées depuis les deux derniers mois ont disparu l'une après l'autre, conclut Grumio, le marchand de soie, en faisant tourner un vieil anneau de fer à son doigt. Nous n'en avons rien retrouvé, pas une trace, pas un seul survivant. À côté de ça, les caravanes de diversion que nous avons envoyées sont arrivées à destination sans incident. C'est inexplicable, et si ça continue, nous serons bientôt tous ruinés.

Il mit à profit le silence qui suivit ses paroles pour étudier les deux femmes plantées devant lui. Il savait qu'elles étaient bien conscientes de son examen. Il n'y aurait plus de secrets dans cette pièce, quand ils en auraient fini. Mais avant, il déballerait les siens comme des morceaux de son cœur, et – telles étaient les règles du jeu – elles feraient de même.

Ni l'une ni l'autre ne semblaient particulièrement pressées de lui répondre. Le feu crépitait anormalement fort dans le silence de cette petite salle à manger privée. Tout aussi fort paraissaient le crissement régulier d'une pierre à aiguiser sur l'acier d'une lame d'épée et les voix assourdies émanant de la salle commune de l'auberge, derrière la porte fermée.

La pierre à aiguiser était maniée par la Guerrière, la dénommée Tarma. Elle procédait à sa tâche avec une indifférence que Grumio soupçonnait d'être feinte, sans en être certain. Elle était assise de l'autre côté de la table, à califourchon sur le banc, dans une position qui lui offrait surtout une vision de son dos et de sa nuque. Le peu qu'il voyait de sa figure était barré par une mèche de cheveux noirs, rebelles. Il ne s'en plaignait pas ; il y avait quelque chose qui lui donnait la chair de poule dans ce profil d'oiseau de proie aux yeux bleu glacier, inexpressifs.

Des yeux de tueuse, se dit-il *in petto. Ou de fanatique.*

Sa partenaire – la sorcière appelée Kethry – s'éclaircit la voix, et il ramena son regard sur elle avec soulagement. Ça, c'était un visage autrement reposant pour la vue ! Elle le regardait bien en face, légèrement penchée en avant, les bras croisés devant elle sur la table qui les séparait. Un homme moins avisé que lui aurait été porté à la considérer comme la plus faible et la moins intelligente des deux avec sa voix musicale et ses bonnes manières. En plus, elle était très séduisante avec son visage doux, d'une beauté classique, encadré par des cheveux de miel et éclairé par des yeux de béryl vert qui pétillaient à la lumière du feu et de la lampe à huile posée sur la table. Il aurait été facile de se dire qu'elle n'était que la comparse de la femme à l'épée et peut-être son amante. Qu'elle avait peut-être droit à sa robe de magicienne, mais que ce n'était sûrement pas elle qui prenait les décisions.

Voilà sans doute ce qu'auraient pensé la plupart des hommes. Mais tout en parlant, Grumio avait parfois surpris une lueur inquiétante dans ces calmes prunelles. Elle l'écoutait attentivement, en analysant ce qu'il disait. Il ne lui avait pas échappé qu'elle portait, elle aussi, une épée. Et pas pour la frime. L'usure de son fourreau prouvait qu'elle s'en servait souvent, et ce qu'il voyait de la lame témoignait de son bon entretien.

La présence de cette épée était une anomalie à elle seule. Rares étaient les sorciers qui se baladaient avec autre chose qu'un couteau pour manger. Aux yeux de Grumio, l'arme avait l'air très ancienne et faisait un drôle d'effet sur la robe de peau de chamois de cette sorcière en vadrouille.

C'était très énigmatique.

—Si j'ai bien compris, commença Kethry quand il se tourna vers elle, les patrouilles qui circulent sur les routes n'ont pas trouvé trace non plus de bandits des grands chemins.

Elle avait observé le marchand, elle aussi ; il l'intéressait. Il était assez insolite aussi, à sa façon. Il y avait des muscles sous sa bedaine de bon vivant, et le maniement de l'épée avait laissé de vieux cals sur ses mains. Il n'avait pas toujours été négociant ; il avait plutôt l'air d'un mercenaire à la retraite. Et soit elle se trompait du tout au tout, soit il y avait une cervelle qui tournait rond derrière ce crâne déplumé. Il savait que leurs services n'étaient pas donnés. L'histoire du dieu-démon avait accru leur réputation et leurs tarifs avaient augmenté en proportion. Elles arrivaient désormais plus ou moins à choisir les affaires qui les intéressaient, comme Ikan et Justin. À première vue, cette mission paraissait indigne d'elles : ces gens n'avaient qu'à réunir une petite armée de mercenaires et cette bande de brigands cesserait bientôt de les ennuyer. Au premier abord, encore une fois, ce n'était pas un travail pour une équipe spécialisée comme la leur, et ce Grumio le savait sûrement. On pouvait donc en déduire que cette affaire de caravanes attaquées par des malfrats cachait autre chose.

Kethry le regarda plus attentivement. Il donnait l'impression de ne pas avoir beaucoup dormi ces derniers temps, et semblait en proie à un chagrin que la perte de simples marchandises ne suffisait pas à justifier.

Elle se demanda ce qu'il savait d'elles au juste, et apporta une attention accrue à sa réponse.

Grumio eut un reniflement méprisant. Il ne tenait apparemment pas en grande estime les hommes qui patrouillaient sur la route des Caravanes.

— Ils se sont pavanés sur la route pendant quelques jours, en se gardant bien de s'en écarter, et ils n'ont évidemment rien trouvé. Pour ce qu'ils foutent, ces imbéciles ne méritent ni leur solde ni leurs uniformes !

Kethry joua machinalement avec un fruit rescapé de leur dîner et regarda le bonhomme au visage de bouledogue sous ses longs cils qui cachaient ses yeux et ses pensées. C'était à Tarma de jouer.

Celle-ci comprit que Kethry attendait qu'elle mette son grain de sel et lança la réplique attendue.

— Eh bien, marchand, faites escorter vos caravanes, puisque les gardes empêchent cette vermine de se montrer.

Il sursauta. Elle avait la voix aussi rauque qu'un corbeau, et ça surprenait toujours, la première fois. Au vu de sa réaction, l'un des coins de sa bouche se retroussa légèrement. Les Shin'a'in apprenaient à se battre avec toutes les armes à leur disposition, dont le langage, et les Kal'enedral en faisaient le meilleur usage.

Grumio comprit aussitôt la stratégie des deux femmes : celle à l'épée était son adversaire, et la sorcière, celle qui sympathisait avec lui. L'estime qu'elles lui inspiraient grimpa encore d'un cran. La plupart des mercenaires indépendantes n'avaient pas assez de cervelle pour compter leur solde, et encore bien moins pour négocier aussi subtilement. Leur réputation était de toute évidence fondée. Il aurait tout de même bien voulu en savoir un peu plus long à leur sujet que ce qu'en disait la rumeur publique. Il partait avec un sérieux handicap. Il ne savait même pas d'où venait cette sorcière, ni de quelle école elle sortait !

Enfin, il avait percé leur tactique à jour et n'avait aucune intention de tomber dans le panneau.

— Ma Dame, répondit-il du ton patient qu'il aurait pris avec un enfant retardé, le coût d'une telle escorte nous amènerait à augmenter le prix de nos marchandises bien au-delà de ce que nos clients sont prêts à y mettre.

Plus il les observait et plus elles l'intriguaient. Il avait l'impression qu'un courant d'échange et de compréhension passait entre elles. Il écarta définitivement l'idée qu'elles fussent amantes, les signaux qu'elles échangeaient n'étaient pas de cette nature. Non, c'était plus compliqué que ça. Il y avait entre elles une chose qu'on n'attendait pas normalement entre une guerrière shin'a'in et une hors-clan, et dont seul d'ailleurs un homme habitué comme lui à traiter avec les Shin'a'in pouvait s'apercevoir.

— Alors mettez fin à la rivalité entre vos maisons, *kadessa*, groupez vos caravanes et partagez les frais, rétorqua Tarma en secouant impatiemment la tête.

Voilà qu'elle essayait à présent de le mettre de mauvaise humeur, de l'amener à baisser sa garde en l'insultant. Elle l'avait traité de *kadessa*, une petite bête des prairies que les Shin'a'in étaient seuls à voir, un rongeur connu pour sa goinfrerie, qui dévorait tout ce qui lui tombait sous la dent dans ses galeries souterraines et mangeait à en périr.

Mais ça ne marcherait pas avec lui. L'enjeu était trop important pour qu'il se laisse distraire par un stratagème aussi enfantin.

— Je vous en prie, ma Dame, riposta-t-il d'un ton de reproche. Nous avons essayé, évidemment. Les bêtes de la caravane se sont éparpillées dans la nuit, forçant les gardes et les marchands à rentrer à pied. La contrée est assez désertique ; ils n'ont pris que l'essentiel, c'est-à-dire à boire et à manger.

— Abandonnant les marchandises derrière eux pour qu'on les récupère. Hum. Vous avez affaire à des bandits intelligents, marchand, répondit pensivement la Guerrière, et Grumio crut sentir se dissiper son indifférence.

— Vous avez parlé de caravanes de diversion ? reprit Kethry.

— En effet, ma Dame, acquiesça Grumio sans cesser de s'interroger sur l'énigme que constituait pour lui l'étrange association de ces deux femmes. Nous étions seuls, les hommes de la caravane et moi, à savoir qui étaient les faux marchands, mais les bandits ne s'y sont pas trompés. Nous avions pourtant pris soin de ne placer dans la caravane que des hommes de confiance.

Un anneau d'or accrocha la lumière au petit doigt de Kethry, lui fournissant enfin l'indice qui lui manquait, et la cicatrice en forme de croissant dans la paume de sa main confirma ses soupçons. Il n'avait pas besoin de s'en assurer pour être sûr que la Guerrière avait une cicatrice et un anneau identiques. Ces deux femmes avaient prêté le serment shin'a'in de She'enedran et elles étaient liées par le lien le plus fort qui soit chez cette race célèbre pour son unité de conscience. Le serment du sang les rendait plus proches que des sœurs ou des amantes, si proches qu'elles en arrivaient à partager les mêmes pensées. En fait, on traduisait parfois le mot *She'enedran* par « deux-faites-une ».

— Qui a pu vendre la mèche ? lança Tarma d'un ton sarcastique.

— À part moi, l'un de mes confrères ou l'un de nos gardes personnels. Seuls avaient été admis dans les caravanes des hommes à notre service ou connus de nos gens.

Il attendit leurs commentaires en silence.

Tarma présenta sa lame vers la lumière, examina son ouvrage d'un œil critique et, manifestement satisfaite, rengaina son arme avec une grâce fluide, puis elle passa la jambe par-dessus le banc et lui fit face, comme sa partenaire. Grumio trouva son regard étrangement difficile à soutenir.

Il détourna les yeux, et son regard tomba sur son pendentif, un mince croissant d'argent entourant une petite flamme ambrée. Tout collait. D'ailleurs, sa tenue marron, unie, aurait dû lui mettre la puce à l'oreille. La plupart des Shin'a'in avaient un faible pour les vêtements chamarrés, surchargés de broderies. Tarma avait prêté le Serment de l'Épée, c'était une Kal'enedral, vouée au service de la Guerrière shin'a'in, la Déesse de la Nouvelle Lune et du Vent du Sud. Seules trois choses importaient pour elle : sa Déesse, son peuple et son clan, qui, bien sûr, incluait sa « sœur » de sang. Ceux et celles qui prêtaient le serment du sang étaient aussi mortels et asexués que leur épée.

— Alors pourquoi faire appel à nous ? fit Tarma d'un ton qui voulait clairement dire : « Pourquoi nous faire perdre notre temps ? » Qu'est-ce qui vous fait croire que nous pouvons vous aider à régler votre problème ?

— Vous... vous avez une bonne réputation, répondit-il, sur la défensive.

Tarma lui répondit d'un éclat de rire méprisant.

— Si vous nous connaissez de réputation, vous savez que nous n'acceptons que les missions... disons, conformes à certains critères, susurra Kethry en ouvrant de grands yeux innocents. Qu'avez-vous à nous proposer qui soit susceptible de nous intéresser ?

Parfait. Il avait au moins réussi à retenir leur attention, si peu que ce soit. Maintenant, pour l'amour de la pauvre petite Lena, c'était le moment de les ferrer, de les amener à prendre le problème à cœur. Des larmes lui brûlaient les yeux. Des larmes qu'il ne voulait pas verser, pas maintenant, pas devant elles. Pas avant qu'elle soit vengée.

— Nous avons une coutume, dans nos petites maisons de commerce. Nos fils doivent rester avec leur père pour apprendre le métier, mais il y a rarement plus de deux ou trois maisons dans une ville, ce qui ne leur laisse guère de choix au moment de fonder un foyer. C'est pourquoi nous avons l'habitude d'envoyer nos filles en âge de se marier chez des confrères des villes voisines, de sorte que nos jeunes aient plus de chance de trouver des compagnes à leur goût.

Sa voix se brisa. Il voyait encore Lena lui faire de grands adieux, sur sa petite jument, mais il se reprit aussitôt. Le marchand incapable de dissimuler ses émotions n'avait plus qu'à fermer boutique.

— Il y avait une bonne douzaine de gentilles filles bien élevées dans la première caravane. L'une d'elles était ma nièce. Ma seule héritière, et l'unique survivante de la famille de mon frère après la peste qui nous a frappés, il y a six ans.

Il ne put en dire davantage.

Kethry eut une inspiration sifflante et Tarma ravala un juron.

— Compliments, Marchand. Vous avez mis le doigt sur l'une des choses qui nous intéressent précisément, remarqua-t-elle après un long silence.

— Vous... vous acceptez ? fit-il d'une voix frémissante d'espoir, malgré la discipline qu'il s'imposait.

— J'espère que vous ne comptez pas sur nous pour sauver ces jeunes personnes, répondit Kethry d'une voix aussi douce que possible. Même en supposant que les bandits aient été plus intéressés par la perspective de les vendre comme esclaves que par leur propre plaisir – ce qui, je parle d'expérience, est peu vraisemblable –, il n'y a guère de chances qu'aucune d'entre elles ait survécu. Les gentilles filles bien élevées ne sont pas... comment dire ? les mieux armées pour survivre à ce genre de choc.

— Quand nous avons su que la caravane avait été attaquée, nous avons envoyé des hommes passer les marchés d'esclaves au peigne fin. Ils sont revenus bredouilles, répondit le marchand avec tout le stoïcisme dont il était capable. Nous ne vous demandons pas l'impossible ; nous savions en vous envoyant chercher que tout espoir était perdu pour elles. Non, nous vous demandons seulement de nettoyer ce nid de vipères, de faire un exemple, afin que personne ne s'y risque de nouveau. Bref, nous comptons sur vous pour faire vengeance à notre place.

Il avait abattu son dernier atout. Cela suffirait-il ?

Ses paroles, et surtout le strict contrôle qu'il s'efforçait d'exercer sur sa voix, firent vibrer la corde sensible chez Tarma. Et elle n'avait pas besoin de regarder sa coéquipière pour connaître ses sentiments.

— Vous aurez votre vengeance, Seigneur Marchand, acquiesça-t-elle, lui accordant enfin les marques de respect dues à son rang. Nous acceptons la mission. À certaines conditions toutefois.

— Tout ce que vous voudrez, ma Dame. Je vous accorderai avec plaisir tout ce que vous exigerez. Qui suis-je pour contester le jugement de celles qui ont détruit Tha…

— Chut ! coupa précipitamment Kethry, en jetant un coup d'œil méfiant par-dessus son épaule. Moins on en dira sur ce sujet, mieux ça vaudra. Je ne suis pas encore tout à fait sûre que celui dont vous étiez sur le point de prononcer le nom a été véritablement anéanti. Il se pourrait qu'il n'ait été que banni, et peut-être pas pour longtemps, auquel cas il serait fort imprudent d'attirer son attention en prononçant son nom.

— Nos conditions, Marchand, sont simples, continua imperturbablement Tarma.

C'était une façade. Intérieurement, le seul nom de Thalhkarsh la mettait très mal à l'aise. Elle se tenait prête à se jeter entre Kethry et toute chose ressemblant, si peu que ce soit, à un démon.

— Nous repartirons ostensiblement demain. Vous direz à la cantonade, y compris à vos confrères, que vous avez échoué : nous refusons la mission. Demain soir, vous – et vous seul, attention ! – nous retrouverez à un endroit de votre choix, avec une voiture et un cheval…

Elle interrogea Kethry du regard.

— Vous prendrez soin de rassembler le genre de vêtements et de malles qu'une dame noble et fortunée porterait en voyage. Veillez à ce que les vêtements soient à ma taille. Je tramerai une illusion compliquée, et tout ce que je n'aurai pas besoin de contrefaire m'aidera à rendre le reste plus vraisemblable, acheva pensivement Kethry.

— Demain matin, enchaîna Tarma, une jolie dame entrera en ville et vous demandera de la prendre dans votre prochaine caravane. Vous ferez de votre mieux pour l'en dissuader, aussi haut et fort que possible. Maintenant, quand le prochain départ était-il prévu ?

— Par une étrange coïncidence, elle devait partir après-demain, répondit Grumio, visiblement impressionné.

Il avait apparemment décidé que Tarma et sa coéquipière étaient encore plus futées qu'il ne l'avait d'abord pensé.

— Parfait. Moins nous perdrons de temps, mieux ça vaudra. N'oubliez pas que vous devez être seul à savoir que la dame et la caravane ne sont pas ce dont elles ont l'air. Si vous dites un seul mot de notre stratagème à qui que ce soit…

Le marchand se retrouva tout à coup en train de contempler la pointe d'une dague très acérée, pointée à un tout petit pouce de son nez.

— Je vous ôterai personnellement suffisamment de peau pour nous faire des pantoufles à toutes les deux.

La dague disparut aussi mystérieusement qu'elle était apparue.

Grumio avait été surpris, mais pas spécialement intimidé. Tarma lui reconnut ça et l'estime qu'il lui inspirait en crût d'autant.

—Je n'ai pas pour habitude de donner des conseils au tisserand, répondit-il dignement, ou de dire au forgeron comment ferrer les chevaux. Je ne prétends pas non plus vous apprendre votre métier.

—Dans ce cas, Marchand, vous êtes une bête rare, approuva Tarma en lui faisant l'honneur d'un de ses rares sourires. La plupart des hommes – à l'exception peut-être de nos collègues mercenaires, qui savent à quoi s'en tenir – semblent mieux savoir que nous ce que nous avons à faire, pour la simple raison qu'ils sont du sexe fort.

Le sourire adoucissait la sévérité de son visage, la faisant paraître moins intimidante, et le marchand s'aperçut qu'il le lui rendait.

—Vous n'êtes pas la première femme d'armes à qui je fais appel, commenta-t-il. Plusieurs de mes partenaires commerciaux en ont dans leur garde privée. Je me suis souvent dit, en rencontrant vos consœurs, que vous deviez être deux fois plus douées que vos confrères mâles pour jouir ne fût-ce que de la moitié du crédit dont on les gratifie.

—Vous parlez d'or, Seigneur Marchand, acquiesça Kethry avec amusement. Et maintenant, si vous nous disiez où nous devons nous retrouver demain soir ?

—J'ai une ferme, répondit Grumio après réflexion. Il n'y a plus personne, à présent que les récoltes sont terminées. Elle est juste à la sortie de la ville, à la première intersection après le carrefour avec la route des Caravanes du Sud. Personne ne s'étonnera que j'y aille, et la grange serait l'endroit idéal où cacher des chevaux et tout votre fourniment.

—Parfait, approuva Tarma.

Ils se levèrent tous trois d'un même mouvement, et Grumio reconnut le cliquetis de la chemise de mailles que la guerrière devait porter sous sa tunique de cuir usée, sa chemise et ses chausses marron.

—Marchand, fit-elle tout à coup.

L'homme s'arrêta à mi-chemin de la porte.

— Moi aussi, j'ai perdu des êtres chers. Vous l'aurez, votre vengeance.

La lueur qui brillait dans ses yeux le fit frémir. Il sortit.

— Alors ? demanda Tarma en refermant la porte derrière lui.

— Il y a de la magie derrière tout ça. C'est la seule explication plausible. Je ne crois pas qu'on puisse aisément duper ce marchand. Il a tout de suite vu clair dans notre façon de négocier. Ce n'est pas non plus un gros richard ramolli.

Tarma s'adossa à la porte et posa un pied à plat sur le battant.

— Hon-hon. J'ai vu ses mains calleuses, acquiesça-t-elle en croisant les bras. Tu crois qu'il nous a dit tout ce qu'il savait ?

— Je pense, oui. Je ne crois pas qu'il nous ait caché grand-chose après avoir abattu sa carte maîtresse.

— Sa nièce ? Pauvre bonhomme… Il s'est donné bien du mal pour ne pas nous laisser voir combien il tenait à elle. Quel boulot de merde !

— Il aurait préféré nous laisser croire qu'il regrettait surtout la perte de ses marchandises et son manque à gagner, reprit Kethry. C'est fou ce que ces marchands peuvent être secrets quand ils veulent.

— Presque autant que les sorcières, ironisa Tarma, et les commissures de ses lèvres se retroussèrent en un imperceptible sourire qu'effaça une autre pensée. Crois-tu qu'une ou plusieurs de ces femmes puisse être encore en vie ?

— Aucune chance. Elle me l'aurait dit, soupira Kethry en tapotant la poignée de son épée. Elle exerce une certaine traction, mais elle y mettrait une autre urgence s'il y avait quelque part une femme en détresse. Enfin, comme de toute façon nous avons besoin d'informations complémentaires, je te propose d'ajouter ça à la série de questions que j'ai l'intention de poser.

Une lueur d'inquiétude effleura brièvement le regard de Tarma.

—Une invocation improvisée ? Tu es sûre de vouloir t'y risquer ? En dehors de toute autre considération, tu vas sortir de là vidée, alors que tu as toutes ces illusions à préparer.

—Je crois que le jeu en vaut la chandelle. La région est relativement à l'abri des entités hostiles, et après j'aurai toute la nuit pour me reposer, plus la majeure partie de la journée de demain, une fois que nous serons à la ferme. Par ailleurs, j'ai refait le plein de mon « arsenal » magique et de mes énergies non personnelles, et je suis au mieux avec mes alliés des autres Plans. Ce ne sera pas un problème.

—C'est toi la magicienne, soupira Tarma. Bien, comme nous avons retenu cette pièce pour toute la soirée, tu veux en profiter pour ton rituel ? Elle est plus grande que notre chambre.

Kethry acquiesça d'un hochement de tête. Tarma poussa la table dans un coin et empila les bancs dessus, pendant que Kethry plaçait la lampe à huile sur la cheminée. Le sol était maintenant presque complètement dégagé.

—Je monte la garde, annonça Tarma en s'asseyant par terre, le dos collé à la porte, et comme elle s'ouvrait vers l'intérieur, le plus obstiné des importuns n'aurait pu entrer.

Kethry se mit à fredonner tout bas en traçant un cercle sur le sol avec des poudres prélevées dans la bourse accrochée à sa ceinture. Le rituel auquel elle se livrait était bien moins dramatique ou spectaculaire que ceux de la plupart des sorciers que Tarma avait eu l'occasion d'approcher. C'est qu'elle avait acquis sa discipline dans une école assez anodine par rapport aux leurs. Ses pouvoirs reposaient sur la coopération volontaire des entités des autres plans ; elle ne les contraignait jamais à agir contre leur volonté, ce qui présentait des avantages et des inconvénients.

Elle n'avait pas besoin de se prémunir contre les éventuelles traîtrises et trahisons de ces créatures, mais l'opération lui coûtait cher en énergie. Et ceci d'autant plus lorsqu'elle n'avait pas eu le temps de se préparer avant l'invocation. Il fallait une énergie énorme pour attirer une entité bienveillante – surtout lors du premier contact – et plus encore pour la convaincre de la pureté de ses intentions. D'où le cercle, qui n'était pas là pour la protéger elle, mais pour que l'être appelé se sente à l'abri de toute menace.

Alors qu'elle s'asseyait dans le cercle, Tarma adopta une position plus confortable. Elle sortit l'une des dagues cachées sur elle et commença à l'affûter avec sa pierre à aiguiser.

Au bout d'un moment, il y eut comme un frémissement dans le cercle que Kethry avait tracé, et Tarma se désintéressa provisoirement de sa tâche. Une forme brumeuse commençait à apparaître devant la sorcière.

Le brouillard se mit à tourner, formant une tornade miniature, puis une silhouette se matérialisa à l'intérieur. Tarma crut reconnaître un lézard du désert brillant comme un joyau, long comme le bras et qui se serait tenu debout comme un homme, mais au crâne beaucoup plus développé que tous les reptiles qu'elle avait jamais vus, en dehors peut-être des représentations de Gervase que Kethry avait utilisées pour distraire Liha'irden. Ses écailles métalliques projetaient des reflets multicolores organisés en bandes où dominaient la topaze et le rubis. Il regardait Kethry avec une intelligence manifeste et se dandinait d'une patte sur l'autre dans une attitude où la curiosité le disputait à la méfiance.

— *Sa'asartha n'hellan*? demanda-t-il en inclinant la tête.

Il avait la voix aiguë d'un tout petit enfant.

— *Vede sa'asarth*, répondit Kethry dans la même langue, quelle qu'elle soit.

La créature parut rassurée et cessa de se tortiller. Elle semblait toute disposée à répondre aux questions de Kethry.

Le problème initial de l'invocation étant surmonté, elle n'eut aucun mal à obtenir toutes les informations qu'elle voulait. Pour finir, elle donna à l'entité le fruit avec lequel elle jouait depuis la fin du dîner. Le petit être s'en empara avec avidité, poussa un trille que Tarma supposa être un remerciement et disparut comme il était venu, dans un tourbillon de vapeur.

Quand la brume se fut dissipée, Kethry se leva avec raideur et commença à effacer le cercle avec le bout de sa botte, le réduisant en petits tas de poussière aléatoires.

— C'est à peu près ce que je pensais, dit-elle. Quelqu'un – un individu à qui la magie ne serait pas étrangère, à en croire le khamsin – a fédéré plusieurs bandes isolées en une organisation de formidables proportions. Les maraudeurs n'ont pas de camp fixe, ce qui nous interdit, hélas, d'attaquer leur base pendant qu'ils se jettent sur la caravane. Ils n'ont pas non plus de point d'embuscade préféré, de sorte que nous ne pouvons pas prévoir quand ils nous tomberont dessus. Et aucune des femmes – ou plutôt des filles – n'a survécu plus d'une journée.

— Par l'enfer, souffla Tarma, et ce fut comme si une ombre passait sur ses yeux. Enfin, nous ne nous attendions pas à un miracle, hein ?

— Non, mais tu sais très bien ce que nous espérions toutes les deux, répondit Kethry d'une voix que l'épuisement rendait rauque. Maintenant, c'est à toi de jouer, She'enedra. C'est toi la tacticienne, après tout.

— Eh bien, en tant que tacticienne de l'équipe, je te conseille de te reposer.

Tarma prit Kethry par les épaules pour la soutenir car elle titubait de fatigue. C'était le contrecoup de l'invocation. Kethry lui avait une fois dit que cela exigeait d'elle le même effort que si elle s'était « balancée sur le faîte d'un toit tout en s'époumonant à réciter de la poésie épique ». Pas étonnant qu'elle soit vidée, après.

Tarma l'aida à gravir l'escalier qui menait vers leur chambre mansardée. Kethry s'appuya sur son épaule avec gratitude.

— C'est nous Warrl, murmura Tarma en arrivant devant la porte.

Un grondement étouffé lui répondit et elles entendirent le bruit du loquet qu'on repoussait. Tarma poussa la porte avec le pied, prit une chandelle sur une étagère, à l'intérieur, avec sa main libre et l'alluma à celle qui était fichée au mur, devant leur chambre. La lumière éclaira la tête et le garrot de Warrl. Il était planté à l'entrée de la pièce, la langue pendante en une espèce de sourire canin. Il les flaira d'un air inquisiteur et les interrogea d'un grognement assourdi.

— Oui, nous avons accepté la mission. C'est notre employeur que tu sens, alors ne lui fais pas de mal quand il se montrera, demain soir. Kethry a procédé à une invocation, évidemment, et comme d'habitude, elle est crevée. Ferme la porte pendant que je la mets au lit.

Kethry était complètement inconsciente, à présent. Après certaines conjurations, Tarma l'avait vue marcher en dormant. Elle la déshabilla avec la douceur et la compétence d'une nounou et la mit au lit avant qu'elle s'écroule. Le kyree, pendant ce temps, avait refermé la porte d'un coup de tête et repoussé le loquet avec son nez.

— Pas de problèmes ? demanda Tarma.

Il poussa un reniflement dédaigneux.

— Bon, je ne m'attendais pas qu'il y en ait non plus. Il y a longtemps que je n'étais descendue dans une auberge aussi tranquille. Notre mission consiste à régler leur compte à des bandits, des durs de durs, et nous allons être obligés de nous déguiser. Tous les trois.

Il poussa un gémissement de protestation et coucha les oreilles.

— Je sais que tu n'aimes pas ça, mais que veux-tu ? La piste traverse un désert où un oiseau ne pourrait se cacher, et je ne tiens pas à ce que tu t'éloignes. J'aurais trop peur que tu ne t'égares je ne sais où.

Le kyree poussa un gros soupir, s'approcha sans bruit sur les coussinets de ses pattes et posa sa grosse tête sur ses cuisses.

— Je sais, je sais, fit-elle en lui grattant les oreilles. Ça ne me plaît pas plus qu'à toi. Mais tu devrais être content que nous nous contentions de nous parer d'illusions, même si ça te tire un peu sur les yeux. Pense à cette pauvre Kethry qui va être obligée de monter à cheval parée comme une châsse.

Warrl se fichait pas mal de la pauvre Kethry.

— Tu es très injuste avec elle, tu sais. Et tu es censé être son démon familier, pas le mien. Tu es une créature magique, née de la magie. Tu appartiens à une jeteuse de sorts, non à une manante qui brandit une rapière.

Mais de la logique de Tarma, Warrl se fichait encore plus.

— *Elle n'a que faire de moi*, lui répondit-il mentalement. *Elle a l'épée de l'esprit. C'est toi qui as besoin de moi, je te l'ai déjà dit.*

Et ça, pour Warrl, c'était tout ce qui comptait.

— Oh, et puis, ça suffit. Je ne discute pas avec des êtres qui ont de grandes dents pointues comme ça. Peut-être le fait d'être kal'enedral compte-t-il pour de la magie.

Elle repoussa la tête de Warrl et alla ouvrir les persiennes de l'unique fenêtre. Le clair de lune baigna la mansarde. Elle s'assit par terre, dans le rectangle de lumière, ainsi qu'elle le faisait toutes les nuits quand la lune brillait et qu'elle n'était ni malade ni blessée. Comme ils étaient dans l'enceinte d'une ville et non en pleine campagne, elle ne s'entraînerait pas ce soir-là, mais les Chemins de la Lune étaient là, comme toujours, n'attendant que d'être arpentés. Elle ferma les yeux et les trouva. Les suivre lui procurait, comme elle le disait souvent à Kethry, des sensations indescriptibles.

Quand elle réintégra son corps, Warrl attendait patiemment son retour, couché derrière elle. Elle lui ébouriffa le poil en souriant, se redressa, étira ses muscles las, se déshabilla rapidement et se coucha à côté de Kethry. Warrl poussa un soupir de soulagement et prit son poste habituel à ses pieds.

Trois choses sont sans issue : un bourgeon qui flétrit.
Un message perdu et un voyage maudit.

Les deux mercenaires quittèrent la ville au petit matin, en affichant une vive impatience. Grumio observa le nuage de poussière qu'elles soulevaient en s'éloignant, toute sa personne exprimant un mélange de tristesse et de déception. Ses confrères furent tout aussi désappointés quand il leur expliqua qu'il n'avait pu les convaincre d'accepter leur mission. Ils comptaient tant sur les deux femmes pour résoudre leur problème…

Après le coucher du soleil, il partit en voiture vers sa ferme, un cheval de selle à la longe derrière lui. Après s'être assuré que personne ne l'avait suivi, il entra dans la grange et scruta la pénombre odorante. Il craignit, l'espace d'un instant, que les femmes ne se soient jouées de lui et n'aient vraiment mis les voiles ce matin-là.

— Pas de panique, Marchand, fit une voix rocailleuse, juste au-dessus de sa tête.

Il sursauta, le cœur battant à tout rompre.

— Nous sommes là.

Une silhouette indistincte descendit du grenier à foin en se balançant. Quand elle fut assez proche pour qu'il distingue ses traits, il eut un choc en reconnaissant la tenue de la Guerrière… sur une blonde aux appas généreux.

Sa réaction lui arracha un sourire.

— Laquelle suis-je ? elle ne me l'a pas dit. La blonde ?

Il acquiesça d'un hochement de tête, stupéfait. Elle avait la voix âpre de la Tarma qu'il connaissait. C'est ce qui lui permit de l'identifier.

— L'appât idéal pour les mâles. Excellent choix, personne ne pourrait croire que je sais par quel bout on tient une épée. Ou que j'ai jamais pensé à autre chose qu'aux hommes et aux fanfreluches, pas forcément dans cet ordre. Nous préférons éviter que vous voyiez ma partenaire, comme ça, vous n'aurez pas à feindre, demain. Vous avez apporté ce dont nous avons parlé ?

— Tout est là, articula-t-il comme s'il ne pouvait en croire ses yeux. J'ai lesté les malles avec du sable et des pierres pour qu'elles n'aient pas l'air vides.

— Ça, Marchand, ce n'est pas bête, commenta Tarma avec une révérence ironique tout en commençant à desseller le cheval. Je ne sais pas si j'y aurais pensé. Il vaut mieux que vous repartiez, maintenant, avant qu'on se demande où vous êtes passé.

Il descendit de la voiture et prit les rênes de son cheval.

— Euh... Marchand ! appela-t-elle alors qu'il s'éloignait dans la nuit. Souhaitez-nous bonne chance !

Il n'eut pas besoin de jouer la comédie le lendemain matin, quand une jeune femme dont la délicatesse et la fragilité trahissaient l'origine aristocratique vint le trouver dans sa boutique et lui ordonna (bien que ce soit présenté comme une requête) de la laisser partir avec sa caravane.

Il est probable que s'il n'avait pas reconnu sa robe et sa cape de fourrure il l'aurait prise pour une vraie noble qui, par une invraisemblable coïncidence, avait eu l'idée même que la Guerrière lui avait suggérée pour abuser la galerie. Cette créature éthérée, aux yeux rêveurs, aux cheveux de soie platine coiffés d'une façon sophistiquée, ne ressemblait en rien à la sorcière vibrante, terre à terre qu'il avait embauchée.

Et bien qu'il y fût en partie préparé pour l'avoir entrevue la veille au soir, il eut encore un choc en voyant Tarma, qui se faisait passer pour la dame de compagnie de l'aristocrate.

Il comprit pourquoi elle qualifiait ce déguisement d'« appât idéal pour les mâles ». Cette blonde plantureuse était une vivante invitation au viol. Rien à voir avec la femme asexuée qui avait prêté le serment du sang. Tout ce qui restait d'elle était une paire d'yeux bleu glacier, dont l'un lui dédia un clin d'œil malicieux comme pour le tirer de son hébétude.

Grumio palabra pendant plus d'une heure avec la noble dame. Il tenta de la dissuader sur tous les tons, en pure perte. Il poursuivit son argumentation dans la rue. La caravane se formait devant sa boutique qu'il s'efforçait encore de la retenir, mais elle ne voulut rien savoir. Toute la ville assista à la discussion.

— Je vous supplie, ma Dame, de réfléchir ! se récriait-il avec angoisse. Attendez les patrouilles royales. Elles ont promis de revenir bientôt, et en force, puisque les bandits n'ont cessé de nous harceler, et je suis sûr qu'elles accepteront de vous escorter.

— Vos scrupules me vont droit au cœur, Marchand, répondit-elle d'une voix de tête, aimable et languissante, mais je ne puis attendre leur retour. Les affaires, vous savez ce que c'est... D'ailleurs, je n'ai rien qui puisse tenter un voleur.

Ceux qui suivirent l'altercation ne purent que remarquer ses bijoux, ses vêtements coûteux, la voiture lourdement chargée de ses possessions, les juments racées qu'elles chevauchaient, sa servante et elle – et compatir avec Grumio qui élevait maintenant de muettes prières aux Dieux pour implorer leur clémence.

La dame se détourna dans une attitude qui valait un congé, aussi retint-il sa langue. Il regarda sans ajouter un mot les deux femmes se joindre à la caravane. Puisqu'elles n'avaient personne pour conduire la voiture, bien qu'il ait proposé de leur fournir un cocher, les rênes de l'attelage furent attachées au harnais du dernier cheval de bât. Un vieux chien édenté montait la garde sur les malles et les coffres – comme s'il était encore capable de garder quoi que ce soit. Le chef des six gardes qui escortaient la caravane prit ses dernières instructions de son maître, et la procession s'ébranla. Grumio les regarda disparaître au loin en secouant la tête dans une attitude hautement réprobatrice.

Si quelqu'un l'avait regardée de près – mais personne ne s'approcha suffisamment d'elle –, il aurait pu remarquer que les doigts de la femme décrivaient des mouvements compliqués. Si des mages avaient été présents – mais il n'y en avait pas –, ils auraient reconnu le Sortilège de la Vraie Vue. S'il y avait une illusion derrière tout ça, en tout cas elle n'aveuglait pas Kethry.

L'un des hommes à cheval scrute les environs
D'un regard attentif il étudie les monts.
Ils sont trop beaux pour lui, son épée, sa gourmette.
C'est sûr, il dissimule une chose secrète.

L'un des gardes contemplait les biens de la dame avec une avidité qui faisait pendant à la consternation de son maître. Son expression soigneusement contrôlée semblait distante et impassible ; seuls ses yeux, qui allaient rapidement d'une chose à l'autre, sa langue qu'il passait, par petits mouvements spasmodiques, sur ses lèvres sèches, trahissaient son intérêt. Derrière cet apparent détachement, une âme fourbe procédait à un inventaire méticuleux de tous les bijoux et autres biens visibles, et à l'estimation de leur valeur.

Un coup de vent souleva la jupe de la dame, révélant une longue jambe blanche, alléchante, et lui faisant perdre fugitivement son sang-froid. Il se mordit la lèvre. Ce beau morceau, il le réservait à son usage exclusif. C'était la première fois qu'il se trouvait si près d'une femme de haute naissance, et il avait l'intention de vérifier par lui-même certaines histoires qu'on racontait sur leur comportement amoureux. Les autres devraient se contenter des charmes généreux de sa suivante, au moins jusqu'à ce qu'il se soit lassé de sa conquête. Déjà, il n'y aurait pas tous les cris et les grincements de dents dont les avaient gratifiés les filles des marchands. Il suffisait de regarder cette mijaurée pour comprendre qu'il ne fallait pas lui en promettre. Elle avait déjà eu des tas d'hommes entre les cuisses, et elle aimait ça. Le temps qu'il la jette en pâture à ses hommes, elle le remercierait d'avoir apporté un peu de fantaisie dans son existence !

Il avait d'abord cru que c'était encore un piège. Surtout après avoir entendu dire que le vieux Grumio avait essayé d'embaucher deux femmes à gages réputées pour le débarrasser des bandits. Mais un coup d'œil à la femme et à sa servante l'avait persuadé qu'il ne pouvait s'agir de mercenaires déguisées ; cette idée était absurde. Elles n'auraient pas reconnu une épée d'une broche à rôtir. La fille aguichait les hommes et flirtait avec eux. Elle avait manifestement autre chose en tête que les embuscades et les armes – à part les embuscades amoureuses et les armes de chair. Quant à sa maîtresse, elle chevauchait dans une sorte de stupeur, et sa servante était régulièrement obligée d'interrompre ses agaceries pour l'aider à reprendre son assiette.

Elle devait renifler la poussière de tran. Ou bien il y avait du jus de faldis dans la gourde accrochée à sa selle. Ça, ce serait inespéré. Elle devait en avoir une bonne provision dans ses affaires, et les drogues étaient encore plus appréciées que les bijoux. Il la voyait déjà – une lueur de cruauté illumina ses prunelles – à genoux devant lui, le supplier de lui donner sa dose quand elle serait en manque. À condition, bien sûr, qu'elle vive suffisamment pour ça. Il se passa la langue sur les lèvres avec concupiscence. Demain, il donnerait aux éclaireurs qui suivaient la caravane le signal de l'attaque.

Trois choses t'alarmeront : la plume près du chat,
Le berger mangeur d'agneau, le garde trop gras.

La dame et sa compagne établirent leur campement à une certaine distance du reste de la caravane, comme de bien entendu. Il ne s'attendait pas qu'elles passent la nuit dans la promiscuité de ces brutes aux tentes rudimentaires, au langage grossier et à la tambouille répugnante.

Kethry était recrue de fatigue sous sa lourde cape, elle tremblait de froid malgré sa cape doublée de fourrure et elle avait les paupières lourdes et brûlantes.

—Ça va? souffla âprement Tarma après quelques secondes de silence.

—Oui, oui. Je suis fatiguée, mais je m'en remettrai. Je n'aurais jamais cru qu'il soit aussi difficile de maintenir cinq illusions à la fois. À côté, en entretenir trois, c'est du gâteau. J'ai hâte que ce soit fini…

Elle appuya son front sur sa main et se massa les tempes avec le bout de ses doigts glacés.

Tarma lui fourra un bol dans l'autre main. Elle essaya bien de manger, mais le sable et la poussière qui avaient ralenti leur avance toute la journée s'étaient insinués jusque dans la nourriture. Le ragoût était trop sec, crissait sous la dent, et Kethry n'arrivait pas à l'avaler. Elle y renonça au bout d'une ou deux bouchées, trop lasse pour insister. Elle reposa discrètement le bol à côté d'elle. Du moins est-ce ce qu'elle espérait. Elle fut bientôt détrompée.

—Si tu ne manges pas toute seule, ma douce, je t'ouvre la bouche de force et je te verse ta pitance dans le gosier comme on gave une oie, fit suavement Tarma.

Son expression, sa voix étaient d'une douceur trompeuse. Kethry ne put s'empêcher d'esquisser un sourire. Quand elle était épuisée comme ça par l'exercice de la magie, il fallait qu'on la pousse à prendre soin d'elle-même. Lorsqu'elle était seule, il lui fallait parfois des jours pour se remettre des mauvais traitements qu'elle s'infligeait en négligeant son propre corps.

Tarma l'exaspérait souvent en la couvant comme un bébé, en veillant, par exemple, à ce qu'elle soit constamment vêtue de laine, mais en ce moment précis, Kethry était plutôt contente de l'attention dont elle l'entourait. À vrai dire, c'était dans ces circonstances qu'elle appréciait le plus l'aide et l'indéfectible affection de Tarma.

— Pour nous trahir ? rétorqua-t-elle avec un peu plus de vivacité.

— Quoi de plus normal pour une dévouée servante que d'aider sa pauvre maîtresse souffrante à manger ? riposta Tarma. Les hommes te trouvent déjà très bizarre, tu sais. La moitié pense que tu es malade, les autres se demandent à quoi tu te drogues. Et tout le monde est persuadé que tu as du fromage mou dans la tête.

Kethry capitula, reprit son bol et en ingurgita le contenu, sable compris.

— Bon, fit Tarma quand elles eurent fini de manger. Tu as repéré un suspect, je l'ai bien vu à la façon dont tu observais les gardes. Maintenant, dis-moi lequel c'est. Je suis curieuse de savoir si c'est celui que je tiens à l'œil.

— C'est le type au museau de fouine et aux cheveux grisonnants, couleur souris, qui fermait la marche, ce matin.

Tarma ouvrit des yeux ronds.

— Des cheveux couleur souris ? Un museau de fouine ? Celui qui chevauchait en queue de colonne ce matin avait les cheveux noirs et l'air d'un gros bébé boudeur.

— Attends…, fit Kethry avec un regain de vitalité. Tu parles bien de celui qui passe entre le feu et nous, là, tout de suite – le gars couvert de bijoux ? Il ne te rappelle pas vaguement quelqu'un ?

— Si. Mon clan avait l'habitude de vendre des chevaux à certains maquignons ; on dirait un de leurs gardes. Je crois qu'il s'appelait Tedric. Pourquoi ?

Kethry ôta la petite dague ornementée accrochée à sa ceinture et la passa à Tarma en faisant bien attention. Tarma la prit avec les mêmes précautions, soins justifiés par le fait que la « dague » était en fait Besoin, l'épée de Kethry. Elle pouvait revêtir n'importe quelle forme sous l'effet de l'illusion, mais elle conservait sa masse et son poids originels.

— Regarde-le, maintenant.

Tarma inspecta discrètement le garde et serra les lèvres. Magie ou pas, elle détestait se faire avoir.

— Des cheveux brun poussiéreux et un museau de fouine, confirma-t-elle. Ce n'est plus le même homme.

Elle rendit son arme à Kethry qui la rattacha à sa ceinture.

— Et maintenant ? demanda la sorcière.

— Ça c'est curieux, fit pensivement Tarma. Si c'est un sortilège, il aurait dû retrouver son aspect antérieur, or pas du tout : il a toujours ces airs de rongeur sournois, mais ça me fait tout drôle dans les yeux, comme si quelque chose déformait ma vision. Il est un peu flou sur les bords. On dirait que son visage essaie d'avoir l'air différent de ce que je vois.

— Hon-hon. Magie mentale, acquiesça Kethry d'un petit air entendu. Voilà pourquoi je n'ai rien détecté. Ce n'est pas une véritable illusion comme celle que je maintiens autour de nous. On pratique beaucoup la magie mentale au nord de Valdemar. Il me semble que je t'en ai déjà parlé. Je ne sais pas très bien comment ça marche, mais son esprit doit dicter au tien que tu le connais et te laisser le soin de lui fournir un visage acceptable. Il se peut qu'il présente un aspect différent à chacun des membres de la caravane, mais comme il a toujours un air familier, ils seraient tous prêts à se porter garants de lui.

— C'est comme ça qu'il s'intègre à toutes les caravanes, sous d'autres traits chaque fois, puisque personne n'est censé voir un homme qu'on sait être mort. Très futé. Tu dis que ce n'est pas un sort ?

—La magie mentale repose sur des facultés innées ; on les a ou on ne les a pas. Elles ne s'acquièrent pas, contrairement à ma magie, où il est utile mais pas nécessaire d'avoir le don. Était-ce celui que tu soupçonnais ?

—Lui-même. Ton Sortilège de Vraie Vue agit donc aussi sur la magie mentale ?

—Oui, grâce au ciel. Je me félicite de ne pas avoir eu recours à la vision magique parce qu'il aurait réussi à m'abuser. Qu'est-ce qui t'a amené à le soupçonner ?

—Rien de particulier ; plutôt un ensemble de petits détails qui ne collent pas : son épée m'a paru un peu trop précieuse, son cheval en a vu de dures, mais c'est une bête de race. Il est manifestement trop bien éduqué pour le vulgaire garde qu'il prétend être et surtout il arbore des bijoux qu'il ne devrait pas avoir les moyens de s'offrir.

—La plupart de ses collègues en portent tout autant, objecta Kethry. Les mercenaires ont l'habitude d'arborer leurs économies sur leur personne.

—C'est vrai. Mais à part leur chef, les autres se pavanent surtout avec du laiton et de la verroterie. De la camelote faite pour impressionner les villageoises, alors que lui, il est bardé d'or massif et de bijoux authentiques bougrement trop chers pour un individu de cet acabit.

—Bon, et maintenant que nous savons qui surveiller, qu'allons-nous faire ?

—Attendre, répondit Tarma avec une sinistre satisfaction. Tôt ou tard, il faudra bien qu'il donne le signal de l'attaque au reste de sa bande ; nous devrions le repérer à ce moment-là. Avec un peu de chance, et l'aide de la Guerrière, nous les attendrons de pied ferme quand ils donneront l'assaut.

—Mouais. Eh bien, espérons que ce sera le plus tôt possible, rétorqua Kethry en sirotant l'eau à peine rougie de vin qui était tout ce qu'elle se permettait quand elle suscitait une illusion. Je ne sais pas combien de temps je vais tenir le coup.

—Couche-toi, va, ma douceur, murmura Tarma avec une tendresse dont elle n'était guère coutumière et que seuls Kethry, Warrl et les tout petits enfants percevaient jamais. Nous allons monter la garde à tour de rôle, Nez Fourré et moi. Tu peux dormir.

Kethry ne se le fit pas dire deux fois. Elle s'enroula dans sa cape, une couverture, se cala la tête sur le bras et s'endormit instantanément, comme un chiot fatigué. Les illusions qu'elle avait entretenues persisteraient pendant son sommeil. Seules trois choses pouvaient les rompre : qu'elle le veuille elle-même, l'intervention d'un sorcier plus puissant qu'elle – ou sa mort. Elle avait suivi un apprentissage rigoureux, extrêmement approfondi. Aussi complet à sa façon que l'entraînement de Tarma à l'épée.

La voyant trembler en dormant, Tarma remit sur le feu du crottin séché (les résidus des caravanes précédentes étaient le seul combustible disponible aux environs) et entassa sur elle leurs dernières couvertures. Le maintien des illusions drainait toute l'énergie de Kethry, et elle prenait aisément froid. Tarma ne pensait pas avoir besoin de couvertures elle-même. Sa cape lui suffirait. Et sinon, Warrl ferait une excellente bouillotte.

Veille sur elle, ô Gardienne, pria-t-elle cette nuit-là comme toutes les autres nuits. *Moi, je me débrouillerai toujours, mais elle… protège-la, je T'en conjure.*

Et la nuit passa sans incident, malgré les vagues appréhensions de Tarma.

Le lendemain, la caravane s'engagea dans les collines rocailleuses entourant la cuvette désertique qu'elle avait traversée la veille. La piste était beaucoup moins poussiéreuse, mais l'air était plus froid et piquant. Tarma et Kethry s'efforcèrent de tenir leur suspect à l'œil, et peu avant midi, leur vigilance fut récompensée. Elles le virent toutes les deux réfléchir les rayons du soleil avec ses galons en ce qui ne pouvait être qu'une succession de signaux délibérés.

Soudain c'est l'embuscade ! Des forbans en hurlant
Attaquent la caravane et son précieux chargement.
Tous, surpris, tombent et succombent, sauf ces quatre âmes :
Le garde, le chien, la servante, la rêveuse dame.

Ils étaient trois gardiens d'un secret : la songeuse,
Le chien qui n'aboie pas, la soubrett' silencieus'.

Elles étaient prévenues… et pourtant elles n'eurent guère le temps de se préparer.

Les bandits assaillirent la caravane par les deux côtés de la route à la fois, en hurlant à pleins poumons. Les gardes furent pris complètement au dépourvu. Les trois marchands novices qui suivaient le convoi se jetèrent à plat ventre comme leur maître Grumio le leur avait dit, dans l'espoir qu'on les oublierait. Pour le chef des bandits, qui fermait la marche, tout semblait se passer comme prévu.

Puis Kethry leva l'illusion.

Sous sa cap', la dam' est en armur', ô stupeur !
Ell' dégain' son épée, l'œil farouch' et sans peur.
La servant' fait un gest', le corniaud devient loup,
Et tous trois, sauvag'ment, se jettent sur les filous.

À trois choses tu te garderas de faire du tort :
Une femme, une louve qui allaite, un homme fort.

Les brigands qui menaient l'assaut ne s'attendaient pas à un tel accueil. Les deux femmes sans défense, paralysées de terreur sur leurs pur-sang trop affolés pour fuir, avaient disparu. À leur place se dressaient deux mercenaires à l'air déterminé, armées jusqu'aux dents et montées sur des chevaux de bataille admirablement dressés. Elles étaient accompagnées d'un kyree gigantesque, qui donnait l'impression de n'avoir rien mangé depuis quinze jours.

La horde des assaillants hésita, incertaine devant ce développement imprévu.

Finalement, un costaud à la voix grumeleuse lança un défi à Tarma, qui lui répondit d'un sourire inquiétant. Kethry les salua avec une galanterie ironique, et le tandem passa à l'action. Ce fut explosif.

Elles s'écartèrent l'une de l'autre et chargèrent, ne laissant pas le temps à l'ennemi de revoir son appréciation de la situation. Les gredins, surpris par ce retournement de conjoncture, réagirent trop tard pour les arrêter. Entraînées par leur élan, elles traversèrent la meute et gravirent les flancs des collines de chaque côté de la route, occupant désormais la position dominante.

Kethry avait dégainé Besoin, et il faut bien reconnaître que c'est sans doute à son pouvoir qu'elle dut de rester en vie le temps de trouver un gros rocher auquel s'adosser. Les deux femmes avaient l'avantage, pour le moment ; les bandits n'avaient réussi, jusque-là, qu'à se gêner mutuellement. Ils n'avaient pas l'habitude de se battre ensemble, et le succès de leurs précédentes entreprises tenait moins à leur habileté au combat qu'à leur supériorité numérique et à l'effet de surprise. Ayant ainsi protégé ses arrières, Kethry mit pied à terre et renvoya sa monture d'une claque sur la croupe. La jument pommelée, à l'énorme tête, laide comme un bloc de granit et plus dure encore, valait deux fois le poids d'argent de la bête de race dont Kethry lui avait magiquement donné l'aspect. Maintenant que sa cavalière était à terre, elle attaquerait tout ce dont elle ne reconnaissait pas l'odeur, et le tuerait probablement.

Warrl la flanqua juste le temps qu'elle passe son épée dans sa main gauche afin de faire appel à ses armes magiques les plus meurtrières.

En attendant, Tarma s'en donnait à cœur joie. Elle coupait et tranchait, s'ouvrant un sillon sanglant dans la bande de réprouvés, le regard embrasé d'une lueur farouche. Elle étreignait les flancs de sa jument entre ses jambes comme dans un étau. Il fallait être né à cheval pour rester en selle dans des conditions pareilles. La jument écrasait tout ce qui passait à sa portée sous ses énormes dents jaunes et ses sabots ferrés d'acier. Aucun animal, aucun être humain ne pouvait lui échapper quand elle avait décidé de lui régler son compte. Elle avait un sixième sens pour repérer tout ce qui tentait d'atteindre sa cavalière. Une fois, elle se cabra et fit le dos rond comme une chatte sur une plaque de métal chauffé à blanc pour broyer le bandit qui se dressait devant elle tout en flanquant une ruade dans les dents de celui qui avait eu la mauvaise idée d'essayer de l'embrocher par-derrière. Elle envoya *ad patres* au moins autant de forbans que Tarma.

Tarma vit du coin de l'œil la jument de Kethry ruer et cabrioler… sans personne en selle.

Folle d'inquiétude, elle adressa à Warrl une pensée fulgurante.

— *Prends plutôt garde à ta carcasse, folle enfant; elle s'en tire mieux que toi!* fut sa réplique mentale.

Tarma grimaça. Elle aurait dû s'en douter. Si quelque chose lui était arrivé, elle l'aurait senti, grâce au lien de She'enedran qui les unissait. Le fait que sa jument se batte de son côté voulait dire que Kethry avait trouvé une position élevée, d'où elle dominait la situation, voilà tout.

Comme pour lui donner raison, des boules de feu surgirent du néant et explosèrent tout près des bandits, leur faisant vider les étriers. Des volutes de brouillard rouge s'enroulèrent autour de leur tête. Tarma vit les hommes se prendre la gorge à deux mains et devenir d'une couleur intéressante, puis des créatures aux formes étranges se joignirent à Warrl pour mordre et déchiqueter ceux qui s'étaient retrouvés à pied.

Pour les brigands, ce fut la goutte d'eau qui fit déborder le vase. Surtout quand une boule de feu particulièrement spectaculaire eut laissé un tas de cendres fumantes à la place de celui que les bandits considéraient comme le bras droit de leur chef. Leurs proies faciles s'étaient changées en démons issus de l'enfer, et rien au monde n'aurait pu les convaincre d'en voir davantage. Ceux qui étaient encore à cheval tournèrent bride et piquèrent des deux. Tarma et les trois gardes survivants s'occupèrent des autres.

Dont leur chef, qui était resté à cheval. Il avait été pétrifié de stupeur au moment où le sort de la bataille avait tourné, et s'était rendu compte que ça risquait de chauffer pour ses abattis. Il tenta de fuir avec ses derniers hommes valides. Mais Kethry n'avait cessé de penser à lui. Elle lui projeta sur la tempe un éclair d'énergie, destiné, cette fois, à paralyser et non à tuer.

Les brigands les menacent, mais les femmes s'en rient.
La mêlée est sauvage, c'est une vraie tuerie.
Quand le combat s'achève, seuls restent debout
Le traître, la femme à l'épée, la sorcière, le loup.

De trois choses surtout défie-toi : de la femme pure,
Du vœu que fait un roi et de l'embuscade « sûre ».

À la fin de l'après-midi, les têtes des bandits formaient, au bord de la route, une sorte de stèle commémorative destinée à rappeler à leurs collègues les inconvénients du métier. Les trois apprentis marchands avaient traîné leurs cadavres dans les collines pour que les bêtes de proie se les partagent, ceci sous la supervision de Tarma. Ils avaient commencé par restituer le contenu de leur estomac en voyant avec quelle négligence elle vous les décapitait, puis ils avaient obéi sans barguigner. Elle réprima plus d'un sourire en voyant comment ils la regardaient par en dessous chaque fois qu'elle leur aboyait un ordre, comme s'ils craignaient que leur propre crâne ne vienne orner le monument aux morts s'ils la contrariaient. Pendant ce temps, elle creusa la tombe des deux gardes morts et pansa les blessures des rescapés.

L'un de ceux-ci pouvait encore se tenir en selle. Les deux autres furent chargés dans la voiture après qu'on l'eut débarrassée des malles vides. Tarma ordonna aux hommes de rentrer en ville. Elle les rejoindrait plus tard, avec Kethry. Elles avaient d'abord de petites choses à terminer.

La première consistait à ensevelir leurs deux morts et à marquer leur sépulture.

Quand elle eut fini, Kethry lui apporta un chiffon pour s'essuyer les mains.

— Mille sabbats ! Ce n'étaient que de braves types payés pour faire leur travail, soupira-t-elle en regardant les tertres de pierres qu'elle avait élevés. Je m'en veux vraiment de ne pas avoir eu le temps de les prévenir. D'accord, ils auraient dû être sur leurs gardes, surtout après ce qui était arrivé aux dernières caravanes, mais quand même... Je trouve que c'est bien cher payer un instant d'inattention.

Kethry passa un bras compatissant autour de ses épaules. Elle avait très vite récupéré à partir du moment où son énergie n'était plus pompée par le maintien des illusions.

— Viens, She'enedra. Je vais te montrer quelque chose qui devrait te remonter le moral.

Pendant que Tarma dirigeait les opérations de nettoyage, Kethry n'avait pas perdu son temps. Elle avait dévêtu le chef des bandits et soumis son corps inconscient à un sortilège compliqué. Tarma savait qu'elle lui réservait une punition spéciale depuis le moment où elle avait entendu parler des filles enlevées, mais elle n'avait pas idée de ce que ça pouvait être.

Elles dénudent le traître, le fouettent et dans le désert
Le chassent, vengeant de ses victimes les misères.
Ayant rendu justice on les voit remonter
Sur leurs bêtes et regagner ainsi la cité.

Trois choses tu chériras : le cheval de ton cœur,
La bête qui veille sur toi et surtout ta sœur !

Un étrange spectacle l'attendait. Une femme ressemblant comme deux gouttes d'eau à l'aristocrate dont Kethry avait magiquement adopté les traits était attachée en travers d'un des chevaux abandonnés par les bandits. Elle ne portait que des lambeaux de vêtements mais semblait indemne, en dehors d'une ecchymose à la tempe.

Tarma fit lentement le tour du tableau. L'illusion – si c'en était une – était parfaite.

— Incroyable, dit-elle enfin. C'est lui, hein ?

— En personne. Un de mes chefs-d'œuvre.

— L'illusion se maintiendra même sans toi ?

— Parfaitement, exulta Kethry. C'est le plus beau : l'illusion est inextricablement mêlée avec sa propre magie mentale. Il ne pourra jamais se libérer de ce sortilège, et aucun sorcier respectable n'osera le rompre pour lui. Or je te promets que tous les sorciers à des semaines de cheval à la ronde sont respectables.

— Qu'est-ce qui empêcherait un autre sorcier de lui rendre ce service ?

— J'ai signé l'enchantement.

Kethry esquissa un petit geste, et deux symboles apparurent fugitivement au-dessus de la tête du bandit. L'un était le symbole que Tarma savait être le sceau de Kethry, l'autre le glyphe signifiant « justice ».

— Toute tentative de rupture du sortilège les fera apparaître. Je doute que quiconque ignore le signe du jugement, et même si quelqu'un avait envie de défaire ce que j'ai fait, je crois avoir une réputation suffisante maintenant pour que la plupart des sorciers y réfléchissent à deux fois avant de s'y risquer.

Tarma fut prise d'un horrible soupçon.

— Tu ne l'as pas vraiment changé, au moins ? Je veux dire, si c'était une femme, maintenant…

— Ô Dame de Lumière, il ne manquerait plus que ça ! s'esclaffa Kethry, au grand soulagement de Tarma. Nous le changeons en femme pour le punir de ce qu'il a fait à d'autres femmes, et nous sommes moralement tenues de la protéger ! Ne t'en fais pas, va. Sous l'illusion – illusion très complète au demeurant, puisqu'elle s'étend à toutes les sensations – ça reste un mâle.

Elle flanqua une tape sur la croupe du cheval, rompant le léger enchantement qui le maintenait immobile. Surpris, l'animal se cabra puis s'éloigna au galop dans les collines désertes.

— Les rescapés de la bande sont partis par là, reprit-elle en tendant le doigt vers la bête qui s'enfuyait. Son cheval va les suivre à l'odeur jusqu'à l'endroit où ils se sont terrés. Et pourquoi voudrais-tu que ses anciens complices aillent imaginer qu'il n'est pas ce qu'il a l'air d'être ?

Un sourire pervers retroussa les lèvres de Tarma. Un sourire qui faisait admirablement pendant à celui de Kethry…

— Je voudrais bien voir ça quand il les rejoindra, nota Tarma avec gourmandise. Ça risque d'être intéressant.

— Il n'aura que ce qu'il mérite, déclara Kethry en regardant le cheval disparaître derrière le sommet de la colline. Je me demande quel effet ça lui fera de se retrouver du côté de la victime, pour changer.

— Je connais quelqu'un à qui ça va beaucoup plaire, et j'ai hâte de voir sa tête quand tu vas le lui raconter.

— Grumio ?

— Hon-hon.

— Tu sais, répondit pensivement Kethry, ça valait presque la peine de faire ça pour rien.

— Voyons, She'enedra ! s'exclama Tarma avec une feinte horreur. Tu vas nous mettre sur la paille avec ton sens de l'honneur mal placé ! Je te rappelle que nous sommes des mercenaires !

— J'ai dit *presque*, souligna Kethry en mêlant son rire à celui de sa coéquipière. Allez, nous avons de l'argent à récupérer. Tu sais, cette histoire pourrait bien finir en chanson.

— Pour ça, oui, ricana Tarma. Et qu'est-ce que tu paries que le barde la racontera tout de travers ?

— Si ce n'était que ça ! Comme je connais les bardes, il y a de fortes chances pour que l'aventure ne fasse que se déformer au fil du temps.

Chapitre 9

C'était un vieux mage à moitié aveugle. Il cligna des yeux, ses pauvres yeux chassieux, comme si ça pouvait l'aider à mieux voir son visiteur – ou sa visiteuse. Le mage était au bout du rouleau, mais l'homme – ou la femme ? – avait l'air encore plus mal en point. Ses yeux injectés de sang, cernés de noir, le regardaient fixement sous une tignasse qui paraissait tour à tour d'un brun grisonnant, couleur souris, puis blond cendré, puis de nouveau brune, dans l'ombre d'un capuchon mangé aux mites, entouré de plusieurs écharpes superposées. Ses yeux eux-mêmes changeaient tout le temps de couleur : de bleus ils devenaient noisette, puis violet améthyste. Il avait beau faire, le mage ne pouvait soutenir son regard, et la lumière de la lanterne que l'indésirable tenait haut devant lui – elle ? – ne faisait rien pour apaiser son trouble. Le mage n'avait jamais vu un être humain d'un aspect aussi fluctuant. Ce n'était qu'un amas de hardes informes, sales, grouillantes de poux. Le peu qu'on voyait de sa peau était marbré de jaune et de vert – des contusions en voie de guérison. Il avait pourtant vu de l'or passer des mains de ce déchet humain à celles de son logeur quand il avait ouvert la porte de son galetas. On ne voyait pas beaucoup d'or dans cette partie de la ville, et encore moins dans les mains d'un vagabond en haillons.

Il – ou elle – avait donc fait irruption dans le trou à rat où le mage en était réduit à vivre. Il avait écarté le propriétaire d'un coup d'épaule et lui avait claqué la porte au nez. L'intrus était donc beaucoup plus soucieux de discrétion que de s'assurer l'aide éventuelle du taulier, au cas où le sorcier sénile se serait montré récalcitrant. Cela seul aurait suffi à intriguer le mage, mais la façon dont son visiteur passait constamment d'un sexe à l'autre lui avait ôté sa dernière étincelle de lucidité. Sa confusion était telle qu'il n'arrivait plus à articuler deux paroles cohérentes. Et pour tout arranger, cette silhouette fluctuante lui donnait un mal de tête carabiné.

— Partez, gémit-il lamentablement, abritant ses yeux de la vision dérangeante et de la lumière trop vive. Allez-vous-en ! Ayez pitié d'un vieil homme solitaire ! Je n'ai rien à voler...

Il était bien conscient de l'aspect pitoyable qu'il offrait avec sa robe crasseuse, élimée, sa longue barbe grise où le peigne n'avait pas mis la dent depuis des années et ses yeux tellement injectés de bile qu'on n'en voyait plus la couleur. Il fallait vraiment être désespéré pour vivre dans ce taudis, entre un tabouret branlant et le tas de chiffons pourris, envahis par la vermine, qui lui servait de lit. Il aurait été aussi bien à traîner dans la rue. Les murs étaient fissurés par des crevasses dans lesquelles on aurait pu passer le doigt, et l'eau coulait chez lui quand il pleuvait. C'était une fournaise en été et une glacière en hiver. Le vent faisait vibrer la bâtisse décrépite, aggravant sa migraine. La charpente de bois craquait et gémissait, chaque poutre émettant une plainte différente. Il savait qu'il aurait dû y être habitué depuis le temps, mais il n'avait jamais pu s'y faire. Les hurlements du bois lui tapaient sur les nerfs et accroissaient son malaise. Il ne savait plus où il en était. Les courants d'air faisaient vaciller la flamme de la lanterne, malgré sa cheminée de verre, et les ombres mouvantes qui en résultaient ne l'aidaient pas à retrouver ses esprits.

— Je ne viens pas te voler, vieux charlatan, fit l'indésirable d'une voix qui était tantôt celle d'un homme, tantôt celle d'une femme. Je t'apporte quelque chose, au contraire.

De sa main libre, il tira de ses hardes une bouteille d'un vert émeraude caractéristique. Il imprima quelques secousses au flacon, répandant quelques gouttes de son alléchant contenu. Les chiffons glissèrent, démasquant un peu son visiteur, mais le mage ne s'intéressait plus qu'à la fiole.

Du léthé! Il oublia tout, sa confusion, son mal de tête et les questions que lui inspiraient son visiteur. Il se pencha sur sa paillasse et tendit avidement la main vers la liqueur hallucinogène qui avait causé sa perte. Chacune des cellules de son corps réclamait ce sacré, ce satané breuvage.

— Oh non, souffla l'étranger en levant le flacon hors de sa portée, et des larmes de honte et d'impuissance roulèrent sur les joues du vieillard. Ce sera à toi quand tu m'auras donné ce que je veux.

Le mage s'effondra sur son tas de chiffons.

— Je n'ai plus rien.

— Ce n'est pas ce que tu as qui m'intéresse, vieil abruti, c'est ce que tu étais.

— Ce que… j'étais?

— Tu étais un magicien, et un bon, à ce qu'on dit, jusqu'à ce que tu sombres dans ce délire en bouteille et que la Guilde te raye des cadres, t'envoyant crever au diable. Tu dois bien être encore suffisamment toi-même pour ce que j'en ai à faire.

En regardant fixement non son visiteur mais sa bouteille, le mage parvint à remettre un peu d'ordre dans ses idées éparses.

— Pour faire quoi?

— Pour me libérer de cette malédiction, imbécile! répondit le visiteur en hurlant. As-tu la cervelle liquéfiée au point de ne plus voir ce qui te crève les yeux?

Une malédiction! Mais bien sûr! C'était l'explication du phénomène! Ce n'était pas l'autre qui fluctuait, c'était sa vue à lui qui passait erratiquement de la vision normale à la vision magique. Avec la première, il voyait la femme ; quand ses haillons s'écartaient, ça paraissait même être une pauvre petite chose qui en avait rudement bavé, et pourtant encore séduisante avec ses yeux d'améthyste et ses cheveux platine…

La vision magique lui montrait un homme tout aussi malmené, quoique beaucoup moins séduisant : un squelette ambulant, battu mais non abattu, et dont le regard haineux sous les sourcils froncés témoignait qu'il contenait sa fureur à grand-peine.

La « malédiction » ne pouvait donc être qu'une illusion. Une illusion méticuleusement imposée, et avec quelle force ! Il percevait aussi de la magie chez l'homme-femme en personne. Le sortilège était intimement lié à lui/elle, et alimenté par son propre pouvoir. Le mage étrécit les paupières et testa le réseau magique de l'illusion. C'était du beau travail. Elle s'imposait à tous les sens. Il n'aurait jamais été capable d'une telle chose, même au temps de sa splendeur. Dans son état actuel, la reproduire pour y substituer une nouvelle illusion était au-dessus de ses forces ; il n'avait pas atteint le niveau nécessaire pour faire tourner le sort ou l'inverser. Il ne lui serait jamais venu à l'idée de s'y risquer. Le meilleur mage d'Oberdorn en aurait été incapable, alors l'épave qu'il était devenu… il ne fallait même pas y songer.

C'est ce qu'il expliqua à l'indésirable en lorgnant la bouteille avec une avidité et un désespoir sans nom.

À sa grande surprise, l'autre accepta la mauvaise nouvelle avec un hochement de tête.

— C'est ce qu'on m'a dit, confirma-t-il. Mais ce n'est pas tout. Il paraît que ce qu'un mage humain ne peut rompre, un démon en serait capable.

— Un démon ? répéta le mage en s'humectant les lèvres. (La bouteille de léthé était de nouveau à sa portée.) Je savais susciter les démons. Je devrais encore y arriver. Non sans mal, certes…

C'était faux. Invoquer un démon n'était qu'un jeu d'enfant pour lui. Il y parviendrait encore aisément. Mais ça exigeait des instruments et des ingrédients spéciaux qu'il n'avait plus les moyens de se procurer. Et c'était interdit par la Guilde...

Il avait tenté de susciter un démon mineur pour lui voler de la liqueur de léthé, un jour qu'il était à court d'argent; c'est ainsi que la Guilde avait découvert son vice. C'était la raison principale pour laquelle on l'en avait exclu, détruisant son matériel et ses livres. Un mage qui était tombé assez bas pour utiliser ses dons à de telles fins n'était plus digne de confiance. Surtout s'il avait le pouvoir d'invoquer des démons. Les démons étaient malins, et aussi retors que des avocats véreux quand il s'agissait de rompre les liens qui leur étaient imposés. C'est pourquoi leur invocation était interdite aux mages de la Guilde, et doublement interdite à ceux qui auraient pu ne pas être en pleine possession de leurs moyens au moment de l'opération.

Évidemment, il n'était plus soumis aux lois de la Guilde, puisqu'il en avait été radié. Et si cet étranger mettait à sa disposition les moyens nécessaires en matériel et en ingrédients...

— Dis-moi de quoi tu as besoin, vieillard, et je te le procurerai. Suscite le démon qui me libérera de cette malédiction et la bouteille est à toi.

Le vieux mage leva vers lui un visage hagard, crasseux, et illuminé par cette perspective.

Deux jours plus tard, ils se retrouvaient dans la cave de la vieille demeure délabrée. Le sous-sol n'était pas en meilleur état que les combles : une épouvantable odeur de moisi et de renfermé prenait à la gorge et on comprenait, en voyant les marques d'humidité sur les murs, pourquoi personne n'y avait élu domicile. L'endroit était affreusement humide.

À la moindre averse, il y avait des infiltrations dans les murs et la charpente était imbibée d'eau comme une éponge. Des étincelles brillaient juste au-delà du cercle de clarté projeté par la lanterne : les yeux étincelants de rats et de souris faméliques, perchés sur les étagères pourries fixées aux murs et qui suivaient la scène avec curiosité. Le crissement de leurs griffes fournissait un inquiétant contrepoint au grincement de la craie du mage qui traçait un diagramme sur les dalles d'ardoise fendues.

L'homme-femme était assis, en proie à une vive agitation, sur un vieux tonneau et regardait le vieillard en prenant bien garde à ne pas le déranger dans son travail. Ça lui avait déjà coûté assez d'or et de sang. Certaines des choses que le mage avait réclamées avaient été volées, et leurs ex-propriétaires n'étaient généralement plus en état d'exiger réparation.

De temps en temps, le sorcier jetait un coup d'œil scrutateur dans sa direction, esquissait un petit geste de la main, fronçait les sourcils comme s'il se concentrait et se remettait à l'ouvrage.

La quatrième fois qu'il répéta son manège, l'étranger s'humecta fébrilement les lèvres et demanda :

— Pourquoi faites-vous ça ? Pourquoi me regardez-vous ainsi ?

L'homme cligna des yeux, ses yeux pleins d'eau, bordés de rouge, et se redressa péniblement. Il était resté longtemps plié en deux et avait le dos raide. Il tâcha de faire le point sur le côté de l'homme, car il n'arrivait pas à le regarder en face, et rassembla ses idées.

— C'est la malédiction qui vous afflige, articula-t-il enfin. Je ne connais pas de démon assez fort pour rompre un sortilège aussi puissant.

L'indésirable se leva d'un bond en portant machinalement la main à sa hanche, mais il avait laissé son épée dans la chambre du mage. Le vieillard l'avait prévenu qu'il était dangereux d'emmener une arme en présence d'un démon.

— Espèce de vieux bâtard ! gronda-t-il. Tu m'as dit…

— Je vous ai dit que je pouvais en susciter un, et c'est vrai : j'en suis capable. Mais je n'en connais pas. Votre meilleure chance est que j'appelle un démon en rogne contre la personne qui vous a jeté ce sort.

— Et s'il n'y en a pas ?

— Il y en a forcément un, répliqua le mage avec un haussement d'épaules. Tout individu susceptible de jeter une telle malédiction et de laisser son sceau de justice derrière lui pour la sceller s'est forcément aliéné un démon, ou celui qui commande à un démon. C'est ce que je spécifie dans la conjuration. Comme j'ignore quel démon appeler, l'invocation prendra plus longtemps que d'ordinaire, mais elle aboutira. Je vais faire apparaître un démon qui aura une bonne raison de vous aider, et vous négocierez avec lui la levée du sort.

— Moi ? releva l'étranger, pris de court. Pourquoi moi ? Et pourquoi pas toi ?

— Parce que ce n'est pas moi qui suis sous le coup de la malédiction. Peu m'importe qu'elle soit levée ou non. Je vous ai dit que je susciterais un démon, non que je le lierais. Ça exige des compétences et assurément plus de volonté que je n'en ai de reste. Mon marché avec vous était simple : un démon contre une bouteille de léthé. Une fois qu'il sera là, ce sera à vous de le convaincre.

L'homme-femme sourit. C'était beaucoup plus une grimace qu'une expression de plaisir.

— Très bien, vieux forban, lance tes imprécations. J'ai plus confiance en ma cervelle qu'en la tienne, de toute façon.

Le mage retourna à ses gribouillages, remplissant la zone éclairée par la lanterne d'étranges dessins et de mystérieux graffitis qui semblaient à la fois attirer et repousser le regard. Puis, quand il eut fini, il releva soigneusement les lambeaux de sa robe crasseuse et se fraya un chemin en dents de scie à travers le labyrinthe de craie. Il se dressa juste au bord des inscriptions, leva les bras au-dessus de sa tête et entonna un chant aux accents d'un autre monde.

À cet instant, il fut presque impressionnant, bien que l'effet fût un tantinet gâché par l'eau qui gouttait des poutres, tombait sur son crâne déplumé et coulait au bout de son long nez.

La dernière syllabe se répercuta longuement sur les murs humides. L'homme-femme se tortilla fébrilement.

Il ne se passa rien.

— Eh bien ? fit l'indésirable, perdant patience. C'est tout ?

— Je vous ai dit que ça prendrait un moment, peut-être une heure. Ne vous énervez pas, vous allez l'avoir, votre démon.

Il s'essuya le front avec une manche d'une crasse sordide tout en jetant des regards languissants vers la bouteille que l'étranger avait posée par terre, à côté de lui.

L'homme-femme nota la direction dans laquelle s'égarait son regard, pesa un instant le pour et le contre, et dut s'estimer satisfait des efforts du mage car il eut un sourire sans joie.

— Ça va, vieux charlatan, je crois que tu l'as mérité. Viens le chercher.

Le mage ne se le fit pas dire deux fois. Pas question de laisser à l'indésirable le temps de se raviser. Il se précipita vers lui en marchant sur les pans de sa robe déchirée, se laissa tomber à genoux et s'empara avidement du flacon.

Il le déboucha fiévreusement et téta le goulot comme un veau sous la mère, les yeux clos et le visage extatique. Un instant plus tard, il était affalé par terre, la bouteille à moitié vide blottie dans les bras, le regard vide, oublieux de tout.

L'étranger s'approcha de lui avec une douceur inquiétante et lui enfonça le bout du pied dans les côtes.

— J'espère pour toi que tu as fait ce qu'il fallait, vieux bâtard, murmura-t-il, ou tu ne te réveilleras pas.

Ses derniers mots furent noyés par un rugissement de tonnerre qui retentit soudain derrière lui. Il se retourna d'un bond. Toute la partie des dalles qui était couverte d'inscriptions entra en éruption. Une lumière rouge, écœurante, ensanglanta la pièce. Des flammes d'un vert infernal lui roussirent le visage, preuve qu'il s'agissait d'un feu bien réel quoiqu'il épargnât les poutres du plafond. Il recula précipitamment, terrifié malgré ses courageuses résolutions.

Il n'alla pas loin. Une monstrueuse patte griffue surgit des flammes et le plaqua impitoyablement contre le mur du fond de la cave. Une seconde patte, couleur de bronze en fusion, se tendit vers le mage qui avait sombré dans un bienheureux oubli.

Un faciès inimaginable, d'une laideur cauchemardesque, se matérialisa entre les deux pattes. Un cou, des membres, un torse suivirent. Les mains attirèrent le mage dans les flammes. Sa robe et sa barbe s'embrasèrent. Une épouvantable odeur de chair et de vêtements calcinés envahit la cave, faisant hoqueter l'étranger recroquevillé contre le mur détrempé.

D'un coup de dents, la hideuse créature issue des flammes arracha la tête du mage, comme un enfant décapitant un bonhomme de pain d'épices.

C'en fut trop, même pour l'homme-femme. Il roula sur le côté et vomit tripes et boyaux. Quand il releva les yeux et regarda la chose à travers ses larmes, l'immonde créature l'observait en léchant le sang qui ruisselait sur ses pattes.

Il déglutit. Un épouvantable goût de bile lui emplit la bouche. Il attendit que la chose le déguste en guise de dessert.

— Tu sens la magie, fit le monstre d'une voix pareille à une douzaine de cloches légèrement désaccordées sonnant en même temps.

L'homme-femme avait l'estomac en révolution et la tête qui tournait, mais il/elle avala de nouveau sa salive et tenta bravement de répondre.

— Je… je suis sous le coup d'une malédiction.

— C'est ce que je vois. J'imagine que c'est pourquoi j'ai été appelé ici. Eh bien, à moins que nous trouvions un accord, je n'ai que deux solutions : rester ici ou retourner dans le Plan Abyssal. Parle, misérable. Je ne désire pas la seconde solution.

— Comment… pourquoi… le vieil homme…

— Je n'aime pas qu'on me force la main, et ton ami avait commis l'erreur de rester à ma portée, dans le cercle. Mais je n'ai rien contre toi, pour l'instant. Je suppose que tu espères me voir rompre le sortilège qui t'afflige. Veux-tu passer un marché ? Qu'as-tu à m'offrir en échange de ta liberté ?

— De l'or ?

Le démon éclata de rire. Ses yeux piquetés de paillettes s'étrécirent.

— J'ai bien autre chose en tête.

— Des sacrifices ? La mort ?

— Ces notions intangibles sont déjà à ma portée. À commencer par ton sacrifice et ta mort…

L'homme-femme réfléchit frénétiquement.

— La malédiction a été lancée par quelqu'un que vous avez des raisons de haïr.

— Ce qui devrait m'amener à t'aimer, toi ?

— Ça devrait au moins faire de nous des alliés objectifs. Je pourrais vous proposer la revanche…

— Là, tu commences à m'intéresser, fit le démon en plissant les yeux. Rapproche-toi, petit homme.

L'homme-femme serra étroitement ses haillons autour de sa carcasse et s'approcha à petits pas prudents.

— Pourquoi cette malédiction ?

— Pour faire de moi une victime. Et je dois dire que ça a marché. Il n'était pas prévu que je survive à l'expérience.

— J'imagine, grinça le démon, et un sourire cruel s'inscrivit sur ses lèvres. Tu es une jolie petite chose en vérité. Et tu n'as pas apprécié d'être violée, hein ?

Le visage de l'homme-femme s'empourpra. Il/elle sentit que le démon fouillait dans son esprit, explorait sa mémoire, s'attardait péniblement sur plusieurs souvenirs qu'il aurait préféré effacer plutôt que de voir révéler. La colère et la honte remplacèrent fugitivement la peur.

Le sourire du démon s'élargit d'autant.

— À moins que tu aies commencé à aimer ça, après tout ?

— Sors de mon esprit, monstre infernal !

L'androgyne ravala ce qu'il s'apprêtait à hurler, se demandant s'il ne venait pas de signer son arrêt de mort.

— Je crois que tu me plais, homoncule. Comment te proposes-tu de m'aider à me venger ?

L'homme-femme inspira profondément et tenta de remettre de l'ordre dans ses idées.

— Je sais où sont la sorcière et sa partenaire. Je sais comment les attirer ici, et j'ai un plan pour les capturer à leur arrivée.

— J'ai des tas de plans de ce genre, mais je me demandais encore comment les attirer à portée de moi. Parfait. Il se pourrait que nous arrivions à nous entendre. Je vais te donner la forme dont tu as besoin pour te donner de l'ascendant sur elles, et je te laisserai les amener ici. Viens… je vais procéder aux sortilèges nécessaires pour te changer et me libérer en scellant notre marché, mais à cette fin, je dois te toucher.

L'homme-femme s'approcha du cercle de flammes en rentrant peureusement la tête dans les épaules malgré l'assurance du démon qu'il était prêt à conclure le marché. Il ne lui inspirait qu'une confiance relative, et il était doté d'un pouvoir réellement terrifiant. Le démon tendit une longue serre de bronze et lui effleura rapidement la joue.

L'étranger poussa un cri d'agonie. Ce contact lui avait embrasé tous les nerfs. Il se protégea la tête et le visage avec ses bras, se plia lentement en deux et ploya les genoux en hurlant. Il finit par s'effondrer, recroquevillé dans la position fœtale dans ses maigres haillons, tremblant de tous ses membres. S'il avait eu encore quelque chose dans l'estomac, il l'aurait restitué à cet instant.

Le démon attendit avec la patience du serpent en se repaissant des relents de magie et de la noire aura de souffrance exhalés par sa proie. Il se pencha avec une curiosité avide sur le petit tas frémissant, attendant que passe l'agonie de la métamorphose. Son expression avait quelque chose d'étrangement humain. On aurait dit un enfant cruel observant les convulsions d'un insecte auquel il a arraché les ailes et les pattes.

Sa victime pantelante, roulée en boule au bord du cercle de flammes, reprit lentement ses esprits. Ses spasmes s'apaisèrent. Ses hardes se soulevèrent un peu, puis ses mouvements se firent plus délibérés. De longs bras délicats apparurent entre les loques, prirent appui sur le sol. Les haillons s'écartèrent, révélant la silhouette de la créature pantelante.

Elle porta une main à son visage, puis se figea à la vision de ses doigts. Elle se redressa, examina son autre main, fronça les sourcils et secoua la tête comme si elle n'en croyait pas ses yeux. Soudain prise de frénésie, elle arracha ses derniers lambeaux de vêtements, dévoilant sa poitrine, et contempla avec horreur deux très jolis seins, crémeux et on ne peut plus féminins.

— No-on…, gémit-elle, non, c'est impossible !

— Pour un être humain, peut-être, railla le démon, mais je ne suis pas soumis aux contraintes humaines.

— Que m'avez-vous fait ? piaula-t-elle sur un registre suraigu.

Même sa voix avait changé !

— Je t'ai dit que je te donnerais une forme qui t'assurerait un pouvoir sur elles. Une force irrépressible interdit à la sorcière de laisser faire du mal à une femme, alors j'ai fait de toi une vraie femme, pareille à celle que tu étais en illusion. Tes ennemies qui sont aussi les miennes ne peuvent plus rien contre toi, désormais.

— Mais je ne suis pas une femme ! Je ne veux pas être une femme ! hurla-t-elle.

Elle chercha du regard quelque chose à jeter au visage hilare du démon et, ne trouvant rien, se rabattit sur l'invective.

— Refais de moi un homme, maudit ! Je veux redevenir un homme !

— Plus tard, peut-être. Quand tu auras rempli ta part du marché. Tu conserves ta force et ton habileté aux armes. Elles sont intactes. Seule la guerrière pourrait présenter un danger pour toi, et la sorcière veillera à ce qu'elle ne puisse te nuire. Voici quelles sont mes conditions, bandit. Sers-moi, gronda le démon et son sourire s'élargit, sers-moi bien, et il se pourrait que je refasse de toi un homme. D'ici là, ton nouveau corps sert bien mieux mes intérêts que ne l'aurait fait l'autre. Et pour commencer…

Un tourbillon de flammes l'environna. Quand il en émergea, un instant plus tard, il avait pris forme humaine. Il était nu comme un ver, et d'une grande beauté. Ou plutôt d'une beauté à la fois repoussante et attirante. Il était toujours d'une taille supérieure à la normale, mais n'occupait plus désormais qu'un quart de la cave. Il franchit sans hésiter les limites du cercle, se pencha vers la femme pétrifiée et l'attira vers lui. Elle se débattit frénétiquement. Il se délecta de ses tentatives désespérées pour s'échapper.

— Tu sais que tu es une belle petite poupée, toi ? Et ce rôle te colle à la peau comme s'il avait été fait pour toi ! Un homme aurait tenté de me frapper, mais tu ne penses qu'à fuir. Et je ne crois pas qu'un homme aurait deviné mes intentions, alors que toi, tu les as tout de suite comprises, hein, ma petite chérie ? Je crois que je vais t'enseigner les joies et les peines de la condition de femme. Et peut-être arriverai-je à te faire oublier que tu as jamais été autre chose…

Son rire ébranla la bâtisse jusqu'aux solives, mais ses autres occupants se contentèrent de vérifier que le loquet de leur porte était bien poussé et se réfugièrent au fond de leur lit en faisant des vœux pour que ce qui riait, quoi que ce fût, les oubliât.

D'un geste, le démon transforma la sinistre cave en un décor digne des rêves – ou des cauchemars – d'une putain. De l'autre main, il écrasa sa victime contre sa poitrine et entreprit d'explorer mentalement tous les recoins de son esprit.

La femme laissa échapper un hoquet de douleur et de consternation en sentant sa volonté ployer sous celle du démon. Il s'empara de ses sens, en joua comme des cordes d'un instrument. Il passa ses mains sur son corps, la dépouilla de ses derniers lambeaux de vêtements jusqu'à ce qu'elle soit aussi nue que lui, et sa chair éveillée par ses caresses se mit à brûler d'une fièvre contre laquelle elle ne pouvait lutter.

De même que ses derniers vestiges de volonté tombaient en poussière sous ses assauts, son corps la trahit. Il répondit comme le démon le souhaitait.

Et pour finir elle oublia, en effet, pendant un moment, ce que c'était que d'être un homme.

Kethry tortilla une mèche de cheveux autour de son doigt afin de se donner une contenance et se pencha sur sa tasse pour dissimuler son sourire. Elle trouvait désarmant cet aspect de sa personnalité que révélait son équipière, mais elle doutait que Tarma partage son amusement.

La salle à manger de l'auberge était loin d'être pleine, et l'atmosphère était détendue et conviviale. Il y avait des mois qu'elles n'étaient descendues dans un endroit aussi agréable. Le patron n'était guère regardant sur la lumière, la nourriture était excellente, les lits propres et confortables, les prix pas exagérément scandaleux. Et Tarma appréciait manifestement la compagnie.

Comme tous les soirs depuis trois jours, Tarma était engagée dans une discussion théologique. Une discussion, pas une dispute, malgré le ton parfois passionné des deux protagonistes. Aucun d'eux ne se sentait offensé ou ne se fâchait même lorsqu'ils n'étaient pas d'accord.

Son contradicteur était un petit prêtre dodu de l'Anathe de la Flamme Purificatrice. Il avait manifestement achevé son noviciat, et aurait pu, à en juger par son accent cultivé, occuper un rang élevé dans la prêtrise ; pourtant il portait un froc de bure dépourvu de tout ornement, comme le dernier acolyte de son ordre. Il avait le visage et le crâne rasés, et ses yeux noisette, chaleureux, semblaient contempler toute chose et chaque individu avec la joie ouverte, dépourvue d'arrière-pensée, d'un enfant candide. Ce n'était pas un ascète. Ils avaient partagé des tournées de vin, Tarma et lui. Ce soir un bon rouge, hier, du blanc.

Tarma formait une association encore plus insolite avec lui qu'avec sa sorcière de Kethry. Elle le dépassait d'une tête, tout dans son attitude et ses mouvements montrait qu'elle savait manier l'épée attachée sur son dos, son profil d'oiseau de proie et le regard froid de ses yeux bleus révélaient un contrôle d'elle-même qui aurait aisément effrayé ou du moins intimidé un étranger. Avec chacun des éléments de son armement ou de sa tenue couleur de terre, si fonctionnelle qu'elle aurait pu passer pour une sorte d'uniforme, et ses cheveux noirs, rebelles, tressés et enroulés avec une rigueur militaire, on aurait dit une prêtresse – la prêtresse d'un ordre guerrier, à demi barbare. On ne voyait pas ce qu'elle pouvait avoir de commun avec le petit prélat érudit.

D'autant qu'elle n'avait vraiment pas l'air d'une lettrée. On ne s'attendait guère à l'entendre parler philosophie et échanger des arguments de haute volée. Et pourtant, elle avait cité au moins autant d'œuvres difficiles que le prêtre, à son évidente délectation, et à la douce surprise de Kethry. Il fallait croire que les disciplines auxquelles s'astreignaient ceux et celles qui prêtaient Serment à l'Épée incluaient le terrain de la connaissance dans les champs de bataille possibles. Kethry savait depuis longtemps que Tarma avait une culture étendue, et en plusieurs langues, mais à ce point… elle ne l'aurait jamais imaginé.

Pour le moment Kethry se tenait à l'écart de la conversation. Ce soir-là, elles avaient eu une discussion, son équipière et elle ; leur premier sérieux différend depuis qu'elles s'étaient associées. Elle voulait laisser à Tarma le temps de se calmer, et de réfléchir à ce qu'elle lui avait dit.

Parce que, si désagréable que ce fût, ce n'en était pas moins la vérité, hélas.

— Tu ne veux tout de même pas aller là-bas toute seule ? avait demandé Tarma d'un air dubitatif, Kethry ayant émis l'intention de rôder dans le quartier plutôt louche des mages bohémiens.

Kethry avait entendu dire qu'un des ses vieux camarades d'école s'était joint à eux et voulait de ses nouvelles.

— Et pourquoi pas ? avait-elle rétorqué, un peu plus âprement qu'elle aurait voulu.

— Parce que ce n'est pas un endroit pour une femme seule.

— Enfin, Tarma, je ne suis pas une mauviette ! Je suis parfaitement capable de me défendre !

— Pff... Même moi je pourrais me faire avoir par une bande de malfrats.

— Par tous les Dieux, Tarma, vas-tu enfin me lâcher le coude ? Tu m'étouffes ! Je ne peux aller nulle part, je ne peux rien faire sans t'avoir sur le dos. Tu vas finir par me mettre sous globe, comme une porcelaine précieuse...

Elle s'était arrêtée net, consternée par l'air blessé de sa coéquipière, mais celle-ci avait changé d'expression à la vitesse de l'éclair et platement répondu :

— Tu te fais des idées.

— Ça va, c'est bon, avait rétorqué Kethry, trop lasse pour se bagarrer avec elle. Tu n'en feras jamais qu'à ta tête, de toute façon. Chaque fois que tu entends quelque chose qui ne te plaît pas, tu le nies et tu me tombes dessus, exactement comme en ce moment.

Et elle avait tourné les talons et ouvert le chemin vers la salle à manger, sans se rendre compte que ses paroles avaient fait à Tarma l'effet d'une gifle.

La voix du petit prêtre interrompit sa rêverie.

— Oh, que non ! disait-il. Je ne puis être d'accord. On nous enseigne que le mal n'est point une chose en soi mais plutôt un bien qui n'a pas réussi à voir la vérité. Pour nous, même un démon peut être remis sur le droit chemin, même le plus vil de ces êtres pourrait devenir une sainte créature si quelqu'un avait la patience de lui montrer la bonne voie.

— Encore faudrait-il que votre rédempteur ne se fasse pas dévorer ou réduire en lambeaux avant d'avoir eu le temps de dire un mot, croassa Tarma d'un ton railleur en se drapant plus confortablement sur le bord de la table. Il aurait intérêt à être sacrément bon magicien, ou doué pour la course. Non, mon ami, je ne suis pas d'accord avec vous. En dehors de ce que Maître Tenavril en a dit, j'ai eu personnellement affaire à quelques démons, et de très près. Force m'est d'abonder dans le sens de l'Ordre des Soleils Jumeaux : les êtres démoniaques sont le pur et simple produit de forces maléfiques. Cela dit, il n'y a pas que les habitants du Plan Abyssal qui soient intrinsèquement mauvais. J'ai connu quelques humains qui n'avaient rien à leur envier. Le mal existe, c'est une réalité en soi, et il aime être comme ça. Il ne changerait pas même s'il avait le choix. Et il faut l'anéantir quand on en a l'occasion, ou il se répandra. Le mal est plus facile à suivre que le bien, et les être humains n'ont que trop tendance à suivre la ligne de plus forte pente.

— Je m'inscris en faux contre cette assertion. Ceux qui sont mauvais ne savent tout simplement pas ce qu'est le bien.

— Oh si, ils le savent, mais ils le rejettent pour obéir à leurs instincts. D'ailleurs, je vous mets au défi de me donner un exemple, un seul, de mal absolu qui ait choisi le bien après qu'on le lui aura montré.

— Euh..., fit le petit prêtre en clignant des yeux dans la lumière des chandelles, puis il eut un sourire triomphal. Le grand Loup-Démon de Hastandell !

— Oh, ça, c'est trop facile. Warrl !

Une ombre allongée au coin de la cheminée se redressa. En fait d'ombre, c'était le kyree dont le garrot arrivait presque à la taille de Tarma. Un examen plus attentif aurait révélé que sa constitution générale rappelait plutôt celle des grands prédateurs félins des plaines que celle du loup. Il paraissait fait pour l'escalade et pour piquer des pointes de vitesse, sans avoir l'endurance des canidés. Pourtant, sa fourrure, sa tête et sa queue évoquaient suffisamment le loup pour que Tarma songe généralement que c'en était plus ou moins un.

Il s'approcha en souplesse du trio si étrangement assorti. Le brouhaha des conversations retomba un instant dans la salle commune et reprit aussitôt. Les clients de l'auberge avaient eu trois jours pour s'habituer à la créature monstrueuse qui vivait parmi eux. Tarma y avait largement contribué en le persuadant de les gratifier de numéros de cirque qui les avaient bien fait rire, le premier soir de leur arrivée. Maintenant, si sa présence en dérangeait quelques-uns, la plupart en étaient arrivés à le considérer comme inoffensif. Ils n'avaient aucune idée de sa véritable nature, Tarma et Kethry s'étant, par délicatesse, abstenues de leur révéler qu'il était sans doute plus intelligent que n'importe lequel d'entre eux et les aurait aisément battus aux échecs.

— Voilà votre Loup-Démon, ou du moins un de ses pareils, annonça Tarma en inclinant la tête, le regard un peu distant comme si elle écoutait quelque chose d'inaudible pour les autres. Warrl est un kyree ; il vient des Pélagirs. Il me prie de vous dire qu'il connaît cette histoire. Ourra ignorait que les moutons appartenaient à quelqu'un. Quand il hantait le village, la nuit, c'était par pure curiosité. D'après Warrl, Ourra n'avait jamais vu d'êtres humains avant que ce groupe vienne s'installer là. Il pensait que c'étaient des bêtes comme tant d'autres, quoiqu'un peu bizarres, et que leurs maisons étaient des espèces d'excroissances inertes. Croyez-moi, j'ai vu certaines des choses qui poussent à l'état sauvage dans les Pélagirs, et quand on connaît les arbres et les buissons de la région, c'est une idée qui vient tout naturellement. Enfin, Warrl veut que vous sachiez que lorsque la prêtresse s'est jetée sur Ourra comme une furie et lui a passé ce savon pour avoir dévoré les troupeaux, il ne savait plus où se mettre. Faute d'interprète du genre de Kethry ou de moi-même, il ne pouvait guère s'excuser, mais il a fait de son mieux pour revaloir ça au village. Ses semblables ont un sens de l'honneur très développé. Pardon, mon petit père, mais Ourra est disqualifié.

— Il parle ? s'émerveilla le prêtre, changeant momentanément de sujet. Il a vraiment un langage ? Je pensais que ce n'était qu'un animal bien dressé.

— Je vous crois assez large d'esprit pour vous mettre dans la confidence. Les kyrees sont doués pour un tas de choses. Ils sont aussi intelligents que vous ou moi, et peut-être même plus. Je suis persuadée que Warrl pourrait vous infliger une bonne branlée au taroc, jeu pour lequel je n'ai, par ailleurs, aucune disposition. Et pour parler, il parle, par le Serment de la Guerrière ! Il y a même des moments où je voudrais bien qu'il se taise un peu. Il me rebat les oreilles de conseils et de critiques dont je me passerais d'autant plus qu'il les conclut généralement par « je te l'avais bien dit ».

Elle ébouriffa affectueusement le crâne de la grosse bête qui lui sourit à la façon des loups, en roulant la langue comme un serpentin. Kethry lui lança l'un des os restants de leur dîner. Il l'attrapa au vol et s'assit à côté d'elle pour le déguster. Derrière eux, les conversations avaient repris comme si de rien n'était.

— Maintenant, je vais vous donner un exemple de créature maléfique qui n'a jamais servi qu'elle-même : Thalhkarsh. Et je suis bien placée pour en parler, parce que nous étions aux premières loges quand il a sévi. Il a eu quantité d'occasions de se frotter au « bien ». Il n'a pas approché que les traînées qu'il réquisitionnait pour ses cérémonies. Mais vous ne connaissez peut-être pas cette histoire ?

— Pas en détail. Et le peu que j'en connais, je ne le tiens évidemment pas de l'une de ses protagonistes.

— Eh bien, je vais me faire un plaisir de vous raconter tout ça, mais c'est une longue histoire, et nous risquons d'avoir soif. Oskar ? La même chose... Non, apportez-nous plutôt un pichet, cette fois. Je vais en avoir pour un moment. Tenez, fit-elle en lançant une pièce à l'aubergiste, car c'était son tour de payer la tournée.

Le tavernier – un petit rondouillard à la vue basse – s'éloigna au trot et revint avec une cruche de terre cuite pleine à ras bord qu'il posa entre Tarma et le petit prêtre. Kethry s'amusa de voir qu'il ne retournait pas se poster derrière son comptoir mais restait à rôdailler dans le coin, à ramasser un verre, à frotter les tables... Si ça continuait, on allait voir au travers. Enfin, elle ne pouvait pas lui en vouloir ; c'était une histoire qu'elle ne racontait pas souvent, et il y avait peu de chance que quiconque à Oberdorn ait jamais eu droit à une version de première main. Oskar pourrait en régaler ses clients pendant des mois !

— Nous avons déduit, après coup, que Thalhkarsh avait été suscité par erreur. Erreur que n'a pas eu l'occasion de renouveler l'auteur de l'invocation. Il l'a payée de sa vie, comme bien souvent en pareil cas. Mais cette fois, les choses ont tourné d'une façon assez inhabituelle, conclut-elle en faisant signe à Kethry de reprendre le crachoir pendant qu'elle goûtait le vin.

— Thalhkarsh était un démon ambitieux. Il n'avait plus envie de vivre dans le Plan Abyssal. Il voulait s'en évader. Et surtout, il voulait beaucoup plus, infiniment plus de pouvoir qu'il n'en avait déjà. Il voulait devenir un dieu, ou du moins un demi-dieu. Et il savait que pour y arriver, il n'y a rien de tel que l'adoration, la douleur et la mort. À ces deux dernières, il avait déjà goûté. Ça lui avait plu, et il en voulait davantage. Quant à la première, l'adoration, eh bien, il croyait savoir comment l'obtenir aussi. Il avait adopté une forme très séduisante, dotée d'un fort pouvoir de séduction sexuelle, s'était construit un temple et, avec l'aide d'un pion humain qu'il avait bombardé Grand Prêtre, il avait fondé une religion.

— Une religion taillée sur mesure, en fonction de ses goûts très particuliers, continua Tarma. J'ai cru comprendre que pour la plupart des démons, copuler avec un être humain n'a pas plus d'intérêt que pour vous ou moi de faire ça avec un chien. Eh bien, Thalhkarsh était d'un autre avis. En partie à cause de la souffrance qu'il occasionnait à ses victimes, bien sûr, mais peut-être aussi parce qu'il avait découvert dans le sexe un moyen d'exercer un puissant ascendant sur autrui. Quoi qu'il en soit, c'est là-dessus qu'était fondée sa religion. Le point d'orgue du cérémonial était une sorte d'orgie : Thalhkarsh possédait une demi-douzaine de femmes, les torturait et les tuait quand il s'était assez amusé avec elles, tout ça sous le nez de ses adorateurs. Il y a des gens qui trouvent ça excitant. Il réunit très vite une nombreuse congrégation, et il s'en est fallu d'un cheveu qu'il n'atteigne son but. C'est là que nous sommes intervenues.

— Vous savez que nous avons la réputation d'aider les femmes ? reprit Kethry.

— Vous êtes sous l'emprise d'un enchantement ? hasarda le petit prêtre.

— Quelque chose dans ce genre-là. Enfin, nous avons été impliquées dans l'affaire parce que les victimes choisies par Thalhkarsh étaient presque exclusivement de sexe féminin. Nous nous sommes introduites dans le temple, et nous avons cherché le Grand Prêtre en partant du principe qu'il était à la tête de tout ça. Nous ignorions à ce moment-là que c'était un jouet entre les griffes du démon. Hypothèse que j'avais d'ailleurs envisagée puis écartée, soupira Kethry. Nous avons très vite compris que nous avions affaire à forte partie. Le démon a retourné la situation à son avantage en profitant de l'affrontement pour tester l'ardeur de son serviteur. Voyant que celui-ci ne faisait pas le poids, il m'a proposé le poste. Il m'a soumise à toutes les tentations possibles : un pouvoir illimité, la beauté, la fortune… et lui. Il était incroyablement séduisant, je ne peux pas vous dire à quel point il était… attirant. Songez seulement que ses victimes couraient à lui de leur plein gré, et pourtant elles savaient ce qui les attendait. Bref, j'imagine que je lui ai résisté un poil trop longtemps. Il s'est impatienté et m'a collée au mur – ce n'est pas une image. J'y suis restée inconsciente, du moins à ce qu'il croyait.

— C'est alors qu'il m'a fait la même proposition, poursuivit Tarma. Sauf qu'au lieu de me dorer la pilule, il m'a carrément fait la démonstration de son pouvoir en me métamorphosant. Des rois auraient mis leur fortune, leur couronne à mes pieds. Il était à deux doigts de m'amener à rompre mon lien avec Celle-aux-Yeux-Étoilés, je vous jure. Je ne sais ce qui m'a retenue de me laisser séduire, si ce n'est que plus il excitait mon corps, plus il avivait ma colère. Ce fut son erreur. J'ai vu Kethry se glisser sournoisement dans son dos, alors j'ai fait semblant de céder, et au moment où elle l'a poignardé, j'ai brisé son point focal. Il a perdu le contrôle de son aspect extérieur – et, par voie de conséquence, de ses adorateurs. Quand ils ont vu à quoi il ressemblait en réalité, ils ont pris la fuite en hurlant. Dès l'instant où il a perdu son emprise sur eux, il était cuit.

— Tu ne risquais pas de céder, She'enedra. Ta volonté est trop forte. Il aurait fallu qu'il dispose d'infiniment plus de temps pour te travailler au corps, ou que sa puissance égale celle de la Guerrière.

— Peut-être. En tout cas, il s'en est fallu de peu. Beaucoup trop peu pour mon goût… Ce que je veux dire, c'est qu'il était maléfique par plaisir. J'en sais quelque chose ; ce mal a rampé dans mon esprit. Et ce n'est pas tout. Nous avons appris d'autres choses après coup : il a massacré, et dans quelles tortures, de pauvres filles innocentes qui avaient eu la malchance de se trouver au mauvais endroit au mauvais moment. Nous pensons que certains membres du clergé sont allés le trouver et ont tenté de l'exorciser. C'est difficile à dire avec certitude, car c'étaient des prédicateurs itinérants, qui n'étaient pas rattachés à un temple précis. Nous savons qu'ils ont disparu d'un jour à l'autre – de nuit, pour être plus précis. Ils n'ont pas quitté la ville par ses portes, et avant de disparaître, ils avaient parlé de régler son compte à Thalhkarsh…

Son regard se voila, et c'est d'un ton amer qu'elle poursuivit.

— Comme on ne les a jamais revus et qu'on n'a plus entendu parler d'eux, le plus probable est qu'ils ont suivi le même chemin que toutes ses victimes. En tout cas, c'est ce qui me permet d'affirmer que Thalhkarsh a eu moult occasions d'approcher le bien et la Lumière, et qu'il n'y a vu, selon toute apparence, qu'une chose de plus à écraser.

Le prêtre resta muet. Qu'aurait-il pu dire, aussi ? Il se contenta d'absorber une gorgée de vin. À voir son regard distant, il était évident qu'il pesait mûrement sa réponse.

— Sachez, ô Vous qui avez prêté le Serment de l'Épée, que même s'ils ne traitent pas le mal en ennemi mortel, ceux de l'Anathe ne sont pas complètement stupides, dit-il enfin. Nous considérons, au contraire, comme un péché le fait de jouer sa vie sur la seule notion stupide et présomptueuse que la sainteté est une sauvegarde suffisante. La flèche qui, au combat, frappe l'ami et non l'ennemi, n'est pas moins mortelle parce qu'elle rate sa cible. Laissez-moi vous dire ceci : lorsque nous luttons contre le plus grand des fléaux, nous n'agissons pas aveuglément. Nous étudions soigneusement les tenants et les aboutissants de la situation, nous ne prenons aucun risque. Avant que d'affronter notre adversaire pour lui montrer la Lumière, nous apprenons tout ce qu'il y a à savoir sur lui. Et nous veillons soigneusement à ce qu'il ne puisse nous nuire dans son égarement.

Les yeux de Tarma jetèrent une lueur amusée dans la lumière mouvante de la lampe à huile.

—Ce n'est pas moi qui vous en dénierai le droit. Il semble, en tout cas, que vous meniez vos conversions avec le plus grand pragmatisme ; on ne saurait en dire autant de tout le monde. N'empêche que vous me reconnaîtrez le droit de ne pas être du même avis que vous.

—Force m'est de m'incliner, ma Dame, fit-il avec une petite courbette, faisant grincer le banc sous son poids. Mais nous ne nous sommes pas mis d'accord sur notre point de mésentente. Même si j'étais prêt à reconnaître que vous avez raison en ce qui concerne Thalhkarsh, ce qui n'est pas le cas, c'était encore un démon et non un homme, de sorte que...

—Eh bien, si vous voulez un homme qui soit l'incarnation du mal absolu, j'en tiens un à votre disposition ! Kethry, tu te souviens de ce salopard de Lastel Longlame ?

—Par la Dame de Lumière ! S'il y a jamais eu une âme irréductible, c'est bien la sienne !

Kethry vérifia, du coin de l'œil, qu'Oskar n'avait pas bougé depuis qu'elles avaient commencé leur histoire, et que s'il continuait à astiquer sa table comme ça, il n'allait bientôt plus rien en rester. Elle se demanda, tout en réprimant un sourire, si c'était pour ça que le mobilier de son établissement brillait autant.

—Lastel Longlame ? répéta le petit prélat, intrigué.

—Je doute fort que vous ayez entendu parler de lui. C'était un brigand qui avait une bande dans le désert, entre ici et...

— Hé, mais si, il me semble que je connais cette histoire ! s'exclama le prêtre. N'en aurait-on pas fait une chanson ? Une chanson qui commencerait ainsi : « Une caravane passe au loin dans les collines, À mille lieues de tout… »

— Par l'Épée de la Dame, j'espère que cette ineptie ne va pas nous suivre jusqu'à la fin des temps ! s'exclama Tarma avec une grimace de dégoût tandis que Kethry laissait échapper un ricanement sardonique. Sacré Leslac ! Je n'aurais jamais dû accepter de le rencontrer ! Si je mets la main sur ce rimailleur de malheur, je le tue, je le retue et je piétine minutieusement les morceaux ! Je trouve déjà assez navrant qu'il ait raconté l'histoire tout de travers, mais le funeste couplet qui dit « À trois choses tu te garderas de faire du tort / Une femme, une louve qui allaite, un homme fort » nous a beaucoup nui pendant je ne sais combien de temps ! Nous faisons ce métier pour de l'argent, nom de nom ! Et ça te fait rire, toi ? lança-t-elle en se tournant vers Kethry avec fureur.

— Mais non, mais non, répondit celle-ci, et un coup d'œil au visage de Tarma suffit à la calmer.

— Personne ne respecte plus rien. Ni ces stupides ménestrels, ni mon équipière, et même pas toi, Nez Fourré !

Warrl plaqua la tête entre ses pattes et réussit à prendre l'air contrit.

— Enfin, puisque ma partenaire ne sait pas se tenir, voilà comment les choses se sont passées en réalité : Longlame avait réussi à fédérer plusieurs petites bandes de voleurs en leur promettant que, sous sa bannière, ils parviendraient à rançonner les caravanes les mieux gardées. Et il tint parole. Au bout de quelques mois, une souris n'aurait pu emprunter la route des Caravanes sans se retrouver à poil. Si j'ose dire.

— Je suppose qu'ils ont envoyé des caravanes de faux marchands, armés jusqu'aux dents ?

— Bien sûr, mais Longlame avait un atout dans sa manche, répondit Kethry en s'efforçant de reprendre son sérieux. Il était doué de magie mentale, un pouvoir que l'on développe à Valdemar. Pas très fort, mais très spécifique. Tous ceux qui voyaient Longlame le prenaient pour un homme qu'ils avaient connu il y a longtemps et perdu de vue – par mesure de précaution ; comme ça, il n'avait pas à craindre que son « double » se montre au moment où il s'y attendait le moins. Il revêtait des traits différents pour chacun, mais toujours ceux d'une personne de confiance, et c'est ainsi qu'il escortait toutes les caravanes qui prenaient le départ. Au moment propice, il donnait le signal de l'attaque à ses hommes. Si la caravane était trop bien gardée, il attendait d'être de quart, la nuit, pour chasser les chevaux et les bêtes de somme dans le désert, ne laissant d'autre ressource aux gardes et aux marchands que de rentrer à pied en abandonnant leurs marchandises.

— C'était diabolique.

— Vous ne sauriez employer un terme mieux choisi : il était diabolique, en effet. L'une des premières caravanes que ces forbans ont prises convoyait une demi-douzaine de filles de marchands vers la ville voisine. De gentilles jeunes filles de bonne famille, qui partaient poursuivre leur éducation dans une plus grande cité, dans l'espoir d'y trouver chaussure à leur pied. Longlame aurait pu les prendre en otage, exiger une rançon de leurs parents ou même les vendre comme esclaves, que sais-je ? Il n'en a rien fait. Il a abusé d'elles, l'une après l'autre, et quand il en a eu assez, il les a livrées sans remords à ses hommes qui les ont violées collectivement, jusqu'à ce que mort s'ensuive.

Le prêtre se dit que si Leslac, le ménestrel, avait pu voir la tête de Tarma à cet instant, il aurait utilisé des termes beaucoup moins châtiés dans sa chanson.

— L'oncle d'une des filles a entendu dire que nous étions dans la région et nous a envoyé chercher, poursuivit Kethry alors que Tarma semblait perdue dans de sinistres ruminations.

Nous nous sommes déguisées et nous sommes parties avec la première caravane. C'est là que la chanson raconte n'importe quoi : c'était moi la Dame et Tarma ma servante. Quand les bandits ont attaqué, j'ai rompu l'illusion ; la surprise nous a donné un avantage qui nous a permis d'avoir le dessus et nous les avons massacrés.

— Enfin, pas tous. Nous n'en avons même pas tué la majeure partie. Juste les chefs, continua Tarma au prix d'un effort sur elle-même. Et nous avons capturé Longlame, qui était l'instigateur de cette infamie.

— Comment avez-vous… euh, « rendu justice », « de ses victimes vengeant les misères » ? demanda le prêtre. Je suis dévoré de curiosité depuis que j'ai entendu cette chanson. Encore que je me demande si j'ai raison de vous poser cette question…

Tarma renvoya la tête en arrière et partit d'un rire de hyène.

— Ce forban n'a pas réussi à trahir complètement notre histoire ! Très bien, je vais vous révéler le secret : Kethry l'a environné d'une illusion frappant tous les sens et liée à son propre pouvoir de magie mentale, de sorte qu'il ne puisse la rompre. Elle lui a donné l'apparence physique d'une très jolie fille sans défense. Nous l'avons attaché, inconscient, sur son cheval et renvoyé dans le désert sur les traces de sa bande, ou de ce qui en restait. Je suis sûre qu'il a très bien compris ce qu'avaient pu ressentir ses victimes avant de périr à son tour.

— Rappelez-moi de ne jamais vous mettre en colère, ô Vous qui avez prêté le Serment de l'Épée, soupira le petit prêtre en secouant tristement la tête. Je ne suis pas sûr de partager votre notion de la justice.

— Il n'a eu que ce qu'il méritait, et ce n'est probablement pas pire que ce que lui auraient fait les parents des filles qu'il avait tuées, souligna Kethry. La Dame aux Yeux Étoilés de Tarma n'enseigne pas que les malfaisants doivent rester impunis ; ma Dame non plus. Longlame était un de ces rebuts de l'humanité qui ont eu amplement l'occasion de faire le bien

– ou tout au moins de ne nuire à personne – et qui ont choisi, délibérément, d'infliger le mal partout où ils passaient. Pour moi, ce n'est qu'un juste retour des choses.

— Si vous vous y mettez vous aussi, je crains de ne pas faire le poids, nota le prêtre avec un sourire. Aussi me permettrez-vous de me retirer avec dignité, vous accordant la justesse de vos assertions, mais sans vous concéder la victoire. Car il est plutôt étrange que vous ayez fait allusion au démon Thalhkarsh en ce moment précis.

Tarma et Kethry dressèrent l'oreille. Elles ne bougèrent pas d'un poil. Tarma avait toujours les deux bras croisés sur la table tandis que Kethry était adossée au mur, dans une attitude détendue, mais tous leurs sens étaient en éveil. Le petit prêtre avait réussi à éveiller la vigilance, la méfiance de la prédatrice et de la chasseresse qui étaient en elles.

— Que voulez-vous dire ? demanda Tarma comme si de rien n'était.

— Oh, j'ai entendu dire dans le quartier des voleurs qu'une âme malintentionnée tentait de rétablir le culte de Thalhkarsh ici même, sur le site du vieux temple de Duross. Bruits confirmés par une jeune femme qui habiterait le quartier.

— Vraiment ? fit évasivement Kethry en tripotant la bordure de son capuchon chamois. Le culte de Thalhkarsh... ça ne paraît pas très malin quand on pense à ce qui s'est passé à Delton, non ?

— Pas très malin, comme vous dites, acquiesça le prêtre. Les gens savent ce qui les attend s'ils se font pincer. Le prince préfère voir les femmes de petite vertu lui payer la taxe vénérienne plutôt que de se faire égorger sur des autels. Il paraît qu'après les coupes sombres opérées par Thalhkarsh, les revenus de Delton ont été divisés par deux pendant près de trois ans. Depuis, il s'est empressé de renforcer les lois régissant les pratiques religieuses. Les sacrifices humains, sous quelque forme que ce soit, sont passibles d'esclavage.

Et si le coupable a assassiné des contribuables, il est livré aux mages du prince pour leurs expérimentations.

Kethry haussa un sourcil. Tarma s'octroya une bonne goulée de vin. Elles avaient toutes les deux entendu dire que les mages du prince Lothar produisaient des gardes du corps monstrueux et sans cervelle. On racontait aussi que le processus consistant à transformer un homme normal en une brute de douze pieds de haut n'était pas agréable. D'aucuns surnommaient parfois Lothar « le Cinglé », mais jamais devant lui.

Le petit prêtre soutint tour à tour le regard bleu et le regard vert, puis il hocha la tête.

— Ce n'est pas tout, continua-t-il. Certaines sectes, dont la mienne, souhaiteraient traiter avec le démon sur un autre plan. Nous aimerions le voir de nouveau enchaîné, pour ne pas dire plus. Enfin, pour l'instant, il ne s'agit que de rumeurs. Tous ceux qui sont allés au temple l'ont trouvé désert.

— Y êtes-vous allé en personne ?

— Oui, par acquit de conscience. La femme ne me paraissait pas spécialement digne de confiance, ou particulièrement intelligente. Jolie, ça oui. Elle était vraiment séduisante sous sa crasse. L'ennui, c'est qu'elle était tout le temps à moitié hébétée. Ce n'est pas moi qui l'ai interrogée, mais Frère Thoser, sans quoi je pourrais vous en dire davantage. Pour moi, c'est une femme qui avait reçu une bonne éducation et s'était retrouvée dans le ruisseau après avoir succombé à je ne sais quelle drogue.

Tarma opina pensivement du chef.

— Où est ce temple ? demanda Kethry de cette voix de contralto un peu rauque qui faisait regretter son vœu de chasteté au petit prêtre.

Et quand elle était entrée dans la lumière, il avait vu que le doux visage ocré par l'ombre du capuchon faisait écho à la voix, et un peu soupiré en songeant au bon vieux temps.

— Vous connaissez le quartier des voleurs ? Eh bien, il est le long de la rivière, sous le vent par rapport à l'abattoir et à la tannerie. Il est désert depuis que le dernier acolyte est mort de vieillesse, il y a une quinzaine d'années. L'endroit menace ruine. La dernière fois que j'y suis allé, rien n'indiquait que quiconque y ait mis les pieds depuis tout ce temps.

— Il est fermé ?

— Absolument. Il n'y a plus rien à voler dedans, mais personne ne tient à ce que les enfants aillent y jouer et reçoivent des gravats sur la tête. Les voleurs s'y sont un moment réunis, avant la mort de l'acolyte, mais, fit le petit prêtre avec un ricanement, Tham N'a-Qu'un-œil m'a dit qu'ils « allaient y attraper la mort », tellement l'endroit était humide et froid, et ils se sont choisi un environnement plus confortable.

Il s'interrompit pour vider sa chope. Tarma en profita pour échanger un coup d'œil avec son équipière. *Il faut que nous parlions*, fit-elle en langage des signes.

Kethry acquiesça tout aussi discrètement et ajouta par le même moyen : *Nous risquons de nous attirer des ennuis.*

La grimace de Tarma valait un acquiescement.

— Je vais maintenant vous demander de m'excuser, reprit le petit prêtre en repoussant son banc qui grinça sur le sol. Je dois me lever tôt, demain matin, pour le premier service. Grâces vous soient rendues, ô Vous qui avez prêté Serment à l'Épée, pour votre compagnie et l'agrément de votre conversation, même si je ne partage pas votre point de vue…

Tarma se fendit d'un sourire qui métamorphosa son visage, bien qu'il n'atteigne pas tout à fait les yeux.

— Ah, petit père, vous connaissez le dicton : « Le soleil brille pour tout le monde. » Vous suivez votre chemin et moi le mien, mais mon épée vous défendra si besoin est.

— On ne saurait raisonnablement en exiger davantage de la part d'une impie ! répondit-il plaisamment. Sur ce, bonne nuit.

Les deux mercenaires finirent leur chope et se levèrent peu après pour aller se coucher. Kethry prit une chandelle sur la petite table placée à l'entrée du couloir, l'alluma à la lanterne posée dessus et s'engagea dans le corridor, Warrl sur ses talons. Les murs lambrissés brillaient tant que leur lumière s'y reflétait. Tarma reconnut l'odeur de l'huile de ferris qu'on utilisait pour les cirer. Les ronflements derrière les portes closes, les effluves familières, le bourdonnement des conversations dans la salle, derrière elles, tout offrait un vif contraste avec l'horreur qui s'était réveillée dans leur esprit au souvenir de Thalhkarsh.

Leur chambre était meublée de deux lits étroits, d'un tapis de lirette et d'une table, le tout ancien mais d'une propreté méticuleuse. Elles avaient demandé une chambre avec fenêtre, de sorte que Warrl puisse aller et venir à sa guise. Aucun individu doué de bon sens n'oserait entrer dans leur chambre lorsque l'un d'eux s'y trouvait, et tout ce qu'elles possédaient était à l'écurie, sous la bonne garde de leurs chevaux de bataille, Bannière d'Enfer et Âme de Fer les bien nommées.

Kethry referma la porte derrière elle, poussa le loquet, plaça la chandelle dans son support mural et se tourna vers sa partenaire dans un grand envol de robes.

— S'il est là, si c'est vraiment Thalhkarsh, c'est nous qu'il cherche.

— Ça paraît évident, acquiesça Tarma en tournant en rond dans le maigre espace disponible. Si j'étais un démon, je serais assoiffée de vengeance. Enfin, nous savions que ça finirait par arriver. J'imagine que tu n'as reçu aucun signe particulier de Besoin ?

— Non. Juste ce à quoi on peut s'attendre dans une ville de cette taille. Je voudrais bien qu'elle soit un peu moins sectaire, soupira Kethry, et elle effleura machinalement la poignée de l'épée qu'elle portait sur sa robe de sorcière. Je refuse de fourrer mon nez dans toutes les querelles d'amoureux de cette ville ! Et…

— Par le Serment de la Guerrière ! Tu te rappelles la première fois que tu as essayé ? renifla Tarma, et son visage sinistre s'éclaira d'un sourire à ce souvenir.

— Oh ça va, tu peux toujours rire ! Tu ne m'as pas beaucoup aidée !

— Croyant que la fille était en danger de mort, tu as fracturé la porte et étendu son mari pour le compte. Tu t'attendais à ce qu'elle se jette à tes pieds et qu'elle verse des larmes de reconnaissance, grinça Tarma, se vengeant au centuple de l'hilarité dont Kethry avait fait preuve à ses dépens, un peu plus tôt. Et qu'est-ce qu'elle a fait ? Elle t'a balancé toute sa batterie de cuisine à la tête en hurlant que tu avais tué son bien-aimé ! Par les Yeux de la Dame, j'ai cru que j'allais crever de rire !

— J'aurais voulu la coucher en travers de mes cuisses et lui flanquer une fessée avec le plat de ma lame !

— Et pour ajouter l'injure à l'insulte, Besoin ne t'a pas laissé lui mettre la main dessus ! Il a fallu que ce soit moi qui y aille avec un plat à poisson en guise de bouclier et que je te sauve avant qu'elle te réduise en charpie !

— Elle y serait arrivée rien qu'avec sa langue, grimaça Kethry. Enfin, ça ne règle pas notre problème actuel…

— Exact, concéda Tarma en reprenant son sérieux.

Elle se jeta sur son lit. Warrl grimpa à côté d'elle et incrusta sa tête sous sa main.

— Revenons à nos moutons. Partons du principe que les rumeurs sont fondées ; nous ne pouvons pas nous permettre de les ignorer. Si quelqu'un a fait revenir ce démon entre tous, nous savons qu'il va vouloir nous faire la peau.

— Ou pire.

— Comme tu dis. Enfin, il n'a pas encore acquis un pouvoir formidable, sans quoi tout le monde en ville aurait entendu parler de lui. Rappelle-toi comment ça s'est passé à Delton.

Kethry se dandinait d'un pied sur l'autre, mal à l'aise. Elle finit par aller vers la fenêtre et ouvrit les persiennes avec précaution pour les empêcher de grincer.

— Je ne suis pas près d'oublier ça, murmura-t-elle en regardant dans la nuit. Et tous mes souvenirs m'incitent à penser que nous avons intérêt à nous occuper de lui tant qu'il est dans cet état.

— Ce n'est pas un boulot pour nous, She'enedra. C'est un travail pour les prêtres. Et des prêtres puissants. Je me souviens de ce qu'il a failli me faire. Un peu plus et il rompait mon lien avec Celle-aux-Yeux-Étoilés. Et il s'est vanté de pouvoir faire de même avec Besoin et toi. Je crois que nous devrions galoper jusqu'à la capitale aussi vite que Bannière d'Enfer et Âme de Fer pourront nous porter, et aller chercher quelques prêtres.

Kethry tourna le dos à la fenêtre et regarda sa coéquipière en secouant la tête, ses cheveux de miel formant un nuage crépusculaire autour de son visage où ses yeux faisaient comme deux lacs en colère.

— Pour revenir dans une ville déserte, en proie à un démon devenu demi-dieu ? Si nous nous trompons, nous nous serons mis des gens influents à dos pour leur avoir fait perdre leur temps. Et si nous avons raison, nous n'avons pas de temps à perdre. Il faut que nous le renvoyions là d'où il vient pendant qu'il est encore faible, ou jamais il ne regagnera le Plan Abyssal. Ce n'est pas un diablotin imbécile, il a tiré la leçon de la défaite que nous lui avons administrée, tu peux en être sûre. Nous devons l'anéantir tout de suite, ou il sera trop tard.

— Ce n'est pas notre travail !

— Et qui va s'en charger, hein ? rétorqua Kethry, les doigts crispés sur l'encadrement de la fenêtre derrière elle, plus tendue et plus préoccupée qu'elle ne l'avait jamais été. Nous avons intérêt à décider que c'est notre boulot si nous voulons survivre. Et je te l'ai déjà dit, j'en ai marre que tu me mettes sous globe comme une porcelaine précieuse ! Je sais ce que je fais et je suis de taille à me défendre !

Une ombre passa sur le visage de Tarma. Elle soupira et roula sur le dos, les mains nouées sous sa tête, ses yeux grands ouverts contemplant le plafond, une cheville croisée sur l'autre.

— Très bien. Je ne connais rien à la magie, et tout ce que j'ai jamais su des démons en dehors de ce que j'en ai lu, c'est qu'ils me fichent une trouille de tous les diables. Je préférerais aller chercher de l'aide, mais si tu penses que nous n'en avons pas le temps, et si tu es sûre que tu ne t'attaques pas à plus fort que toi...

— Je *sais* que nous n'avons pas le choix. Cette fois, il ne prendra pas le temps d'ériger une base de pouvoir, répondit Kethry en s'asseyant au bord du lit de Tarma, faisant grincer le sommier.

— Il se peut qu'il ne soit même pas là. Si ça se trouve, ce n'est qu'une rumeur sans fondement.

— Mouais... Je n'en mettrais pas ma tête à couper.

— Alors nous avons besoin d'informations. Et d'informations fiables.

— Certes, mais comment les obtenir ? Crois-tu que je devrais consulter les augures ?

— Sûrement pas ! s'exclama Tarma en se retournant précipitamment, sa main giflant son oreiller comme pour souligner ses propos.

Warrl cilla et lui jeta un regard de reproche.

— Tu te rappelles comment il a possédé l'esprit de cette pauvre sorcière, à Delton ? Même ça, moi je le sais. En sondant son esprit, tu te mettrais sur son terrain à lui. Je te promets de ne plus jouer la mère poule, mais je t'en prie : ne cours pas de risques inutiles quand il y a d'autres solutions !

— Oui, et lesquelles ?

— Moi, répondit Tarma en pointant un pouce emphatique vers sa poitrine. D'accord, je ne suis pas une voleuse, mais je suis une éclaireuse à nulle autre pareille. Je pourrais me glisser dans ce temple et en ressortir sans que personne ne sache jamais que j'y ai mis les pieds. Je pourrais dire s'il a été utilisé récemment, et à quoi.

— Pas question.

— Nous n'avons pas le choix, She'enedra.

— Eh bien d'accord. Mais tu n'iras pas sans moi. Si ce démon et les Adeptes qu'il a pu réunir sont là, et s'ils utilisent la magie pour masquer leur présence, tu ne verras rien, alors que moi je pourrais percer l'illusion grâce à ma vision magique.

Tarma s'apprêtait à répliquer, mais Kethry coupa court à ses protestations.

— Tu n'as pas le choix, toi non plus. Tu as besoin de moi, de mes facultés, et je ne te laisserai pas aller là-bas toute seule. Enfin, Tarma, je suis ton équipière, ta partenaire à part entière. De toute façon, rien ne pourrait m'empêcher de te suivre, alors...

— Tu me suivrais même si je te l'interdisais, hein ?

— Ça, tu peux compter sur moi.

Kethry fronça le sourcil, et sourit devant l'expression résignée de Tarma. Elle avait fini par gagner. Warrl poussa de nouveau la main de Tarma et elle lui grattouilla distraitement les oreilles. Une ride soucieuse barrait son front, mais les commissures de ses lèvres se retroussèrent à leur tour.

— Par le Serment de la Guerrière ! Qu'est-ce qui m'a pris de m'attacher à une magicienne aussi têtue, bornée, stupide, dingue et casse-cou...

— Qui aime sa sœur de sang et ne la laissera pas se faire tuer bêtement.

— ... dont la vie m'est plus chère que ma propre existence.

Kethry tendit la main presque au même moment que Tarma. Leurs paumes s'effleurèrent brièvement, cicatrice argentée contre cicatrice argentée, et elles échangèrent un sourire attristé.

— C'est fini ? On fait la paix ?

— Fini. On fait la paix.

— J'aime mieux ça, soupira Tarma après un silence poignant. Eh bien, allons-y, pendant que nous en avons encore le courage.

Chapitre 10

Tarma mena la marche dans les rues ténébreuses, le pied sûr et léger comme si elle s'était promenée dans une forêt ou en pleins champs.

Warrl était son éclaireur. Il lui servait d'yeux et d'oreilles dans le noir. On aurait pu penser qu'il était impossible à une créature aussi grosse qu'un loup de belle taille de se cacher dans une ville ouverte à tous les vents, mais Warrl, bien qu'à portée de voix, était pour l'instant invisible. Pourtant, Tarma le sentait, tantôt derrière eux, tantôt devant. Il lui projetait de temps en temps un mot (et parfois jusqu'à trois) pour la tenir au courant de ce qu'il avait repéré.

Un mince croissant de lune éclairait d'une pâle lueur l'une des rues les plus pauvres de la ville. Les habitants du quartier n'avaient pas d'argent à dilapider pour éclairer la nuit, et si quelqu'un avait placé une torchère ou une lanterne sur un mur, elle aurait aussitôt disparu. Les maisons des deux côtés de la rue étaient hermétiquement closes. Non par des persiennes, les volets de ces misérables bâtiments étaient bien trop mal entretenus pour fermer encore, mais aveuglées par tous les bouts de bois, les chiffons et autres matériaux sur lesquels leurs occupants avaient pu mettre la main. La maigre lumière ambiante filtrait par les fissures de ces obturations de fortune. Le sol était de terre battue. On n'avait pas de briques à perdre pour paver les artères, de ce côté de la rivière. Les deux mercenaires avaient mis leurs bottes à semelle fine afin de mieux sentir où elles mettaient les pieds dans le noir.

Kethry avait troqué sa robe contre une tunique noire, à manches longues, et des chausses.

Besoin, son épée enchantée, était ceinte à son côté. Tarma portait son arme non magique sur le dos, comme toujours. Elles avaient laissé leurs capes à l'auberge. Les capes avaient la fâcheuse habitude de se coincer au moment le plus inopportun. Mieux valait frissonner un peu de froid. Elles n'en mourraient pas…

Elles étaient sorties furtivement par la fenêtre de leur chambre, pour que personne ne sache où elles allaient, ou même qu'elles allaient quelque part. Elles s'étaient faufilées dans des ruelles retirées, en faisant occasionnellement un détour par une cour entourée de palissades ou un toit. Kethry n'avait pas la force et l'agilité de Tarma, mais elle était tout à fait capable de la suivre sur un parcours de ce genre.

Et puis, il y avait eu de plus en plus de trous dans les barrières ; les planches intactes étaient devenues l'exception. Les maisons s'étaient mises à pencher d'un côté ou de l'autre, comme pour soulager leur ossature affaissée en s'appuyant les unes sur les autres. Les rues dans lesquelles elles s'aventuraient étaient peuplées d'ombres furtives. Le quartier louche où leur ami prêtre leur avait dit que se dressait le temple abandonné n'était pas de ceux où elles auraient choisi d'aller se promener au grand jour, alors de nuit… Tarma commençait à regretter l'impulsion qui l'avait menée là, son obstination à prouver qu'elle ne surprotégeait pas Kethry. D'autant que celle-ci n'avait peut-être pas tort. Peut-être après tout la couvait-elle.

Tarma n'eut pas besoin de lumière pour savoir qu'elles approchaient des parcs à bestiaux, des abattoirs, de la tannerie et de l'équarrissoir. Le mélange d'odeurs d'acide tannique, de charogne et d'excréments était presque irrespirable. Les misérables animaux attendaient la mort qui viendrait au matin en poussant des cris et des mugissements.

— Je viens d'avoir une idée, souffla Kethry alors qu'elles attendaient, tapies dans l'ombre, qu'un passant dégage la rue.

— Hon-hon, et c'est quoi ?

— Si près des enclos et de l'abattoir, Thalhkarsh n'aurait pas forcément besoin de sacrifices pour établir sa base de pouvoir.

— Tu veux dire que… qu'il se nourrirait de l'énergie mortelle de animaux ?

— Ils exhalent les mêmes effluves que l'homme. Les nôtres sont seulement supérieures en quantité et en qualité.

— De même qu'on peut aussi bien s'enivrer avec de la mauvaise bière qu'avec des liqueurs fortes ?

— Un peu, oui.

— Par le Fer de la Dame ! Il se repaît aussi de peur et de souffrance…

— Et ce n'est pas ce qui manque dans un abattoir.

— Parfait. C'est exactement ce que j'avais besoin d'entendre. Dis-moi une chose, reprit Tarma après avoir ruminé un instant. Pourquoi revêt-il une forme humaine si son but est de faire peur ? Son aspect normal remplirait bien mieux ce but.

— Eh bien, ce n'est qu'une hypothèse, mais… tu te rappelles qu'il voulait être vénéré, adoré ; il n'y parviendrait jamais sous sa forme réelle. L'autre explication possible est qu'une chose qui paraît familière et se révèle tout autre inspire beaucoup plus d'épouvante qu'une entité radicalement étrangère. Et puis, il y a Thalhkarsh lui-même ; la plupart des démons aiment le Plan Abyssal, et s'ils sont en colère quand on les suscite, c'est parce qu'on les en éloigne. Ils nous considèrent comme une forme de vie inférieure. Mais Thalhkarsh est un pervers ; il veut rester ici, régner sur les gens, et je le soupçonne de prendre plaisir à s'accoupler avec des êtres humains. La Dame seule sait pourquoi…

— Je… je suppose qu'il ne peut engendrer de…

— Par tous les Dieux non ! Loués soient-ils, louée soit la Dame ! Les démons, même sous forme humaine, ne peuvent se reproduire avec nos semblables, ou nous aurions du souci à nous faire. Imagine que Thalhkarsh se soit fourré dans la tête de donner le jour à un enfant taillable et corvéable à merci… La seule façon dont il peut se reproduire parmi nous est le clonage, et il est trop jaloux de ses pouvoirs pour se donner un rival dans ce Plan, un autre lui-même doté de pouvoirs identiques et d'un esprit indépendant. Il ne fera pas cette bêtise, de ça au moins nous pouvons être sûres.

— Mouais. Tu ne m'en voudras pas de cacher ma joie.

Elles scrutèrent la rue noyée de ténèbres, plongée dans un silence funèbre. L'odeur âcre des parcs à bestiaux et de la tannerie leur brûlait la gorge et Tarma réprima à grand peine une quinte de toux.

— *La voie est libre*, fit une voix dans l'esprit de Tarma.

— Warrl dit que nous pouvons y aller, annonça-t-elle.

Elle fit le dos rond et traversa la rue en profitant des formes fugitives projetées par les nuages qui se profilaient devant la lune.

Elle quitta l'ombre du bâtiment pour se fondre dans celle qui soulignait l'autre côté de la rue. Elle se déplaçait avec une telle assurance, en faisant si peu de bruit, que Kethry elle-même la distinguait à peine. Elle la suivit d'une démarche plus hésitante, moins silencieuse, mais suffisamment discrète néanmoins. Warrl, qui les attendait, les salua d'un petit grognement et repartit en direction du temple.

Elles le suivirent en restant collées au bois rugueux et à la pierre des murs, en retenant un frémissement quand leurs pieds heurtaient des masses non identifiées, molles et flasques. La puanteur de la tannerie et des enclos à bestiaux masquait toutes les autres odeurs. Des bâtiments montaient de temps à autre des bruits de bagarre ou de discussion : des voix rauques, avinées, qui chantaient, criaient, pleuraient, des craquements de bois, des bruits de vaisselle cassée. Mais personne ne se risquait dans la rue. Il fallait être fou ou stupide pour rôder la nuit dans le quartier des voleurs.

Fou, stupide ou désespéré. Et Kethry n'était pas loin de penser qu'elles étaient les trois.

Puis les façades des maisons laissèrent place à un mur de pierre aveugle, dont Tarma atteignait tout juste le haut en sautant. Derrière, masse noire contre les étoiles, Kethry voyait le temple lui-même.

Tarma examina le mur et décida qu'il ne serait pas difficile à escalader.

— *Passe devant, Nez Fourré*, pensa-t-elle.

— *Tes désirs sont des ordres*, répondit Warrl d'un ton railleur, si mordant que Tarma eut l'impression d'entendre grincer une lame de scie.

Il recula de six ou sept pas et courut vers le mur, puis sauta dessus. Ses pattes de devant s'accrochèrent en haut, assurèrent leur prise et hissèrent sa masse, ses pattes de derrière raclant le mur avec un bruit qui parut horriblement fort à l'ouïe exacerbée de Tarma. Il se rétablit enfin au sommet et sauta de l'autre côté.

C'était maintenant son tour.

Elle prit son élan, courut vers le mur, sauta et s'agrippa en haut sans effort, effectua une traction et se hissa en souplesse sur les pierres du faîte. Elle y resta un instant accroupie pour scruter les ombres de la cour, en dessous, et identifier leurs formes étranges d'après ce qu'on lui avait dit devoir se trouver là.

Au milieu se dressait le bassin fendu d'une fontaine à sec, ornée de statues aux bras et à la tête cassés. À droite, il y avait trois arbres morts dans des jardinières de pierre. À gauche se dressait une chapelle en ruine, naguère réservée aux fidèles qui s'estimaient indignes d'entrer dans le Saint des Saints. Tout était conforme à la description qu'on lui avait faite.

— *Je t'aurais prévenue s'il y avait eu quelque chose*, grommela Warrl, indigné de son manque de confiance.

Elle sentit un coin de sa bouche se retrousser.

—*J'en déduis que tout va bien. Exact?*

—*Rien à signaler dehors.*

—*C'est ce qui se passe à l'intérieur qui m'inquiète.*

Elle adressa un bref salut à Kethry qui levait vers elle son visage anxieux, livide sous la lumière de la lune, se laissa tomber à bas du mur et atterrit sans bruit, comme un chat, dans la cour du temple.

Elle se glissa prudemment le long du mur, le pied gauche tâtant le sol afin d'éviter les pierres éboulées susceptibles de rouler sous ses semelles et de faire un bruit intempestif. Elle avait la lune dans le dos et elle savait que tant qu'elle suivrait le mur, elle resterait dans l'ombre. Cinq pas, vingt pas, cinquante pas... Sa main tendue rencontra un gond, des planches de bois. Elle était arrivée à la porte.

Elle palpa le panneau à la recherche de la barre et la fit glisser sur ses supports, libérant l'un des vantaux. Elle l'écarta avec circonspection et se glissa à l'intérieur. L'exploration proprement dite allait maintenant commencer.

Elle attendit qu'un nuage passe devant la lune pour se glisser, en profitant de son ombre, de l'autre côté de la cour. La rosée commençait à perler sur les dalles de grès glacées, les rendant glissantes, mais par chance la semelle en peau de requin de ses bottes lui assurait une bonne adhérence.

Elle arriva sans encombre à l'entrée du temple. Warrl l'attendait, ombre un peu plus sombre dans l'obscurité de la porte.

—*Prêt?* lui demanda-t-elle, et il lui donna son assentiment.

Elle tendit la main vers la porte. Elle s'attendait à la trouver verrouillée, et fut agréablement surprise de découvrir qu'il n'en était rien. Elle la poussa doucement avec l'épaule pour l'entrouvrir et, rassurée par l'absence de réaction, l'écarta davantage et jeta un coup d'œil circonspect à l'intérieur.

Elle ne vit rien. Rien qu'une antichambre vide, avec une porte au bout. Warrl pointa son nez dans la pièce et renifla avec méfiance.

— Il n'y a personne ici, mais derrière la porte... Il y a des gens, c'est sûr. Je reconnais l'odeur du sang et de l'encens. Et de la magie. Beaucoup de magie.

Tarma poussa un soupir. Ç'aurait été si merveilleux si ça n'avait été qu'une fausse alerte.

— Eh bien, on dirait que nous avons mis le doigt sur ce que nous cherchions.

— Tu ne penses pas que nous devrions attendre Kethry ?

— Va la chercher. Pendant ce temps-là, je vais vérifier que personne ne monte la garde dans le coin.

— J'irai quand je serai sûr que tu ne t'attaques pas à trop forte partie.

Warrl attendit qu'elle s'avance un peu, ombre parmi les ombres.

Elle se glissa par l'entrebâillement de la porte, Warrl sur ses talons. La lune brillait par un dôme de mica, au-dessus de sa tête. La porte, à l'autre bout de l'antichambre, était ouverte. Elle en était séparée par une étendue de poussière, vierge de toute empreinte.

Elle s'approcha de la porte et la franchit. Une fois dans le sanctuaire, c'est à peine si elle voyait ses propres mains. Elle continua, en restant collée au mur, en se fiant seulement à son sens du toucher. Le couloir décrivait un coude.

Elle s'arrêta un moment au coin et scruta les ténèbres, mais ne distingua que de vagues formes dans la maigre lumière qui filtrait par les trous du plafond. Il était impossible de dire si ces sources de lumière étaient voulues ou témoignaient du mauvais entretien du bâtiment. La poussière lui chatouillait le nez. Ne jouissant pas de l'odorat de Warrl, elle ne sentait que l'humidité, le salpêtre et le moisi. Les pierres sous ses mains étaient glacées et légèrement poisseuses. Sous le film de moiteur, elles lui paraissaient avoir le contact du granit poli.

Elle poursuivit son chemin et arriva derrière la statue du Dieu de la Pluie qui se dressait à l'autre bout de la pièce. Les ombres étaient encore plus impénétrables de ce côté-ci. Elle ralentit encore l'allure et progressa pouce par pouce le long du mur, une main tendue devant elle.

Tout à coup, sa main ne rencontra que le vide.

— *Une porte.*

— *Ça, je m'en serais doutée ! Et elle mène où ?*

— *À l'endroit où ça sent le sang.*

— *C'est donc ce que nous cherchons. J'y vais. Toi, tu retournes chercher Kethry.*

Elle resta seule dans les ténèbres absolues. Elle en était maintenant réduite à se guider sur le mur de brique crue, en scrutant le bruit imperceptible de ses pas qui se réverbérait sur les murs, lui confirmant qu'elle était toujours dans un couloir. Elle réprima son impatience et s'astreignit à redoubler de prudence. Elle avança ainsi à tâtons, jusqu'à ce que sa main rencontre de nouveau le vide.

Elle fut soudain paralysée par une lumière éblouissante qui l'environna de toute part. Elle s'attendait à peu près à n'importe quoi, elle s'apprêtait à repousser des attaques aussi diverses que variées, mais pas à être réduite à l'impuissance par une clarté aveuglante qui lui emplissait les yeux de larmes, achevant de lui brouiller la vue. Elle se recroquevilla, adoptant, par réflexe, une position défensive, tirant sa lame à deux mains, du fourreau qui se trouvait sur son dos et la brandissant au-dessus de sa tête. C'est alors qu'un rire pareil à un carillon d'airain retentit loin au-dessus d'elle.

— Ah, petite guerrière ! fit une voix suave. Je me languissais de te revoir...

— Je n'en dirai pas autant, répondit Tarma après un

instant. J'imagine que ce serait trop te demander que de te dresser devant moi et me combattre loyalement ?

Elle tenta de localiser le démon d'après la direction de sa voix. Elle ne voyait qu'une lumière écarlate, farouche, comme une flamme sans chaleur. Peut-être la clarté était-elle plus vive au-dessus d'elle et juste devant. Elle s'efforça, en bandant sa volonté, de recouvrer la vue, mais elle était bel et bien éblouie, et des flèches de douleur lui criblaient le crâne à chaque clignement de paupières. Ça sentait le sang, le sexe, et une autre chose sur laquelle elle n'arrivait pas à mettre un nom. Son cœur battait la chamade. Elle était terrorisée, mais bien déterminée à ne pas lui laisser voir combien elle se sentait désarmée.

— L'honneur est le refuge des imbéciles, et j'ai peut-être fait preuve de stupidité dans le passé, mais je ne suis plus si crédule. Non, petite guerrière, je ne t'affronterai pas à la loyale. Je ne tenterai même pas de lutter contre toi. Je vais… te faire dormir, tout simplement.

Un parfum d'une douceur écœurante enroula ses volutes autour d'elle, et Tarma reconnut la noire odeur de la poussière de tran, le plus puissant des narcotiques. Après ce bref moment de conscience, elle sentit qu'elle perdait le contrôle d'elle-même. En l'espace d'une inspiration, elle devint toute flasque. Son épée tomba de sa main et elle s'effondra face contre terre, le corps et l'âme également paralysés.

— *Maintenant que tu es dans l'incapacité de lutter,* reprit la voix soyeuse dans son esprit, *je vais faire de toi ce que je veux… Je vais d'abord te changer, femme de glace, en une créature à mon goût. Et cette fois, ta Déesse ne pourra rien pour toi. Je suis presque un Dieu, à présent, or les Dieux n'ont pas le droit de se battre entre eux.*

La dernière chose qu'elle entendit fut son rire, un rire qui sonnait comme des cloches de bronze subtilement désaccordées.

Kethry attendit en tremblant de crainte le moment de se diriger vers la porte. L'attente ; c'était ce qu'il y avait de pire. Le reste, tout le reste, elle l'entreprenait sans arrière-pensée. Attendre éveillait ses pires craintes, excitait son imagination jusqu'à la fièvre. Leur plan était le suivant : Tarma et Warrl s'assuraient que tout allait bien dans la cour et déverrouillaient les portes devant elle. Ils la précédaient dans le temple. Ils devaient se retrouver dans le sanctuaire, quand Tarma aurait décidé que la voie était libre et qu'il n'y avait rien à craindre.

C'était un plan que Kethry trouvait plus détestable à chaque instant qui passait. Elles formaient une équipe ; se diviser était absurde. D'accord, Tarma avait Warrl ; certes, quand il s'agissait de se glisser furtivement, de se faufiler sans se faire repérer comme tout de suite, elle les handicapait un peu. N'empêche qu'elle aurait peut-être pu détecter des dangers indécelables par eux. Et puis sa place était aux côtés de Tarma, pas embusquée à l'arrière. Elle regrettait amèrement de lui avoir fait part de son intention d'explorer cet endroit. Si elle avait tenu sa langue, elle aurait pu le faire à sa façon, peut-être de jour. Pour finir, n'y tenant plus, elle se dirigea à tâtons vers la porte et poussa très doucement sur l'un des vantaux.

Il céda.

Bon. Tarma avait au moins réussi à enlever les barres des portes.

Elle poussa un peu plus fort, lentement, avec un luxe de précautions. La porte s'ouvrit juste assez pour qu'elle se faufile à l'intérieur, en se frottant aux panneaux de bois.

Devant elle s'étendait la cour, une zone presque entièrement dégagée.

Songeant à tout ce que Tarma lui avait appris, elle s'accroupit le plus bas possible et attendit que la lune passe derrière un nuage pour foncer vers l'abri du bassin à sec.

Elle se recroquevilla à l'ombre du rebord et regarda autour d'elle en guettant non les formes fixes mais les mouvements. N'en repérant aucun, ni normal ni anormal, elle rampa sous le bord jusqu'à ce qu'elle se retrouve du côté des portes du temple.

Elle reprit son observation, et ne vit rien. Elle écouta mais n'entendit que des criquets et des crapauds. Elle était dans une position très inconfortable et tous ses muscles lui faisaient mal tellement elle était crispée. Elle attendit ainsi jusqu'à ce qu'un nuage masque de nouveau la lune.

Elle se rua vers l'entrée du temple, se plaqua contre la façade, derrière un pilier et resta un moment immobile. Elle se rendit compte alors que la porte avait quelque chose de très bizarre.

Ce portail antique et solennel, qui était, en principe, verrouillé depuis quinze ans, s'était ouvert en douceur, sans un grincement. Comme si on l'avait graissé, huilé et remis en état la semaine dernière.

Ça ne collait pas du tout.

Un ombre se dressa juste devant elle et elle crut que son cœur allait cesser de battre. Elle dégaina son arme et fléchit les jambes, adoptant une posture défensive, avant de se rendre compte que son « ennemi » était Warrl.

Il tendit le nez vers son bras, referma doucement ses dents sur sa tunique et tira sur sa manche. Ça voulait dire que Tarma avait besoin d'aide.

— Vous n'avez rien vu ? murmura Kethry.

Warrl poussa un grognement.

— *Ou ils dorment tous, ou ils sont aveugles. Un enfant de deux ans serait entré ici les doigts dans le nez.*

C'était trop facile. Tous ses instincts étaient en alerte. C'était beaucoup, beaucoup trop facile. Ça ne pouvait signifier qu'une chose. C'était un piège !

Au même instant, tous ses nerfs vibrèrent d'une soudaine alarme. Un double signal venait de retentir : Besoin l'alertait qu'une femme était en danger mortel, et tout près.

Et au plus profond de son âme, le lien qui l'unissait à sa She'enedra en fit autant. Tarma, sa sœur de sang, avait des ennuis.

Comme pour confirmer ses craintes, Warrl leva la tête, se mit à hurler à la mort et fonça à l'intérieur sans plus s'occuper de Kethry.

Et à en juger par la violence de la traction que Besoin exerçait sur elle, ça ne pouvait vouloir dire qu'une chose.

Thalhkarsh était là, et il tenait Celle qui Avait Prêté le Serment de l'Épée à sa merci – si ce n'est qu'il était sans merci.

L'heure n'était plus aux tergiversations.

Kethry dégaina sa lame ensorcelée avec sa main gauche, fit, de la droite, danser une lueur magique bleu-vert devant elle, flanqua un coup de pied dans les portes du temple et les franchit d'un bond. Elle heurta de plein fouet un mur de plâtre écaillé et se retrouva dans une petite antichambre envahie par les toiles d'araignées. Elle avait l'air fin, et en plus, elle s'était fait mal à l'épaule.

Kethry se glissa le long du mur. Il y avait une autre porte au bout de la pièce, et elle était légèrement entrouverte. Elle l'écarta avec la pointe de son épée. La lumière magique ne lui montra rien derrière, juste un tunnel aux parois de briques qui s'enfonçait dans le cœur du temple. Warrl était forcément passé par là.

Elle se glissa furtivement par la porte et suivit le couloir en implorant tous les Dieux de l'aider à retrouver Tarma, et vite. Ses signaux d'alarme intérieurs étaient presque insupportables à présent, et elle n'osait songer à leur signification possible pour sa She'enedra.

Seulement le couloir tournicotait comme un terrier de *kadessa*, et elle commençait à se demander s'il menait quelque part. Elle espérait trouver quelque chose à chaque détour, et chaque fois elle était déçue. Les longueurs de couloir poussiéreux se succédaient, identiques les unes aux autres. Elle ne voyait aucune empreinte dans la poussière, pas même celles de Warrl. Et si elle s'était trompée de chemin ? Voyons, il n'y avait que deux directions possibles, vers l'avant ou vers l'arrière. Vers l'arrière... c'est de là qu'elle venait et il n'était pas question qu'elle rebrousse chemin. Ça ne lui laissait qu'une possibilité : avancer. Et en avançant, elle parcourait des toises et des toises de corridor aux murs nus, sans une porte, que rien ne distinguait l'une de l'autre. Elle continuait aveuglément, dans une sorte de transe cauchemardesque qui lui faisait perdre toute notion du temps. Il n'y avait que le couloir interminable, qui tournait sans cesse devant elle, et l'appel au secours qui vibrait en elle. Rien d'autre n'importait. Les incitations de Besoin et du lien qui l'unissait à Tarma devenaient de plus en plus pressantes, la rendant folle de peur et de frustration, lui coupant tous ses moyens. Elle avait perdu un temps précieux à tenter de trouver le bout de ce labyrinthe lorsqu'elle comprit que ça devait être...

... une construction magique, destinée à la retarder, et à l'efficacité accrue par un sort de confusion mentale.

— Espèce de salaud ! hurla-t-elle au démon invisible, mise en rage par sa duplicité.

Il avait commis une grave erreur en provoquant sa colère. Cette rage lui était utile, elle alimentait son pouvoir. Elle l'attira en elle, en fit une force au lieu de la laisser se disperser inutilement. Elle chercha le point fort du sortilège et le trouva. Elle rengaina Besoin, tendit les bras au-dessus de sa tête, les paumes tournées l'une vers l'autre, et laissa exploser sa fureur.

L'énergie magique forma entre ses mains un arc éblouissant, si blanc qu'il paraissait bleuté. Un vent surnaturel se leva et commença à tourner autour d'elle, de plus en plus vite, de sorte qu'elle se retrouva bientôt dans l'œil d'un tourbillon miniature. Elle tourna les paumes de ses mains vers l'extérieur et tendit les bras horizontalement, de part et d'autre de son corps. Une lumière magique s'en déversa, formant autour d'elle une muraille d'énergie qui avança, repoussant tout ce qui l'entourait. Le corridor de briques, ébranlé par l'impact, s'embrasa d'une lueur écarlate, se mit à vibrer et se déforma – comme le mirage qu'il était. Il résista un moment puis, sans un bruit, s'évanouit.

Kethry constata alors qu'elle se trouvait dans ce qui était naguère le sanctuaire extérieur, une immense salle hypostyle dont le plafond, supporté par deux rangées de piliers, disparaissait dans l'ombre. Des marques dans la poussière montraient qu'elle avait tourné en rond alors qu'elle croyait explorer le couloir. Sa colère ranima la flamme magique, et la lueur bleu-vert révéla, à l'extrémité du sanctuaire, la statue d'un Dieu oublié, dressée derrière son autel. Le bon Dieu des Pluies avait l'air un peu hagard sous son manteau de toiles d'araignées. La couche de poussière était partout intacte.

Enfin, presque partout. Elle était moins experte que Tarma à ce jeu-là, mais il ne fallait pas un œil bien exercé pour voir les traces qui allaient des portes de devant à un endroit situé derrière la statue du Dieu, et y reconnaître des empreintes de pattes.

Désespérée à l'idée du temps qu'elle avait perdu et déterminée à ne pas se laisser retarder davantage, elle dégaina de nouveau sa lame et suivit la piste en courant, à la lueur bondissante de sa flamme magique. Elle était déterminée à aller jusqu'au bout, où qu'elle mène. Elle aboutissait à une porte située juste derrière la statue. La porte qu'empruntaient jadis les prêtres, sans doute. Rien ne la dissimulait aux regards, et d'ailleurs elle était ouverte. Kethry passa sans un regard devant l'autel négligé, projeta sa lueur magique vers l'avant et fonça derrière elle, un peu haletante.

Elle s'engouffrait dans un nouveau couloir de briques lorsqu'un bruit de pas précipités, vers l'avant, lui apprit que la rupture du sortilège n'était pas passée inaperçue.

Le sens commun et la logique lui imposaient de trouver un coin où s'adosser pour protéger ses arrières.

Elle n'en fit donc rien.

Ils étaient quatre. Quatre hommes à la solde du démon, armés jusqu'aux dents et déterminés à lui faire la peau.

Quand le premier surgit juste devant elle, à un détour du couloir, elle prit Besoin à deux mains et chargea en hurlant de toute la force de ses poumons. Cette attaque surprise le prit au dépourvu. Il s'arrêta net, les yeux exorbités, et leva son arme. Un tout petit peu trop tard. Son hésitation lui coûta la vie. Kethry laissa le pouvoir fantastique de Besoin prendre le contrôle des opérations, et la lame ensorcelée réagit en portant un coup meurtrier au flanc vulnérable de l'homme. Il s'effondra en hurlant de douleur, le bras tranché au niveau de l'épaule.

Le second sbire réagit un peu plus rapidement. En vain. Il n'était pas de taille à lutter contre l'habileté diabolique de Besoin. Kethry fendit son bouclier de bois en deux par un coup qui excédait de loin la force dont elle disposait seule, lui arracha son épée des mains, l'envoyant valdinguer contre le mur, et l'embrocha sans lui laisser le temps de dire ouf.

Pensant que sa lame était encore coincée dans le cadavre de leur collègue, le troisième et le quatrième en profitèrent pour se jeter sur elle. Ils furent cruellement déçus. Besoin se libéra, fit faire demi-tour à Kethry et leur rendit coup pour coup, avec une virtuosité que lui aurait enviée un maître d'armes. Les deux derniers suppôts du démon virent la mort en face alors que la lumière magique se reflétait sur la lame ruisselante de sang et faisait étinceler ses yeux verts, embrasés de haine.

C'en fut trop pour eux. Leur existence leur était infiniment plus précieuse que leur solde. Ils tournèrent les talons et filèrent ventre à terre. Kethry les poursuivit, trop aveuglée de colère pour réfléchir qu'en fonçant ainsi aveuglément vers le danger elle commettait peut-être une erreur.

Elle remarqua distraitement qu'il y avait de la lumière droit devant, mais sa fureur était telle qu'elle se contenta d'accélérer le rythme de sa course. Ça pouvait vouloir dire qu'il y avait d'autres gens là-bas, et peut-être le démon.

Les hommes foncèrent vers la lumière comme vers un sanctuaire. Kethry les suivit…

Elle s'arrêta net, à moitié éblouie par la lumière au début, puis, quand sa vue se fut adaptée, ses jambes se dérobèrent sous elle. Elle manqua de tomber à genoux, l'esprit et le cœur paralysés par le spectacle qui l'attendait.

De ce qui était naguère le Saint des Saints, Thalhkarsh avait fait un antre de perversion. L'endroit était baigné par une lumière rouge, tel un harem infernal, et orné du même genre de sculptures que le temple de Delton : des statues obscènes, qui dépeignaient toutes les perversions possibles, pourvu que la douleur et la souffrance y eussent leur part.

Au bout de la salle se dressait une sorte d'estrade capitonnée de velours, qui disparaissait sous les coussins. C'était une caricature du décor que l'imagination populaire prête classiquement aux orgies. Le démon aimait infliger la douleur, mais il semblait préférer personnellement son petit confort lorsqu'il se livrait à son occupation favorite. Sur la plate-forme étaient enchevêtrés un nombre indistinct de corps plus ou moins dévêtus qui se tortillaient lascivement. Certains suspendirent provisoirement leurs activités en remarquant les mercenaires qui se ruaient dans la salle et disparaissaient par une autre porte, de l'autre côté. Le démon n'avait apparemment pas prévu que Kethry irait si loin par ses propres moyens.

Son entrée avait interrompu Thalhkarsh et ses acolytes en pleine action. Et c'est la vue de la partenaire du démon qui avait frappé Kethry comme une dague en plein cœur. Car celle dont abusait le démon était Tarma.

Mais une Tarma transformée. Elle avait le visage et le corps dont le démon l'avait dotée lorsqu'il avait tenté de la séduire. Elle était plus petite et beaucoup plus frêle, ses aspérités avaient été gommées, sa dureté lissée comme de la soie, ses défauts mués en beauté, mais elle était bien reconnaissable. Ses vêtements étaient en lambeaux, et elle avait les contusions et l'attitude d'une femme à qui on a fait subir les derniers outrages. Cette perspective était déjà assez terrible, mais ce n'était pas ce qui avait bouleversé Kethry. C'était la vacuité de ses yeux bleus d'où avaient disparu toute conscience, toute raison – toute humanité.

Elle avait déjà survécu au viol. Si elle avait été lucide et capable de se défendre, elle se serait battue avec l'énergie du désespoir. La violence n'aurait pas anéanti son esprit. Le massacre de son clan entier ou son propre viol n'y étaient pas arrivés quand elle était beaucoup plus jeune et innocente. Non, ça devait être un coup du démon. Se sachant incapable de briser sa volonté, il l'avait privée d'entendement. Il lui avait volé sa raison ou il avait réussi, d'une façon ou d'une autre, à séparer son âme de son corps.

Le démon, qui arborait la forme d'un grand et bel homme, un mâle d'une beauté surnaturelle, fut le premier à se remettre de sa surprise devant cette intrusion.

— Très amusant, fit-il d'un ton qui démentait ses paroles. Je croyais mes spadassins d'une habileté au moins égale à la tienne, même avec la minable petite épée qui accroît tes prouesses. Il faut croire que je me suis abusé.

Avant que Kethry ait eu le temps de lever le petit doigt, il empoigna Tarma et l'attira devant lui, non comme un bouclier, mais dans une attitude menaçante.

— Lâche ton épée, sorcière, ronronna-t-il, et la soudaine douceur de sa voix d'airain avait quelque chose de monstrueusement inquiétant. Lâche ton arme, ou je lui arrache les membres l'un après l'autre.

Kethry savait qu'il ne bluffait pas. Besoin tomba de sa main inerte et heurta les dalles de pierre avec un tintement clair.

Il éclata d'un rire hideux, triomphal.

— Tu me déçois, mon ennemie ! C'est trop facile !

Il se leva et rejeta Tarma sur le côté. Elle tomba mollement sur une pile de coussins, sans même tenter d'amortir sa chute.

Il lui tourna le dos et fit signe à un personnage qui suivait la scène dans l'ombre.

— Viens à moi, ma petite poupée, ordonna-t-il dans un ronronnement.

Une femme sortit des tentures et s'avança. Lorsqu'elle fut en pleine lumière, Kethry recula comme si on l'avait giflée. Ce n'était pas possible !

On aurait dit la sœur jumelle d'une femme qu'elle avait elle-même jadis été, une femme dont elle avait donné les traits au corps inconscient de Lastel Longlame. Elle ne s'attendait vraiment pas à revoir le bandit des grands chemins. Elle pensait que ses acolytes, ou ce qu'il en restait, lui avaient rendu la monnaie de sa pièce et réservé le même traitement qu'à toutes les femmes et jeunes filles qu'il avait violées puis massacrées. Bref, il aurait dû être mort – et depuis longtemps.

— Je crois que cette chienne me reconnaît, mon Seigneur, fit sa voix suave, insistant avec une ironie mordante sur le titre d'asservissement.

Sa main gracile écarta impatiemment ses cheveux platine de ses yeux d'améthyste, étincelants de colère.

— Tu ne t'attendais pas à me revoir, hein ? reprit la créature. Maudite sois-tu, femelle, pour le traitement que tu m'as réservé. La mort m'aurait paru douce à côté des tortures que m'a values cette malédiction ! Sans une épée oubliée et un cheval mal entravé…

Elle se rapprocha, les mains crispées comme des serres.

— Toutes les nuits, depuis ce funeste jour, j'ai rêvé de te tenir entre mes griffes, mais pas comme ça, par les Dieux ! et Kethry lut dans son regard que la folie avait pris possession de son esprit. Ce que tu m'as fait était déjà assez terrible, mais être emprisonnée dans la carcasse de cette putain… C'est plus que je n'en peux supporter. C'est pire que l'enfer, c'est…

La créature se détourna, les mains tellement crispées que ses jointures avaient blanchi. Elle dut livrer un violent combat intérieur puis, ayant repris le contrôle d'elle-même, se tourna vers le démon.

— Enfin, puisque les histoires que j'ai racontées aux prêtres ont réussi à les attirer ici, le moment est venu pour toi de tenir ta part du marché !

— Tu voudrais changer de forme ? Quel dommage ! Moi qui croyais te faire plaisir… Je pensais que tu commençais à apprécier mes attentions.

La femme s'empourpra, à la grande surprise de Kethry. Elle avait doté le bandit de traits féminins, mais ce n'était qu'une illusion, or il était à présent… une vraie femme ! La vision magique lui montrait exactement la même chose que sa vision ordinaire, et non plus le brigand des collines désertiques !

— Maudit sois-tu ! gronda-t-elle. Oh, Dieux, si seulement j'avais une lame pour tuer les démons ! Oui, immonde instrument des puissances infernales, j'aime ça ! Comme si tu ne le savais pas, toi qui rampes comme un vil serpent dans ma tête ! Tu as fait de moi ton esclave, ton jouet. Je ne peux plus me passer de toi, et tu te repais de ma détresse. Tu m'as damnée comme elle ne l'avait jamais fait. Et maintenant, démon, je veux me libérer de cette malédiction, de toi et de tout le reste ! J'ai fait ce que tu attendais de moi. À toi, maintenant, de t'acquitter de ta dette !

Thalhkarsh eut un sourire cruel.

— Très bien, ma jolie petite poupée, prends sa tendre gorge entre tes deux mains et serre… À sa mort, je te libérerai de ce corps.

L'un des acolytes se glissa derrière Kethry et lui ramena brutalement les bras dans le dos. Il aurait pu s'en dispenser.

Elle était tellement choquée qu'elle n'aurait pu lever le petit doigt même si le plafond s'était écroulé sur elle. La mince créature approcha, les yeux brûlants de haine, et prit la gorge de Kethry à deux mains.

Un hurlement retentit derrière elle. Une forme sauvage, ténébreuse, bondit au-dessus d'elle et se jeta sur le démon. C'était Warrl, qui avait été retardé comme elle mais avait réussi à surmonter tous les obstacles et était animé par une rage meurtrière. Cette fois, Thalhkarsh ne prit pas de risque. Il leva les mains et projeta deux rayons de lumière écarlate qui frappèrent Warrl en plein élan. Il poussa un hurlement atroce, se cabra à six pieds au-dessus du sol et se raidit. Il eut un spasme, un seul, poussa un nouveau cri et devint tout mou. L'aura de magie du démon s'estompa. Le corps du kyree heurta le sol comme un oiseau foudroyé et y resta inerte.

Celle qui avait été Lastel ne se laissa pas distraire par l'événement. Elle referma ses mains sur le cou de Kethry, laquelle réagit enfin. Elle se débattit sans parvenir à se libérer, mais réussit à soulever ses talons et à écraser le cou-de-pied de l'acolyte qui la maintenait. L'homme poussa un cri et la lâcha pour étreindre son pied endolori.

Kethry avait les bras libres, mais elle était impuissante à lutter contre le bandit. Elle lui griffa les poignets, tenta de lui arracher les yeux, en pure perte. Ses propres mains ne voulaient pas répondre. Ses poumons palpitaient, privés d'air, et elle commença à défaillir.

Le démon éclata de rire et leva de nouveau les mains. Kethry eut l'impression qu'on venait de la plonger dans une fournaise. Des énergies crépitantes les entourèrent, sa tortionnaire et elle-même. Ses jambes se dérobèrent sous son poids et elle ne dut qu'à un autre acolyte venu lui emprisonner les bras de ne pas tomber. Ses yeux embrumés croisèrent les prunelles livides de Lastel. Elle n'avait plus la force de détourner le regard.

Tout à coup, elle se vit comme dans un miroir, en train de serrer son propre cou entre ses mains. Elle poussa un cri et relâcha son étreinte. Elle regarda ses mains, la face tournée vers elle, lut un mélange d'horreur et d'incrédulité sur ce qu'elle savait être son visage. Lastel l'observa par ses propres yeux, la haine et un insondable désespoir crispant ses traits en un masque d'épouvante.

Thalhkarsh éclata d'un rire démoniaque. Quelle bonne plaisanterie ! Il écarta le monstrueux échafaudage de coussins, s'avança fièrement vers elles et s'empara du bandit. Il étreignit son corps gracile dans ses bras en dominant de toute sa hauteur Kethry qui était tombée à genoux sous l'effet de ce nouveau choc.

— J'avais promis de te faire changer de forme, imbécile, je n'avais pas précisé en quoi je te changerais ! hoqueta le démon. Quant à toi, sorcière, ton corps légitime est désormais en ma possession, et tu ne pourras jamais, jamais renverser un sort dont je suis seul à détenir la clé !

Il fit signe à son acolyte de relâcher Kethry-maintenant-Lastel, et de saisir à la place les bras de Lastel-devenue-Kethry, qu'il redressa sans ménagement.

— Ma stupide sorcière, mon idiote petite poupée, comme vous êtes facile à manipuler ! Croyais-tu vraiment, imbécile, que je te relâcherais quand tu prends tant de plaisir à nos étreintes ? Que je renoncerais à une si puissante source de détresse ? Quant à toi, chère ennemie, tes tourments ne font que commencer. Je te laisserai en vie, et en pleine possession de tes sens, contrairement à ta sœur d'épée. Sans doute te demandes-tu ce que je lui ai fait ? Eh bien, je lui ai effacé l'esprit ; avec le temps, j'y enracinerai mes enseignements afin d'avoir en elle une acolyte soumise à ma dévotion. Quel dommage que je ne puisse la forcer à souffrir comme toi ! Sa volonté combinée au lien avec sa Déesse est trop forte pour que je le rompe. Mais le lien a disparu avec l'anéantissement de son esprit, et elle sera mienne aussi longtemps qu'il me plaira.

Kethry étouffa un gémissement de douleur et de désespoir. Des larmes lui picotèrent les yeux, brouillant sa vision, et roulèrent sur ses joues. À ce spectacle, le démon élargit son sourire.

— Et toi, sorcière, tu seras une source de douleur aussi intense que ma petite marionnette. Ton martyre nourrira mon pouvoir pendant que ta sœur de sang sera l'instrument de mon plaisir. Elle souffrira de son plein gré parce que je le lui ordonnerai. Je tiens à ce que tu le saches, et que tu saches aussi que jamais tu n'y pourras remédier ! Quant à ça...

Il poussa du bout du pied le corps de Warrl. Kethry tenta machinalement de tendre la main vers lui, avec pour seul résultat que ses acolytes lui ramenèrent plus rudement encore les bras en arrière.

— Je trouverai bien quelque chose à en faire. Peut-être le ferai-je empailler... Sa fourrure est assez belle. Douce et inhabituelle... Non, je crois que j'ai une meilleure idée : je vais faire tanner sa peau et elle te servira de paillasse, ennemie chérie !

Il éclata de rire tandis que Kethry se débattait frénétiquement, l'estomac révulsé, le cœur et l'âme déchirés par le chagrin et la haine. Elle ne céda que lorsqu'ils menacèrent de lui arracher les bras et se laissa aller, inerte, entre leurs mains, haletante de rage rentrée, secouée de sanglots.

— Emmenez-les, son amie et elle. Enfermez-les à l'endroit que je leur ai réservé, ordonna Thalhkarsh en haussant un sourcil. Emportez ça aussi, ajouta-t-il en indiquant Besoin, l'arme de Kethry et le corps de Warrl. Mettez-les dans un coin où je pourrai les voir jusqu'à ce que je décide quoi en faire. Peut-être, petite poupée, te donnerai-je l'arme.

Lastel serrait et desserrait les mains en faisant des efforts désespérés pour se contrôler.

— C'est ça, maudit ! Fais-le et j'en userai contre toi, immonde bâtard !

— Tu es trop aimable de me prévenir. En attendant… tu portes un nouveau corps, à présent, et j'ai hâte de voir s'il est différent de l'autre. Pas toi ?

Le démon attrapa Lastel et la déposa sur l'estrade, puis Tarma et Kethry furent entraînées le long d'un couloir de briques et brutalement poussées dans une cage improvisée qui occupait le fond d'une salle aux murs de pierre. La carcasse de Warrl et Besoin furent déposées sans cérémonie sur une table d'ardoise, devant la porte de la cage.

La pièce était dépourvue de fenêtres et n'avait qu'une porte, à présent verrouillée. La seule source de lumière était une torche placée dans un anneau près de la porte. La cage était faite de barres de fer grossièrement forgées, scellées au travers de la pièce et munies d'une porte identique, cadenassée. La cage était complètement vide. Tarma et elle n'avaient que leurs vêtements sur elles, ce qui, dans le cas de Tarma, se résumait à quelques lambeaux de chiffon et, dans le sien, à une chemise et un pantalon – ceux de Lastel. Elle eut beau chercher, elle ne vit rien qui ressemblât à une arme d'aucune sorte.

Tarma était assise, le regard vide, dans le coin de la cage où on l'avait déposée. Elle se balançait d'avant en arrière en fredonnant un air sans suite. La seule chose que le démon n'avait pas modifiée, c'était sa voix. Elle était restée la parodie désastreuse de ce qu'elle était avant le massacre de son clan.

Kethry s'agenouilla à côté d'elle, sur la pierre glacée.

— Tarma…, fit-elle en prenant les mains de sa She'enedra dans les siennes et en scrutant le néant de ses yeux bleus.

Il n'y eut pas de réponse. Puis, au bout d'un long moment, son regard sembla chercher le sien. Une main rampa vers le haut et Tarma mit le bout de son index dans sa bouche.

— Tarma ? répéta ingénument la Shin'a'in.

Ce fut la seule manifestation d'intelligence que Kethry réussit à tirer d'elle. Un instant plus tard, le néant avait envahi ses prunelles et elle s'était remise à se balancer et à fredonner.

Kethry détourna les yeux de Tarma. Son regard se posa sur le corps du kyree et revint sur sa sœur de sang privée de conscience. Des larmes roulèrent lentement sur ses joues.

— Oh mon Dieu, mon Dieu ! gémit-elle. Oh, Tarma, tu avais raison ! Nous aurions dû aller chercher de l'aide !

Elle tenta de prendre sa She'enedra dans ses bras, mais elle aurait aussi bien pu étreindre une poupée de chiffon.

— Si je n'avais pas été si sûre de moi, si je n'avais pas tellement tenu à prouver que tu m'étouffais... Tout est de ma faute ! Qu'ai-je fait ? Que t'ai-je fait, par orgueil ?

Elle éclata en sanglots incontrôlables, en proie à un désespoir absolu, pendant que Tarma se balançait et fredonnait, indifférente à tout ce qui l'entourait.

Chapitre 11

— Tu m'as menti, bête immonde ! hurla la fille aux yeux verts, au comble de la fureur.

— Tu as mal compris, rétorqua Thalhkarsh à la diablesse aux cheveux de miel qu'il avait acculée dans un coin de son « divan ». Je t'ai dit que je te métamorphoserais. Je n'ai pas précisé en quoi !

— Tu n'as jamais eu l'intention de me rendre ma forme masculine ! hoqueta Lastel en s'effondrant sur la plate-forme capitonnée, la rage rendant son discours presque incohérent.

Le démon s'assit en tailleur sur l'estrade, en adoptant une position stratégique destinée à empêcher sa proie de fuir.

— Jamais, en effet, acquiesça-t-il avec un sourire malicieux. Tu éprouves de fortes émotions ; tu constitues pour moi une source d'énergie puissante et toujours renouvelée. Je n'ai pas l'intention de te libérer. J'ai trop besoin de toi.

Il se cala confortablement en entassant les coussins autour de lui. Lastel était bel et bien à sa merci. Grâce à sa force surnaturelle et à sa rapidité de réaction, il pouvait être tranquille ; quoi qu'elle tente, il n'aurait aucun mal à riposter à temps.

— Alors quand ?

— Quand te libérerai-je ? Pauvre idiote, ne peux-tu penser au-delà de l'instant présent ? grinça le démon, son visage de bronze en fusion perdant fugitivement son expression railleuse et ses yeux de rubis s'embrasant de frustration. Pourquoi voudrais-tu que je te laisse partir ? Que ferais-tu de ta liberté retrouvée, de ta forme recouvrée ? Où irais-tu ?

» Tu retournerais dans ton désert, à la misère, à ta vie de rapine ? Une vie où tous les hommes seraient tes ennemis, où tu serais obligé de te terrer dans un trou, comme un rat ? C'est ça que tu veux ?

— Je…

— Imbécile, imbécile stupide, aveugle ! Tu es presque aussi avide de pouvoir que moi, mais tu n'arriveras à rien par toi-même, alors qu'avec mon aide, tout te serait possible ! Réfléchis un peu, voyons ! hurla le démon, et il se leva en gesticulant. Tu occupes à présent un corps mû par un pouvoir magique, habité par des courants d'énergie surnaturels. Tu pourrais m'avoir pour protecteur. Quand je serai un Dieu, tu pourrais être mon Grand Prêtre, avec tous les avantages liés à cette fonction ! Et tu renoncerais à tout cela pour l'unique raison que tu n'apprécies pas les saines réactions d'un corps séduisant ?

— Mais ce n'est pas le mien ! C'est un corps de femme ! hurla Lastel en se recroquevillant dans son coin. Je n'en veux pas !

— Et moi je veux que tu l'aies. C'est moi qui t'ai fait telle que tu es. Je te désire, et je veux pour toi une forme attirante pour moi, grinça le démon en s'approchant de sa proie. Tes émotions atteignent un tel niveau d'intensité, elles me sont si douces que je me dis parfois que je ne te relâcherai jamais.

Il plaqua ses mains sur le mur, de chaque côté de Lastel qui se figea, pétrifiée d'épouvante.

— Pourquoi ? geignit-elle. Pourquoi moi, pourquoi tout ça ? Et pourquoi ici ? Je pensais que tous tes pareils exécraient ce monde.

— Eh bien, pas moi, riposta le démon et ses yeux de braise adoptèrent une expression songeuse. Ton monde est beau à mes yeux, ton peuple a excité mes appétits et suscité mon désir. Je veux ce monde, les gens qui le peuplent, et je les aurai, tout comme je te possède.

— Non ! pleurnicha Lastel.

— Alors, je te le demande à mon tour, pourquoi ? Ou plutôt, pourquoi pas ? Qu'ai-je fait sinon éveiller tes propres passions ? Tu es nourrie, vêtue, logée comme tu ne l'as jamais été, et je ne t'ai fait aucun mal physiquement.

— Tu me tues ! cria Lastel d'une voix brisée. Tu détruis mon identité ! Chaque fois que tu me regardes, que tu me touches, j'oublie un peu plus ce que c'était que d'être un homme ! Je n'aspire plus qu'à être ton ombre, te servir. Je veux n'exister que pour toi ! Je ne redeviens moi-même que lorsque tu t'éloignes, et je mets chaque fois plus de temps à me rappeler ce que c'était, ce que j'étais.

Le démon retrouva son sourire cruel et lui effleura le cou de ses lèvres.

— Eh bien, petite poupée, murmura-t-il, peut-être vaudrait-il mieux l'oublier pour de bon ?

Tarma était perdue. Elle n'y voyait plus, elle n'entendait plus, elle planait, tous ses sens abolis, comme en apesanteur, dans un état de faiblesse qui interdisait tout espoir de rébellion. Lasse, si lasse… Trop lasse pour songer à lutter, pour espérer, ou seulement s'en faire. Vide de toute passion.

— *Réveille-toi !*

Ce filet de voix qui murmurait dans son esprit signifiait qu'il y avait un souffle de vie dans le vide immense où elle flottait. Elle tendit l'oreille dans l'espoir de l'entendre encore, de sentir… quelque chose. N'importe quoi pour secouer l'apathie qui s'était emparée d'elle.

— *Compagne d'esprit, réveille-toi !*

C'était vaguement familier. Si seulement elle arrivait à se rappeler, se rappeler n'importe quoi.

— *Réveille-toi, réveille-toi, réveille-toi !*

La voix était plus forte, et on aurait dit qu'il y avait des dents derrière. Comme si une entité énorme, puissante, refermait ses crocs sur elle et la secouait. Des dents…

— *Au nom de Celle-aux-Yeux-Étoilés!* disait la voix fébrile. *Réveille-toi, il le faut!*

Des dents. Celle-aux-Yeux-Étoilés. Ces choses avaient un sens autrefois, avant qu'elle cesse d'être. Avaient un sens. Quand elle était…

Tarma.

Elle était Tarma. Elle était *encore* Tarma. Celle qui avait prêté le Serment de l'Épée, l'amie du kyree, She'enedra, sœur de sang…

Chaque fragment de son identité qui lui revenait ramenait avec lui des bribes de souvenirs, des impressions, et de la force. Elle lutta contre le brouillard gris qui menaçait d'engloutir ces fragments, se débattit et les chassa. Elle lutta pied à pied pour rassembler d'autres éléments de sa personnalité. Elle était une Shin'a'in, du peuple libre des Plaines, et celui qui la retiendrait prisonnière n'était pas né. Elle ne resterait pas prisonnière!

Elle éprouva alors de la souffrance, et l'accueillit avec reconnaissance, car c'était encore une passerelle vers la réalité. Le salut résidait dans la douleur, non dans cette brume grisâtre qui la privait de tout, de sensations comme de tout le reste. Elle garda la douleur en elle, la chérit et tenta de rétablir le contact avec la voix qui résonnait dans son esprit.

Elle la rejoignit et s'y cramponna, en se réjouissant farouchement d'avoir aussi retrouvé ça.

Non, pas ça. Lui. Le kyree. La bête magique, Warrl. L'ami de son âme, comme Kethry était celle de son cœur.

Comme si cette reconnaissance avait rompu le dernier brin de sorcellerie maléfique qui la maintenait dans la grisaille, elle se retrouva tout à coup en possession d'un corps, d'un corps qui lui faisait mal d'une façon qu'elle ne connaissait que trop. Un corps raide et transi, assis, presque nu, sur un sol de pierre froide à en croire les frissons qui parcouraient sa peau. Elle n'entendait presque rien, en dehors d'un bruit de pleurs. Elle entrouvrit prudemment les paupières, juste assez pour voir où elle était.

Elle était dans une cage. Il y avait des barreaux de fer devant elle, mais il aurait fallu qu'elle change de position pour voir autre chose. Elle referma les yeux et tenta de se rappeler ce qui avait pu l'amener dans ce cul-de-basse-fosse, mais ses souvenirs se bousculaient confusément dans son crâne douloureux.

Elle mit un moment à faire le tri dans ce méli-mélo, puis, au bout d'un moment, tout lui revint, et de même que les souvenirs refluaient en elle, elle fut submergée par un torrent de colère et de haine.

Thalhkarsh !

Le démon ! Il l'avait piégée, emprisonnée, dominée et métamorphosée, puis il lui avait fait… ce qui l'avait envoyée dans cette grisaille. Mais si Thalhkarsh s'était emparé d'elle, où étaient Warrl et Kethry ?

— *Je gis sur la table, compagne d'esprit*, répondit la voix. *Le démon croit m'avoir tué, et il a bien failli y arriver. Sa magie m'a projeté dans la petite mort, et j'ai cru plus prudent de maintenir la transe jusqu'à ce que nous soyons seuls tous les trois. Je ne pouvais rien faire pour toi. Ta She'enedra est dans la même cage que toi. Il serait bon de lui laisser savoir que le démon n'a pas détruit ton âme, en fin de compte. Elle croit que tu as connu un sort pire que la mort, et se blâme seule de votre folie à toutes deux.*

Tarma remua précautionneusement la tête ; elle avait mal partout. Il y avait quelqu'un dans la cage, avec elle. La personne était roulée en boule dans un coin, et à la façon dont ses épaules se secouaient, c'était elle qui sanglotait, mais…

— *Ce n'est pas Kethry !*

— *Elle porte un autre corps, mais c'est bien son esprit. Le démon a donné son corps au bandit.*

— *Quel bandit?*

— *Ce serait trop long à t'expliquer*, grogna mentalement le kyree. *Je vais rompre la transe. Occupe-toi de ta She'enedra.*

Tarma passa sa langue sur ses lèvres. Elle avait la bouche tuméfiée, douloureuse. Elle s'était déjà sentie aussi mal en point, autrefois. Une fois à laquelle elle préférait ne pas penser…

Il lui manquait quelque chose…

— Non! chuchota-t-elle en ouvrant des yeux immenses sous le choc, la prise de conscience lui vidant l'esprit de toute pensée. Oh non!

L'étrangère leva brusquement la tête; des yeux d'améthyste gonflés, rougis par les pleurs, se tournèrent vers elle et la dévisagèrent dans l'obscurité.

— T-t-tarma?

— Il a disparu, hoqueta-t-elle, bouleversée par l'immensité de la perte. Le *vysaka*, le lien avec la Déesse, il est rompu!

Elle sentit la raison la fuir de nouveau. Elle retombait dans le néant grisâtre. Sans le lien avec la Déesse…

— *Reprends-toi!* lança la voix dans son esprit. *Ça ne peut être que l'œuvre du démon; romps le sortilège qui t'unit à lui et le lien se renouera! Et puis, je suis en vie, tu es en vie, Kethry est vivante et je veux que nous restions tous vivants!*

La remontrance de Warrl lui fit l'effet d'une gifle en pleine face et la ramena à un semblant de santé mentale. Elle se répéta que Kethry était encore en vie et se tourna vers l'étrangère dont les yeux la scrutaient, dans le visage bouffi de larmes.

— Keth? C'est toi?

— Tu es revenue! Oh, louée soit la Déesse d'avoir permis que tu reviennes parmi nous!

La jolie fille aux cheveux platine se jeta dans les bras de Tarma et se cramponna à elle comme si sa vie en dépendait.

— Je croyais qu'il t'avait irrémédiablement détruite, et tu ne peux pas savoir comme je m'en voulais d'avoir insisté pour que nous fassions ça toutes seules au lieu d'aller chercher de l'aide ainsi que tu l'avais suggéré.

—Là, là, fit Tarma en ravalant ses larmes et en la repoussant avec ses mains tremblantes. Nous ne sommes pas encore tirées d'affaire!

—T-tarma… Warrl… Il est…

—*On ne peut plus vivant, merci*, fit la grande forme velue allongée sur la table, hors de leur cage, en se levant lentement sur ses quatre pattes et en s'ébrouant péniblement. *Mais j'en ai bavé. Si vous avez autant souffert que moi, nous sommes tous les trois dans un triste état.*

Tarma ne comprenait que trop la surprise de Kethry.

—Il nous a joué un de ses tours de kyree, She'enedra. Il m'a expliqué que le pouvoir magique du démon l'avait projeté dans la petite mort, une sorte de transe. Il s'est dit qu'il valait mieux rester ainsi jusqu'à ce que nous soyons seuls. Il m'a dit aussi que vous aviez échangé vos corps, un bandit et toi, reprit-elle en contemplant le visage ahuri levé vers le sien. Et il me semble que je connais cette figure…

—C'est celle de Lastel Longlame, confirma Kethry d'une voix mal assurée. Il a survécu ; c'est lui qui a conjuré Thalhkarsh, et je crois que les choses ne se sont pas passées tout à fait comme il l'espérait, parce que le démon l'a changé en une vraie femme. C'est lui qui a répandu la rumeur qui nous a attirées ici, j'en mettrais ma main au feu. Maintenant, c'est lui qui occupe mon corps…

—Et j'ai une impression atroce : tu vas m'annoncer que tu ne peux exercer ton pouvoir magique dans celui-ci.

—Pas très bien, admit-elle. Mais je n'ai pas encore essayé les pouvoirs magiques qui requièrent plus d'entraînement que de dons.

—Bon. Nous ne sortirons donc pas de cette cage par magie ; voyons si nous arrivons à nous en tirer par la réflexion.

Tarma s'efforça d'ignorer le vide douloureux qui la tourmentait et prit soigneusement la mesure de la situation. Leur prison était une pièce aux murs de pierre coupée en deux par des barres de fer grossièrement forgées. Cette grille était munie d'une porte tout aussi sommaire, fermée par un cadenas. La pièce proprement dite n'avait qu'une porte, à l'autre bout, et pas de fenêtre. Le sol était dallé d'ardoise. Dans l'autre moitié de la pièce se trouvait une table sur laquelle étaient allongés Warrl… et une autre chose.

— Dis-moi, Nez Fourré, n'est-ce pas Besoin que je vois auprès de toi ?

— *Exactement.*

— Eh bien, Thalhkarsh a fait une grosse bêtise, commenta Tarma en étrécissant les yeux avec une sinistre satisfaction. Amène-toi un peu par ici et apporte la lame avec toi.

Warrl acquiesça d'un grognement, prit délicatement la poignée de l'épée dans sa gueule, sauta à bas de la table et traîna l'arme sur le sol sans cesser de se plaindre mentalement à Tarma pendant toute la durée de l'opération.

— Maintenant, Keth, écoute-moi : j'ai vu cette chose trancher des armures, et plus d'une fois. Tu vas en flanquer un coup au cadenas. Il faut que ce soit toi qui le fasses, elle ne m'obéira pas à moi.

— Mais…, bêla Kethry en regardant d'un air dubitatif les bras frêles de son nouveau corps, puis elle s'enjoignit de se souvenir que Besoin était une arme magique, qu'elle répondait (comme le disaient les runes gravées sur sa lame) aux besoins des femmes. Et si quelqu'un avait jamais eu besoin d'aide, c'était bien elles.

Elle leva l'épée à deux mains au-dessus de sa tête et l'abattit de toutes ses forces sur la barre qui fermait la porte.

La tige de métal se fractura avec un bruit qui rappela un cri d'agonie et la porte s'ouvrit brutalement.

— Tu es courageux, prêtre, gronda le démon.

— Curieux, certainement ; stupide, peut-être ; mais courageux, sûrement pas, rétorqua le petit prêtre d'Anathe. J'avoue que les rumeurs de votre retour ont attiré mon attention. Mon intérêt a redoublé lorsqu'on a constaté la disparition des deux responsables de votre précédente défaite. J'avoue être assez étonné de reconnaître ici l'une d'elles, fit-il en désignant d'un coup d'œil la compagne du démon.

La sorcière était roulée en boule sur l'estrade capitonnée de velours rouge. Elle n'avait vraiment pas l'air contente, mais elle ne semblait pas non plus obligée à quoi que ce soit. Cela dit, il y avait quelque chose d'étrangement différent en elle…

— Je te répète que je te trouve courageux, mais tu m'amuses. Que viens-tu faire ici ?

Thalhkarsh s'adossa plus confortablement sur ses coussins, et d'une pensée fugitive accrut l'intensité de la lumière écarlate qui tombait des lanternes. L'encens musqué qu'il appréciait montait d'un brasero placé au bord de l'estrade où il se prélassait. Le petit prêtre bedonnant, au crâne tondu, s'était présenté à la porte et avait simplement demandé à voir le démon. Les Adeptes de Thalhkarsh avaient été tellement déconcertés par son calme, son assurance, qu'ils avaient accédé à sa requête. Il se dressait maintenant devant Thalhkarsh, petite silhouette insignifiante, d'âge indéfinissable, aux mains enfoncées dans les manches de son froc dépourvu de tout ornement. Il ne semblait pas impressionné le moins du monde par le démon, ni même spécialement ennuyé par le spectacle de l'orgie qui se donnait libre cours sur l'estrade, derrière Thalhkarsh, ou par la vision des sculptures obscènes entourant la plate-forme.

Et ça, ça intriguait beaucoup le démon.

— Je suis venu essayer de vous convaincre que ce que vous faites est mal.

— Mal? *Mal?* répéta le démon en éclatant d'un rire immense. Je pourrais t'écraser sans lever le petit doigt et tu viens me dire que je suis coupable de mal agir?

— Vous semblez vouloir vivre dans ce monde, vous devez donc en accepter les règles, et l'une d'elles stipule qu'il ne faut pas faire de mal ou causer de souffrance à autrui.

— Et qui me punira, petit bonhomme? demanda le démon, l'éclat rouge de ses yeux s'intensifiant, ses lèvres s'étrécissant sous l'effet de la colère. Toi, peut-être?

— Vous serez cause de votre propre perte, répondit gravement le prêtre. Car vos actes vous aliéneront les choses mêmes que vous recherchez: l'admiration, la confiance, l'amitié, l'amour.

Il fut interrompu par des hurlements et un bruit de lames s'entrechoquant. Il ouvrit de grands yeux en reconnaissant Tarma, mais une Tarma métamorphosée, portant une tunique d'acolyte et pas grand-chose dessous, qui se ruait dans la salle, chassant plusieurs gardes devant elle. Elle était accompagnée par l'enfant aux cheveux platine qu'il avait vue, il n'y avait pas longtemps, dans son temple, raconter à ses frères les rumeurs concernant Thalhkarsh. Elle brandissait une épée qu'il avait déjà vue… dans les mains de la sorcière.

La femme qui se dressait au côté du démon étouffa un petit cri de rage tandis que les gardes du démon se déployaient pour bloquer toutes les issues et s'interposer entre leur maître et ces furies.

— Intense est ta colère, petite poupée, et douce m'en est la caresse! exulta Thalhkarsh. Eh bien, sers-t'en. Deviens l'instrument de ma vengeance, tue-la, et cette fois je te promets de te redonner un corps d'homme.

Il pêcha comme une plume l'épée du garde qui était le plus près de lui et la lança à sa compagne aux cheveux de miel, tout cela sous les yeux sidérés du prêtre.

Le bandit n'eut pas besoin d'autres encouragements. Sitôt qu'il fut en possession de son arme, il se jeta à la gorge de Kethry.

Celle-ci n'était plus une créature robuste et exercée mais une petite chose fragile et délicate. Elle ne tint pas le choc. Tarma tenta de se rapprocher d'elle, tout en sachant qu'elle allait arriver trop tard…

Warrl la devança. Il émergea des tentures de velours rouges et se jeta entre les combattantes, juste le temps pour Kethry de ramasser Besoin. Elle tenta de se mettre en garde, puis elle regarda ses mains avec stupéfaction. Le premier instant d'étonnement passé, Tarma comprit ce qui se passait. Besoin ne réagissait pas – parce que Besoin ne pouvait agir contre une femme, pas même *pour* une femme.

Et entre Tarma et sa She'enedra se dressaient une douzaine d'Adeptes du démon…

Dont un certain nombre avaient récemment abusé de son propre corps, en compagnie de leur maître.

Elle s'autorisa, pour la première fois depuis qu'elle avait repris conscience, à se rappeler ce qu'on lui avait fait subir, physiquement et mentalement. Elle se retrouva aussitôt en proie à une frénésie guerrière, meurtrière, état dans lequel tous ses sens étaient décuplés, ses réflexes accélérés, ses forces presque doublées. Elle paierait plus tard ce sursaut d'énergie. S'il y avait un « plus tard ». Pour l'instant…

Elle prit son élan, s'accrocha à une lourde tenture de soie qui pendait à sa portée et sauta sur le garde le plus proche d'elle. Elle réussit, bien que handicapée par l'étrangeté de ce corps, mal entraîné au combat, à le prendre par surprise et à l'entortiller dans les plis du rideau. La seule arme qu'elle avait réussi à trouver était une lourde dague. Elle s'empressa, avant que ses compagnons aient le temps de réagir, de la lui plonger dans le corps à coups redoublés, prenant un plaisir farouche à voir la soie rouge s'imprégner de son sang…

Kethry se défendait comme elle pouvait. Sa seule chance résidait dans le fait que le bandit n'était pas dans son corps légitime. L'apparition providentielle de Warrl lui avait sauvé la mise, mais il s'occupait à présent d'un autre acolyte – et Tarma paraissait très occupée, elle aussi, quoi qu'elle parût avoir à peu près complètement recouvré sa rapidité et son adresse coutumières. Au moins elle était sortie de l'hébétude, de l'égarement dans lesquels elle était tombée juste après avoir retrouvé ses esprits.

Kethry s'en réjouissait, mais elle avait assez de sujets de préoccupation pour ne pas s'éterniser sur la question. Elle avait fort à faire pour éviter les coups du bandit qui avait manifestement juré sa perte. Et comme elle l'avait déjà vu faire, le démon regardait manœuvrer ses pions et se gardait bien d'intervenir dans la partie.

Tarma avait pris une torche et mit le feu à son prisonnier, en riant sauvagement au spectacle de ses efforts désespérés pour s'extirper du rideau dans lequel il était empêtré. Il ne réussissait qu'à faire trébucher ses collègues. Warrl en avait envoyé un rejoindre ses ancêtres et se proposait manifestement d'en expédier un second au même endroit. Kethry était confrontée à un terrible problème : Besoin lui répondait mollement à présent, et uniquement pour la défendre. Elle savait qu'elle ne pouvait se permettre de tuer l'ex-bandit ; elle perdrait sa dernière chance de jamais récupérer son vrai corps. Elle ignorait ce qui arriverait si elle ôtait la vie de ce qui était fondamentalement *son* organisme. Mourrait-elle avec lui, ou survivrait-elle, prisonnière de cette carcasse faiblarde, dépourvue de l'énergie, de la force et des pouvoirs magiques de sa véritable enveloppe charnelle ?

Elle n'avait pas idée non plus de ce que lui ferait Besoin si elle tuait une autre femme. Si ça se trouve, il ne lui arriverait rien, mais il se pouvait que le choc en retour provoqué par la rupture de l'enchantement ne laisse d'elle qu'une écorce calcinée, vidée de son contenu, ce qui serait un sort pire que la mort.

En attendant, Tarma avait mis la main sur une arme plus légère que l'énorme latte à laquelle elle était accoutumée, et étrangement recourbée. Elle n'avait jamais utilisé une arme pareille, mais une lame était une lame. Tous les sbires du démon se précipitèrent sur elle, oubliant, s'ils l'avaient jamais su, qu'ils n'avaient pas affaire à une femme impuissante, à qui l'hystérie conférait une ardeur provisoire, mais à une maîtresse d'armes aguerrie. La colère, l'hystérie de Tarma étaient aussi précisément dirigées qu'un fleuve impétueux canalisé pour faire tourner la roue d'un moulin. Alors qu'ils se ruaient sur elle, bien déterminés à la submerger sous leur seul nombre, elle prit la poignée de son arme à deux mains, se redressa de toute sa hauteur et pivota sur elle-même, les balayant d'un mouvement coulé, puissant, qui les trancha en deux au niveau de la taille. Elle en balaya ainsi au moins quatre.

Une partie normalement calme et analytique de son esprit se mit à délirer de joie. Cette étrange épée était bien meilleure qu'aucune de celles qu'elle avait jamais utilisées. La courbe l'empêchait de rester coincée dans ses victimes ; le fil en était aussi acéré que le vent du Nord et sa poignée, munie d'une encoche où elle pouvait accrocher son index, en faisait presque une extension de sa main. Elle était parfaitement équilibrée, ce qui permettait de la brandir indifféremment à deux mains ou d'une seule. Ses yeux s'embrasèrent d'une flamme qui ne devait rien au reflet des torches.

Ses derniers adversaires trébuchèrent sur les corps de leurs compagnons qui se vidaient de leur sang et de leurs tripes. Ils glissaient dans les mares de sang, frappés de stupeur, paralysés par la tournure inattendue prise par les événements. La veille au soir, cette femelle était leur victime impuissante ; elle se dressait maintenant, ruisselante de sang et à moitié nue, sur les cadavres inertes de cinq de leurs collègues. Ils hésitèrent, troublés.

Warrl bondit sur deux d'entre eux, par-derrière, rompant le cou du premier et projetant l'autre sur la lame tendue de Tarma.

Huit étaient à terre. Il n'y en avait plus que sept debout.

Sept ? Non, six…

Tarma sentit plus qu'elle ne le vit l'un deux approcher dans son dos. Elle pivota et lui assena de son épée un coup merveilleusement fluide qui lui trancha la gorge. Alors qu'il tombait, un autre, plus courageux que ses complices, fondit sur elle. Elle le cueillit d'un coup de pied à la tempe. Il y eut un craquement et il s'effondra, les yeux vitreux, l'air mal en point. D'un seul coup de ses énormes mâchoires, Warrl veilla à ce qu'il ne se remette jamais, puis il repartit précipitamment.

Cinq.

—*Ne bouge pas, j'arrive.*

Tarma se figea et Warrl surgit derrière elle. L'homme sur lequel il bondit tenait une courte épée et un bouclier, mais il n'eut pas le temps d'en faire usage. Warrl l'égorgea et repartit comme il était venu, l'abandonnant dans une flaque de sang.

Quatre.

Tarma fonça entre deux des survivants, décrivant des moulinets avec son sabre, sachant qu'ils hésiteraient à utiliser les épées qu'ils avaient dégainées en hâte, de peur de se frapper l'un l'autre. Elle atteignit le premier en plein dans les yeux, le second dans la tripaille. Celui qu'elle avait aveuglé tomba sur elle, son sang giclant entre ses doigts, et elle l'acheva en pivotant sur elle-même, à la fin de son mouvement.

Deux.

Kethry se défendait comme un beau diable, mais le bandit ne reculait pas.

Alors elle fit la seule chose en son pouvoir : elle lança Besoin au loin, recula d'un pas et leva les mains au-dessus de sa tête dans l'intention de pulvériser le bandit avec un éclair d'énergie magique.

Warrl bondit sur l'homme de droite et lui déchira la cuisse, le couchant à terre, puis lui arracha les tripes. Le dernier adversaire de Tarma fut le premier à faire preuve d'un minimum de réflexion. Il était recroquevillé à un endroit où Warrl ne pouvait se jeter sur lui par-derrière, une épée dans une main, une dague dans l'autre, et sa posture montrait qu'il savait manier les armes. Tarma comprit, après une feinte ou deux, que cet exercice n'avait pas de secrets pour lui. C'était probablement aussi pourquoi il avait survécu à ses compagnons. Là, elle avait un problème. Personne ne pouvait venir à son secours, et elle était distraite, donc handicapée par la relative étrangeté de son propre corps. Puis elle le vit étrécir les yeux alors qu'elle faisait osciller légèrement sa nouvelle arme, et elle comprit qu'elle avait une arme psychologique contre lui. C'était sa lame qu'elle tenait et il voulait la récupérer. Il en avait diablement envie.

Elle élabora rapidement un plan, et passa à l'action.

Elle fit semblant de se précipiter sur lui, et feignit de trébucher, laissant tomber l'arme. Quand il se jeta dessus, lâchant sa propre épée, Tarma arracha une torche du mur, derrière elle, et la lui jeta à la figure. Puis, comme il reculait, elle saisit une dague parmi toutes les armes qui gisaient sur le sol et visa la gorge de l'homme, sachant que la précision de tir n'était pas une question de poids et d'équilibre mais de coordination de la main et de l'œil, autant de choses qui n'avaient pas dû changer, contrairement au reste de son corps. Alors qu'il tombait en gargouillant et en s'étouffant avec son propre sang, comme l'un des gardes que Warrl avait exécutés, elle vit que Kethry avait été contrainte à prendre l'offensive, et nota le regard satisfait du démon en la voyant faire.

Elle comprit, dans un soudain éclair de lucidité, qu'elles faisaient de nouveau son jeu.

— Pourquoi ne faites-vous rien ? s'étonna le petit prêtre.

— Parce que c'est un test, humain, répondit le démon en étendant confortablement les jambes devant lui, sur l'estrade capitonnée. J'avais prévu cela, bien que je doive admettre, pour être tout à fait sincère avec toi, que je ne m'attendais pas à voir ce moment se présenter si tôt, ni que la bête retrouverait la vie et la guerrière sa conscience. Mais ce sont des variations mineures dans mon plan. Quelle qu'en soit l'issue, j'en sortirai gagnant. Ainsi que tu l'as peut-être deviné, c'est l'esprit de la sorcière qui habite le corps de mon esclave. S'il la tue, je serai débarrassée d'elle, et mon serviteur sera doté d'une forme douée d'un pouvoir magique. Si la guerrière meurt, ça me fera également une adversaire de moins ; si elle vit, je l'annihilerai comme je l'ai déjà fait. Si mon esclave meurt, la sorcière sera à ma merci, car elle a eu beau lâcher son épée enchantée, elle lui est liée dans l'âme, et elle ne lui pardonnera pas d'avoir nui à une femme. Elle me sera très utile, alors. Et si son épée l'anéantit, il se pourrait bien qu'elle soit damnée pour avoir rompu son serment, et envoyée dans mon royaume. Je te le dis : je joue gagnant. D'autant que je n'ai rien à craindre personnellement. Seul mon propre pouvoir pourrait m'atteindre d'une façon ou d'une autre.

— Je… je vois, fit le petit prêtre, pétrifié par la vision du spectacle sanglant qui se déroulait devant lui.

Tarma se rendit compte de tout cela. Si Kethry tuait celle qui portait sa forme, elle se damnait irrévocablement, une première fois en commettant une sorte de suicide, une seconde fois en rompant le sortilège et le vœu que son lien avec Besoin lui avait imposé – l'interdiction de lever la main contre une femme – et une troisième fois en rompant le serment à sa She'enedra.

Par cette trahison, elle signerait probablement son arrêt de mort, car Thalhkarsh avait sûrement protégé sa créature contre la magie. Besoin la priverait soit de vie, soit de conscience. Si elle mourait, elle serait condamnée à errer à jamais dans le coin particulier réservé à Thalhkarsh dans le Plan Abyssal, se remettant pour l'éternité en son pouvoir. Il avait sûrement prévu qu'elle tuerait le bandit par magie, puisque Besoin ne pouvait frapper une femme, et tramé un sortilège destiné à renvoyer sur la sorcière toute la magie qu'elle pourrait projeter sur lui. Kethry aurait l'éternité pour regretter de ne pas être morte, car il pourrait exercer sa vengeance sur elle jusqu'à la fin des temps, ou jusqu'à ce qu'il s'en lasse.

Tarma devait l'arrêter avant qu'elle commette l'irréparable, qu'elle se damne. Et comme le temps pressait, il n'y avait qu'un moyen.

Le cœur crevé, elle donna un ordre mental à Warrl, qui répondit avec la rapidité, la fulgurance du kyree qu'il était, né dans la magie et nourri d'elle.

Il bondit par-derrière sur Kethry qui ne se doutait de rien et referma ses mâchoires sur sa gorge, lui brisant le cou et lui écrasant la trachée-artère.

Kethry et le bandit s'effondrèrent.

Tarma se jeta sur l'épée magique qui gisait à terre. Elle n'avait plus qu'une seule idée, à présent : empêcher cette arme inestimable de tomber entre des mains profanes, et en user contre la créature qui l'avait forcée à tuer le seul être humain qui comptait pour elle. Or, de cette arme, le démon avait déjà goûté auparavant.

Elle avait oublié une chose.

Elle n'était pas magicienne, de sorte que l'autre don de Besoin entra en jeu : le don qui protégeait toute guerrière de la magie, si puissante soit-elle. Aucune magie projetée sans le consentement de celle qui brandissait Besoin ne pouvait agir dans son rayon d'action.

Le sortilège qui avait frappé Tarma fut rompu. Elle retrouva son corps originel.

C'était le moment précis que le prêtre appelait de ses vœux. Le coup mortel rompit brutalement le lien magique qui unissait Kethry au corps de Lastel. Le petit prêtre prit le plein contrôle de cette énergie et s'empara de son esprit avant que la mort en ait pris possession. Utilisant les énergies potentielles ainsi relâchées, il renvoya l'esprit de Lastel et celui de Kethry dans leurs réceptacles légitimes.

D'autres énergies furent libérées au même instant : celle qui contraignait le corps de Lastel dans un moule féminin, et celle qui modifiait Tarma. Le prêtre s'en saisit plus vite que l'éclair. Une partie de sa conscience érigea un bouclier pour protéger la guerrière et sa partenaire tandis que l'autre renvoyait ces sortilèges démoniaques à leur envoyeur.

Kethry avait été sonnée par la traîtrise apparente de Warrl ; elle s'était vraiment sentie mourir…

… et voilà que, tout à coup, elle se retrouvait on ne peut plus en vie, et dans son propre corps. Elle s'assit et cilla, stupéfaite.

À côté d'elle, sur les dalles de marbre du sol, gisait le cadavre d'un homme vêtu de la tenue qu'elle portait quand elle était sous les traits de Lastel. Warrl grondait, dressé au-dessus du cadavre, les babines retroussées sur ses crocs, le poil hérissé. Mais elle avait un sixième sens pour certaines choses, et elle sentait que l'histoire n'était pas terminée. Comme pour le lui confirmer, un hurlement d'angoisse retentit derrière elle.

— Nooooooonnn…

La voix avait commencé sur un registre d'airain et monté en spirale pour atteindre un fragile soprano.

Kethry se retourna, effrayée. Se retrouva nez à nez avec Thalhkarsh. Et crut qu'elle rêvait.

Ce n'était plus un démon. Ce n'était plus un mâle. Seul demeurait son esprit démoniaque. Thalhkarsh la contemplait par les yeux améthyste de la délicate créature mortelle qu'il avait appelée par dérision sa « poupée ». Il braquait sur elle un regard hébété, rendu vitreux par la stupeur, comme s'il n'arrivait pas à comprendre ce qui lui était arrivé. Il était désormais sans pouvoir, aussi fragile et féminin que les deux sœurs de sang dont il avait juré la perte – et infiniment plus vulnérable.

— Ce n'est… pas… possible…, murmura-t-il en regardant ses pauvres petites mains. Je n'ai pas pu échouer…

— Mon infortuné ami…

Le petit prêtre que Kethry avait oublié pendant le combat, n'ayant d'yeux que pour le démon, ses sbires et Lastel, tendit la main à la créature souffrante avec une compassion aussi sincère que courageuse.

— Je crains que vous n'ayez été l'instrument de votre propre perte, ainsi que je vous en avais averti…

— Non…

— Un instrument trop bien forgé, j'en ai peur, car si je déchiffre correctement ce sortilège, il est marqué du sceau de l'éternité et vous accompagnera jusqu'à la mort. Or en tant que démon, vous ne pouvez mourir à moins d'être frappé par une lame spécifique. Je me trompe ?

Pour seule réponse, le démon poussa un gémissement et s'effondra mollement parmi les coussins de ce qui, un instant plus tôt, était encore son trône. Son regard s'embruma et il parut se retirer de la réalité qu'il avait lui-même créée dans sa folie.

Les longues jambes de Tarma fléchirent lentement sous son poids et elle s'assit par terre. Elle tremblait de tous ses membres. Elle paraissait incapable d'articuler un mot. Son regard parlait pour elle, et il exprimait une insondable douleur.

Kethry se traîna à côté d'elle et se laissa tomber par terre à son tour.

— Et maintenant ? demanda Tarma d'une voix étouffée par l'épuisement physique et moral, en se frottant les yeux d'une main. Qu'allons-nous en faire ?

— Ça, je me le demande.

— Je vais m'occuper d'elle, répondit le prêtre. Elle n'est plus en état de constituer une menace pour nous. Nous la garderons en un endroit d'où elle ne pourra s'enfuir tant qu'elle n'aura pas sincèrement changé d'état d'esprit. Mon enfant, reprit-il à l'adresse de Tarma, d'un ton sincèrement inquiet, qu'est-ce qui ne va pas ?

Elle leva les yeux vers le visage rond, anxieux, du prêtre.

— Mon lien… est rompu, bredouilla-t-elle d'une voix brisée.

— Voudriez-vous aller chercher mes frères au temple ? demanda-t-il à Kethry. Celle que voici est enfermée en elle-même, et il se pourrait que j'aie besoin d'eux.

— Avec joie, acquiesça Kethry. Pensez-vous pouvoir l'aider ?

— J'en saurai plus long quand vous reviendrez.

Elle courut – ou du moins tenta de courir – dans la nuit chercher les coreligionnaires du petit prêtre. Il s'en fallut de peu qu'elle n'en vienne aux mains avec le novice sceptique qui montait la garde à la porte. À bout de nerfs, elle finit par lui dire, en hurlant, ce qu'elle pensait de son ordre en général et plus spécialement de lui, et fit tant de bruit que le Grand Prélat d'Anathe vint personnellement aux nouvelles, enroulé dans une couverture. Il dormait debout, mais se réveilla très vite quand elle commença à lui raconter les événements de la nuit. Il envoya promener sa couverture, fit sortir la moitié des moines de leur lit, et au trot, puis leur lança une série d'ordres auxquels ils répondirent avec empressement. Cette célérité confirma les soupçons de Kethry quant au rang réel de leur ami avant même que trois novices n'apportent sa robe – une tenue d'archiprêtre.

Bien qu'à peine plus ornementée que sa tenue de tous les jours, la robe irradiait un pouvoir que Kethry sentait sans même invoquer son sens magique.

Une demi-douzaine de membres de la confrérie filèrent ventre à terre et revinrent avec des vêtements de cérémonie et divers accessoires mystérieux. Kethry les mena au petit trot dans les rues où l'aube ne tarderait plus à se lever. Les chevaliers du guet qui patrouillaient dans la nuit jetèrent un coup d'œil à la procession de prêtres-mages encapuchonnés, aux bras pleins d'objets magiques, et s'écartèrent respectueusement sans esquisser un geste pour l'arrêter.

Lorsqu'elle les eut menés devant la porte ouverte du temple, ses forces l'abandonnèrent et elle dut s'arrêter pour se reposer. Elle s'écroula à moitié contre l'image souriante du Dieu de la Pluie. Le temps qu'elle regagne le sanctuaire intérieur, la confrérie avait pris le contrôle de la situation. Les cadavres avaient été évacués, les sculptures obscènes voilées, presque tout le sang épongé et – plus important – Thalhkarsh contraint par des liens mystiques si restrictifs que même un demi-dieu n'aurait pu s'en libérer.

— Je crois pouvoir restaurer ce que votre amie a perdu, lui annonça le prêtre lorsque Kethry eut finalement trouvé le courage de s'approcher de lui. Mais j'aurai besoin de votre assistance, au kyree et à vous-même.

— Tout ce que vous voudrez, naturellement, mais pour quoi faire ? Ça m'aiderait si je savais ce que vous attendez de moi.

— Shin'a'in vous a adoptée et leur Déesse vous est familière. Elle vous écoutera à coup sûr, alors qu'Elle ne m'entendra peut-être même pas. Pensez que je suis l'arc et vous la flèche. Je puis donner à votre vœu le pouvoir d'atteindre Celle-aux-Yeux-Étoilés, mais vous seule, de nous tous, La connaissez suffisamment pour choisir Son aspect parmi tous ceux de la Dame.

— Logique. Et que devrai-je faire ? Quant à Warrl, il est d'accord. Il dit qu'il fera tout ce que vous lui demanderez.

— Essayez juste de dire à sa Guerrière que le lien vient d'être rompu et doit être restauré, faute de quoi Tarma pourrait bien…

—En mourir. Ou devenir folle, ce qui revient au même pour une Shin'a'in.

Kethry s'agenouilla aux pieds du prêtre, sur le marbre glacé du temple profané, Warrl à côté d'elle. Tarma n'avait pas bougé. Elle était plongée dans une détresse, dans un désespoir si profonds que tout lui était indifférent, comme à Thalhkarsh.

Le prêtre murmura trois mots, posa sa main sur la tête des deux sœurs de sang et les bénit. Kethry se concentra de toute son âme et éleva vers la Déesse une prière fervente.

—*Je Vous en prie, je Vous en supplie, ma Dame, écoutez-moi*, pensa-t-elle désespérément, observant les yeux morts de Tarma. *J'ai… j'ai été moins compréhensive que je n'aurais dû l'être. J'ai oublié, parce que je l'ai bien voulu, que j'étais tout le clan qui lui restait. Je n'ai pensé qu'à la liberté que je me croyais sur le point de perdre. Je ne Vous connais pas, mais peut-être me connaissez-Vous…*

Il n'y eut pas de réponse. Kethry ferma les yeux en proie à une véritable agonie mentale.

—*Je Vous en prie, je Vous en supplie, écoutez-moi ! Même si Vous ne Vous souciez pas de nous, elle Vous a voué sa vie…*

—*Stupide enfant.*

Kethry sursauta. La voix qui retentissait dans son esprit était plus une musique qu'autre chose.

—*Je ne suis qu'un aspect de ta propre Dame Portée par le Vent, comment pourrais-je ne pas te connaître ? Vous avez eu des torts, l'une comme l'autre, et vous avez attiré votre propre châtiment sur vous. Maintenant pardonnez-vous à vous-mêmes comme vous vous pardonnez l'une à l'autre. Soyez vraiment deux-faites-une.*

Kethry fut en proie à un tel déferlement d'énergie pure qu'elle manqua s'évanouir. Quand la force reflua, elle se redressa et leva les yeux, surprise.

Le petit prêtre retira sa main de la tête de Tarma. Il avait le front luisant de sueur, mais il arborait un sourire confiant.

Tarma croisa son regard, et Kethry vit son expression passer d'un égarement pathétique à l'extrême soulagement de celle qui a retrouvé une chose qu'elle croyait à jamais disparue.

Le cœur de Kethry s'allégea d'un incommensurable fardeau. Elle ferma les yeux et éleva vers la Déesse une prière d'action de grâces.

Elle était tellement soulagée qu'elle ne saisit pas tout de suite que Tarma parlait au prêtre.

—Je ne sais comment…

—Eh bien, ne me remerciez pas, coupa-t-il. Je me suis contenté de rouvrir ce que le démon avait fermé. Tout le plaisir était pour moi, et je n'ai fait que mon devoir. Tout comme il est maintenant de mon devoir de m'occuper du démon sous sa forme actuelle.

—Vous êtes certain que vous pourrez le – enfin, *la*… euh, l'empêcher de nuire ? demanda-t-elle d'un air dubitatif à son ex-partenaire de discussion alors que Kethry tentait de surmonter sa lassitude pour suivre la conversation.

À son immense soulagement, Tarma semblait avoir pratiquement retrouvé son état normal. Elle s'était vite remise, mais Kethry était habituée à voir les Shin'a'in récupérer rapidement. Le visage que son équipière tourna vers elle était de nouveau calme et serein. Elle avait même retrouvé son sens de l'humour. Kethry tendit la main vers elle. Elle la prit et la pressa une fois entre les siennes, sans détourner son attention du prêtre.

—Sachez, ô Vous qui avez prêté le Serment de l'Épée, que nous placerons sur elle et sur l'endroit où nous allons la garder toutes les entraves connues des mortels, répondit sobrement le petit prêtre. L'entité nommée Thalhkarsh n'aura pas l'occasion de fuir. Sa seule chance sera de changer fondamentalement, car les sorts que nous utiliserons ne retiendront point un esprit angélique, mais seulement un esprit maléfique. Vous nous avez, en vérité, procuré une occasion dont nous rêvions depuis longtemps.

— J'imagine, acquiesça Tarma avec un fantôme de sourire. Ce n'est pas tous les jours qu'on vous apporte sur un plateau un démon pieds et poings liés, à remettre sur le droit chemin. Sans vouloir insister, nous vous offrons là une occasion unique de prouver vos dires. Cela dit, j'admets que je ne vous aurais jamais cru capable d'empêcher les démons de danser en rond avec une telle aisance, ajouta-t-elle dans un petit ricanement.

— Ainsi que vous l'avez vous-même souligné, ô Dame d'Épée, celui qui s'engage à prêcher la bonne parole aux démons a intérêt à être bon magicien ou très bon coureur, nota le petit prêtre avec un sourire qui noya ses yeux bruns dans un lacis de rides. Et comme me le disait fort justement votre partenaire, si Thalhkarsh semble maintenant inoffensif, rien ne prouve qu'il le restera éternellement. Nous préférons éviter de prendre des risques. Mais je reconnais de bonne grâce que vous nous avez fourni une occasion inespérée de prouver à la face du monde la vérité de notre voie, et nous ne saurions dire combien nous vous en sommes reconnaissants.

Le petit prêtre s'inclina devant elles, et ses coreligionnaires obligèrent l'ex-démon à se relever, par la force de sortilèges d'ailleurs passablement superflus pour le moment, la femme qu'il était devenu étant d'une docilité confinant à la catalepsie. Ils la firent sortir du temple et l'emmenèrent vers leur propre temple.

Kethry se leva et tendit sans mot dire la main à Tarma pour l'aider à se redresser. Elles quittèrent le théâtre des opérations sans un regard en arrière, aussi vite que leurs corps endoloris le leur permettaient. Elles avaient hâte de se retrouver à l'air libre.

— Par le Serment de la Guerrière, combien de temps sommes-nous restés là-dedans ? s'exclama Tarma en remarquant le mince croissant d'argent de la lune et la position des étoiles.

— Près de vingt-quatre pouces de chandelle. Nous sommes demain matin. Eh, mais ce n'est pas ton épée ! nota Kethry en remarquant l'arme attachée sur le dos de Tarma.

— Ça, She'enedra, ça vérifie l'adage « à quelque chose malheur est bon », répondit Tarma en portant la main à la poignée du sabre dans un geste étrangement caressant. Je n'ai jamais vu une arme pareille. Elle n'a aucun pouvoir particulier, si ce n'est qu'elle est parfaitement équilibrée, d'une conception prodigieuse et faite dans le meilleur acier imaginable. C'est indéniablement la meilleure arme que j'aie utilisée de ma vie. J'ai eu l'impression, en la maniant tout à l'heure, que c'était le prolongement de mon propre bras, et si tu veux me la prendre, il faudra que tu me coupes la main !

Un tantinet alarmée par sa véhémence, Kethry l'effleura prudemment avec sa vision magique. Elle craignait de découvrir que sa prise de guerre était un piège, ou qu'elle était ensorcelée.

Elle ne constata rien de tel. Aucune aura d'enchantement n'entourait l'arme. Elle poussa un soupir de soulagement. La réaction de Tarma était celle d'une guerrière qui vient de découvrir l'épée idéale, l'épée de ses rêves.

Elles se traînèrent jusqu'à leur auberge en s'arrêtant de temps à autre pour se reposer contre un mur ou sous un porche, Warrl les protégeant contre les rôdeurs qui hantaient la nuit. Les chevaliers du guet reconnurent Kethry et lui firent signe au passage. L'air paraissait d'une fraîcheur, d'une limpidité célestes après les vapeurs d'encens à couper au couteau qui flottaient dans le temple. Quand elles arrivèrent enfin à leur auberge, elles rentrèrent dans leur chambre par la fenêtre. Des braises couvaient encore dans l'âtre. Kethry utilisa ses dernières bribes de magie pour allumer une chandelle. Tarma laissa tomber ses armes avec lassitude. Jamais son lit ne lui avait paru aussi attirant.

Et pourtant aucune des deux n'avait envie de dormir.

— Ce coup-ci, je crois que nous y sommes arrivées, tu ne penses pas ? risqua Tarma.

Elle ôta ses bottes « d'emprunt » et les lança par la fenêtre ouverte, laissant le soin à celui qui tomberait dessus le lendemain matin de les emporter, puis elle se déshabilla aussi vite que ses plaies et ses bosses le lui permettaient. Elle esquissa un rictus de dégoût, et les vêtements suivirent le même chemin que les bottes. Kethry préleva un pantalon et une tunique de dessous dans son paquetage et les lui tendit. Sa She'enedra les enfila avec force soupirs et grimaces de douleur.

— Tu veux dire que nous l'avons piégé pour de bon ? J'en suis persuadée. Enfin, dans la mesure où on peut être sûr de quelque chose. En tout cas, nous ne commettrons pas l'erreur de l'oublier de nouveau.

— Ça, par la Dame de Lumière, il n'y a pas de danger ! s'exclama Tarma avec un frisson. Nous recevrons des nouvelles du temple tous les deux mois ; nous nous sommes mis d'accord avec le petit Nemor. Dis donc, si on nous avait dit qu'il était archiprêtre… ! Ça paraît logique, après coup, mais je trouve qu'il n'a vraiment pas le physique de l'emploi.

— Ah, quand il fait acte d'autorité… Pour un peu, j'aurais pitié de ce pauvre vieux Thalhkarsh. Je ne vois pas ce qu'il peut y avoir de pire pour un démon que de se faire prêcher la douceur et la lumière jusqu'à la fin de ses jours, autant dire éternellement.

Tarma se leva en étouffant un râle de souffrance, s'approcha de la fenêtre et se pencha au-dehors, laissant la brise lui caresser les cheveux et rafraîchir son visage.

— Qui sait ? fit-elle. Ils arriveront peut-être à le ramener à de meilleurs sentiments.

— Quand même, Tarma… Nous avons bien failli y rester. Je serais morte après avoir rompu la promesse que j'ai faite, et j'aurais eu ça sur la conscience…

Kethry s'interrompit un long moment, si longtemps que Tarma craignit qu'elle n'achève jamais ce qu'elle avait commencé à dire.

Elle se détourna de la fenêtre et regarda gravement sa partenaire. Elle savait que quelque chose la troublait sérieusement. Même Warrl, qui était couché sur le lit de Tarma, le regard insondable, releva la tête et dressa les oreilles. Pour finir, Kethry poussa un soupir et poursuivit.

—Je crois que j'ai une question à te poser : veux tu que j'arrête… que nous renoncions à cette vie d'errance et que nous retournions dans les Plaines ? Après tout, c'est ma faute si nous restons sur la route, pas la tienne. Je… je n'ai pas trouvé un seul homme avec qui j'aie envie de passer plus d'une ou deux nuits, mais c'est sans rapport avec ma promesse. Il n'est pas indispensable d'aimer pour avoir des enfants. Oh, et puis, au diable ! Il y a toujours Justin et Ikan, je les aime assez pour partager un lit avec eux pendant un moment. Et une fois que nous aurions des enfants, je ne devrais pas avoir de mal à poursuivre mon entraînement. Je pourrais fonder un chapitre des Vents Blancs même sans argent – je suis assez près, maintenant, d'atteindre le niveau d'Adepte. J'aurais préféré que nous attendions d'être dans une meilleure situation financière, mais je sais que j'y arriverais. Nous avons assurément acquis une réputation suffisante pour attirer de bons élèves.

Tarma se retourna, troublée, et affecta de regarder la lune décroissante. Il était vrai que la chose la plus importante au monde, pour elle, était la refondation de son clan massacré. Et qu'elles avaient failli mourir sans faire un pas vers ce but.

Il y avait des moments où les tentes de son peuple lui manquaient, où de toute son âme elle se languissait des Plaines. Et la vie qu'elles menaient présentait d'autres inconvénients. Rien ne garantissait que ce genre de mésaventure ne se reproduirait pas. Être victime d'un viol collectif, ainsi qu'elle soupçonnait l'avoir été, n'était pas la plus innommable des choses que ce Thalhkarsh lui avait fait subir sans qu'elle s'en rende compte.

Bien pire était l'absence de Celle-aux-Yeux-Étoilés dans son âme quand elle était redevenue elle-même. En ne la voyant pas revenir lorsque Thalhkarsh s'était métamorphosé, elle avait redouté un moment que la Guerrière refuse de la reprendre, pour la punir d'avoir rompu son vœu de célibat.

C'était une crainte stupide, ainsi que le lui avait révélé son ami prêtre. Sitôt qu'elle s'était dépouillée des dernières entraves magiques de Thalhkarsh, elle avait de nouveau senti la présence fraîche, réconfortante, de la Guerrière dans son cœur. Elle avait revêtu l'armure psychique, asexuée, de celle qui avait prêté Serment à L'Épée, et considérait dorénavant cette aventure comme une expérience profitable. Elle avait retrouvé son intégrité de cœur et d'esprit, elle était guérie dans son âme sinon dans son corps.

N'empêche que rien de tout ça ne serait arrivé si elles étaient retournées dans les Plaines. Au pays de la Déesse des Quatre Vents, le démon aurait eu beau dire et beau faire, il aurait été sans pouvoir. Jamais le bandit n'aurait réussi à franchir la barrière des clans Extérieurs. Et, par le Serment de la Guerrière, que Tarma avait hâte de revoir la bannière de Tale'sedrin flotter de nouveau au-dessus d'un camp digne de ce nom, plein d'enfants aux joues rouges, entouré de troupeaux prospères ! Kethry, avec ses fourmis dans les jambes, avait bien failli leur coûter la vie, cette fois, et Tale'sedrin manqué de peu de périr avec elles. Or Tarma n'était pas une Shin'a'in pour rien ; son clan était ce qu'il y avait de plus important au monde.

Seulement ce n'était plus vrai, plus maintenant. Pas si Kethry devait vivre en captivité pour que ce rêve se réalise. Elle serait peut-être consentante, mais elle serait prisonnière tout de même.

Kethry avait raison – elle l'étouffait, et avec les meilleures intentions du monde. Elle l'entravait, même si les entraves étaient invisibles. Ou du moins elle essayait.

Son âme shin'a'in se révolta à cette idée.

« On n'entrave pas son chien, son cheval, son faucon, son amant ou sa She'enedra », disait le dicton. L'amour doit vivre libre.

Un prisonnier était un prisonnier, aussi volontiers qu'il porte ses liens. Kethry serait-elle encore une vraie Shin'a'in une fois entravée ? Et si elle n'était pas shin'a'in au fond du cœur, comment ses enfants suivraient-ils de leur plein gré les voies du clan ?

Et pourtant… et pourtant, le serment de Kethry, son rêve demeuraient. Si Kethry mourait…

Elle ferma les yeux et fit le vide dans son cœur en élevant une prière fervente pour que lui vienne la réponse.

Elle lui parvint, miraculeusement.

Une petite brise fraîche dériva vers le nord et s'enroula autour de son corps, l'environnant de silence. Et dans ce silence, une voix sans âge lui parla dans le secret de son âme.

— *Qu'est-ce que ton clan sinon ta sœur ? Fais-lui confiance comme tu te fies à ton arme, comme elle à toi, et vous vous protégerez l'une l'autre.*

Le cœur de Tarma bondit dans sa poitrine. Elle se tourna vers sa partenaire avec un sourire sincère, éclatant.

— Comment ? Pour faire de toi une espèce de jument poulinière ? Allons, She'enedra, nos bêtes sont mieux traitées que ça ! Une jument de bataille ne s'accouple que lorsqu'elle y est prête, pas avant. Tu ne t'estimes sûrement pas à une moindre valeur que Bannière d'Enfer, non ? lança Tarma avec un petit sourire torve. Ou faudra-t-il que je t'attrape de beaux jeunes gens et que je les fasse parader devant toi pour exciter ton appétit ?

Kethry devint écarlate et éclata d'un rire où le chagrin le disputait au soulagement.

— Je devrais peut-être commencer un élevage, après tout ? C'est ce que nous faisons pour nos pouliches, tu sais. Nous leur présentons une rangée entière d'étalons jusqu'à ce que l'un d'eux les inspire. Devrai-je faire mettre les hommes en rang devant toi ? Ou préférerais-tu que j'achète une maison de plaisir et que j'en garnisse les chambres de sorte que tu puisses les essayer à ta guise avant d'arrêter ton choix ?

Kethry se roula en riant dans ses couvertures pour masquer sa confusion.

Tarma partagea son hilarité, boitilla jusqu'à son propre lit, souffla leur chandelle, s'effondra dans sa couette de plumes et s'abîma dans un sommeil réparateur, sans rêves.

Car il y aurait des lendemains, elle en était sûre maintenant, et elles avaient intérêt à reprendre des forces pour les affronter.

Dictionnaire de termes shin'a'in

Dester'edra = « petite sœur portée par le vent ».

Etaven = eau.

Gestena = merci.

Get'ke = (tu pourrais) expliquer.

Haï = oui.

Haï shala = « vous comprenez », « si vous voyez ce que je veux dire », « je me trompe ? ».

Haï'she'li = expression de surprise ; littéralement : « oui, je te jure ».

Jel'enedra = petite sœur.

Jel'suthro'edrin = littéralement : « enfant à jamais plus jeune » ; formule ordinairement réservée aux chevaux.

Kadessa = rongeur des Plaines de Dhorisha.

Kal'enedral = Enfants de Son Épée, Frères d'épée.

Kathal = tout doux.

Kulath = chercher.

Li'ha'eer = exclamation de surprise signifiant « par les Dieux ! ».

Liha'irden = Clan de Ceux aux Sabots de Cerf.

Li'sa'eer = exclamation d'extrême surprise ; littéralement : « par les plus grands Dieux ! ».

Sa-haï = c'est vrai (sa = est ; haï = vrai).

She'chorne = homosexuel ; mot sans connotation négative chez les Shin'a'in.

She'enedra (pl. : She'enedran) = sœur de sang.

Sheka = interjection ; littéralement : « crottin de cheval ».

Shena = du clan ; littéralement : « de la fraternité ».

Shesti = ridicule.

Shin'a'in (mot invariable) = (peuple) des Plaines.

Tale'edras = Frères du Faucon. Peuple peut-être lié aux Shin'a'in, qui vit dans les forêts de Pélagir.

Tale'sedrin = Enfants du Faucon.

Vaï datha = expression de résignation ou d'accord ; littéralement : « il y a plus d'un chemin ».

Vesta'cha = bien-aimé.

Vysaka = le lien spirituel qui unit les Kal'enedral à la Guerrière. Sa présence peut être détectée par un Adepte, un autre Kal'enedral et le ou la Kal'enedral en personne. C'est de ce lien qu'est issue l'« armure psychique » qui fait des Kal'enedral des êtres asexués et dans une certaine mesure immunisés contre la magie.

Yaï sa corthu = « deux-faites-une ».

Yuthi'so'coro = littéralement : « courtoisie des grands chemins » ; sorte de « code de la route » shin'a'in.

Achevé d'imprimer en juin 2009
Par CPI Brodard & Taupin - La Flèche (France)
N° d'impression : 52392
Dépôt légal : juin 2009
Imprimé en France
81120140-1